천년의 즐거움

대산세계문학총서
197

천년의 즐거움

千年の愉樂

나카가미 겐지　이정미 옮김

문학과지성사

대산세계문학총서 197

천년의 즐거움

지은이 나카가미 겐지
옮긴이 이정미
펴낸이 이광호
주간 이근혜
편집 김은주 김인숙
마케팅 이가은 허황 최지애 남미리 맹정현
제작 강병석
펴낸곳 ㈜문학과지성사
등록번호 제1993-000098호
주소 04034 서울 마포구 잔다리로7길 18(서교동 377-20)
전화 02) 338-7224
팩스 02) 323-4180(편집) 02) 338-7221(영업)
대표메일 moonji@moonji.com
저작권 문의 copyright@moonji.com
홈페이지 www.moonji.com

제1판 1쇄 2025년 12월 22일

ISBN 978-89-320-4492-7 04830
ISBN 978-89-320-1246-9 (세트)

이 책은 대산문화재단의 외국문학 번역지원사업을 통해 발간되었습니다.
대산문화재단은 大山 愼鏞虎 선생의 뜻에 따라 교보생명의 출연으로 창립되어 우리 문학의 창달과 세계화를 위해 다양한 공익문화사업을 펼치고 있습니다.

차례

일러두기

1. 이 책은 中上健次의 千年の愉樂(東京: 河出書房新社, 1992)을 우리말로 옮긴 것이다.
2. 본문의 주는 모두 옮긴이의 것이다.

한조의 새

새벽이 되자 갑자기 집 뒷문으로 여름부용*의 달콤한 향이 훅 끼쳐 와 마치 꽃향기가 숨통을 막는 것만 같아서 오류노 오바**는 눈을 뜨고, 불단 옆 받침대에 둔 남편 레이조의 액자 속 사진이 어둠 속에서 희부옇게 도드라지는 것을 보며, 귀하신 부처님 같은 사람이었던 레이조와 부부였다는 사실이 터무니없는 환상이었던 듯한 기분이 들었다. 오류노 오바는 누운 채로 레이조의 사진을 보며 두 손을 마주 깍지 낀 채 "고맙구려, 고맙소"라고 나오지 않는 목소리로 중얼거리고 다시금 집 안으로 풍겨 오는 여름부용의 향을 맡으며, 자신에게도 여름부용 같은 백분 향을 풍기던 젊은 시절이 있었다는 생각에 혼자 미소 지었다.

날이 밝자 집 뒤의 잡목림에서 투명한 유리 같은 소리로 새가 운다. 누구에게 들었는지는 잊어버렸지만 옛날부터 로지***

---

* '부용'은 실제로 존재하는 꽃이지만, 이 소설을 비롯해 나카가미 겐지의 작품들에 등장하는 '여름부용'은 그가 상상해낸 가공의 꽃이다.

** '오류'는 이름, '오바オバ'는 원래 일본어로 아주머니를 뜻하는 단어이나 여기서는 중년과 노년의 여자를 부르는 피차별 부락의 말이다.

*** 路地: 골목이라는 뜻으로 나카가미 겐지의 작품 세계에서 주축을 이루는 가공의 공간이다. 그가 자란 일본 와카야마현 신구시의 나가야마라는 피차별 부락을 모델로 삼았다.

의 산에 여름마다 피는 여름부용의 꿀을 빨러 오는 작은 금색 새의 소리라고 하며, 오류노 오바는 나이를 먹고 나서도 로지의 산 옆에 계속 살 수 있는 자신이 누구보다도 행복하다고 생각했다. 여름부용은 해가 질 때 피기 시작해서 해가 떠오를 때 하룻밤뿐인 생을 마치고 시드니, 작은 금색 새가 꿀을 빨러 와서 내는 울음소리를 들을 때마다 환상처럼 흔적도 없이 사라진 밤을 아쉬워하는지, 밝은 낮을 반가워하는 것인지 물어보고 싶다는 생각도 든다. 오류노 오바의 귀에 그 작은 금색 새의 소리는 한조半藏가 기르던 덴코天鼓라는 섬휘파람새의 울음소리처럼 들리기도 했다. 몸 어디가 딱히 아픈 것은 아니어도 나이 탓에 누워 지내게 된 오류노 오바를 위해서인지, 한조는 애지중지하던 덴코를 매해 여름마다 뒷산 숲에 풀어놓고 울음소리를 들려준다.

남편 레이조가 오랫동안 해와서 몸에 익은 신발 만들기를 갑자기 그만두고 스님이 되겠다며 교토의 절로 수행하러 떠난 것이, 세 돌까지 키운 아들이 자가유*를 머리부터 뒤집어써 큰 화상을 입고 죽은 이듬해였으니, 오류노 오바가 로지의 단 하나뿐인 산파가 된 것은 스물세 살 때였다. 그 뒤로 지금까지 로지 사람들의 아이는 거의 모두 오류노 오바가 받았다. 한조도 그랬다. 오류노 오바는 자리에 누운 채로 날이 밝을 즈음부터 싸움닭과 닭들이 아침을 알리고 아이들 소리가 나는 것을 닫힌 덧문 너머로 들으며, 잠들어 있는지 깨어 있는지 모르

* 茶粥: 차에 쌀 등을 넣고 끓인 죽.

는 채로 눈앞에 떠오른 한조의 모습을 향해 "얘, 한조. 누구보다 먼저 이 손으로 너를 안았단다"라고 말한다. 한조는 거북한 표정을 지었다가, 곧 흰 이를 활짝 드러내고 남들에게 늘 이가 다 보이도록 웃는다는 말을 들을 만큼 구김살 없는 미소를 띠며 "먹고살자고 한 일이지 뭘" 하고 미운 소리를 한다. "오냐, 먹고살려고 했지. 그래도 말이다, 한조, 너를 낳은 어미보다 먼저 이 손에 안았어. 그 덕에 지금 이렇게 늙어서 네가 들려주는 덴코의 울음소리도 듣고 있구나."

한조의 성은 나카모토, 오류노 오바의 남편 레이조와 같은 핏줄이기도 하며 니시무라의 양자로 들어간 가쓰이치로와 겐과는 사촌지간이었다. 나카모토 히코노스케가 한조의 아비, 히코노스케의 아비가 다쓰, 어미가 나미노이며, 히코노스케의 남동생이 가쓰이치로와 겐을 낳은 기쿠도다. 다쓰와 나미노는 이 두 아이를 낳은 후 갈라서고 다쓰는 다구치 마사에의 뱃속에 계집아이 하나를 남겼다. 히코노스케는 같이 살던 여자와 한조 하나를 낳은 후 시내에 살던 과부와 함께 다나베로 도망가서 자식을 세 명쯤 만들었다는 소문이 로지로 들려왔다. 한조의 어미는 아리마에서 왔는데 아리마 여자들이 대체로 그렇듯 고집이 세고 타고난 성질을 억누르지 못했으며, 거기에 히코노스케의 동생 기쿠도가 겐을 낳은 일이 겹쳐 나카모토의 피가 썩었다고 말하면서, 한조가 열 살 때 방적을 알선하러 온 남자를 따라 집을 나갔다. 한조는 부모 모두에게 버림받았으나 털끝만큼도 그늘 없이 자랐고, 나카모토의 피를 물려받았기 때문인지 로지에서도 첫째나 둘째갈 만치 잘생긴 젊은이가 되었으며, 열아홉 살 때는 이미 공사판에서 다른 인부를 세 명쯤 부리는 감독이 되었다.

한조가 살던 집은 오류노 오바의 집에서 좁은 돌계단을 내려간 곳에 있어, 한조가 여자를 데려와 살기 시작했을 때는 새가 둥지를 짓는 모습을 보는 기분이었다. 한조는 스무 살이었다. 여자를 데리고 시내 쪽에 무언가 먹으러 가는 것인지 한조는 멋있고 씩씩하게 유카타*의 소매를 걷어붙인 채 로지를 걷고 있었는데, 문득 무슨 생각을 했는지 여자를 세워두고 돌계단을 성큼성큼 뛰어 올라와 오류노 오바 앞에 서서 "저 여자, 애를 뱄어"라고 말하고는, 당연한 소리라는 듯 눈을 감은 오류노 오바를 진지하게 설득이라도 하듯 귓가에 입을 갖다 대고 작은 소리로 "괜찮을까? 저 여자는 아무것도 모르지만, 겐 같은 애가 태어나지는 않을까?" 하고 묻는다. 오류노 오바는 순간 무슨 말인지 알아듣지 못했으나, 한조의 얼굴을 보고 왼손이 손가락 없이 짐승 발굽처럼 둘로 갈라진 겐 같은 아이가 나카모토의 핏줄인 자신에게서도 태어나지 않을지 두려워하고 있음을 알아차리고는 노여운 투로 "무슨 소릴"이라며 힘주어 말했다. "겐은 부처님 같은 아이야. 부처님이 그렇게 쉽게 태어날 것 같으냐."

애초에 뒤끝이 없는 성격이므로, 로지 사람들에 관해 하나부터 열까지 다 아는 오류노 오바가 그렇게 말하며 "신심도 깊지 않은 놈이 건방진 소리 마라"라고 나무라자 걱정이 사라지는

* 무명 홑겹으로 만든 기모노. 여름옷으로 입거나 목욕 후에 입는다.

기분이었을 것이다. 한조는 돌계단을 뛰어 내려가 무료하게 서 있던 여자에게 "자, 갈까"라고 말하며 연못 자리 방향으로 로지를 걸어갔다. 오류노 오바에게는 스무 살의 한조가 품은 불안과 안도 모두 젊은 나이만큼 위태로워 보였고, 다른 스무 살 사내들은 꽃이 한껏 활짝 피는 그 나이에는 어디를 잘라봐도 자신감만 나올 텐데, 하고 생각하며 쾌활한 한조에게 그늘 같은 무언가가 따라다니는 것이 마음에 걸렸다.

곧 로지에 있는 한조의 집에서 혼례가 열렸다. 그해는 마침 로지에 불행이 겹친 해였기에, 부모 모두에게 버림받은 후 로지의 어른들이 누구랄 것 없이 부모 대신 길러낸 것이나 마찬가지인 한조의 혼례를 계기로 흉사와는 깨끗하게 연을 끊자는 생각이라도 했는지, 한조가 준비한 술과 안주 외에도 그 두 배는 되는 술과 음식이 쌓였고 집에 다 들어오지 못할 만큼 사람이 모여들었으며 자치회장은 길고도 긴 연설을 했고, 잔치 시간이 되자 로지 사람들은 신랑 신부는 안중에도 없이 춤추고 노래했다. 두 달쯤 전에 조를 짜서 산에서 일하던 로지 남자들 중 동쪽이라고 불리는 연못 옆 우물 근처에 살던 히데, 사고, 도시 셋이 강을 건너 오사토 깊숙한 곳에서 베어 온 목재를 나무 썰매에 쌓아 운반하던 도중 무너진 목재에 깔리는 바람에 히데와 사고가 죽고, 도시는 목숨만은 건졌으나 다리뼈가 으스러져 두 번 다시 자기 다리로 일어서기 어려울 것이라고 의사가 말할 정도의 부상을 입었다. 흉흉한 일은 곧바로 또 일어났다. 무엇이 잘못됐는지는 몰라도, 히데의 집에서 조금 떨어진 곳에 살던 행실 바른 요시사부로가 아직 어린 자식 다섯을 남기고 방적 공장에서 가져온 독약을 마시고 죽었다. 오류노 오바의 남편 레이조는 과거장*에 월과 일을 적고 이름을 쓴 뒤, 나중에 누가 보아도 알 수 있도록 죽은 이유를 자세히 기록한다. 오류노 오바는 글을 읽을 줄 모르기 때문에 히데가 태어난 날은 12월 1일, 죽은 날은 5월 말일이라고 외운다. 내년 5월 말일에도 내후년 5월 말일에도 아침 일과를 마치고 차를 마시는 레이조에게 오늘은 동쪽 히데의 기일, 도모지노 오지**가 기쿠와 함께 낳은 사고의 기일이라고, 깜빡하는 버릇이 있는 레이조가 잊지 않도록 자신이 외운 것을 되풀이해서 말해준다. 레이조는 고개를 끄덕이고, 한창 젊을 때 죽은 히데와 사고를 진심으로 애석해하는 마음에 몸이 잠긴 듯 휘청거리며 일어서서 가사를 걸친다.

한조의 첫 사내아이가 태어난 것은 혼례를 올린 지 여섯 달이 지나고서다. 곁에서 보아도 남자로서의 매력이 마치 향기처럼 풍기는 한조가 일을 마치자마자 뒤도 돌아보지 않고 집에 와서 아직 고개를 가누지 못하는 아기에게 젖을 물리는 여자 곁에 찰싹 달라붙어 지그시 바라보는 모습이 문득 눈에 띌 때마다, 로지에 내리는 비와 눈도 결코 차갑기만 하고 아프기만 한 것은 아니라고, 사람보다 큰 그 무엇을 향해 마음속으로 두 손을 모으게 되었다. 그 후 얼마 되지 않아 한조는 군대를

---

* 過去帳: 일본의 절에서 죽은 사람의 이름과 사망일을 기록하는 명부.

** '도모지'는 이름, '오지オジ'는 원래 일본어로 아저씨를 뜻하는 단어이나 여기서는 중년과 노년의 남자를 부르는 피차별 부락의 말이다.

다녀오게 되었고, 1년쯤 지나 돌아왔을 때 사내아이는 이미 어디로 보나 로지를 돌아다니는 야담가와 설교사가 말하는 범접할 수 없는 귀인 같은 나카모토 핏줄의 얼굴에 한조의 남자다운 매력이 더해졌으며, 아이를 목욕탕에 데려가는 것인지 목말을 태우고 위에 감은 흰 무명천 한 장, 속바지 한 장 차림으로 로지를 걸어가는 한조의 모습은 여자가 아니라도 홀딱 반할 지경이다.

"오바, 이 아이 말이에요, 나보다 훨씬 까무잡잡하네."

한조는 군대를 마치고 돌아와 막일을 하느라 햇볕에 그을려도 원래 살갗이 흰 까닭에 검게 타지 않는 것 또한 나카모토의 피 때문이라는 듯 가슴을 드러내고, 수북하고 시커먼 겨드랑이 털을 일부러 보여주려는 듯 오류노 오바 쪽으로 몸을 틀고는 "여자들은 하나같이 흰 살결이 보기 좋다며 이 가슴에 매달리지만 말이야"라며 언제 그렇게 남자의 색기 그 자체인 미소를 배웠는지 물어보고 싶어지게 웃는다. 한조에게는 부모보다도 나이가 많은 오류노 오바를 놀려보고 싶은 마음도 있었다. 열 살에 부모에게 버림받아, 비록 친척도 있고 아이 혼자 살기에는 너무 큰 집도 있었지만, 스스로 밥을 벌어먹는 방법도 모르는 어린아이가 무사히 자라날 길은 로지의 어른이란 어른에게 전부 의지하는 것 외에는 없었다. 열 살 때 나카모토와 핏줄이 겹치는 마소 거간꾼 히사이치의 집에 간 한조는 열 살의 나이에 여자를 알았다. 히사이치의 아내는 히사이치가 마소를 거래하러 나갈 때마다 한조를 침실로 불러, 한조가 자신의 즐거움을 위한 살아 있는 장난감이라도 되는 양 혀를 빨게 하고 젖가슴을 입에 물리고 한조의 손을 덤불 깊은 곳으로 이끌었다. 어린 마음에도 그것이 밥을 먹여주는 히사이치를 배신하는 일임을 모르지 않았으나 두세 번 그렇게 침실로 불려 가고 나자 재미를 알게 되었으며, 1년 뒤에는 히사이치의 아내가 말해주지 않아도 스스로의 모습을 보고 앞으로 더 자라면 얼마나 미남이 될지 깨닫고는 히사이치가 빨리 일하러 나가기를 바랄 정도가 되었다. 처음으로 사내의 진액이 흘러넘쳤을 때, 한조는 히사이치의 아내 몸속으로 자신의 피를 무심코 흘려버린 기분이 들었다.

그 후로 열다섯에 오사카의 도금 공장으로 일하러 가게 될 때까지 히사이치의 집에 머물렀으며, 히사이치가 수상쩍게 여길 때까지 그의 아내와 마치 다 큰 어른 같은 사이로 지냈다.

열여덟에 오사카에서 로지로 돌아와 로지 입구 공사장의 인부들과 함께 일하게 된 후, 로지에서 산 하나를 넘으면 나오는 우키시마*에 유곽이 있는데도, 한조는 자신이 손대지 않은 여자는 산파인 오류노 오바 정도라고 친구에게 말할 정도로 스스로도 못됐다는 생각이 들 만큼 로지 사람들의 아내와 딸들에게 치근덕거렸다. 한조는 자신이 자신과 사랑에 빠졌다고 느꼈다. 영락없는 짐승 발굽처럼 둘로 갈라진 손을 가지고 태어난 겐과

* *浮島*: 살아 있거나 죽은 식물로 이루어진 덩어리가 마치 섬처럼 호수에 떠다니는 것을 가리키는 보통명사인 동시에, 여러 지역에서 우키시마가 있는 곳을 가리키는 지명이기도 하다. 이 작품의 배경인 와카야마현 신구시에는 1927년 천연기념물로 지정된 우키시마가 있으며, 그 주위의 동네를 고유명사로서 우키시마라고 부른다.

똑같은 나카모토의 핏줄이라는 사실이 한조를 더욱 매력적으로 만드는 양, "당신이 좋아하는 내 물건 속에 그런 게 수도 없이 들어 있단 말이야"라며 웃는 한조에게 로지 여자들은 전부 느른하게 몸을 기대며 한조가 무슨 짓을 해도 좋다는 듯 팔로 휘감는다.

한조가 귀신을 봤다고 말한 것은 아내의 뱃속에 둘째 아이가 들어선 때였다. 한조는 뱃속의 아이에게 해가 될까 봐 아내에게는 숨기고 친구인 주조에게 말했는데, 주조의 아내가 한 번 들은 이야기는 그대로 담아두지 못하는 성격이라 로지 사람들에게 죄다 말하고 다녔다. 한조는 공사장 일을 마치고 돌아와 아이를 데리고 목욕탕에 가고 밥도 먹고, 그러고 나서는 로지 회관에서 열리는 청년단 모임에 나간다는 핑계로 우키시마의 유곽 뒤에 사는 과부를 만나러 나와, 지름길로 가기 위해 좁은 산길을 걷기 시작한 참이었다.

한조는 이따금씩 하듯 땀 냄새를 없애기 위해 아내의 백분을 훔쳐 양쪽 어깨와 옆구리에 얇게 발랐는데, 산길은 어둡고 초여름인데도 서늘해 어깨에서 한기가 전해져 온다. 몸을 움츠린 채 우키시마의 과부에게 땀이 나도록 뜨겁게 안겨야겠다는 생각으로 발걸음을 재촉하다가 문득 누군가가 목덜미를 어루만진 듯 한기가 들어 다시 몸을 움츠린다. 그 산길은 오류노 오바의 집 옆을 지나고 나면 집이 한 채도 없는 어두운 잡목림이 되고 산 너머가 보이는 경치 좋은 자리까지 이어지는데, 한조가 무심코 뒤를 돌아보자 어슴푸레한 달빛이 비치는 길에 삭발을 한 남자 하나가 고개를 푹 숙이고 서 있다. 놀란 한조는 순간 로지의 누군가가 처지를 비관한 끝에 목을 맸나 생각했다. 비관할 시간이 있다면 차라리 여자를 꾀어서 안고 재미를 보겠다는 것이 한조가 늘 하는 생각이지만 로지에는 스스로 목숨을 끊는 사람이 많다. 그냥 이대로 뛰어서라도 산을 넘을까 싶었지만, 만약 정말로 로지 사람이 목을 맸다면 딱한 노릇이니 밧줄을 풀어줘야겠다고 마음먹고 다시 한번 자세히 쳐다보자 고개를 숙인 그 남자는 어둠 속으로 빨려들듯 천천히 사라졌다. 한조는 여우에 홀린 기분으로, 지금 그곳에 나타났다가 사라진 삭발한 남자가 사람들이 흔히 봤다고 말하는 귀신일지, 귀신이라면 누구의 귀신일지 생각했다.

오류노 오바는 그 이야기를 듣고 레이조가 가끔 말하는 조센지淨泉寺의 선대 스님일 것이라고 생각하며, 그 스님은 구김살이 하나도 없는 한조 앞에 나타날 만한 사람이라고 혼자 고개를 끄덕였다. 스님은 한조의 아비 히코노스케와 기쿠도 등 로지 사람들을 모으고 알고 보면 무서운 악인인 사람들을 밖에서 불러들인 뒤 구슬려서 천황에게 활시위를 당긴다는 계획을 세웠다는 죄목으로 감옥에 갔다가 목을 맸다고 들었다. 그 스님이라면 로지 사람들이 어떻게 됐는지 걱정되어 로지 주변을 떠돌지도 모른다고 오류노 오바는 생각하고, 마침 지나가던 한조를 불러 세워 "귀신을 봤다고 해도 무서워할 것 없다"고 말했다.

한조는 오류노 오바의 얼굴을 보고 씩 웃으며 "오바, 이거 봐요" 하고 지지미* 주반**을 젖혀, 목덜미에서 내려오는 근육이 얇아지고 쇄골이 도드라지는 자리의 보라색 멍 두 개를 내보인다. “오바는 이제 이가 빠지는 나이니까 레이조 아저씨한테 이런 자국도 잘 못 남기지?”

한조는 이를 드러내며 미소 짓고는, 오류노 오바가 어안이 벙벙했다가 불끈 성을 내는 모습을 보고 더욱 놀리듯 “오바” 하고 부른다. “나도 여자들한테 못 할 짓을 하고 다니니까 여자를 빼앗긴 남자들의 망령 아닐까 싶어서, 맞아, 그럴 거야, 라고 생각했어요. 오바도 레이조 아저씨한테 비밀로 한다면 나한테 이런 자국 남겨도 돼. 나는 피부가 희니까 조금만 햇볕을 받아도 금방 사라지지만, 이 자국도 여자가 스스로 깜짝 놀랄 만큼 새빨갰다니까.”

오류노 오바는 한조에게 무슨 말을 하든 농담으로 받아칠 것 같아 입을 다물고, 속으로는 그렇지 않지만 겉으로는 짐짓 화가 나서 죽겠다는 듯 부루퉁한 얼굴로 “저리 가라”라며 개를 쫓아내듯 손을 내저었다. “오바, 자국 남기고 싶으면 말해줘.” 한조는 이렇게 말하고 어릴 때부터 개처럼 쫓겨나는 데에 익숙하다는 듯 로지 아래로 이어지는 언덕길을 뛰어 내려간다.

한조는 오류노 오바가 어떤 마음으로 하는 말인지는 알았지만, 그것이 자신의 신변에 닥칠 무서운 일의 징조처럼 느껴져서 불안해졌다. 아내가 둘째 아이를 배고 있었다. 나카모토의 핏줄이라면 가쓰이치로도, 그리고 덴스도, 도모히코도 한조와 똑같은 심정일 텐데, 그 나카모토의 피를 물려받은 남자가 지

---

* 잔주름이 생기도록 짠 옷감.

** 가운과 같은 형태의 일본 전통 속옷.

금 아내의 뱃속에 있는 아이에게 이변이 일어나고 있음을 아비인 자신에게 전하러 왔을지 모른다고 의심하기도 했다.

아내의 배가 부풀어 오르자 한조는 집에 있는 것이 견디기 힘들어져 우키시마의 과부 집을 드나들었다. 선달그믐날에 가까운 12월 20일에 태어난 아이는 어디 하나 흠잡을 데 없는 계집아이로, 오류노 오바는 사람을 보내 친구 집에 묵고 있던 한조를 불러들여 새벽 어둠 속에 서서 겁먹은 듯 안으로 들어오지 않는 한조에게 "이리 와봐라. 부처님처럼 어여쁜 계집애야"라고 말했는데, 한조는 뒷걸음으로 도망치려는 모양새다. 오류노 오바는 그 모습을 보고 겐이 태어났을 때 부모에게 똑같은 말을 했다는 사실이 떠올라, 한조가 나카모토의 핏줄을 너무나도 괴로워하고 있음을 깨닫고 눈물을 흘리며 "무슨 생각을 하는 거냐"라고 중얼거렸다.

한조는 스물다섯이 되자 몸 한구석에 남아 있던 풋내가 사라지고 이상하리만치 미모가 빛났다. 그 사실을 스스로도 아는지 일을 마친 후 산뜻한 옷으로 갈아입고 로지의 젊은이들과 어울릴 때도 옷깃을 세우거나 공연히 소매를 말아 올린 느슨한 매무새를 즐겨 했고, 거기에 또 마음이 동하는지 한조에게 추파를 던지는 여자들이 끊이지 않았다. 한조가 여자들을 농락하는 것인지 아니면 여자들이 한조를 가만 내버려두지 않고 농락하는 것인지, 로지에는 그런 짓까지 하는 여자는 없었지만 로지 바깥에서 두세 번 밀회를 나누다가 그 뒤로 한조가 발길을 딱 끊은 여자가 로지의 집까지 들이닥쳐, 젖먹이를 안은 아내를 괴롭히는 일일 뿐임에도 화풀이로 잠자리에서 있었던 일까지 미주알고주알 쏟아내고 돌아가는 경우도 있었다.

그럴 때면 한조는 다른 여자 앞에서 참고 또 참으며 평정을 유지하고 눈물도 보이지 않은 아내 앞에 엎드려 사죄하고, 한조가 밖으로 나가지 않고 곁에 있다는 데 더욱 신경이 곤두선 듯 어린 자식들에게 사소한 일로 언성을 높이는 아내를 잠자리에서 안고 달래려 한다. 그러자 아내는 "징그러워. 손대지 마"라며, 한조가 내미는 손을 붙잡고 "이렇게 해달라면 하고, 저렇게 해달라면 또 순순히 했다면서?"라고 소리를 빽 지르는 통에 옆에 재워뒀던 계집아이가 놀라 울기 시작하자 갑자기 이불을 걷어차고 일어나 계집아이의 멱살을 잡고 마치 인형을 다루듯 두들겨 패기 시작한다. 그러다 계집아이를 죽일 것 같아 한조가 일어나 아내의 손에서 낚아채자, 아내는 갑자기 분노가 사라진 듯 무너져 한조의 벌거벗은 가슴팍에 입까지 맞추며 흐느낀다.

두 아이를 데리고 목욕탕에 다녀온 후 문득 유카타 차림으로 밖에 나가려던 한조는 갓 목욕한 자신의 몸에서 목욕한 사내의 살갗 내음이 나는 것 같아 싫은 마음에 아내의 백분을 옆구리와 어깨에 얇게 바르다가, 언젠가 과부가 한조의 몸을 애타게 기다렸던 듯 한쪽 무릎을 세우고 술을 마시는 한조를 뒤에서 껴안으며 "또 다른 여자를 안으러 온 김에 여기에도 들른 거지?"라고 했던 기억이 났다. 다른 여자의 향기가 몸에 묻은 것이 아니라 한조가 사내의 땀 냄새가 싫어서 바른 아내의 백분이 예전과 다른 종류였던 것뿐이다.

한조는 마치 그 백분 향에 끌리듯 이른 나이부터 성의 묘미를 알게 되고, 여자를 농락하고 여자에게 농락당하며 스물다섯까지 살아온 자기 자신에게 욕정을 느낀 듯 밖으로 나가 로지의 산길에서 우키시마를 향해 발걸음을 재촉했다. 전처럼 등줄기가 서늘하고 목덜미를 누군가가 어루만지는 느낌이 들었지만 한조는 상관할 바가 아니라는 태도로 계속 걸었다. 잰걸음으로 백분 향을 풍기며 걷는 자신이 마치 남창 같았다.

그곳은 우키시마의 늪 옆에서 유곽과는 반대 방향으로 조금 가다 보면 길가에 있는 집으로, 격자문이 있는 현관의 어스름한 등불과 잠그지 않아 가볍게 미끄러지는 문이 한조를 기다리고 있던 듯하다. 여자는 한조가 나타나지 않았던 이유가 정을 통하는 또 다른 여자가 생긴 탓이라고 넘겨짚고, 한조가 대꾸하지 않자 죽은 남편의 친척이 후시미 지역의 술과 구워 먹으면 맛있는 생선을 가져다줬다며 일어서서는, 한조의 표정이 무섭다면서 목을 움츠렸다가 쿡쿡 웃음을 참으며 부엌으로 간다. 여자는 술을 너무 뜨겁게 데웠다느니 생선을 너무 태웠다느니 하며 팔꿈치를 괴고 누운 한조 옆에 상을 놓고 앉아, 한조가 술을 마시거나 생선 먹을 생각이 없다는 듯 계속 누워 있는데도 더 이상 기다릴 수 없는지 머뭇머뭇 손을 뻗어 한조의 넓적다리에 얹고, 한조가 고개를 들자 마음먹은 듯 유카타 자락을 젖히고 한조의 사타구니에 거칠게 손을 넣는다. 여자의 손을 매몰차게 뿌리치고 일어난 한조는 여자의 재촉으로 흥분한 마음이 불끈불끈 솟아나서는, 여자에게 농락당하고 여자를 농락하며 살아왔지만 단 한 번도 여자에게 마음을 빼앗긴 적 없다고 위세 부리듯 여자의 띠를 풀고 기모노를 벗겨 알몸으로 만들었다. 여자는 기가 세서 띠로 묶든 밧줄로 묶든 아랑곳없이 한조가 입에 물린 물건을 귀에 거슬리는 소리를 내며 음란한 모습으로 핥고, 언젠가 불단에서 찾아낸 한조의 물건보다 굵은 양초를 주며 자위하라고 해도 부끄러움 없이 열심히 하고, 손발을 풀어주자 고함이라도 지를 기세로 한조에게 매달려 말을 타는 자세로 한조의 몸에 올라타 교성을 낸다. 이번에는 위로 올라오라고 말하며 여자가 몸의 중심을 뒤로 젖히고 한조의 몸뚱이를 삼켜버릴 듯 엉덩이를 움켜쥐었다가 곧 한조에게서 도망치려 한다. 이따금씩 한조는 여자가 하도 난리를 치는 통에 흥이 식었는데, 그럴 때면 여자는 다른 여자들 대부분이 그렇듯 한조가 허리를 세차게 부딪치면 멀리 도망가고, 그러다 막다른 길에 다다라 어쩔 줄 모르다가, 한조가 문득 얄게 몸을 빼면 아쉬움에 애를 태우고, 끝내 그 술래잡기를 견디지 못해 한조의 목에 매달린 채 입술을 가슴에 누르며 몸을 긴장시키고 차례차례 덮쳐 오는 떨림 속에 한조가 기를 뿜어내기를 기다리는 것이 더 좋다는 생각이 들 때가 있었다.

다만 이 여자가 다른 여자들과 다른 점은 한조에게 푹 빠져서 한조를 위해서라면 살인이라도 할 만큼 일편단심인지라, 예전부터 한조에게 처자식을 버리고 로지를 나와 함께 살자고 말해왔다. 한조는 처음에는 여자의 청을 흘려들었지만 점점 더 졸라대니 부아가 치밀어서, 로지 생활이 뭐가 나쁘냐는 분노를 섞어 "해도 되는 말이 있고 안 되는 말이 있는 거야"라며 때린 적이 있는데, 맞는 것을 좋아하는 성벽이 있는 여자에게 통할 리가 없었다.

"일하는 데에 돈이 필요하다면 보태줄 돈도 있으니까, 여기 와서 살면 남한테 꿀릴 것도 없고 남이 깔볼 일도 없게 해줄 자신 있어."

"네 색욕 때문에 말라 죽은 서방 대신 일하라고? 꿈도 야무지네."

"일하기 싫으면 안 해도 괜찮아."

"대낮부터 개처럼 붙어먹고 싶은가 보구먼."

한조는 그렇게 막말을 한 후, 사무친 듯한 목소리를 억누른 채 우는 여자가 사실은 자신을 전혀 생각하지 않는 것 같아서 한숨을 쉬고, 로지에서 처자식이 기다리는 남자와의 불장난이기에 오히려 재미있게 놀 수 있는 거라고 하며 여자의 발치에 뱀처럼 널브러진 붉은 끈을 휘적거렸다. 여자는 그 끈으로 한조의 손을 뒤로 묶고, 한조는 자기가 보기에도 흰 팔 근육을 파고든 붉은 끈의 색깔이 요염하다고 하며 일부러 여자를 흉내 내어 교성을 지르자, 여자는 마치 무자비한 벌을 내리듯 흥분한 것인지 화가 난 것인지 굳은 얼굴과 부릅뜬 눈으로 한조의 어깨를 깨물어 선명한 잇자국을 남긴다. 아픔을 참으며 입을 벌린 한조를 보고 여자는 시샘하듯 몸을 찰싹 붙이면서, 옴짝달싹하지 못하는 한조의 몸을 끌어안고 잇자국이 난 어깨로 입술을 가져간다. 한숨이 절로 나오는, 여자조차 시샘하는 그 아름다움에, 우키시마의 과부가 아니더라도 스물다섯의 한조에게는 아낌없이 돈을 쏟아붓고 싶어지기도 한다.

오류노 오바는 그런 한조가 이 세상에 속한 존재가 아닐지 모른다고 의심하고, 한번은 레이조에게 한조는 자신이 산파로서 직접 받아낸 아이임을 알고 있는데도 현실의 사람이라고는 여겨지지 않고, 그러고 보면 한조의 사촌인 겐이 그렇듯 나이가 들수록 다른 세상 사람처럼 보인다고 말한 적이 있다. 레이조는 남자인 탓에 오류노 오바의 말을 듣고도 이해하지 못했는지, 방금 전까지 로지 어느 집의 좁고 작은 불단을 향해 기도를 올리며 죽은 자를 보고 오직 죽은 자와만 마음을 나누었듯 "그렇게 즐거움만 좇아서 사는 사람도 있는 거지"라며 낮고 조용한 목소리로 넋두리처럼 말하고는, 열어놓은 불단 사이로 일렁이며 천천히 바깥으로 빠져나가는 향 연기를 눈으로 따라간다. 바깥의 로지에는 이른 여름이 찾아와, 오류노 오바가 앉은 곳에서나 레이조가 앉은 곳에서나 눈이 아플 만치 밝은 초록빛의 어린잎이 우거진 산자락이 보인다. 오류노 오바의 집 아래에서 집들이 산을 따라 늘어서고, 짐수레 한 대가 지나면 꽉 차는 로지가 펼쳐진다.

그 로지의 젊은이들이 전부 그런 것은 아니고, 옛날부터 알고 지낸 사람들 중에서도 신불께 꼭 그래야만 했는지 푸념하고 싶을 만큼 좁은 이마에 움푹한 눈을 가진 못생긴 사람도 있었고 어디를 보아도 멍청하게 생겼다고 할 수밖에 없는 사람도 있었지만, 로지에는 니시카와의 핏줄이든 데구치의 핏줄이든 여자인 오류노 오바가 보기에 아름다운 젊은이가 많았다. 나름대로 멋을 부리는 젊은이도 있었고 장사하는 집 여자를 꾀어서 돈줄로 삼는 젊은이도 있었는데, 한조는 딱 스물다섯이 되자 단번에 피어난 꽃같이 지금까지 로지에 이런 젊은이가 있었나 싶을 정도로 잘생긴 용모가 돋보였다. 어디를 그렇게 서

둘러 가는지 언덕길을 달려가다가 문득 생각난 듯 집 안을 들여다보며 "오바" 하고 부르는 한조가, 단순히 언덕길을 뛰어왔기에 숨소리가 거친 것임을 알면서도 오류노 오바는 불안했다. 숱 많은 머리카락이 바람에 날리는 것일 뿐이지만 마치 한 올 한 올이 바람에 응하며 녹아드는 열락을 맛보는 듯해서, 한조가 로지에도 존재하고 이 산에도 농밀하게 존재하는 인간의 뜻을 넘어선 힘 같은 것에 붙들려 망가지고 노리개가 되는 것은 아닌지 두려웠다. 오류노 오바는 자신의 불안에 대해 한조에게 말한 적이 없지만, 한조는 오류노 오바의 얼굴을 보자 밤마다 아내와 아이들을 집에 내버려두고 나간다고 마치 어머니처럼 잔소리를 할 거라 생각했는지 기선을 제압하듯 "오바, 새 필요 없어요?"라고 묻는다.

오류노 오바는 한조가 또 자신을 놀린다고 생각했기에 "무슨 새? 갑자기 두견새라도 잡아다 주게?"라고 가볍게 되받고, 한조가 재미있다는 듯 이를 보이며 웃자 장단을 맞추어 "여기 늘 두견새가 온단 말이야"라고 말한다. 아침이 시작될 때인지 밤이 끝날 때인지 오류노 오바에게는 확실하지 않지만, 깊이 잠들었다가 반쯤 깨어날 때 두견새는 뒤쪽 잡목림을 건넌다. 새삼스러운 것 같아 옆에서 함께 자는 레이조에게는 말하지 않았지만, 언젠가 소리가 들려오다가 길게 여운을 남기며 사라지자 "그래, 산파와 중이 이렇게 둘이서 부부로 살고 있지"라고 레이조가 중얼거리는 것을 듣고 난 뒤 한층 더 밤과 아침의 경계, 죽음과 삶의 경계를 그 새소리가 하나로 이어주는 느낌이 들었다.

한조는 두견새를 모른다며 어떤 새인지 물었는데, 오류노 오바도 눈으로 본 적은 없기 때문에 어림짐작으로 "이런 새겠지" 하고 병아리 정도의 크기를 손으로 나타내자 한조는 다시 웃고는 "오바랑 아저씨, 하도 안 해서 이렇게 좁아진 거 아니에요? 이제 안 되겠네" 하며 손가락을 동그랗게 굽힌다. 오류노 오바는 한조의 말을 듣고, 지금은 남편이면서도 고마운 사람인 레이조와 함께 신불만 생각하면서 살고 있는데,라고 생각하며 화가 치밀었지만 빙긋 웃으며 "한조, 여자를 우습게 보지 마라"라고 말한다. "네 물건이 아무리 커봤자야. 셀 수 없이 많은 여자들이 아이 낳는 걸 봐왔는데, 한번 생각해봐라. 도깨비 물건이 들어가고도 남을 거다." "여기 오면 피비린내가 나는 것 같아요."

오류노 오바는 한조에게 이겼음을 느끼고 "암" 하며 남자 같은 투로 맞장구를 쳤다. "이 손으로 피투성이 아기를 몇 명이고 씻겼는걸." 한조는 기가 죽었다가 금세 다시 살아나서 "섬휘파람새예요, 섬휘파람새" 하며, 돌연 그 새를 놓아주는 것이 아까워진 양 다음에 그 비길 데 없는 소리로 우는 덴코라는 섬휘파람새를 데려와 소리를 들려주겠다고 한 뒤 우키시마 쪽을 향해 로지의 산길을 달려간다. 한조의 모습이 시야에서 사라진 후 오류노 오바는 툇마루에 앉아 아이들이 말다툼하는 소리가 들려오는 낮고 엉성한 삼나무 껍질 지붕이 늘어선 로지를 내려다보며 휴 한숨을 쉬었다. 그리고 그곳이 아직 로지가 생기기 전에 잡목림이었던 모습을 그리며, 직접 본 적이 없으면서도 낙엽이 쌓이듯 한 명 두 명 사람이 모여들어 살기 시작하는 모습을 마치 실제로 보듯 눈앞에 떠올렸다. 오류노 오바가 처녀 적에 딱 하나 비어 있던 서쪽 우물 옆집에 순례자 행색인 남자가 살기 시작하고, 그 남자가 어느새 여자를 만들어 아이를 낳고, 그 아이가 지금 로지 젊은이의 아비가 되어 살아감을 알고 있었다. 오류노 오바는 햇빛을 받아 반짝이는 먼지가 쌓여서 빛바래 보이는 로지의 집들을 바라보며, 삶과 죽음이 뒤엉켜 내는 부글부글 소리가 들려오는 것 같고 모든 일이 그저 고맙다는 생각에 눈물지었다. 삶 다음에 죽음이 있는 것인지, 죽음 다음에 삶이 있는 것인지, 오류노 오바는 한숨을 쉬며 한조의 기죽은 얼굴을 떠올렸다가 다른 어느 젊은이보다 잘생기고 어느 모로 보나 팔팔한 남자의 성 그 자체인 한조가, 상처를 하나 입으면 거기서부터 썩어들어 가는 푸른 줄기처럼 무너지지 않을지, 한조가 크고 사나운 존재를 자극해 장난감처럼 배가 갈리고 내장이 뽑히고, 바람에 감응하는 머리카락도 여자들이 빨던 입술도 팔도 형체를 알아볼 수 없도록 뭉그러져 먹히는 것은 아닌지 터무니없는 상상을 했다. 그것은 어쩌면 한조의 말대로 이미 현실의 여자로서 어떻게 남자에게 응하고 레이조에게 응했는지 잊어버린 오류노 오바만의 생각일지도 모르지만, 꼭 야차나 귀신이 아니더라도 인간을 먹는 존재라면 한조의 살에 형언할 수 없는 향과 맛이 있음은 알 터였다. 옛날부터 로지의 산에 출몰하는 덴구*라면 애초에 야차나 귀신처럼 그저 맛있어 보여서 잡아먹는 것이 아니라 너무 아름다워서 남자로

---

* 天狗: 깊은 산에 살며 신통력이 있어 하늘을 나는 상상 속의 괴물.

살게 두는 것이 아까운 한조이니 남색 상대로라도 삼을지 모른다고 생각했다. 그러니 언젠가 소를 끌고 로지의 산길을 지나던 지쓰노라는 거친 마소 거간꾼이 하나뿐인 길을 막고 선 남자에게 비켜달라고 부탁하는 대신 "거기 누구냐!"라고 호통을 쳤다가 아래쪽 로지에 남아 있던 잡목림에 소와 함께 처박혔을 때처럼, 얼굴은 잘생겼지만 다른 젊은이들과 마찬가지로 성질이 드센 한조가 어쩌다 마주친 덴구에게 덤볐다가 배가 갈릴지도 모른다고 근심했다. 로지의 산속 어린잎이 한조의 몸에서 흘러나온 피에 물든 듯 햇빛에 번지고 바람에 흔들려, 그것이 눈에 수없이 상처를 낸 것처럼 아팠다.

로지의 산길을 달려갔던 한조의 얼굴이 한동안 보이지 않는다 싶었더니, 로지에 아내와 두 아이를 두고 우키시마의 과부 집에 들어앉았다는 소식이 들린다.

오사카에서 왔다며 큰길에 번쩍번쩍한 간판을 내건 연극을 한조가 여자와 함께 보러 갔다고, 번화가 옆길을 함께 걷고 있었다고 로지에 전해지는 소문을 들을 때마다 오류노 오바는 한조가 별것도 아닌 재산을 가진 젊은 과부의 푼돈에 팔린 것처럼 여겨져, 젊은 과부가 한조에게 돈을 아낌없이 쓴다고 해봤자 남자 옷가지에 돈이 그렇게 많이 들 리도 없다는 생각에 심기가 불편하다. 그러다 문득 오류노 오바는 자신이 한조를 연모하기 때문에 햇볕에 그을려 연한 벚꽃색인 한조의 몸뚱이가 형체도 남지 않도록 뭉그러진 모습을 상상하는가 싶어 혼자 우습고, 참혹한 일이 일어나기보다 차라리 젊은 과부에게 팔려 가는 것이 낫다고 위안을 삼았다.

한 달 정도 지나 한조가 로지로 돌아와 아내 앞에 엎드려 빈 다음 산일을 하는 로지 젊은이들 사이에 끼어 함께 일하기 시작하자, 한조의 멋있고 씩씩한 모양새를 본 오류노 오바는 다시 한조가 이 세상의 존재가 아니라는 생각이 들어 진노스케나 다쓰키치 같은 친구들과 어울려서 하루하루 탈 없이 지낼 수 있을지 염려했다. 한조는 한조대로 아침 일찍 집을 나서서 로지 모퉁이에서 친구들을 만나 있는지 없는지도 모를 바람을 가지고 날씨를 짐작한 후 산림 지주의 사무소로 가, 가까운 곳이라면 걸어가고 깊은 산속이라면 임시로 오두막을 세워 묵으면서 잡목을 베거나 삼나무 밑의 풀 베는 일을 신선하게 느꼈다. 그도 그럴 것이 진노스케와 다쓰키치는 한조가 어릴 때부터 죽이 잘 맞았다. 한조가 이 두 사람보다 먼저 여자를 알고 어떻게 나오면 여자가 좋아하는지 환히 꿰고 있었지만, 여자가 먼저 추파를 보내고 허리를 비벼대고 손을 뻗으면 닿는 거리까지 다가오는 한조와는 달라서 진노스케와 다쓰키치는 여자에게 제발 한 번만 해달라고 부탁해야 했는데, 그 이야기를 들으면 꾸밈없이 소박한 느낌이고 재미가 있었으며 자신에게 부족한 부분이라는 생각도 들었다. 여자가 땀 냄새가 난다고 할까 봐 어깨와 옆구리에 백분을 바른 것이 아니라 자신의 땀 냄새, 땀과 함께 피어오르는 한조 자신의 달콤한 향기가 견딜 수 없이 싫어서 아내의 백분을 훔쳐 그 향기를 털어낸 것이라고 생각했다.

묵고 있던 임시 오두막에서 눈을 뜬 한조는 진노스케와 다쓰키치가 있는 그대로의 체취를 풍기듯 자신의 땀이 자연스럽게 달콤한 향기를 풍기는 것을 깨닫고는, 자신이 나카모토의 핏줄로 태어났음을 처음으로 받아들였다. 진노스케와 다쓰키치에게 배운 대로 산의 낮은 쪽에서 정상을 피하듯 등을 돌리고 소변을 본 후 일을 시작했다. 한조가 처음으로 칼을 댄 것이 아침에는 되도록 베어서는 안 되는 비쭈기나무라며 진노스케와 다쓰키치가 파랗게 질리더니, 백 미터 정도 돌아가 오두막에서 술을 가져와 뿌리고 부정 탄 것을 털어냈다. 그날 비쭈기나무를 벤 한조 본인은 아무 일도 없었는데 다쓰키치가 나무 아랫부분의 가지를 쳐내는 칼로 작업화를 신은 발을 내리쳐, 찢긴 작업화 틈새로 오른쪽 발등뼈가 들여다보일 만큼 크게 다쳤다. 피가 흐르지 않도록 수건으로 두 겹 세 겹 발목을 묶고, 뼈도 다쳤으리라 짐작해서 부목을 댄 후 교대로 다쓰키치를 업고 산을 내려갔다.

크게 다친 다쓰키치나 진노스케나 아무 말도 하지 않았지만 한조는 자신이 받을 천벌을 다쓰키치가 대신 받았다고 생각했고, 원래부터 세게 나가지 않으면 일당도 깎으려 드는 산림 지주가 치료비를 줄 리 없음을 알았기 때문에 자신이 다쓰키치의 치료비를 내줄 요량으로 밤에 우키시마의 과부 집으로 발걸음을 옮겼다. 여자는 성미가 드세고 남자 없이는 살 수 없는 체질이라 한조가 로지의 집으로 돌아간 후 한조와 나이가 그다지 차이 나지 않는 젊은 남자를 끌어들였다. 그럼에도 한조의 얼굴을 보자 사랑스러운 마음이 들었는지 어려울 것 없는 부탁이라며 한조가 빌려달라던 치료비보다 세 배 정도 많은 돈을 꺼내 오고는, 무슨 생각인지 안쪽 방에서 한조의 목소리를 듣고 여자에게 역정을 내듯 얼른 와서 술을 따르라고 목소리를 높이는 남자와 함께 술을 마시지 않겠느냐고 권한다. 그 집에 한 달을 살면서 부대끼는 동안 여자의 강한 성격도 그저 이기적인 성질로 보일 만큼 진력이 나기는 했지만, 안쪽에서 들려오는 남자의 목소리에 한조는 못된 마음이 근질거려, 돈을 빌리러 온 이상 여자가 들어오라고 하면 거절할 처지가 아니라는 묘한 합리화를 하며 들어갔다. 남자는 아침부터 여자와 함께 있었는지 속바지 한 장과 배에 감은 무명천을 빼고는 알몸이며, 여자를 따라 들어온 한조를 보고는 한조가 흠잡을 데 없이 시원한 미소를 짓는 미남이라는 사실 때문에 공연히 여자를 함부로 대하려는 마음이 강해진 듯 "사람을 데려와놓고 뭘 조잘조잘 떠들고 있어"라고 말한다. 한조가 남자 앞에 앉아 인사치레로 "어디서 만난 적이 있던가요?"라고 하자, 남자는 자작으로 술을 마시면서 "아무 데서도 만난 적 없습니다"라며 손을 내젓는다.

한조는 여자의 속셈을 너무나도 잘 알았다. 여자는 눈앞의 남자를 놓치기 싫으면서도 산일을 같이 하던 친구의 치료비가 필요하다며 돈을 빌리러 온 한조와 다시 합칠 수 있다면 합치고 싶다. 한조가 가버리든 남자가 성질이 나서 옷을 챙겨 일어서든 둘 중 하나는 남고, 사내 알기를 우습게 안다며 여자는 늘씬하게 얻어맞고 밧줄로 묶여 부끄러움에 몸부림치는 모습으로 혼자서 행위를 하고 몸속까지 녹아버릴 만큼 괴로워하며 헐떡인 후 겨우 용서받듯 매달리는 것이다. 문득 한조는 여자에게 다시 한번 그렇게 해보고 싶었다. 왜인지는 모른다. 여자가 내온 술을 잔에 받는 동안, 입을 꾹 다문 남자가 아까까지 온몸의 털구멍에서 형형하게 빛을 뿜으며 공기 중에 냄새처럼 피워 올리던 한조에 대한 적의가 누그러지는 것이 확연했는데, 속으로 잠겨들며 희미하게 빛나는 남자의 시선을 받으면서 한조는 그만큼 자신의 빛이 더 찬란해지는 것을 알았다.

그런 한조에게 여자가 "나도 남한테 받은 건데, 저번에 울음소리가 예쁜 새를 자기한테 줬잖아"라며, 그 섬휘파람새를 여자의 집에 가져온 것이 이 남자라고 말했다. 한조가 "그래?" 하며 끄덕이자 남자는 금시초문이라는 듯 "그쪽이 그 새를 키운다고요?" 하고 묻는다. 새에 이름을 붙인 사람은 여자이지만 그 새가 새끼였을 적에 대숲의 둥지에서 꺼내다가 새장에 넣고 울음소리가 탁해지지 않도록 새 울음 경연대회에서 금상을 받은 새의 주인에게 부탁해서 곁에 두어, 게이샤가 스승에게 샤미센과 노래를 배우듯 그 새의 울음을 흉내 내도록 한 것은 남자였다. 한조는 남자의 얼굴을 새삼 다시 바라보았다.

한조의 눈길을 받은 남자가, 방금 여자가 친절한 척 설명한 덴코라는 귀한 새를 훈련시킨 사연에 그대로 드러나는 비루한 천성처럼 얄팍한 미소를 짓는 것을 보고, 한조는 여자가 아니라 남자를 괴롭혀보고 싶어진다. "그래, 새가 그렇게 듣기 좋게 울 때까지 길들였군요." 한조는 네가 열심히 길러낸 새를 여자에게 바치고 여자는 그 새를 자신에게 헌상했다고 혼잣말하듯 생각하며, 여자가 술을 더 가지러 간 사이에 남자에게 귀를 대보라고 한 뒤 둘이서 여자를 덴코처럼 길들여주자는 이야기를 꺼냈다. 남자는 그 이야기 때문인지, 아니면 한조가 귀에 입술을 거의 갖다 대고 말한 탓인지 취기로 붉어진 얼굴을 더욱 붉히며, 무슨 생각을 하는지 불빛에 번들거리는 이마를 훔치곤 재미있겠다고 말한다. 그래서 여자가 돌아온 것을 신호로 여자의 옷을 벗기고, 불을 꺼달라는 청도 듣지 않고, 한조의 방식이 아니라 여자가 한조를 묶는 방식으로 손을 등 뒤로 묶고 거기다 그 위에서 유두가 바깥으로 튀어나오도록 밧줄을 유방에 파고들게 한 후, 속바지를 벗은 남자가 달려들었다. 허리를 움직일 때마다 남자의 음낭이 엉덩이 아래에서 무료하게 흔들거리는데, 한조는 일어선 채로 벽 쪽에 밀쳐둔 술상의 술병을 입에 대고 마시면서 허리를 참 단조롭게 놀린다고 생각하며 엷은 웃음을 띠었다가, 순간 떠오른 생각에 서로 포개진 두 사람의 몸을 뒤집고 여자의 손을 풀어주었다. 여자는 튀어 오르는 모양새로 아래에 남자를 깔고 한조의 허리를 끌어안으며 입을 가져다 댔다. 술병 속의 술이 뜨거운 소변처럼 가슴으로 넘치고 남자는 여자의 가슴골로 흘러내린 술을 핥는다. 여자의 입술에서 흘러나온 타액이 한조의 음모에 맺히고, 문득 보니 한조의 사타구니 아래에서 여자가 거슬리는 소리를 내며 혀를 세워 빠는 모습을 남자가 겁먹은 눈빛으로 보고 있다. 한조는 흰 이를 드러내며 씩 웃는다.

여자가 한조에게 하듯 남자를 묶은 방식이 마음에 들지 않아 수건으로 재갈을 물리고 겁먹은 눈빛의 남자를 다시 묶은 후, 재미있어하는 여자에게 자극을 받은 양 남자의 다리를 굽히고 털이 난 엉덩이에 마치 칼처럼 물건을 갖다 댔다. 단단한 돌에 손가락으로 구멍을 뚫는 기분이지만 한조는 여자의 맛이 나는 타액을 입에 머금었다가 손에 묻혀서, 부드럽게 들고 날 수 있도록 물건의 끝에 두루 바른 후 남자의 뒷구멍에 찌른다. 몸을 앞뒤로 움직이는데 남자의 다리는 마치 여자처럼 위로 들린 채 굽어 있기 때문에 한조가 여자에게 할 때처럼 철퍽거리며 마음대로 들어가고 나올 수 있으며, 곧 빠르게 허리를 부딪치기 시작하자 여자가 옆으로 누워 한조의 얼굴을 양손으로 감싸고 입술을 갖다 대어 빨았다. 한동안 그렇게 희롱하다가 그대로 여자에게 옮겨 가자 여자는 마치 덴코처럼 목소리를 높인다. 한조는 부드럽게 꼭 감싸는 여자의 몸속에 기를 발산하면서, 남자가 묶인 채로 마치 뒤집힌 애벌레처럼 꿈틀꿈틀 자신과 여자에게 다가붙는 모습을 보았다.

한조는 일이 끝난 후 술기운에 그대로 잠들었다가 눈을 뜨자 남자의 얼굴이 배 바로 옆에 있고 여자의 팔이 자신의 가슴을 끌어안은 것을 알아차리고 악몽을 꾼 기분으로 몸을 일으켜, 아직 날이 밝지 않아 어두운데도 옷을 입고 두 사람을 그대로 둔 채 밖으로 나가려 했다. 속바지를 입은 남자가 나와서 "집에 가나?"라고 묻는다. 한조는 "집에 가지"라고 앵무새처럼 되풀이한 후 여자에게 하듯 "좋았어"라고 미소를 띠며 말하고는, 문득 자신의 몸에서 산일로 온통 땀 냄새가 날 때처럼 달콤한 향기가 풍기고 있음을 알아차렸다.

"친구가 다쳐서 치료비를 빌리러 왔다고 했지?"

한조에게 그렇게 말하고 남자는 다급한 얼굴로 자신도 함께 나갈 테니 기다려달라고 했다. 방향이 다르다고, 우키시마의 유곽 옆에서 산을 올라 로지로 내려간다고 말하자 남자는 진심으로 놀란 표정으로 "나가야마에서 왔어?"라며 로지의 다른 이름을 꺼내고, 소가죽 벗기는 사람들과 나막신 고치는 사람들과 대바구니 짜는 사람들이 뒤섞여서 사는 나가야마에서 왔느냐며 감탄조로 다시 말하고는 갑자기 자신이 우위에 서기라도 한 듯 "미남이구먼"이라고 말한다. "고맙네." 한조는 대답하고, 지기 싫은 마음에 나중에 또 예뻐해주겠다며 되는대로 지껄인 후 남자의 뒷구멍 따위에는 박지 말 걸 그랬다고 후회했다. 여자에게 농락당하고 여자를 농락하는 것은 상관없지만 다른 곳에 사는 남자에게 남창처럼 미남이라는 말을 들으며 희롱당하는 것은 딱 질색이라는 생각에 한조는 침을 탁 뱉고, 자신이 사랑하는 로지의 친구를 위해 몸을 팔고 온 연약한 남자 같아 속이 상해서 또다시 침을 뱉으며 로지의 산길을 올라갔다.

한조의 오른뺨에 살을 도려낸 듯한 상처가 생긴 것은 그즈음으로, 한조는 로지 사람들이 물을 때마다 산에서 칼을 들고 다니다가 넘어졌다고 말했지만 오류노 오바는 한조가 자신의 잘생긴 얼굴이 싫어서 상처를 낸 것이라고 생각했다. 다만 칼로 도려낸 흉터는 한조가 생각했던 만큼의 효과는 없었고, 오히려 보기에 따라서는 한조의 끝이 없는 오입질 와중에 한조에게 집착하게 된 여자가 한조를 붙잡아둘 수 없다면 얼굴을 못쓰게 만들어주겠다고 칼부림을 한 것처럼 보이기도 했으며, 산뜻한 미소가 매서워지기는 했어도 흠잡을 데 없는 미모는 완전히 그대로였다. 어디를 가나 한조에게 첫눈에 반하는 여자는 끊이지 않았고, 한조도 열심히 분을 바르고 다니며 열심히 응했다.

오류노 오바가 "한조, 참 대단해" 하고 놀리자 "콩을 삶았다기에 가봤는데 너무 삶아서 전부 껍질이 벗겨졌어요"라고 딴청을 하고는 사타구니를 손으로 누르며 "남들 건 아직 빨갛거나 하얀데 내 송이버섯은 다 타버렸어"라고 말한다. 오류노 오바가 손으로 입을 가리며 웃는 모습을 보고 "마누라한테만 맡겨놓으면 안 태우고 잘 구워줄 텐데"라며 한마디 더 하는데, 다른 사람이 했다면 야비하게 들렸을 말이지만 한조는 말까지도 유쾌한 색기에 둘러싸여 있다. 그때도 오류노 오바는 짐승 발굽처럼 둘로 갈라진 손을 가지고 태어난 겐과 미모가 빛나는 한조는 이 세상 사람이면서도 이 세상 사람이 아닌 두 명의 화신이라고 생각하고 야차나 귀신에게 잡아먹히지 않으면 좋겠다고 생각했다. 야차나 귀신이나 덴구와 맞닥뜨리지는 않았다. 한조는 스물다섯의 나이에 갑자기 절정에서 막을 내리듯, 여자에게 손을 댔다가 원한을 품은 남자에게 칼로 등을 찔려 불꽃처럼 피를 뿜으며 로지 입구까지 달려와서는 피가 거의 다 빠져나가 몸뚱이가 절반 크기로 줄어든 채, 이것이 빛나도록 아름답던 한조가 맞는지 의심될 만큼 추한 모습으로 어린 자식을 둘 남기고 숨이 끊어졌다. 아홉이 겹친 9월 9일.

흘러 나간 것은 나카모토의 피였다.

육도*의 갈림길

* 六道: 불교에서 깨달음을 얻지 못한 중생이 윤회하게 되는 여섯 가지 세계. 지옥도, 아귀도, 축생도, 아수라도, 인간도, 천도.

로지에서 기억력이 좋기로는 오류노 오바를 따라갈 사람이 없다고 누구나 그렇게 여겼지만 정작 자신은 기억력이 좋다고 생각해본 적이 한 번도 없었다. 사람들의 기일을 기억하고 아이들의 생년월일을 기억한 것은 스님이 없어진 조센지淨泉寺 대신 남편 레이조가 로지의 집들에 독경하러 가는 것이 일과가 되었으니 아무개는 이번 달 2일이 2주기 제사, 아무개는 몇 월 며칠이 기일이라고 적어두면 좋겠지만 글을 읽고 쓸 줄 모르니 대신 기억하는 것이지, 기억력의 좋고 나쁨과는 관계가 없는 일이었다. 때때로 바빠서 눈코 뜰 새 없는 와중에 문득 남의 집 아이의 생년월일과 기일이 외운 그대로 입으로 나와, 로지가 죽은 자와 산 자의 생명이 거품처럼 부글부글 끓어오르는 곳만 같아서 손을 멈추고 툇마루에 걸터앉아 비가 그친 길이 빛을 반사하고 잡목에 걸린 주인 없는 거미집이 찢어져 바람에 흔들리는 모습을 보며 한숨을 쉬었다. 지금 생각해보면 이제는 남들이 몸을 돌봐줘야 하는 나이가 되었지만 그때는 아직 젊었고, 여기에 부는 바람이 저기에도 불고 있을지, 자신의 손으로 받아낸 귀여운 아이들의 목소리가 저기에 닿을지, 죽은 자들이 바로 곁에, 부르면 들리는 거리에 있음을 알고 있지만 그곳은 이렇게 밝을지, 모든 것이 빛을 받고 그 빛에 응하듯 또렷

한 윤곽으로 선명하게 나타날지 의문을 가지고, 자신이 숨 쉬고 있음을, 그 숨결 너머에 죽은 자들이 몇 명이고 있으며 지켜봐주고 있음을 제대로 확인하고 싶었다. 이 세상의 모든 존재가 각자의 소리로 만들어내는 달콤한 즐거움의 소리는 지금처럼 들으려고만 하면 들을 수 있는데, 그 시절에는 그 사실을 잘 모르고 즐거움의 소리가 무엇인지 물어보고 싶다는 생각마저 했다.

사람들은 오류노 오바가 로지에서 일어난 모든 일을 안다고 했으며, 때로는 옛날 로지에 살았던 사람들이 좁은 돌계단을 숨차게 뛰어 올라와 오류노 오바가 점쟁이라도 되는 양 장사하다 생긴 힘든 일을 늘어놓고 어떻게 하면 좋을지 넌지시 물어봤다. "노망난 늙은이가 그걸 어떻게 알아." 오류노 오바는 항상 이렇게 대답하지만, 애초에 푸념을 하러 왔을 뿐인 아니*는 그 말을 듣지도 않고 옛날에는 이랬다느니 저랬다느니 어린 시절 본 로지의 풍경을 그리워하며 이야기하다가 눈물짓는 모습마저 보인다. 그 아니가 무슨 말을 하고 싶은지 오류노 오바는 이해하지 못했다. 옛날 일은 옛날 일, 지금 일은 지금 일, 오류노 오바는 그렇게 생각했다.

옛날에 아직 남자들이 제대로 된 일자리를 가지려 해도 갖지

---

* 아니アニ는 원래 일본어에서 형이나 오빠를 뜻하는 단어이나, 여기서는 자식을 둘 수 있는 나이의 젊은 남자를 부르는 피차별 부락의 말이다. 피차별 부락에서는 부모라는 개념이 일반 사회만큼 뚜렷하지 않고, 자식을 둘 수 있을 만큼 성적으로 성숙한 젊은 남녀('아니'와 '이네')들이 모든 어린아이를 함께 돌보았다.

못해서 튼튼한 사람은 산에 나무 썰매를 끌러 가고, 손재주가 좋은 사람은 나막신이나 짚신을 고치러 로지 산꼭대기의 문을 지나 시가지로 내려가고, 또는 메이지 유신으로 유흥가가 된 저택 터에 수레를 끌러 가거나 로지의 연못 부근에서 솟아나는 맑은 물을 써서 가죽 무두질을 할 수밖에 없었으며, 노름, 도둑질, 소매치기를 남자들이 밥 먹듯 했던 시절, 그 아니는 성품이 바르기도 했던 까닭에 철이 들었을 때 시가지 쪽에 건어물 가게를 낸 부모와 함께 떠나 다른 곳에 살고 있었다. 그 아니는 어린 시절 본 로지와 지금은 많이 달라졌기 때문에 어딘지 정겹지가 못하다고 말했는데, 오류노 오바는 그때 아직 나이도 어렸던 아니가 옛날을 그리워해서 어디에 쓰겠느냐고 말해줬다. 또 오류노 오바는 그 아니가 로지에 대해서 아무것도 모른다고, 옛날에 오류노 오바가 아직 어렸을 때 로지의 뒷산이 시가지와 그 외의 땅을 구분하는 경계가 되었고 사람들은 산꼭대기에 있는 작은 사당을 신당이라고 불렀는데, 오류노 오바는 아니가 그 신당에 있던 울타리와 문에 대해서도 모른다는 사실을 알아채고, 평소에는 해가 지면 로지와 시가지 사이를 오가지 못하도록 문을 닫고 새해가 되면 마쓰노우치*가 끝나기 전에 로지 사람이 시가지에 들어와서는 안 된다며 문을 계속 닫아놓았던 데다 만약 로지 사람이 들어오면 시가지 사람들이 몽둥이를 들고 쫓아왔다고도 가르쳐줬다.

오류노 오바가 들은 것만 해도 로지는 몇백 년 전부터 예나

* 새해를 축하하며 문 앞에 소나무 장식물을 두는 7~15일의 기간.

지금이나 시내를 크게 둘로 나누는 형태로 누운 뱀 같기도 하고 용 같기도 한 산을 등지고 있었으며, 마치 이 좁은 시가지에 생긴 또 하나의 나라처럼 외부와의 경계가 점점 뚜렷해졌다. 로지의 말이 바깥의 말과 다른 것도 조상이 영주를 따라 아키노쿠니에서 왔다고도 하고 이즈모노쿠니에서 왔다고도 하니 몇백 년 전 옛날 말씨의 흔적이 지금까지 남아 있는 것이라고 오류노 오바는 생각하며, 그 옛날 배를 타고 발로 건넌 조상의 모습을 떠올렸다.

누운 뱀처럼도 보이고 용처럼도 보이는 산의 배 부분에 로지가 있다면 머리 부분은 강을 향해 튀어나온 형태의 옛 성터였다. 옛날 그곳에 구마노 벳토*의 부인인 단카쿠히메가 살면서 겐페이源平 전쟁 때 수군과 승병을 이끌고 처음에는 헤이케平家 쪽에 가세했다가 기회를 보아 겐지源氏 쪽에 붙어 다나베에 살던 아들 단조와 함께 야시마 전투**에서 헤이케를 완전히 쳐부수었다. 오류노 오바는 노름꾼 히데와 마소 거간꾼 일로 집을 자주 비우다가 끝내 아내를 유곽에 팔아버린 요시키가 싸움닭을 기르면서 암호처럼 겐지다,라고 단조가 신들 앞에서 점을 칠 때 붉은색과 흰색 표시를 한 닭들을 싸움 붙인 데서 비롯된 듯한 말을 하는 것을 보고, 그때마다 패배한 쪽에 동정심이 들며 단카쿠히메가 약자를 핍박하는 약삭빠른 여자일 뿐이었다고 생각했다.

---

* 9세기부터 13세기 후반까지 구마노熊野 지역을 다스렸던 관직.

** 겐페이 전쟁 중 1185년 현재의 가가와현 다카마쓰시에서 벌어진 전투.

스물다섯에 죽은 한조가 나카모토의 핏줄이라면 나오이치로도 나카모토의 핏줄인데, 나오이치로는 한조와 하나부터 열까지 다르고 얼굴도 평범했다.

나카모토의 핏줄을 생각하면 로지의 유일한 산파 오류노 오바가 아니더라도 가슴 아픈 노릇이다. 아직 누워 지내기 전 다리와 허리가 성할 때 특별한 볼일도 없으면서 로지의 집집마다 놀러 가, 더러운 피 때문인지 아니면 예전부터 두세 명이 굳게 믿고 있는 대로 귀인의 피가 흐르기 때문인지 용모가 매우 빼어난 젊은 남녀들을 볼 때마다 오류노 오바는 역시 그렇구나, 하며 혼자 가슴 깊이 받아들이고 마음속으로 신불을 향해 손을 모았다.

나카모토 집안에서 니시무라 집안의 양자로 들어간 가쓰이치로도 요절했고, 그 첫아들 이쿠오는 자살, 그다음 자식은 일찌감치 죽었고 살아남은 아이들은 전부 딸이었으며, 사촌지간인 한조와 가쓰이치로의 할아버지인 다쓰가 다구치 마사에와 낳은 아들 둘도 요절했다. 무엇이 원인인지는 모르지만 오류노 오바가 아는 한 다쓰의 피로 이어진 나카모토 집안의 남자들은 죄다 요절하거나, 몸 어디가 눈에 띄게 나쁜 것도 아닌데 얼굴이 허여멀겋고 장식용 인형에다 산일할 때 입는 작업복이나 요리사 옷을 입혀놓은 모양새여서, 그것은 그것대로 보기 좋고 어울리기는 하지만 무슨 일을 해서라도 이 세상을 살아나가겠다는 기백은 영 부족하다. 다쓰의 딸이 전쟁 후 경기가 좋아지고 도쿄에서 올림픽이 열린 해에 낳은 아이가 중학교를 졸업하고 오사카의 초밥집에 도제로 들어갔다가 정식으로 요리사가 된 후, 그전부터 밤눈이 어둡기는 했지만 갑자기 낮에도 눈이 보이지 않게 되어 어떤 수술을 해도 어떤 약을 먹어도 낫지 않는 까닭에 먹고살 길을 다시 찾아 안마를 배우기 시작했다는 소식을 듣고 오류노 오바는 혼자 눈물을 흘렸다.

다쓰의 아들 다구치 미요시田口三好는 한조의 숙부뻘이지만 나이는 한조보다 열 살이나 어려서 전쟁이 끝났을 때는 열다섯 살 정도였는데, 그때 이미 어른들 틈에 섞여 암시장에서 장사를 시작하고 불량소년단의 대장이라도 된 모양인지 로지 아이들과 그 부근 아이들을 끌고 다니며 새로 개발된 땅의 좁은 건물을 소굴로 삼았다.

그즈음 미요시는 외지에서 온 광대뼈가 튀어나오고 헌팅캡을 쓴 남자와 함께 다녔다. 한번은 오류노 오바의 집으로 통하는 돌계단을 뛰어 올라와 안을 둘러보고는 "아무것도 없네"라고 크게 소리치고 나서 오류노 오바에게 "이번에 미군한테서 가져온 통조림을 날라 왔어요"라고 말하고는 돌계단을 내려가다가, 이와 이 사이의 틈으로 쯧 소리를 내며 침을 뱉고 "오바, 저 사람은 얌전한 척 암시장에서 장사를 하지만 저번에 돈을 짭짤하게 훔쳐 왔어. 살인도 했고"라며 아래쪽 길에 선 헌팅캡을 턱으로 가리켰다. 오류노 오바는 그 후 그 남자가 번화가 모퉁이에 요릿집을 열고는 곧 파친코 가게를 차리고, 그다음에는 슈퍼마켓에 손을 대서 바다와 산과 강으로 사방이 둘러싸인 시내에 네 곳의 가게, 그리고 해안가 마을 여기저기에 수많은 가게를 열고 있음을 알았다.

미요시의 말이 거짓인지 사실인지는 알 수 없었고, 지금 번

성하는 가게와 시내에서 가장 잘나가는 사람들에 대한 소문은 로지에나 시 전체에 얼마든지 있었으며, 때로 소문은 이유도 없이 마른풀에 옮겨붙은 불처럼 느닷없이 타오르고, 남의 집안과 남의 비밀스러운 부분까지 들여다보는 산파와 중이 사는 집이기에 좋든 싫든 소문에 말려들지만, 원래 오류노 오바는 자신의 눈으로 직접 보지 않은 일을 말하거나 듣기를 좋아하지 않았다. 오류노 오바는 소문이라는 이 세상의 가공의 존재, 밑도 끝도 없는 꿈같은 일이 아니라 눈앞에 선명하고 또렷하게 나타나는 현실을 좋아했다.

미요시가 열다섯의 나이에 어른 남자 이상으로 돈을 버는 이유는 단순히 암시장에서 물건을 팔아서가 아니라 자기 입으로 툭 흘렸던 것처럼 아직 어린 불량소년 몇 명을 이용해 강 건너 이다와 아타와에서 도둑질을 하고 들키면 그 자리에서 도리어 협박을 하기 때문이며, 장물은 기차로 가쓰우라까지 운반해서 팔았다. 종전 후 1년이 지나자 남쪽으로 소집되었던 사람들이 차례차례 돌아와 로지 뒷산 중턱에 오두막을 짓고, 곧 유곽에서 도망친 여자들이 시장에 가져가봐야 쌀 한 되도 받지 못할 알록달록한 주반을 걸치고 대낮부터 술 상대를 하고, 노름을 하는 것인지 남자들의 거친 목소리가 로지에 들려오다가, 모든 사람들이 눈살을 찌푸릴 정도가 되었을 때는 미요시가 이끄는 불량소년단의 암시장 장사와 강 건너에서 훔친 물건을 가쓰우라와 다이지에서 파는 일도 소집 해제된 남자들에게 넘어갔다. 이러니저러니 하는 동안 미요시는 로지 옆에 새로 개발된 땅과 흔히 말하는 선술집이 늘어선 길목에 출입하게 되고 그곳에서 다반사처럼 다들 먹거나 주사하는 히로뽕에 맛을 들여, 미요시 또래의 젊은이들이 그렇듯 번화가 깡패도 아니면서 어디서 구했는지 모를 새 구두를 신고 흰 양복을 입고는 대낮부터 댄스홀이나 당구장 주변에 먹잇감이라도 찾는 양 서 있다.

개발된 땅 모퉁이에 당구장이 생긴 것은 종전 직후 지진과 그 기세를 탄 듯 빈번하게 일어난 화재 때문에 시가지가 메이지 유신 시절처럼 불타고 로지 뒷산 너머 우키시마의 유곽 일대와 개발된 땅의 건물도 불탄 후의 일이다. 미군 흉내를 낸 듯 영어로 간판을 걸고 처마가 높은 당구장은 새로운 것을 좋아하는 젊은이들에게 인기가 있는지 항상 두세 명이 그 앞에 어슬렁거리고 있었는데, 미요시는 그 앞을 지나가는 레이조가 기이해 보이는 듯 "어디 가요?" 하고 늘 말을 건다. 처음에 레이조는 아직 천진난만함이 남아 있는 열일고여덟 살 미요시에게 산길 쪽에 제사가 있다거나 우키시마의 어느 집에 전사자의 유골이 도착했다고 진지하게 대답해줬으나, 두 번이고 세 번이고 똑같이 어디에 가느냐는 둥, 경을 읽어줘서 무엇 하느냐는 둥 뚱딴지같은 질문을 하기에 대답하지 않고 못 들은 척 지나갔더니 "오늘은 어느 장례식에 가요?"라는 말을 던진다.

"장례식이 그렇게 아무 때나 있겠느냐."

레이조가 발걸음을 멈추고 히로뽕이나 팔며 놀러 다니는 미요시에게 한마디 해줄 작정으로, 성장이 늦는 것인지 작달막한 자신과 키가 비슷한 미요시를 바라보며 "미요시" 하고 말을 걸자 미요시는 "레이조 아저씨는 좋겠어. 장례식에서 만주를 받아 오면 그날 종일 먹을 수 있으니까"라고 말하고, 미요시 곁의 젊은이들은 레이조를 경멸하듯 코웃음을 친다.

미요시는 레이조가 화가 나서 하려던 말을 삼키는 것을 눈치채고 입을 다물었으나, 미요시의 친구인 산도와 요시키는 "오지, 장례식 만주만 먹다가는 배만 나와서 움직이지도 못하게 돼" 하고 놀린다. 레이조는 얼굴을 붉히고 할 말이 많다는 듯 머뭇거렸으나 곧 분을 참지 못한 듯 "신심 없는 놈들" 하며 왔던 길로 되돌아갔다. 미요시는 가사 자락을 뒤집으며 로지 쪽으로 돌아가는 레이조를 보면서 자신이 나쁜 짓을 했다고 생각했지만, 로지의 젊은이들과 남자들이 레이조의 이야기를 할 때마다 꼭 염불 흉내를 내서 '포동포동 지네가 문다 물어 문다 물어'라고 외는 문구가 떠오르는 와중에, 머릿속에서 들려오는 그 문구에 맞춰 레이조가 왜소한 몸을 흔들며 종종 걸어가는 모습을 상상하고 혼자 웃었다. 레이조의 모습이 삼나무 껍질 지붕을 인 로지의 집을 돌아 사라지는 것을 보고, 그 모퉁이 너머에서 로지의 모든 젊은이가 오류노 오바의 손에 태어나고, 그 모퉁이 너머에서 토방에 놓인 관 속에 웅크린 모습으로 들어가 레이조의 독경을 듣는다고 생각하니 '지네가 문다 물어'가 이상하게 우스워서 참을 수 없었다.

미요시는 벽에 기대어 선 산도를 불러, 역 맞은편에 제재소가 늘어선 바닷가에 가서 다나카의 투계장에 얼굴을 내밀어보자고 말했다. 미요시의 머릿속에는 얼마 전까지 함께 일했던 광대뼈가 튀어나온 구와하라라는 남자와 나오이치로를 그곳에서 만나 자기 몫을 받을 수 있을지도 모른다는 생각이 있었다.

미요시가 나서서 그 일을 한 것은 아니었다. 처음에는 그저 구와하라라는 남자가 암시장에서 자주 편의를 봐주고, 타지에서 새로 흘러들어 온 남자들이 나이가 어리다는 이유만으로 미요시 자리를 빼앗으려 할 때 이 지역 사람들을 써서 그들을 쫓아내주었기에, 보답으로 구와하라가 돈을 쓰는 매춘부들과 그 외의 여자들에게 물건을 가져다주거나 했을 뿐인데, 그러는 동안 구와하라는 미요시가 몸이 날래고 영리하고 입이 무거운 것을 알았는지 미요시를 좋은 곳에 데려가주겠다며 새로 개발된 땅의 좃토테이一寸亭라는 2층 건물로 데려갔다. 좃토테이는 얼핏 보기에는 특별할 것 없는 선술집으로, 구와하라는 둥근 의자에 앉은 후 이곳에 오면 마음이 편하다는 듯 헌팅캡을 벗고, 안쪽에서 소리를 듣고 나온 주인에게 "란코 있나?"라고 묻고는 주인이 고개를 끄덕이자 "이 꼬맹이 동정을 떼줬으면 좋겠는데"라고 말한다. 미요시가 자신을 우습게 본다고 생각해 여자라면 몇 명이고 품어봤다고 하자 "그래, 그래"라며 달래듯 잔에 술을 따라준다.

"꼬맹이, 거기 벽 한번 봐라."

구와하라의 말에 미요시는 뒤를 돌아본 뒤, 날림으로 지은 건물이라 무너진 벽에 종이를 바른 줄만 알고 "왜요?"라고 묻자, 구와하라는 주인에게 고개를 끄덕여 신호를 보내고 일어서서 벽을 툭 두드린다. 벽은 사실 나무문이고 그곳을 통해 부엌과 부엌문으로 나갈 수 있도록 되어 있다.

"아무 때나 써도 된다. 아직 경찰에 쫓긴 사람이 없어서 기껏 만들어놓고 썩히고 있는데, 밖으로 나가고 싶을 때는 부엌문으로 나가면 산 쪽으로 이어지는 대숲이 곧바로 나오고, 2층에 숨어 있고 싶을 때는 부엌 옆에 계단이 하나 있으니까 거기로 올라가면 돼."

미요시는 그곳에서 술을 얼마나 마셨는지 기억하지 못하며, 미요시와 몇 살 차이 나 보이지 않는 란코라는 앳된 여자가 이끄는 대로 술을 깨기 위해 욕조에 들어갔다가, 정신이 들었을 때는 알몸으로 여자를 옆에 안은 채 누워 있었다. 여자의 배에 두른 팔을 천천히 가슴으로 올리고, 손가락에 찰싹 달라붙는 여자의 매끈한 피부가 기분 좋아 펼친 손으로 유방을 누르고 유두를 붙잡으니 여자는 잠을 깬 듯 얼굴을 찌푸리며 "아야" 소리를 낸다. 미요시가 손에 힘을 풀자 여자가 미요시의 사타구니로 손을 뻗어서 물건을 더듬어 찾듯 끝을 붙잡으려 하고, 미요시가 유두를 손가락으로 문지르자 귓가에 "자기, 어젯밤에 하다 말고 잠들어버렸어"라고 말한다. 여자는 확실히 미요시가 지금까지 경험한 어떤 여자보다도 훨씬 능숙하게, 그저 열심히 힘차게 허리를 움직이면 되는 줄 아는 미요시를 향해 기쁨에 찬 목소리를 내고, 미요시가 이제 어디에 내놔도 충분한 한 사람의 남자라고 말로 표현해주고, 세찰 때는 느슨하게 죄고, 미요시가 아직 산 중턱을 지났을 뿐인데 끊임없이 신음을 흘리고 몸을 떨면서 절정에 달하고, 미요시가 계속 움직이자 다시 교성을 낸다.

여자 손에 이끌려 목욕을 한 후 옷을 입고 2층에 있는 방으로 돌아가자 구와하라가 혼자 한 되들이 술병을 놓고 술을 마시고 있었다. 미요시는 구와하라가 보고 있었던 것 같아 거북해져서 로지의 친구 집에 볼일이 있다면서 나가려는데, 그가 잠깐만 일 이야기를 하자며 붙잡고는, 오로시尾呂志 깊숙한 곳에 옛날 군장郡長이었던 부자가 사는데 예전 같으면 남녀 하인이 여러 명 있겠지만 지금은 세상이 바뀌어 부부 둘이서 살고 있을 거라고 하며, 돈이 있는 곳과 값나가는 물건이 있는 곳을 모두 알고 있으니 함께 가지러 가자고 했다.

미요시는 도둑질도 익숙했으므로 주저 없이 수락한 후, 문득 그런 부잣집을 어떻게 알고 있는지 궁금해져서 구와하라에게 오로시에 살았느냐고 물어보니, 태어난 곳은 오와세이지만 철이 들고 나서 조선과 만주를 전전하다가 전쟁이 끝난 후 돌아왔다고 한다.

구와하라는 오로시에 갈 때가 되면 말할 테니 언제든 갈 수 있도록 마음의 준비만이라도 해놓으라고 하며, 그때는 그렇게 헤어졌다.

구와하라가 미요시를 불러낸 것은 한 달 후로, 나오이치로가 함께 있었다. 그가 일을 하자며 미심쩍어하는 미요시를 데려간 곳은 전에 말했던 오로시가 아니라 시내에서 강을 건넌 곳에 있는 우도노의 어느 집이었다. 나오이치로의 얼굴은 평소 길에서 우연히 볼 때와 무엇 하나 다르지 않았으나, 구와하라가 가리킨 집에 오자 마치 지난 10년 동안 도둑질로만 먹고산 사람처럼 소리 없이 가볍게 담을 올라 뒤쪽의 나무문을 열어 안으로 들어올 길을 만들고, 구와하라가 지시하는 대로 족자를 내리고 장식장의 금 술잔을 챙기고는 부부가 잠든 곳 옆의 금고를 열려고 시도했다. 구와하라는 금고는 그대로 두고 찬장 속의 물건을 빠짐없이 살피라고 말한 뒤, 대체 무슨 가치가 있는지 옷 밑에 접어서 넣어둔 증서 종류를 꺼내라고 미요시에게 시키고, 증서를 하나하나 성냥불에 비춰본 후 셔츠 속에 집어넣고 나서, 마지막으로 금고가 열리지 않으면 둘이서 짊어지고 나오라고 지시했다.

나오이치로와 미요시가 함께 묵직한 금고를 가지고 집을 나온 후, 금고를 든 채로 담을 넘을 수는 없으니 둘이서 박자를 맞추어 담 위로 던졌는데 흙으로 된 담에 부딪쳐서 소리가 난다. 둘이서 서둘러 금고를 줍고 담 위로 밀어 올려 바깥으로 떨어뜨린 후 담에 기어오르는데, 소리에 놀란 집안사람이 째지는 소리로 지르는 비명이 들리고 이어서 거기 서라고 소리치는 남자 목소리가 난다. 담 바깥으로 뛰어내려 구와하라가 우도노의 강가에 대어두었던 배에 올라탄 후, 쫓아오는 사람도 거기까지 생각이 미치지는 않을 것이라고 판단해 둘이서 거적을 뒤집어쓰고 누워서 날이 밝기를 기다렸다. 수면에 비친 달을 바라보면서 미요시는 도둑질이 세상에서 가장 재미있는 일이라는 감동을 느끼고, 금고를 열면 그 재미있는 일로 번 돈으로 마음껏 여자를 안아보리라 생각하며 나오이치로에게 "아니アニ, 창녀라는 건 좋은 거예요"라고 말하자,

"마누라한테 댈 건 아니지"라고 구와하라가 나오이치로에게 말하고 나오이치로는 "맞아"라며 맞장구를 친다. 눈에 띄지 않고 얌전하면서도 속으로 무슨 생각을 하는지 모를 나오이치로가 매춘부에게 돈을 쓰기보다 아내를 편하게 살게 해주고 맛있는 것을 먹여주는 쪽이 더 낫다고 말한다면 이해할 수 있지만, 여러 여자와 매춘부에게 돈을 물 쓰듯 쓰는 구와하라가 그렇게

말하니 이야기를 다른 데로 돌리고 있다는 느낌이 든다.

우도노에서 도둑질을 하고 얼마 지나지 않아 구와하라가 말하던 오로시 깊숙한 곳에서 군장을 지냈던 부자의 집에 도둑이 들어 값나가는 물건이 모두 털린 데다, 도둑을 발견한 집안사람이 소리를 지르자 도둑이 칼을 들이대는 바람에 검술의 달인인 집주인이 찔려 죽었다는 소문이 돌았다. 미요시는 그 이야기를 듣고 구와하라가 나오이치로와 함께 우도노의 집을 턴 직후에 저지른 일이라고 생각했는데, 아니나 다를까 시내 어디에서도 나오이치로와 구와하라의 모습을 찾아볼 수 없었다.

나오이치로의 얌전한 모습밖에 모르는 사람들은 도둑질은 하더라도 사람을 찔러 죽이는 엄청난 일을 저지를 리는 없다고 말하겠지만, 함께 도둑질을 해본 미요시는 나오이치로가 로지의 누구보다도 겁이 없고 대담함을 알고 있었다.

미요시는 구와하라와 나오이치로가 도망친 이유는 이해할 수 있었으나 금고를 어디에서 열었는지, 그리고 자신의 몫은 어떻게 됐는지 불안했다. 그래서 로지의 산 옆에 있는 다케다의 투계장에 얼굴을 비쳐보기도 하고 바닷가에 있는 다나카의 투계장에도 가봤지만 두 사람의 행방은 묘연했다. 산도와 기치지가 미요시를 따라다닌 것은 미요시가 형님 노릇을 하며 댄스홀이나 당구장에서 돈을 내주기 때문이었다. 믿고 있던 도둑질 몫이 들어오지 않고 세상이 전쟁 전과 마찬가지로 안정되고 있으니, 미요시처럼 나뭇가지 쳐내는 칼도 쓸 줄 모르고 풀 베는 낫도 쓸 줄 모르는 사람이라도 산일을 하러 가거나 목재를 나르러 갈 수밖에 없다.

오류노 오바는, 흰 양복을 입고 대낮부터 남들이 보건 말건 당구장 앞에서 젊은이들을 선동하듯 소매를 걷어 올리고 히로뽕 주사를 놓는 미요시의 심정을, 삶이 이루 말할 수 없이 힘들다는 심정을 너무나도 잘 알았다. 오류노 오바는 리젠트* 머리를 당구장 유리창에 비추어 눈을 치켜떠서 올려다보며 손으로 머리카락을 누르고 가슴 주머니에서 꺼낸 빗으로 빗는 미요시를 바라보았다. 젊은이 다섯 명이 똑같이 요즘 유행하는 흰 양복을 입고 있어도 미요시 혼자만 어울리고 혼자만 빛나 보이는 것은, 쪼개고 잘라서 입에 넣으면 아주 맛있을 듯한 흰 살결 속에 흐르는 틀림없는 나카모토의 피 탓으로, 달콤한 설탕과자가 습기에 녹아내려 부슬부슬 무너지는 모습과 닮았다. 때로 오류노 오바는 그런 미요시에게 언제까지나 남의 물건과 자기 물건을 구별하지 못하는 어린아이처럼 살 수는 없다고, 언제까지나 도둑질을 재미있어하는 시절에 머무를 수는 없다고 훈계하고 싶었지만, 나카모토의 피를 이어받은 레이조가 그렇듯 나카모토의 피는 무엇보다도 참고 견디는 일과 가장 맞지 않는다고, 뭐라고 말해도 소용없다고 생각해서 포기했다. 로지 사람 두세 명이 말하듯 눈과 코 앞에 성을 지은 단카쿠히메의 가세로 야시마 전투에서 겐지에게 패배한 자들의 피일지도 몰라서, 로지에서도 특히 나카모토 집안 사람들은 노래와 춤과 음악으로 밤낮을 보낸 자들의 더러운 피가 그대로 이어져 땀 흘려 일해서 밥을 벌어먹는다는 생각과는 거리가 멀고 세상을

* 앞머리를 부풀리고 옆머리를 붙여서 빗어 넘긴 남자의 머리 모양.

악착같이 뜯어먹으려는 사람이 없고 뚝심이 없어서 무슨 일을 해도 도중에 진력이 나며, 먹을 것이 없는 처지라도 신나게 놀며 술을 마시고 싶고 여자의 연지와 분 향기에 둘러싸여 있고 싶다. 다만 그렇게 생각하면서도 오류노 오바는 그것이 나카모토 집안 사람들이 모조리 요절하거나 병약한 이유로 충분하지는 않음을 알고 있었다. 그렇다면 7대나 10대 정도 전에 새끼를 밴 짐승의 배를 갈랐다거나 물을 청하는 자가 부처님의 화신인 줄도 모르고 매정하게 내쫓아서 천벌을 받았다는 인과가 나카모토의 핏줄에는 더 걸맞을 터인데, 그렇다 해도 지금 또 한 명의 젊은이가 자신의 몸속에 흐르는 그 더러운, 아니 그렇기에 깨끗한 피 때문에 서서히 스러져가는 일을 막을 수도 없다.

확실히 오류노 오바에게 세상의 부모들처럼 남의 물건을 훔치면 안 된다, 사람을 죽여도 안 된다, 다치게 해서도 안 된다, 라는 도덕관념은 거의 없다. 무슨 짓을 해도 좋다, 그곳에 네가 존재하기만 하면 된다고 생각했고, 레이조와 계속 함께 살면서 부처를 섬기는 길은 모든 것을 있는 그대로 긍정하고 이해하는 일이라고 생각했기에, 음식을 먹지 않아 비쩍비쩍 말라가면서 또다시 주삿바늘을 몸에 찌르고 혈관에서 역류해 주사기에 섞이는 피를 밀어내듯 약을 주사하는 미요시에게, 부모에게 받은 몸에 바늘을 찔러서는 안 된다고 말하지도 않고 혈관에는 피 외의 다른 것을 넣어서는 안 된다고 말하지도 않는다.

오류노 오바는 한조를 그렇게 생각했듯 미요시도 이 세상에서 살아남을 수 있는 자신과는 달라서, 바늘 끝이 들어가는 순간 극락에 온 것 같다고 자기 입으로 말했듯 이 세상이 아닌 다른 세상에서 찾아와 지금 여기에 존재하며 이 세상 사람들과 섞여 살아가는 것이라고 생각했다. 그래도 오류노 오바는 미요시가 어떻게 생활하고 있는지 마치 흰 옷이 더러워지듯 야위며 더러워지는 모습이 딱하다는 생각에, 한번은 아래쪽 길을 지나가는 미요시를 언덕길 위에서 불렀다.

"왜요?" 미요시는 귀찮은 듯 언덕길을 올라와 집 앞에 서서, 툇마루에 앉기를 권하는 오류노 오바에게 이 한여름에 해바라기라도 하라는 거냐고 말했지만, 그래도 오류노 오바가 자신을 받아낸 산파임을 알고 있기에 마음이 통하는 것인지 툇마루에 앉아 그녀가 내온 시원한 차를 맛있다며 꿀꺽꿀꺽 소리를 내면서 잔을 비우고, 그 옆얼굴이 전보다 부쩍 남자다운 티가 나서 "몇 살이지?"라고 묻자 열아홉이라고 대답한다.

"벌써 9년이나 지났구나."

오류노 오바가 중얼거리자 "뭐가요?"라고 반문하고 나서 곧 생각이 났는지 고개를 끄덕이며 아무도 뭐라고 하지 않았는데 "많이들 죽었지"라고 웅얼거리며 대답한다. 미요시는 머리에 바른 포마드가 질이 낮은지 이마에 머리카락이 드리울 때마다 플란넬로 보이는 흰색 셔츠 주머니에서 빗을 꺼내 빗어 올리고, 오류노 오바의 얼굴을 무서운 것이라도 보듯 쳐다보더니 "오바, 저번에 친구들이랑 오랜만에 도둑질을 하러 갔다가 개한테 쫓겨 다녔어"라고 이를 보이며 웃었다.

"히로뽕 하지 마라."

"안 해요, 안 해. 요즘은 내가 안 쓰고 남들한테 팔고 있어요.” 미요시는 그렇게 말하며 셔츠 소매를 걷고 팔을 보여주는데, 오류노 오바는 소맷자락 아래 드러난 문신을 발견하고 “이건 뭐냐?”라고 무심코 물었다. 미요시는 들켜버렸다는 듯 얼굴을 찌푸리며 “벌써 2년이나 된 거예요”라고 중얼거린 후 문신을 보여주겠다며 셔츠를 벗었다. 등 전체에 용이 모란꽃 덤불에서 하늘로 날아오르는 그림이 있는데, 오류노 오바는 문신이 멋있는 것보다도 문신을 새길 때 미요시가 아픔을 참은 것이 용하다고 생각하며 마음속으로 이 문신이 미요시의 생명을 지켜주는 부적이라도 되어주기를 바랐다. “문신을 하고 나서 별로 재미있는 일이 없다니까.” 미요시가 그렇게 말하는 것을 듣자 갑자기 오류노 오바는 한조가 등에 문신을 새기고 미요시와 함께 되살아난 기분이 들었다. “어때요?”라며 미요시는 문신의 상태를 확인하듯 모란꽃 부근에 손을 댔다. 지방이 하나도 없이 팽팽한 살갗에 푸르기만 한 모란꽃이 요염하다고 생각하며, 오류노 오바는 비록 용모로는 한조에 한참 뒤지지만 열아홉에 재미있는 일이 아무것도 없어서 문신을 새긴 미요시도 몸단장에 신경을 쓴다면 한조처럼 여자들이 놓아주지 않을 것이라고 생각했다. 다만 미요시는 한조만큼 열심히 여자들과 놀아나지는 않고, 여자가 따라온다 해도 다른 곳에서 놀듯이 일하는 도둑이나 노름꾼이나 마소 거간꾼이나 깡패와 어울리는 것이 더 재미있는 모양으로, 오류노 오바는 그것이 한조와 미요시가 자라난 방식의 차이라고 생각했다. 한조는 부모에게 버림받은 아이여서 어린 나이부터 남의 집에서 자랐기에 또래와 노는 법을 모르고 여자만 알았지만, 미요시는 부모가 모두 있어서 로지의 평범한 아이로 자랐다.

미요시도 이제 열아홉 살이니 오류노 오바가 무엇을 걱정하는지 잘 알고 있었으나 자신이 나카모토의 핏줄이라는 사실은 그다지 신경 쓰지 않았다. 요절하는 사람이 많은 것은 사실이었지만 거기에 마음을 쓴다고 해도 해결되는 일이 아무것도 없음을 알고 있었고, 게다가 미요시의 가슴속에는 나카모토의 핏줄에 대한 막연한 반감이 있었다. 물론 반감이라고 해봤자 미요시는 아직 한창 젊기에, 아버지가 나카모토 집안 사람이라는 말을 듣고 나서 비로소 자신은 어머니의 다구치라는 성을 사용하는 남자라는 사실을 의식할 때 느끼는 막연한 반감일 뿐이며, 그것보다 세상이 급속히 안정되어 댄스홀에 나가거나 당구장에 나가봐도 아는 얼굴이 하나둘 사라지고 대낮에 어슬렁거리는 사람이 야스다라는 깡패와 로지의 산도와 기치지뿐이라는 사실이 더 마음에 걸렸다. 역 앞에서 꾄 여자를 매춘부로 팔고 오와세의 유곽에서 도망친 여자를 다시 팔아넘기며 그때마다 미요시를 유곽에 데려가 한턱 내던 데쓰라는 남자는 갑자기 무슨 바람이 불었는지 산속의 공사장에 일하러 가버렸다.

그렇게 무엇을 해도 재미가 없던 때, 깡패 야스다가 가쓰우라 앞에 있는 덴마에 볼일이 있다고 해서 심심풀이로 따라가 야스다가 일을 보는 동안 덴마의 바닷가를 어슬렁거리는데 웬 여자가 말을 걸었다. 여자는 오사카에서 가쓰우라의 온천에 일을 하러 왔으나 원래 일하려던 여관이 지금은 손님이 없다며 거절한 까닭에 다른 여관에 하녀나 임시 접대부 자리가 있는지 알아보고 싶지만, 왠지 시작부터 재수가 나쁜 듯한 기분이 들어 기분 전환을 위해 바닷가를 걷고 있다고 말했다. 여자가 여관에 함께 가달라고 말해서 미요시는 선뜻 승낙하고 야스다가 한 시간이면 일을 마칠 것임을 알면서도 여자와 함께 가쓰우라까지 걸어갔고, 그곳에서 해안의 온천 여관을 두 군데 정도 들어가보았으나 경기가 나빠 손님이 끊겼다며 거절을 당하고, 날이 저물기 시작하는데 머물 곳을 찾으려 해도 수중에 두 사람 분의 숙박비가 없어 어쩔 수 없이 여자를 데리고 덴마로 돌아왔다. 여자를 바닷가에서 기다리게 하고 야스다가 일을 보러 갔던 곳에 가보자, 가쓰우라에서 게이샤를 불러 거하게 놀 계획이었으나 미요시가 돌아오지 않는 통에 그만두고 술을 마시고 있다고 해서 그쪽으로 찾아가니 야스다는 이미 붉어진 얼굴로 부하들에게 둘러싸여 있다.

야스다에게 작은 소리로 사연을 이야기하자 덴마의 부하들이 보는 앞에서 느긋하게 지갑에서 빳빳한 지폐 열 장을 꺼내 주머니에 찔러주고, "무슨 일입니까?"라고 묻는 부하에게 "저기 바닷가에서 낚은 여자랑 한판 하고 싶다는구먼"이라고 야스다가 그대로 말해버리자 열아홉의 미요시보다 훨씬 나이가 많은 부하가 말한다. "형님들은 미남이셔서 여자를 수도 없이 낚으시는구먼요."

미요시는 야스다가 내미는 잔을 받아 단숨에 비운 후, 부하들이 신구新宮에서 온 야스다를 맞이해 벌이고 있는 술판의 흥을 깨지 않도록 "한판 하고 올게요"라며 일어서고, 야스다가 개를 쫓아내듯 "그래, 갔다 와"라며 엉덩이를 툭 치는 것을 신호로 바깥으로 뛰어나갔다. 바닷가에서 기다리는 여자의 얼굴이 어떻게 생겼는지 잘 기억나지 않으면서도 미요시는 여자의 희열에 찬 표정을 생생하게 그릴 수 있다고 생각하며 온몸의 혈관이 팽창하는 것을 견딜 수 없어 어두운 밤길을 달려 여자가 기다리는 바닷가에 도착하고, 여관에서 몇 밤이고 묵을 돈을 가져왔으면서도 그 바닷가에서 여자를 안았다.

덴마의 바닷가에서 여자와 함께 아침을 기다렸다가 생선 장수들이 타는 첫 기차를 타고 신구로 가서 데쓰와 야스다에게 배운 대로 친구 집에 여자를 데려가 다시 한번 데리고 논 후 유곽에라도 팔아버리자는 심산으로, 남들에게 들키지 않고 옆쪽으로 출입할 수 있는 산도의 집에 갔지만 아무도 없다. 그래서 어쩔 수 없이 로지의 세 갈래 길 모퉁이에 있는 청년회관의 뒷문을 열려고 하는데 여자가 작은 소리로 "누가 쳐다보고 있는데"라고 말하는 통에 혀를 쯧 차고, 그렇다면 누구의 방해도 없이 마음 내키는 대로 여자를 안겠다고 작정하고 여자를 데리고 새로 개발된 땅의 좃토테이 뒤로 돌아가, 몰래 도망치기 위해 만든 나무 뒷문을 열고 2층으로 올라가서 아직 잠들어 있는 주인과 여자들과 손님들을 깨우지 않도록 빈방을 찾다가, 잠에서 깬 주인이 알려주는 대로 가장 안쪽의 유일하게 판자문이 달린 방으로 들어가 아침 햇살이 드는 창문을 그대로 열어둔 채 여자에게 과시하듯 옷을 전부 벗었다. 여자는 햇빛 속에 떠오르는 미요시의 등부터 엉덩이에 걸친 모란 덤불에서 하늘로 솟아오르는 용 문신을 보고 온몸의 힘이 빠진 듯 미요시가 한쪽 무릎을 꿇고 옷을 벗기는 것을 그대로 내버려둔 채, 미요시가 성난 남근을 양손으로 받치고 입에 물게 한 후 허리를 움직이자 목구멍이 막힌 소리를 내며 눈에 눈물마저 조금 고인 채 혀로 빨고, 미요시는 눈을 감자 여자의 혀가 뱀처럼 움직이는 것 같다고 느끼며 햇빛 속에서 여자의 유두가 황금색 솜털이 난 듯 보여 참지 못하고 여자의 머리를 손으로 떼어낸 뒤 그 입술에 자신의 입술을 가져가자 여자는 소리를 내며 침을 삼킨다. 여자의 털은 황금색으로 빛나고, 손가락 하나가 겨우 들어갈 것처럼 보이지만 사실은 물건이 다 들어가는 그곳에 미요시 스스로도 놀랄 만큼 돌덩이 같은 남근을 갖다 댄 채, 그 음문을 불꽃 같은 황금색으로 보이게 하는 털을 손가락에 빙빙 감고 복숭앗빛 유두를 빨며 혀로 굴리고, 그러고 나서 누가 가르쳐준 것도 아닌데 여자의 허리를 안아 올리듯 오른팔을 뻗어, 크게 벌린 다리 사이의 중심을 겨냥해 슬쩍 떠보듯 천천히, 그러나 설령 아픔에 신음해도 결코 뒤로 물러나지 않겠다는 생각으로 움직여도 빠지지 않을 만큼 깊이 넣고, 허리를 움직이고, 여자의 허리와 엉덩이에 댄 손을 누른다. 여자는 미요시의 다정함에 단숨에 달아오른 듯 가슴에 얼굴을 묻고 허리의 움직임에 맞춰 유두를 세게 그리고 부드럽게 빠는 미요시의 입술을 찾다가, 입을 맞출 수 없다는 것을 알고 미요시의 어깨를 힘주어 빨며 깨물려 든다.

미요시는 오래 즐기고 싶었다. 처음에 그렇게 작았던 음문이 천천히 시간을 들여 잔주름 하나하나를 펴주자 마치 구겨놓았던 종이를 편 듯 돌덩이 같은 남근이 전부 들어가도 아직 부족하다는 듯 충혈해서 부풀어 오르고, 욕심을 부리며 찔러달라고, 거칠게 파고드는 단단한 물건을 달라고 조르고, 단단한 물건이 들어가자 여자는 몸을 젖히며 괴로움을 견디듯 쾌락을 견디고, 더욱 격렬하게 허리를 위아래로 움직이자 축 늘어지며 절정에 달한다.

여자의 살갗은 열이 나는 아이처럼 복숭앗빛이었다.

막 잠이 들려는 미요시의 얼굴을 여자가 들여다보며 눈꺼풀을 쓰다듬고 입술을 쓰다듬기에 미요시가 뒤척이며 돌아눕자, 여자는 등의 문신을 보고 싶지 않은 듯 미요시의 등에 가슴을 찰싹 붙이고 목덜미에 얼굴을 파묻으며 "야쿠자라도 상관없어"라고 혼잣말처럼 중얼거렸다.

미요시가 눈을 뜬 것은 오후로, 옷을 입고서 여자를 데리고 밖으로 나가 여자를 끌어안은 채 어디로 갈지 고민하다가, 결국 로지의 집에 데려가는 것도 갑갑하고 그렇다고 해서 야스다에게 부탁했다가는 다른 수많은 여자에게 그랬듯 유곽에 팔아버릴 것이 빤하기에 좆토테이에 다시 숨어들어 가서 종업원으로 써달라고 부탁했다. 좆토테이의 주인은 미요시에게 "괜찮겠어? 가끔 손님 잠자리 상대를 해야 돼"라고 몇 번이고 확인한 후, 유곽에 팔려 가는 것보다야 낫다며 혼자 납득하고 고개를 끄덕였다.

역 앞에 파친코 가게가 세 곳 생기고 번화가에 한 곳 더 생겼을 즈음 미요시는 다나카의 투계장에서 나오이치로와 마주쳤다. 나오이치로는 처음에는 미요시와 눈이 마주쳐도 모르는 척하면 들키지 않을 것이라고 생각했는지 돈을 걸라고 외치며 돌아다니는 다나카에게 돈을 건네고 장부에 이름과 금액을 적고 있었으나, 미요시가 "아니アニ"라고 부르며 사람들을 헤치고

쫓아가려 하자, 공이 울리고 거적으로 둘러싼 싸움판에 싸움닭 두 마리가 들어가니 "잘한다"고 여기저기서 소리치는 신나는 상황인데도, 몸을 슬쩍 숙이고는 소리 없이 싸움판에서 멀어져 여자들이 옥수수나 떡을 구워 파는 가판대 쪽으로 걸어간다.

"아니アニ." 미요시가 다시 부르며, 단념한 듯 멈춰 서서 웃음기도 없이 그의 얼굴을 쳐다보는 나오이치로에게 다가간다. "그동안 어디 있었어요?"

미요시가 묻자 나오이치로는 대답 없이 그의 시선을 피하듯 가슴주머니에서 돈을 꺼내 떡을 한 개 사고 거스름돈을 받았다. "요 1년 동안 계속 아니랑 구와하라 형님을 찾아다녔어요"라고 말해도 나오이치로는 미요시의 얼굴을 쳐다보며 갓 구운 뜨거운 떡을 마치 과자처럼 베어 먹을 뿐이다. 미요시는 나오이치로가 떡을 먹는 모습을 보니 맛있어 보여서 봉투에 네 개를 담아달라 하고는 대부분의 손님이 하듯 거스름돈을 사양한 후, 무슨 생각을 했는지 "가자"라고 작은 소리로 중얼거리며 걷기 시작하는 나오이치로를 따라갔다. 나오이치로가 잘도 그렇게 먹었다는 생각이 들 만큼 떡은 물기가 많고 부드럽고 뜨거워서 마치 어린아이 같다고 생각하며 "그때 이후로 댄스홀에도 가보고 당구장에도 가봤는데 아는 사람이 없었어요. 지르박 춤은 재미있지만 다들 모르는 얼굴이고, 같이 놀러 다닐 사람도 없다니까요"라고 나오이치로의 옆에서 떡을 먹으며 혼잣말처럼 떠들었다. 다나카의 투계장에서 넓은 산으로 나왔을 때 나오이치로는 겨우 멈춰 서서 "계속 공사장에 있었어"라고 자기 입으로 말했다. 공사장은 도쓰카와의 다마키산에서 요시노

쪽으로 더 가면 있고, 1년 정도 그곳에 머물다가 돈이 어느 정도 모이자 나왔다고 한다.

"아니アニ, 금고는 열었어요?"

"금고?" 나오이치로는 아무것도 모른다는 듯 되묻더니 미요시가 "그 금고 말이에요"라고 말하자 비로소 생각난 듯 "아" 하고 고개를 끄덕이며, 그러고 보니 우도노의 부잣집에 숨어들어 갔다가 금고가 열리지 않아서 그 무거운 금고를 통째로 들고 나왔던 일이 기억난다고 말하고는 "글쎄" 하고 다시 시치미를 뗀다. 그 금고에 대해서는 까맣게 잊어버리고 있었고, 그러고 보니 구와하라가 혼자 가져가서 금고를 연 눈치인데 안에 무엇이 들어 있었는지 듣지도 못했고 자기 몫도 받지 못했다는 것이다.

미요시는 나오이치로가 계속 시치미를 떼고 있으니 그 이상 뭐라고 물어도 진짜 내막은 듣지 못할 듯하고 도둑질의 한몫을 받으려면 구와하라를 찾아내야 할 것이라고 판단해서 입을 다물었으나, 햇빛이 드는 산의 풀숲에 서 있으니 돈을 벌려고 도둑질을 한 것이 아니라 도둑질 자체가 재미있기 때문에 한 것이라는 생각이 들어, 로지로 돌아온 나오이치로에게 다시 한번 같이 일해보지 않겠느냐고 권했다. 나오이치로는 처음으로 소리를 내어 웃고는 "미요시, 그게 그렇게 쉬운 일이겠어?"라며 제안을 일축했다.

나오이치로와 만난 후 미요시는 구와하라도 돌아온 것이 분명하다고 생각해서 그가 나타날 만한 음식점과 선술집의 여주인들에게 나타나면 알려달라고 부탁하고는 그물을 몇 겹으로 쳐놓았다고 생각했는데, 아무리 기다려도 구와하라가 나타날 기미가 보이지 않아 초조해져서, 요즘 온천 지역까지 손을 뻗친 조직 덕분에 위세를 떨치고 있는 야스다에게 오래된 비밀 이야기라며 구와하라라는 남자와 함께 몇 집을 털다가 어떤 집에 들어가 값나가는 물건, 증서 종류, 금고를 가지고 나왔는데 그가 모습을 감춘 채 이득을 독차지하려는 것 같다고 말한다. 그러자 야스다는 그런 놈이라면 1년이고 2년이고 지나도 돌아오지 않을 테니 나오이치로를 손봐서 구와하라가 어디 있는지 털어놓도록 하는 것이 좋겠다고 말한다.

미요시는 로지의 젊은이들이 얼마나 입이 무거운지 알았기에 나오이치로를 손봐서 입을 열게 만드는 일은 포기했는데, 조토테이에서 지내는 여자와 밤을 보낸 후 날이 밝아올 때 야스다가 침실에 있는 미요시의 베갯머리에 찾아와, 나오이치로에게 손도 대지 않았는데 구와하라가 있는 곳을 먼저 불었다고 말했다. 구와하라는 오래전에 신구에 돌아와 있었다. 원래 구와하라가 도둑질을 할 때 세운 계획은 금품이 아니라 산의 땅 문서가 목적이었고, 문서를 돈으로 바꾸려면 몇 년이 걸리기 때문에 나오이치로도 자기 몫을 받지 못했고 구와하라에게 속은 것이나 마찬가지라고 야스다는 전하며 미요시에게 포기하라고 했다.

미요시는 오로시 깊숙한 곳의 집은 어떻게 된 것인지 의문을 가졌으나, 말해봤자 자신이 직접 본 것도 아니고 증거가 있는 것도 아니니 입을 다물고는 야스다가 이불 속에 파고들어 숨은 여자를 보고 빙글빙글 웃으며 나가는 모습을 바라보았다.

야스다가 나간 후 여자는 잠이 깼다며 미요시의 손을 자신의 가슴으로 끌어당기고, 미요시의 손놀림에 몸이 달아오른다며 이불을 걷어차고 미요시의 가슴에 입술을 댔다가 천천히 아래로 내려가고, 힘없이 축 늘어져 있던 물건이 여자의 손에서 열기를 얻어 단단해지면서 어스름 속에 우두커니 서 있는 것을 느끼며, 미요시는 열아홉의 나이에 이 세상이 별로 재미없는 곳이라고 생각했다. 배 언저리에서 급속히 힘이 빠져나가는 미요시의 정신을 여자의 입술과 혀가 내는 소리가 간신히 붙들어두고 있지만, 미요시는 여자에게 응하는 것 외에는 자신에게 아무 능력이 없는 것처럼 느껴지고, 도둑질을 할 때 몸이 붕 떠오르는 듯한 기분, 한낮에 히로뽕을 맞았을 때 단번에 이 세상 전체가 질서를 찾고 이것은 이것, 저것은 저것, 하는 식으로 뚜렷하고 선명하게 보인 것이 환상이었다는 생각이 들었다.

미요시가 오류노 오바의 집을 찾은 것은 구와하라에게 실컷 이용당했음을 깨닫고 나서 얼마 지나지 않았을 때이다. 미요시는 쌀쌀한 가을 아침 뜬금없이 언덕길을 뛰어 올라와 오류노 오바가 레이조와 함께 아침 일과를 마치고 예전에 어린 나이로 죽은 계집아이의 추억 이야기에 정신이 팔린 모습을 보고 "저기, 오바" 하고 부르고는, 두 사람이 침울해 보인다고 생각했는지 "아침부터 왜 죽상이에요?"라고 묻는다.

레이조는 평소 로지의 젊은이들에게 놀림당하거나 속는 일이 많았기 때문에, 남이 볼 때는 티가 나지 않을 수도 있지만 불끈 성이 난 듯 낯빛이 달라지면서 "아침에 염불을 외는 게 뭐 어때서 그러냐?"라고 중얼거리고, 오류노 오바는 자신이 끼어들지 않으면 레이조가 미요시를 쫓아낼지 모른다고 생각해서 "오늘은 무슨 바람이 불어서 오셨나?" 하고 반대로 미요시를 놀렸다.

미요시는 툇마루에 걸터앉아 오류노 오바의 놀리는 말투를 알아차리지 못한 듯 "산도랑 기치지가 다니는 공사장에 가보려고요. 산도한테 감독 집이 어디인지 물어보고 오늘이라도 당장 갈까 싶어"라고 말하곤, 오류노 오바에게 한쪽 눈을 찡긋하며 "이제 도둑질도 싫고 히로뽕을 하거나 남한테 팔고 다니는 것도 싫으니까. 여자라도 데리고 착실하게 살래요"라고 한다.

"너희들은 그렇게 생각만 하지." 레이조는 아직도 부아가 난 듯 말한다.

미요시는 레이조의 말이 어처구니없다는 듯 입을 비죽 내밀고, 순간 속에서 불꽃이 타오르는 듯한 눈동자로 바라보며 "생각하는 것만으로도 대단하잖아요"라고 한 후, 불꽃이 눈동자 속에서 천천히 퍼져 나가다가 사라지자 갑자기 힘이 사그라진 듯 "나도 레이조 아저씨처럼 중이라도 돼서 하루 종일 염불이나 할까"라고 하다가 무슨 상상을 했는지 웃으며 "오바, 내가 중이 돼서 남의 집에 들어가 염불을 외면, 밤에 어떻게 들어와 도둑질을 할지 생각하면서 입으로는 중얼중얼하고 손으로는 지도를 그릴 거야"라고 한다.

"이 양반은 그런 지도를 수없이 그렸지."

오류노 오바가 말하자 미요시는 "정말?" 하며 다시 불꽃이 피어오른 눈동자로 쳐다보다가, 오류노 오바가 웃는 것을 보고는 발끈한 듯 앞쪽 돌계단의 잡목에 침을 퉤 뱉고 "무슨 일을 할까"라고 말한다. 더 이상 미요시를 놀렸다가는 레이조가 한마디 할 것 같아 입을 다물었으나, 오류노 오바는 남의 집에 들어가 물건을 훔치는 것은 그다지 어려운 일도 아니지만 굳이 할 필요가 없기 때문에 하지 않는 것이라고 미요시에게 말해주고 싶어 근질근질한데, 어차피 이 세상이 덧없는 꿈이고 우리가 한없이 자유롭다고 생각해도 결국 부처님 손바닥 안이라면 무엇을 하고 살아도 좋다고 말하고 싶었다. 오류노 오바의 눈에는 아까 미요시가 퉤 소리를 내면서 뱉은 침이 잡목 잎에 거미줄이나 흰 솜처럼 생긴 벌레 알같이 달라붙어서 바람에 흔들리는 모습이 보인다. 그것은 현실이지만 한순간의 꿈이었다.

오류노 오바는 자신이 태어나 레이조와 함께 살고 지금 여기에서 숨 쉬는 산자락의 로지가, 한 송이 여름부용이 저녁에 피었다가 아침에 지며 꾸는 하룻밤의 꿈이라고 해도 전혀 상관없었다. 미요시는 그런 오류노 오바에게 자신의 마음을 잘 설명할 수 없다고 느꼈는지 툇마루에서 일어서더니 말없이 그대로 언덕길을 뛰어 내려가 로지의 모퉁이로 사라진다.

그 후 미요시는 정말로 산속 공사장에 간 모양인지 로지에서도 당구장 앞에서도 찾아볼 수 없게 되었다. 그해에는 로지 여기저기에서 전에 없이 많은 아이가 태어났는데, 오류노 오바는 나이도 있으니 난산일 때는 힘에 부칠지 모른다고 생각해서 언덕길 아래에 사는 미쓰조의 아내 사토에게 도움을 받아 무사히 다섯 명의 아이를 받았다.

아기는 결코 벌레와 똑같지 않지만 생명이란 물웅덩이에 생겨나는 장구벌레처럼 아무런 거창한 절차도 없이 달콤한 향기를 풍기는 흰 여름부용의 하룻밤 꿈 같은 로지에 차례차례 생겨나고, 그때마다 옛날 같으면 겨우 한순간 빛을 본 후 먹고살기조차 힘든 부모의 손에 의해 다시 어둠으로 돌아갔을 거라는 생각이 든다. 하지만 무엇보다도 손발을 꼼지락거리며 우는 아기 그 자체가 부처님의 작고 귀한 화신처럼 느껴지고 벌레처럼 생겨나는 생명 그 자체가 고마운 마음에 오류노 오바는 두 손을 모으고 싶었다.

사람의 생명은 언젠가 사라지는 것, 덧없는 꿈은 언젠가 깨는 것이라는 사실을 알고 레이조에게도 그렇게 배웠으며 죽은 자에 대한 외경심도 변함이 없었으나, 오류노 오바는 때때로 자신이 1만 년이고 1억 년이고 살아온 듯 느껴지고 로지에서 숨 쉬며 살아가는 자들이 계속 살아남고 수를 불려서 봇물 터지듯 이 땅 위에 흘러넘쳐 조선과 중국과 미국과 브라질에서도 계속 늘어나는 모습을 상상했다. 오류노 오바에게 브라질 상파울루 이야기를 한 사람은 그곳에 있는 연줄에 의지해서 아이 둘을 데리고 이민을 간 도이치로였는데, 아무리 가도 산이라고는 찾아볼 수 없는 상파울루라는 땅에서 마찬가지로 덧없는 꿈속에 살며 생명이 계속 불어나고 있는 것을 생각하면, 오류노 오바는 무언가 커다란 존재에게 구원받는 기분이 들어 마음이 편안해진다.

모든 것이 오류노 오바의 눈 속에 있어서 오류노 오바는 보려고만 하면 상파울루의 도이치로와 마찬가지로 옛날 어딘가에서 산자락에 찾아와 보금자리를 이룬 사람들의 얼굴이 보이고, 울렁거리는 파도처럼 사람 수가 늘고 줄며 샌디에이고와 상파울루와 부에노스아이레스로 퍼져 나가는 모습이 보이는데, 다만 장구벌레처럼 우글거리는 생명이 사람의 배를 찢어발기듯 밀어젖히면서 이 세상의 덧없는 꿈속으로 나오는 모습과 맞닥뜨리고 있노라면 자신이 새로 태어나는 생명들의 거룩함에 눈이 멀고 귀가 멀고 목소리가 목구멍에 달라붙어 막힌 자와도 같아, 한층 더 부처님께 매달려 자비를 구하고 싶어진다.

스러질 자들은 스러지고 계속 늘어날 자들은 계속 늘어나는 것이 부처님의 자비라면, 남자들이 수도 없이 요절하는 나카모토의 핏줄이 시간을 두고 보아야만 보이는 속도로 천천히 뿌리 뽑히고 있는 것도 이 세상을 덮은 커다란 존재의 힘에 의한 자비이건만, 작은 부처들이 무슨 까닭으로 앞으로 스러질 피를 가지고 태어났는지 생각하면 달리 손쓸 도리가 없음에도 딱해서 가슴이 미어진다. 야시마 전투에서 물고기 밥이 된 귀족들이라면 증오하는 적이 어디 있는지 알고 있으니 망령이라도 되어 저주해 죽일 수 있을 텐데, 나카모토의 핏줄은 저주해 죽일 상대가 어디 있는지도 알지 못하니 그저 자신의 몸속에 흐르는 더러운 피를 탓할 수밖에 없었다.

오류노 오바는 생각했다. 아이들이 줄줄이 로지에 태어난 이듬해 설에는 무슨 생각들인지 로지의 청년단 젊은이들을 중심으로 화재를 대비해 돈을 갹출해서 마련한 소방단 겉옷을 입고, 시가지의 목재상과 포목점이 한 해 동안의 장사를 기념해 가게 앞에 네 말들이 술통을 놓고 행인들에게 “드시고 가세요”라고 술을 대접하거나 자치회 사람들이 갈림길마다 풍로를 가져다 놓고 떡을 구워 누구든지 마음껏 먹고 가도록 하는 것을 흉내 내듯, 로지에서 밖으로 나가는 세 개의 갈림길에 술통을 하나씩 놓고 "드시고 가세요"라며 참배나 새해 인사를 가는 외부인들을 불렀다. 오류노 오바는 청년단 젊은이들의 그 행동이 아무 생각 없는 자들의 얼빠진 짓이라고 여기고, 옛날 설에 신당 문이 닫혔던 일을 모르느냐고, 목재상 앞에 둔 술통에서 술 한 잔을 떠서 마신 젊은이가 어떤 꼴을 당했는지 부모에게 듣지 못했느냐고 묻고 싶었다.

아무도 구해주지 않았고 오히려 모든 사람이 적이었다. 이미 정부의 명령이 내린 뒤였으니 목재상 앞에 놓인 술통에서 술 한 잔을 떠서 마셨다고 사람을 두들겨 팰 이유가 하등 없는데, 설에 길을 잘못 들어 시가지로 간 로지의 젊은이가 한 해 장사에 부정을 태웠다며 목재상 젊은이들에게 몽둥이로 몰매를 맞고 걷어차였다. 새해 인사를 나왔다가 주위에 모여든 사람들에게 살려달라고 애원했지만, 신사에 참배하고 한 해 소원을 빌고 온 사람들은 나가야마에서 온 놈이 두들겨 맞는다고 비웃었으면 비웃었지 누구 하나 도와주지 않았다. 젊은이가 시가지 사람들에게 대접하는 술에 입을 댔다가 매를 맞고 있다는 소식이 로지에 다다라, 구하러 가지 않으면 죽게 생겼다며 젊은 사내들과 나이 든 사내들이 다 같이 몰려갔는데, 피투성이가 된 젊은이를 안아 올려 등에 업는 것이 고작이었을 뿐 깨끗한 척 참배와 새해 인사를 하러 나온 시가지 사람들에 둘러싸여 아무것도 되갚아주지 못했다. 쥐 죽은 듯 가만히 있던 그 젊은이는 얼굴을 봐뒀던 남자 하나를 혼자 붙잡아 와서 친구들과 함께 셋이 뒷산에서 다리뼈가 부러지고 살이 찢기도록 두들겨 팬 후 목재상 앞에 던져놓고 왔는데, 지금 청년단은 눈에서 불을 뿜는 듯한 그 굴욕을 모르는지 신이 나서 "드시고 가세요, 한잔 하시죠?"라고 말하는 것이다.

오류노 오바는 그처럼 고집도 없고 근심 걱정도 없는 청년단 젊은이들보다, 믿음직하지 못한 것은 마찬가지더라도 공사판에서 번 돈을 노름으로 하룻밤에 다 날리고 그나마 남은 돈도 좆토테이에 두고 온 여자에게 요즘 유행하는 무늬의 유카타를 사주느라 다 써버린, 불꽃놀이처럼 한순간 불타오르면 그만이라고 생각하는 미요시가 여자로서 훨씬 끌린다고 느꼈다.

한 해 동안 산속 공사장에서 일한 것이 마치 눈 깜빡할 새였던 듯 미요시는 살결이 햇볕에 그을려 마치 딴사람처럼 남자다워 보이고, 더운지 훤히 드러낸 가슴을 수건으로 닦으며 강가에서 이곳으로 나오면 확실히 시내에 나온 기분이 난다고 말하고, 사흘 있었을 뿐인데 심심해져서 다시 도둑질 생각이 나고 재미있는 일 어디 없나 좀이 쑤신다며 웃었다. 그러고 나서 미요시는 언덕길 옆의 빈약하고 잎만 시퍼런 소나무에 눈길을 주며 문득 생각난 듯 "오바, 밤에 눈이 안 보이는 걸 밤눈이 어둡다고 하나?"라고 묻고, 오류노 오바가 고개를 끄덕이자 "나 밤눈이 어두워졌어요. 이제 도둑질도 못 하게 됐잖아"라고 한다.

"너처럼 허구한 날 도둑질 소리만 해대는 놈이 뭘 한다고."

"나 잘해요." 미요시가 오류노 오바를 돌아보며 말한다.

"잘하는지 못하는지 알 게 뭐냐. 이 오바랑 해본 것도 아닌데."

미요시는 오류노 오바의 말에 쓴웃음을 지으며 오바와 이야기하고 있으면 몇 명의 사람과 이야기하고 있는지 모르겠다고 말하는데, 오류노 오바가 "알고 보면 너랑 동갑이란다"라고 말하자 "거, 됐수다"라고 늙은이 같은 투로 대답한다. "레이조 아저씨는 몸집은 작아도 다리 사이에 늘어진 물건은 말만 하다고, 그래서 몸을 양옆으로 흔들면서 걷는다고 다들 그러던데"라는 말에 오류노 오바가 다시 "한조는 이 오바라면 언제든 해줄 테니 말만 하라고 그랬는데"라고 놀리자, 미요시가 "밤눈이 어둡다가 낮에도 눈이 안 보이게 된 친척도 있고, 도둑질할 집을 물색하러 중이 되어도 눈이 안 보이면 지도도 못 그리겠네"라고 한다.

"히로뽕을 해서 그래."

오류노 오바가 말하자 "그런가"라는 대답이 돌아와, 오류노 오바는 남들 수명의 절반도 채우지 못한 미요시가 눈이 멀어버린다니 가엾어서 미요시의 얼굴에 자신의 얼굴을 가까이 가져가 눈동자 속을 들여다보는데, 눈꼬리가 길고 보기 좋게 생긴 눈에 늙은 요괴 같은 자기 얼굴이 비친다는 생각에 눈물이 차올랐다.

그 후 곧 오봉*이 찾아왔는데 보름날 밤중에 바깥에서 사람 소리가 들리더니 뒤쪽 토방의 덧문짝이 덜걱덜걱 흔들리고 또다시 낮은 숨소리 같은 인기척을 느낀 오류노 오바는, 설마 하니 말만 청산유수지 일어나서 걷는 것도 점점 벅찬 자신에

* 조상에게 제사를 지내는 일본의 명절. 원래 음력 7월 15일이었으나 현대에 이르며 점점 양력 8월 15일 전후로 바뀜.

게 남자가 찾아왔을 리도 없고 도둑이 든 것 같지도 않아 일어서서 토방으로 내려가 나막신을 신으며 “누구시오?”라고 묻자 “미요시예요”라는 대답이 들린다. 그 목소리를 듣고 무슨 일인가 싶어 문을 열자 바깥은 은색 달빛이 대낮처럼 온 세상을 환히 비추고 미요시가 웃통을 벗은 채 서 있다. 오류노 오바가 말을 걸려 하자 “오바, 나 사람을 죽였어”라고 미요시가 쉰 소리로 말한다. 그리고 도와달라고 부탁하기에 우선 안으로 들어오라고 하자 “한 사람 더 있어요”라며 “이리 와”라고 집 입구 쪽에 손짓을 한다. 살집이 좋고 밤중인데도 미요시보다 열 살은 많아 보이는 여자가 미요시 곁에 다가와, 미요시에게 뒤통수를 떠밀려 고개를 숙였다. 오류노 오바는 놀람과 영문 모를 부아가 치밀어 오르는 채 “들어와라”라고 말하며 토방으로 들어서고, 뒤에서 미요시가 여자의 귀에 “걱정할 것 없어”라고 말하는 소리가 들려 뒤를 돌아봤다가 맨몸인 상반신에 군데군데 검게 보이는 것이 핏자국임을 깨닫고, 달빛에 비친 미요시의 옆얼굴을 보고는 젖가슴 부근부터 소름이 돋으며 순간 부처의 화신과도 같은 아기에게 외경심을 품는 것은 언젠가 지극히 잔혹한 자의 화신으로 변하기 때문이라고 생각하고, 미요시보다 열 살은 많아 보이는 여자가 밉기도 하고 부럽기도 했다.

무슨 소리를 듣고 레이조가 일어나 모기장 속에서 나왔으나 오류노 오바가 “당신은 아무것도 못 본 걸로 해요”라며 등을 떠밀어 모기장 속으로 돌려보내고, 토방에 멍청히 선 두 사람에게 “이유는 나중에 들을 테니 거기 있는 국자로 물독에서 나무통에 물을 퍼서 몸을 씻고, 그 피 묻은 바지는 벗어라. 자네도 그렇게 하고"라고 말한 후, 벽장에서 아직 새것인 레이조의 유카타를 꺼내고 자신의 낡은 주반을 둘로 찢어 부뚜막 앞에 가져다 뒀다. 여자가 말없이 물독에서 나무통에 물을 푸고 미요시가 바지를 벗어 둘둘 말아 그것으로 몸에 묻은 피를 닦는 동안 오류노 오바는 부뚜막에 톱밥을 넣어 불을 피우며, 밖에서 진흙놀이를 하고 들어와 야단을 맞고 토방에 서서 몸에 여기저기 묻은 진흙을 찾는 어린아이처럼 자신의 몸을 이리저리 비틀며 들여다보는 미요시를 바라보았다.

부뚜막에 불이 피어오르자 미요시가 마치 그 문신을 새긴 피부가 찢어져서 뿜어 나온 양 피를 엄청나게 뒤집어쓴 모습이 보였다. 오류노 오바는 포동포동하고 한눈에 봐도 시내 사람의 아내임을 알 수 있는 여자에게 물은 그만 푸고 빨리 피를 닦아 주라고 명령했다. 여자는 겨우 정신을 차린 듯 나무통을 미요시의 발치에 가져다 놓고 주반 조각을 물에 담근다. 물소리가 난다. 주반 조각으로 미요시의 가슴을 닦으려는데 미요시는 자기가 하겠다며 가슴을 씻고, 그러다가 속바지도 피에 젖었음을 깨닫고 벗는 것을 보고서, 오류노 오바는 미요시의 바지와 속바지를 건네받아 아궁이에 던져 넣고 불에 잘 타는 톱밥을 함께 넣었다.

여자가 또 하나의 주반 조각으로 미요시의 벌거벗은 등과 등허리를 마치 선반을 훔치듯 닦는 모습을 보고 오류노 오바는 연상의 그 여자와 미요시가 침실에 있는 모습을 실제로 보는 기분이 들었다.

미요시가 여자와 배가 맞은 것은 공사판에서 돌아와 오류노

오바의 집에 들른 그날로, 오류노 오바는 그 이야기를 듣고 역시 나카모토의 핏줄이라고, 성격이 아무리 게으르다 해도 여자를 꾀는 일이라면 타고난 능력을 발휘한다고 고개를 끄덕였다. 단카쿠초 거리를 어슬렁거리다가 길모퉁이를 도는 여자에게 휘파람을 불었는데 여자가 걸음을 멈추지 않자 뛰어 쫓아가서 영화배우가 지나가는 줄 알았다며 되지도 않는 소리를 하고, 여자가 미요시를 따돌릴 작정인지 길모퉁이를 돌고 또 도는 것을 계속 따라 걸어가고, 여자는 아는 사람과 마주치고 싶지 않고 미요시에게 집을 들키기도 싫다는 듯 좁은 시내 구석구석을 걸어 다니게 되었다. 그러다 어느새 옛날에 강 하구로 배가 드나드는 항구였던 이케다까지 가서는 지쳐서 미요시와 나란히 앉게 되어, 입술을 빨리고 미요시의 돌덩이 같은 물건을 손에 쥐게 되었다. 여자의 눈에 미요시는 보기 드물게 매력 있는 남자였고, 남편과 함께 부족한 것 없이 살아왔지만 여자로서 한창 물이 올라 어딘지 아쉬운 시기에 딱 좋은 불장난 상대로 여겨졌기에 미요시가 이끄는 대로 한 번도 가본 적 없는 역 뒤의 여관에 묵었다. 나카모토 핏줄의 남자들은 말을 듣기 좋게 하기는 하지만 어딘지 듣는 사람을 마비시키는 독이 있다고 오류노 오바도 생각했는데, 젖가슴에 얼굴을 묻고, 몸을 구석구석 풀어주듯 애무하고, 음문을 손으로 희롱하고 입으로 빨고, 여자를 밑에 두는 대신 자신의 체중이 실리지 않도록 들어 올린 후 허리를 노の 자 모양으로도 돌리고 코こ 자 모양으로도 돌려서 여자의 온몸에 피가 돌아 위로 치솟는 길밖에 남지 않도록 하고, 음문 벽이 찢어지도록 깊숙이 찌른다. 여자는

머리로 피가 쏠려 미쳐버릴 것 같으며, 여자의 땀을 들이마시고 음문의 주름을 혀로 눌러 펴면서 계속해서 빠는 남자의 등에 문신이 있는 것을 발견하고, 지금까지 인연이 없다고 생각했던 델 듯이 뜨거운 남자가 손이 닿는 거리에서 자신을 달콤하게 도취시키며 괴롭히고 있다고 생각하면서, “큰 거 줄까?”라고 어두운 눈빛으로 묻는 미요시에게 “줘”라고 대답했다. 전부 다 갖고 싶었다. 옷을 입고 있으면 날카로움과 부드러움이 뒤섞여 있고 아직 완전히 남자로 성장하지 않은 미남인데, 옷을 벗으면 어디에 그런 음란함이 숨어 있었나 싶을 만큼 대담하게 이미 성을 잘 알고 있다고 생각했던 여자를 이끌어, 낮에 남편이 없는 집에 데려와 목욕을 시켰더니 여자에게 옷을 입은 채 들어오라고 한다. 그리고 욕조에서 나와 그 어두운 눈빛으로 여자에게 바닥에 앉아 눈을 감고 입을 벌리라고 한다. 미요시는 단단해지지 않아 무화과 같은 물건을 붙잡고 여자의 눈꺼풀 근처와 코 근처에 문지르다가 갑자기 뜨거운 오줌을 눈다. 여자가 놀라 눈을 뜨자 멈추지 않는 뜨거운 오줌은 황금색으로 빛나며 여자의 얼굴 전체에 흐르고, 도망치지 못하도록 미요시가 머리를 눌렀기에 여자는 자신의 내면에서도 한 마리 음란한 짐승이 고개를 내민 듯 입을 벌리고 뜨거운 황금색 비를 받아들여 삼킨다. 여자는 미요시의 물건을 빨았다. 미요시는 옷을 입은 여자를 욕조에 앉히고 젖은 옷을 벗긴 후 정중하게 사과하듯 머리를 감겨주고 얼굴을 씻기고 비누를 묻혀 여자의 몸을 샅샅이 닦고, 그대로 여자를 안아 올려 꼭 닫혀 있던 부부의 침실에 데려가서 이불에 눕힌 후 마치 시중들듯 몸을 주물렀다.

여자가 남편과 사이가 나빠진 것은 순식간이었다.

여자는 미요시가 늘 무심코 하던 도둑질 이야기를 듣고 그렇다면 자신의 집에 강도처럼 들어오라고 했다. "칼이 있었으니까, 싸움이 붙었을 때 찌르고 말았어요"라고 미요시가 말했다. 오류노 오바는 어딘지 수상하다고 생각해서 여자가 찌른 것이 아니냐고 물었지만 미요시는 자기가 했다고, 사람을 죽인 일이 대수롭지 않은 양 말한다. 밤눈이 어두워 부엌에서 찬장에 부딪쳤다가, 그 소리 때문에 들켰는지 방에서 나온 남편과 몸싸움을 하게 되어 찔러 죽였다는 것이다.

그날 밤 두 사람을 오류노 오바의 이불에 재우고 오류노 오바는 레이조의 이불에 함께 누웠는데, 두 사람이 서로 껴안고 잠들어 새근새근 숨소리를 내는 모습을 보고 있으니 잠이 오지 않아, 미요시가 무사히 도망치지 못하고 붙잡힌다면 도둑질을 하러 갔다가 우연히 남편을 찔러 죽인 것과 여자의 감언이설에 넘어가 도둑으로 위장해서 남편을 죽여달라는 부탁대로 한 것 중 어느 쪽이 더 무거운 죄일지 생각했다. 어느 쪽이든 사람을 죽였음이 밝혀지면 사형인 것은 매한가지였다. 도망쳐서 사람들의 관심이 식고 나면 연락하겠다고 미요시가 달래서 여자가 아침에 집으로 돌아간 후, 미요시는 앉아서 오류노 오바가 말없이 어제 옷을 태운 아궁이의 재를 긁어내 가느다란 소나무 밑에 버리는 모습을 보고 "사람을 죽여도 아무것도 달라지는 게 없네요"라고 말한다.

아침부터 무슨 넋두리를 하나 싶어 상대하지 않고, 집 뒤에서 황금색 새가 내는 투명한 유리 같은 울음소리를 들으며 매일 아침 일어나자마자 불단에 올리는 흰쌀밥을 짓기 위해 작은 솥에 쌀을 씻고 물을 부어 불을 피우고, 큰 솥에 미요시의 몫까지 한 홉 정도 더해 쌀을 담고 물을 부어 그쪽 아궁이에도 불을 피웠다. 나무통은 어젯밤에 씻어두었지만 더 이상 입에 들어가거나 입에 닿는 것에 쓸 수 없다고 생각해서, 걸레질을 하거나 물을 뿌릴 때 쓰려고 바깥으로 들고 가 벽 옆에 뒀다. 오류노 오바는 아무 말도 하지 않았고 레이조도 입을 다물고 있었다.

미요시는 두 사람이 말없이 자가유를 먹는 것이 답답하고 괴로웠는지 자가유에는 젓가락도 대지 않다가, 무릎까지밖에 오지 않는 레이조의 유카타를 입은 모습으로 "친구 집에 다녀올게요"라며 일어서서, 아침을 먹고 가라고 권하는 것도 듣지 않은 채 짚신을 발에 꿰고 밖으로 나가 언덕길을 천천히 걸어간다. 그러다 갑자기 생각난 듯 뛰기 시작해, 날듯이 달려서 로지 모퉁이를 돌아갔다.

미요시는 그대로 새로 개발된 땅의 좆토테이로 달려가서 풀이 무성한 나무 뒷문으로 들어가 덴마에서 만난 여자가 쓰는 방에 뒀던 옷을 입고, 아직 술 냄새를 풍기며 잠들어 있는 여자를 깨워 돈을 달라고 한 후, 그길로 버스를 타고 댐 공사를 하는 산속 공사장으로 향했다.

미요시는 오류노 오바에게 말한 대로 밤이 되면 작은 불빛만으로는 도통 어디에 무엇이 있는지 짐작조차 하지 못하는 지경이었고, 공사장에서 비가 오는 날 주변이 조금 어두우면 항상 깔려 있는 이불 위에서 노름을 해도 패에 무엇이 그려져 있는지, 중 그림인지 기러기 그림인지 바깥에서 들어오는 빛에 비춰봐야만 알 수 있었다. 공사장에 흘러들어 온 거친 자들은 "무슨 수작이야?"라며 언성을 높이고, 어두운 곳에서 눈이 보이지 않는다는 사실을 들키는 것이 싫어서 무슨 패인지 전혀 모르는 채로 버리기도 한다.

일은 발파 후 흩어진 바위를 바구니나 손수레로 옮기는 작업과 기계가 들어올 수 있도록 길을 다지는 작업이 대부분이었고 미요시는 남들의 갑절로 열심히 일했다. 때로 그 바위를 옮기는 현장이 시야에 다 들어오지 않을 만큼 커다란 절벽이라는 사실을 깨닫고 인간의 인지를 넘어선 무언가가 자신을 둘러싸고 있음에 전율하며, 기껏해야 바위에 달라붙어 깎아내거나 콘크리트를 부어 표면을 편평하게 만들고 있을 뿐이라고 생각하면서 일손을 멈추고 해가 드는 바위 절벽을 바라보았다. 현장감독이 절벽 위쪽에서 고함을 치지만 그 절벽을 걸어서 내려오면 다시 올라가는 데에 한 시간은 걸릴 터였다. 바위에 햇빛이 비치고, 마른 점토가 섞인 흙에 햇빛이 비치고, 콘크리트를 붓기 위해 짠 발판에 햇빛이 비치는 모습을 보며, 미요시는 자신의 눈 속에서 불꽃 같은 거품이 햇빛을 받아 무한정 일어나고 있다고 느꼈다.

가쓰이치로의 아들 이쿠오가 미요시를 로지로 다시 데려온 것은 그 후 얼마 지나지 않아서였는데, 오류노 오바는 나중에 생각해봐도 나이와 생김새가 크게 다르지 않은 나카모토 핏줄의 두 사람이 다마키산 속의 공사장에서 우연히 만난 일이 이

세상에서 일어나는 불가사의 중 하나라고 생각했다. 이쿠오는 공사장에서 마치 장님처럼 화투 패를 햇빛에 비춰 지그시 들여다본 후 버리거나 내놓는 미요시를 발견했을 때 그의 변한 모습에 놀랐다고 말했다. 오류노 오바는 산속 공사장 일꾼들을 상대로 오두막에서 장사를 하던 매춘부들이 두 사람을 보고 마치 형제 같다고 했던 것보다도, 따로 떨어져 자랐으나 함께 나카모토의 피를 이어받은 이쿠오를 산속에서 만나 "아니アニ"라고 정답게 부르는 소리를 들었을 때 미요시가, 남들에게 알리지 않은 채 눈이 멀어가던 중에 커다란 존재의 힘이 이쿠오를 데려와 너도 나카모토의 핏줄이라고 일깨워준 것이 숨 막히도록 괴로웠음을 알았다. 살인은 당사자가 마음에 두지 않고 도망치려고 하면 도망칠 수 있고, 잊으려고 하면 잊을 수도 있다. 실제로 미요시가 로지에 돌아오고 나서 곧 나오이치로는 어디서 돈이 났는지 번화가의 노른자위 땅에 파친코 가게를 대대적으로 열었고, 구와하라도 역 앞 암시장이 있던 자리에 빌딩을 세웠다.

미요시는 붙임성 있게 계속 따라다니던 이쿠오가 보는 앞에서, 작업 현장인 바위 절벽에서 자신이 휘두른 해머에 엄지손가락을 찧고 말았다. 손을 누른 채 신음하는 미요시 곁으로 달려와 엄지손가락에서 흐르는 피를 본 이쿠오는 순간 일은 하기 싫지만 노는 데에 쓸 돈이 필요한 사람들이 자신의 손가락을 찧어서 부러지지 않을 정도로만 상처를 내는 수법을 미요시도 쓴 것이 아닌지 의심했으나, 숙소로 데려다주느라 함께 걸어가는 동안 몇 번이고 바위에 발을 부딪치는 모습을 보고, 미요시가 숨 막힐 듯 내리쬐며 모든 사물의 윤곽을 진하게 비추는 햇빛 속에서도 앞이 어렴풋하게만 보이게 되었다는 사실을 알아차렸다. 숙소로 돌아와 곧장 약을 바르고 붕대를 감고 이쿠오와 함께 다음 버스로 신구의 병원에 가기 위해 옷을 갈아입고 오늘까지 일한 보수를 받아 버스가 다니는 곳까지 산길을 걸어가다가, 미요시는 울었다. 미요시는 스무 살이었다. 오류노 오바는 이쿠오에게 그 이야기를 들었을 때에도 울고, 나이 탓에 정신이 흐려져서 누워 있는 지금도 그것이 언제 일어난 일인지 잊고 순간 방금 이쿠오에게 그 이야기를 들은 것 같아서 이쿠오에게 "운다고 뾰족한 수가 있겠니. 운명은 운명이라고 말해 줘라"라고 말하려다가 눈물을 흘린다.

스무 살이면 오류노 오바의 4분의 1, 아니 자신이 살아왔다고 느끼는 시간에 비하면 100분의 1에도 미치지 못하고 아직 살펴봐줄 필요가 있는 나이라는 생각에 오류노 오바는 다시 눈물지으며 한숨을 쉬었다.

이쿠오에게 이끌려 돌아온 그날 병원에 가서 치료를 받은 후 로지로 온 미요시는 마침 산도와 기치지가 있기에 집에 놀러가 공사장에서 만난 매춘부 이야기를 했으나 별로 재미가 없었는지 금세 좃토테이로 향했다.

좃토테이의 주인은 미요시의 얼굴을 보고 "그동안 어디 있었어?"라며 속으로는 스무 살의 나이에 갑자기 야위고 꺼칠해진 미요시가 이상해 보인 데다 대낮부터 술을 마시러 왔을 리도 없다고 생각했으나, 미요시가 달라고 해서 술을 내놓은 뒤 "또 어디서 여자가 쫓아오기라도 한 거야?"라고 묻자 미요시는 술을 입에 머금은 채 빙긋 웃고는 "뽕을 너무 맞아서 그런지 조상이 옛날에 나쁜 짓을 해서 그런지, 눈앞이 어슴푸레해져서 앞이 잘 안 보여요"라고 털어놓았다.

"히로뽕 때문인가?"

"피가 썩어서 그런가 보죠."

미요시가 웃자 주인은 "아직도 숨어서들 히로뽕을 하는데, 저번에도 하늘을 난다면서 여기 2층에서 뛰어내린 놈이 있었지"라고 말하고는, 다른 이야기라며 구와하라가 야스다에게 약점을 잡힌 것이 사실인지 목소리를 낮추어 묻고, 구와하라가 옛날에 권리증서와 차용증을 몰래 가져간 일을 몰랐느냐고 이어서 묻는다. 미요시는 몰랐다고 대답하고, 문득 구와하라의 잔심부름을 하던 시절 장례식 만주를 가지고 레이조를 놀렸던 일이 기억나, 지금은 늦었지만 그때 중이라도 될 걸 그랬다고 생각했다.

나오이치로와 구와하라가 지금 뭘 하고 있든 관심은 없었고, 공사장으로 가기 전에 알고 지냈던 여자의 집에 강도인 척 들어가서 잠든 남편 위에 올라타 찔러 죽인 일도 미요시의 입장에서는 여자에게 소변을 먹인 일과 똑같은 흐름이었다. 여자의 머릿속에는 다른 생각이 있었는지도 모르나 자신의 머릿속에는 남편의 몸에서 뿜어져 나온 핏속에 여자를 뒹굴게 하며 교성을 듣는다는 생각만 있었던 것 같아, 미요시는 자신이 로지의 그 누구보다도 천벌을 받을 사람이고 눈알 한두 개가 없어져도 이상할 것이 없다고 느껴서 갑자기 답답한 안개가 걷힌 기분에 "오지, 일단 구와하라를 좀 흔들어볼까요?"라고 물었다. 좃토테이의 주인은 미요시의 말을 곧바로 이해하지 못해서 당황했다가, 곧 알아들은 듯 손을 내저으며 "이미 야스다가 하고 있어서 안 돼"라고 웅얼거린다. 주인의 말이 미요시의 흥분에 찬물을 끼얹어 미요시는 "상관없잖아요"라고 부아가 난 듯 말하고, 그자들은 돈을 훔치기 위해 사람을 죽인 것이라고 마치 자신이 현장에 함께 있었던 듯 마음속으로 혼잣말을 하며, 다들 그릇이 작고 좀스럽게 살고 있다는 생각에 몸에서 불꽃을 뿜으며 타오르듯 살아갈 수 없다면 목을 매고 죽는 것이 낫다고 큰소리를 쳤다.

오류노 오바는 미요시의 마음을 너무나도 잘 알았다. 살아남으며 계속 수를 불리는 장구벌레처럼 생명이 계속 생겨나는 것이 자비라면 매미처럼 태어나 목청껏 울다가 스러지는 생명도 자비의 선물이었다. 그렇다면 목청껏 울다가 죽어가는 아기가 어떤 상태로 태어나든 티 없이 깨끗한 것과 마찬가지로 사람을 죽이고도 나쁜 짓을 했다고 생각하지 않는 미요시는 죄를 깨닫지 못하기에 티 없이 깨끗하고, 설령 피 웅덩이 속에서 여자를 벌거벗겨 뒹군다는, 다른 사람들은 상상조차 하지 못할 일을 하기 위해서였다 해도 미요시에게는 죄가 없었다.

해가 드는 아침까지 미요시가 좃토테이 바로 뒤의 대숲에서 어떤 마음으로 시간을 보냈을지 오류노 오바는 생각했다. 햇볕이 내리쬐기 시작하면서 지면의 온도가 올라가고 여름부용꽃이 지기 시작할 때, 미요시는 대숲에서 옆으로 돌아가는 곳에 심어져 있던 벚나무에 밧줄을 걸고 목을 매어 죽었다. 8월 10일이었다. 오류노 오바는 한숨을 쉬고 미요시의 등에 새겨진

용이 지금 손발을 움직이며 천천히 기어올라 그의 등에서 머리를 내밀고 빠져나오는 모습을 마음속에 그렸다. 등에 다 들어갔던 용이라는 것이 믿기지 않을 만큼 커다랗게 불어나 나뭇가지 끝에 매달린 미요시의 몸을 두 바퀴 휘감고, 사람이 다가오는 기척이 없는지 둘러본 후 슬슬 시간을 들여 그을린 은덩이 같은 비늘이 달린 두툼한 배를 내보이며 빠져나와 완전히 모습을 드러냈을 때, 미요시의 몸은 머리부터 발끝까지 열 바퀴는 휘감은 용의 배에 둘러싸여 가려졌다. 용이 빠져나온 등줄기의 아픔을 핥아서 달래주듯 혀를 내밀고 몸뚱이로 튼 똬리 속에 머리를 집어넣을 때마다 용의 배는 공중에 뜬 채로 스르륵 돌아가고, 바람이 불어 소리가 나자 용은 날아오르기 위해 고개를 들었다. 용이 별안간 얼굴을 쳐들고 하늘을 향해 칭칭 감은 밧줄을 풀듯 똬리를 풀며 눈 깜짝할 새에 허공으로 솟아올라 땅과 하늘을 가르듯 일직선으로 날자 번개가 치고, 구름 위로 올라가 주위를 한 바퀴 빙글 돌며 포효하자 소리는 구름에 부딪쳐 울리며 천둥이 된다.

미요시가 죽은 그날부터 비가 계속 내렸다.

오류노 오바는 그 비가 나카모토의 피를 받아 태어난 이 세상 사람 아닌 자가 요절해 하늘로 돌아가서 이 세상의 죄를 하나 씻어냈다는 표시로 내리는 감로라고 여겨, 미요시를 향해 고맙다며 몇 번이고 두 손을 모았다.

덴구의 소나무

꽤나 옛날에 레이조가 살아 있던 시절, 2백 엔이 넘는 돈을 주고 판자를 사다가 고친 뒷문의 작은 틈으로 밤에서 새벽에 이르는 한순간 엷은 안개의 입자가 들어오는 것이 느껴져, 계절이 다시 바뀌어 숨쉬기도 힘들 만큼 그토록 애절하게 달콤한 향을 풍기던 여름부용꽃이 지고 뒤쪽에서 싸리가 꽃을 피우는 시절이 되었음을 깨닫고 오류노 오바는 몸이 성했다면 레이조의 불단에 그 싸리 가지를 하나 꺾어 장식해줬을 텐데, 라는 생각을 잠결에 했다.

여름부용이 한창 젊은 시절에 어울리듯, 뒷산 풀숲에 섞여서 여름을 난 후 아침저녁으로 선선한 이 시기에 처음으로 걸치는 홑겹 잔무늬 기모노처럼 자연스럽게 핀 야생 싸리꽃은 젊음이 지나고 은근한 멋을 알게 된 나이에 잘 어울린다. 불단의 꽃 꽂는 통이 작아서 가지 하나를 다 꽂으면 쓰러져버리기 때문에, 싸리에 고맙다고 인사하며 꽃 몇 송이가 붙은 가지 끝부분만 꺾어다 통에 깨끗한 물을 채우고 꽂았다.

싸리꽃이 필 때면 저녁매미가 뒷산에서 길고도 긴 여운을 남기며 우는 소리가 나서, 이승의 삶을 한탄하는 걸까 아니면 현세에 그런 몸으로 태어난 데에서 나오는 쾌락의 소리를 내는 걸까, 오류노 오바는 속으로 중얼거리며 자리에 누운 그대로 몸이 공중으로 떠오르는 기분이 든다. 확실히 오류노 오바가 하루에 먹는 양은 너무나도 적어서 누워 지내는 오류노 오바를 돌봐주러 찾아오는 로지 여자들이 놀랄 정도인데, 여자들이 "저 밥만큼도 안 드시네요"라고 불단에 매일 아침 올리는 작은 쌀밥 그릇을 가리키며 말하면, 오류노 오바는 "단곡*을 한 것도 아닌데"라며 웃는다. 로지 여자들뿐만 아니라 오류노 오바와 겉모습이 비슷해 보일 만큼 늙은, 스무 살 정도 차이가 나는 노파도 단곡이 무엇인지 모른다는 표정을 짓는 것을 보고 오류노 오바는 내심 정말로 몸이 공중으로 떠오르는 느낌이다.

저녁매미 소리에 귀를 기울여 유심히 듣다가 그 소리가 붓에 먹을 듬뿍 묻혀 우뚝 솟은 산을 그려내는 듯하다고 말한 사람도, "저 소리를 듣고 있으면 몸이 둥실둥실 떠오르는 기분이에요"라고 말한 사람도, 한조나 미요시와 똑같은 피가 흐르던 후미히코文彦였다. 후미히코는 태어났을 때부터 묘하게 남들과 다른 아이여서 머리카락이 새까맣고 솜털이라고도 할 수 없는 털이 온몸을 빽빽하게 덮고 있었기에, 오류노 오바는 소리 내어 말하지는 않았지만 어미인 가네가 인간이 아닌 것의 새끼를 낳았나 싶어 품에 안은 아이를 지그시 들여다보던 중, 장지문 너머 마루방에서 물을 데워놓고 기다리던 아비 요시가 아기 울음소리를 듣고,

"뭐예요?"

라고 묻는 소리에 순간 당황했다가, 아기가 사내아이인지 계

* 신앙이나 기원 등을 위하여 곡식류를 끊음.

집아이인지 묻는 것일 뿐임을 깨닫고는 "사내아이야"라고 말했다. 따뜻한 물에 담그자 아기는 오류노 오바가 받은 그 어떤 아기보다도 기운이 넘쳐서, 목을 확실하게 지탱하고 포동포동 살이 오른 등 전체를 팔로 제대로 받치지 않으면 물속에 떨어뜨리겠다 싶을 만큼 버둥거리며 울었다.

온몸의 털이 사라진 것은 한 달 뒤였지만 그 후에 배를 중심으로 갈색 반점이 몇 개 생겨났고, 반점도 사라진 것은 만 여섯 살 때였다. 후미히코가 인간이 아니라는 징후는 아무것도 없었으나 오류노 오바가 그해를 특별하게 기억하는 것은 마치 로지를 둘러싸듯 차례차례 불행한 일이 일어나고 모두들 다음은 누구에게 불똥이 튈지 수군거리며 두려워하던 때였기 때문이다. 어느 날 오류노 오바가 로지 뒷산에 난 길로 달려오는 후미히코를 발견하고 "어디 갔다 오니?"라고 묻자 후미히코는 숨이 차서는 창백한 얼굴로 "가라스텐구*가 여럿 있었어요"라고 말했다.

"정말이냐?"

오류노 오바는 갓 태어났을 때는 예상하지 못했던 흰 살결에다 고운 옷을 입혀 축제 행렬에 내보내도 손색이 없을 듯한, 아비 요시를 통해 나카모토의 피를 물려받아 예쁘장한 후미히코가 숨을 몰아쉬며 하는 말을 듣고 "얼굴이 까마귀처럼 생기고 등에 날개가 있든?" 하고 놀렸다. 그러자 후미히코는 심각

* 하늘을 나는 상상 속의 괴물인 텐구의 한 종류. 까마귀 부리가 있고 수도승 차림을 하고 있다.

한 얼굴로 고개를 끄덕이며, 단카쿠성에서 이어지는 로지 뒷산의 가장 높은 봉우리에 있는 두 아름 굵기의 소나무 아래에 가라스텐구 여러 마리가 빙 둘러앉아 있다가, 후미히코가 잡목림 속에서 엿보는 것을 알아차리고 날개를 펼쳐 날아올랐다고 말했다. 후미히코가 혼자인 것을 보고 "잡아먹을까?" "데려갈까?"라고 말했으나 산 밑에서 개가 짖는 소리에 그대로 높이 날아가서 까마귀처럼 날개를 펄럭이며 멀어졌다고 한다.

오류노 오바는 후미히코가 까마귀를 보고 가라스텐구라고 믿고 싶어 할 나이라고 여겨 이야기를 잘 꾸며냈다고 칭찬하듯 그래, 그래 하며 맞장구를 치고는, 가라스텐구가 "실컷 날뛰어 볼까, 개와 매 말고는 무서울 게 없으니"라고 말했다는 부분을 듣고도 만홧가게에서 빌린 만화책에서 봤을 것이라는 생각에 소리마저 내어 웃었다.

후미히코는 오류노 오바가 웃자 의아한 표정을 지었다가, 자기 또래의 아이들이 아래쪽 로지에 나타난 것을 보고 서둘러 돌계단을 뛰어 내려가며 "가라스텐구야, 가라스텐구" 하고 소리친다.

그 후 여러 일이 있었다. 오류노 오바는 후미히코가 봤다는 가라스텐구를 믿지는 않았지만, 확실히 이 세상의 것이 아닌 무언가가 존재하며 사람을 놀라게 하고는 좋아하고, 사람을 괴롭히기를 즐기고, 사람을 슬프게 만들고는 손뼉을 치며 웃는 악행을 저지른다고 생각했다. 학교가 금지하고 부모가 말리는데도 무시하고 물이 얼음처럼 차가운 이른 계절부터 강에 가서 수영을 배우던 로지 아이가, 신사가 있는 숲의 바로 아래에서 빠져 죽었다. 7월 11일, 마침 비가 온 뒤 강이 탁해지고 물이 불어난 때였으며 아이는 물안경을 목에 걸고 강 밑바닥에 몸을 둥글게 웅크린 모습으로 가라앉은 채 발견되었는데, 달려와서 수색하던 로지 사람들이 찾아내서 비로 불어나 물살이 세진 강에 쓸려 바다로 떠내려가기 전에, 그것도 그날 중으로 부모에게 넘겨준 것이 불행 중 다행이라고 생각했다. 하지만 시간을 끌지 않고 익사자를 찾아냈다는 로지 사람들의 안도감을 빼앗아 가듯, 청년회관 세 갈래 길 옆에 살던 젊은이가 제철보다 한참 이른 시기에 민물게를 잡으러 밤중에 강에 갔다가 돌아오지 않아, 게를 잡는 위치인 강 상류에서 하구까지 청년회 사람들이 사흘 밤낮으로 잠수해보기도 하고 강을 가로질러 밧줄을 치고 거룻배 두 척을 띄워 강바닥을 대나무 장대로 휘저어보기도 했으나 찾지 못했다. 그러던 중 시내 식당의 안주인이 자취를 감추었다는 소문을 듣고 온 사람이 있어, 그렇게 된 거라면 차라리 좋겠다는 바람에서 나온 말이기는 했으나, 아무리 해도 시신을 찾을 수 없는 이유는 그 젊은이가 게를 잡으러 간 것이 아니라 식당 안주인과 야반도주를 했기 때문이라는 말이 돌고 "그 녀석은 여자를 밝히는 데다 손도 빨랐으니까"라며 다들 수긍한 채 수색을 멈췄다. 그런데 사실 젊은이는 게를 잡으러 간 것이 맞았고 보름 만에 기차역 두 개 거리의 이다 모래밭에서 퉁퉁 불어난 익사체로 발견되었다. 마을의 장례식 이틀 후 오류노 오바는 라디오 체조*를 하러 광장으로 가는 아이

* 한국의 국민체조와 비슷하게 음악에 맞춰 실시하는 체조. 20세기 일본의 초

들의 목소리가 났는데도 라디오 소리가 한참 동안 들리지 않는 것을 이상하게 생각했는데, 아침에 광장 옆에서부터 네번째 집에 살던, 옛날에 국철 기관차 사무소에서 일했으나 노름으로 신세를 망치고 일용직 인부가 된 까닭에 '국철 노가다'라고 불리던 마흔세 살 남자가 시에서 집집마다 나눠준 역한 냄새가 나는 쥐약을 먹었다고, 아래쪽 길가에 사는 여자가 돌계단을 뛰어 올라와 알려줬다. 녹색 거품을 물고 가슴을 쥐어뜯으며 괴로워하기에 약을 토해내게 하려고 네 명이 달려들어 찍어 눌렀으나, 몸집이 남들보다 딱히 크지 않은데도 힘이 세서 네 명을 모두 뿌리치는 통에 사람을 더 불러오려 했지만 아이들과 노인들만 깨어 있는 시간이었기에 공연히 지체되어, 일곱 명이 잡아 누르고 입에 손을 집어넣어 약을 토해내게 했을 때는 이미 늦었다. 불행은 그 뒤로도 이어졌다. 로지가 싫어서 일찍부터 자기 혼자 상가의 학교 옆에서 하숙하며 가장 좋은 대학에 들어가기 위해 공부하던 학생이 열일곱이라는 어린 나이에 목을 맸다. 그 옆집 젊은 부부의 걸음마를 시작한 아이가 막 끓여낸 자가유 속에 엉덩방아를 찧어 큰 화상을 입고, 또 그 옆집에 불이 나고, 그 와중에 로지를 둘러싸는 형태로 재난이 일어난다는 소문에는 들어맞지 않는 위치이지만, 로지의 산 끝자락에서 농지해방으로 나온 농부들의 땅을 빌려 여러 칸짜리 집을 짓고 살던 사람이 있었는데 그야말로 재난의 불똥이 튄 듯 집에 불이 나서 전부 타버렸다.

등학교에서는 여름방학 동안 매일 이른 아침에 의무적으로 참여해야 했다.

소문이 꼬리에 꼬리를 물고, 로지 사람들은 끊임없이 일어나는 재앙이 사람의 짓이 아니라며 로지에 악귀가 붙었으니 쫓아내야 한다고 말했으나, 재앙이 너무나도 가까운 곳에서 일어났기 때문인지 후미히코가 본 가라스텐구의 짓이라고 말하는 사람은 없었다. 곧 누구라고 할 것도 없이 신의 힘으로 재앙을 몰아낼 것이 아니라 죽은 자와 고통받은 자를 공양해야 한다는 말이 나와, 9월 말에 조센지淨泉寺에서 그 공양을 하기로 결정되었다. 그때 오류노 오바는 납득할 수 없었다. 전쟁이 끝나고 나고야에서 온 조센지의 새 주지에게 불만은 없었지만, 로지에 절은 없더라도 매달 사람들의 기일에 잊지 않고 집집마다 찾아간 레이조가 있다. 로지의 청년회관에서 공양을 한다면 조센지에 한발 양보하는 형태로 주지를 부르고 레이조도 함께 경을 읽을 수 있지만, 조센지에서 공양을 한다면 주지는 당연히 레이조를 평범한 게보즈*로 취급해서 부르지 않을 것이다. 그날은 한 사람의 시주로서 조센지에 가겠다는 레이조를 만류하고 집에서 둘이 함께 경을 읽으며 보냈다.

경을 읽는 레이조의 뒤에 앉아 그의 몸이 좌우로 흔들리는 것을 보며 레이조의 시원시원한 목소리에 맞춰 암기한 경을 작은 소리로 외고 있으니, 비록 죽은 자와 고통받은 자가 자기 배에서 나온 것은 아니지만 자신이 오래 산 탓에 겪지 않아도 될 고통을 연이어 겪고 있다는 생각이 들고, 지금 그자들이 여

---

* 毛坊主: '머리털이 있는 중'이라는 뜻으로, 정식으로 승려가 되지 못한 일반인이지만 장례식 등의 특정한 상황에서 승려의 역할을 한다. 삭발을 하지 않고 처자식을 두며 평소에는 생업에 종사한다.

기에 찾아와 오바의 눈물에 가슴이 아프다며 말을 걸어주었으면 했다. 독경이 대강 끝나갈 때 향이 거의 다 탄 것을 보고 레이조의 독경을 방해하지 않도록 뒤에서 무릎걸음으로 나와 새 향에 불을 붙였는데, 문득 장지문을 쳐다보자 그림자가 비친다. 그 그림자가 불단에 켠 촛불과 천장에서 내리비추는 전등 때문에 생긴 레이조와 오류노 오바 자신의 그림자임을 알고 있으면서도, 커다란 날개를 펼치고 이쪽의 동태에 따라 언제라도 하늘로 날아오를 준비가 된 가라스텐구처럼 보여서, 레이조의 목소리에 섞여 다른 수상한 소리가 들리지는 않는지 귀를 기울이다가 뒷산에서 들려오는 갖가지 벌레 소리, 꾸르륵꾸르륵하고 목구멍 깊은 곳에서 내는 듯한 귀에 익은 새소리밖에 없음을 깨닫고 문득 소름이 돋았다.

지금 돌아보면 그때는 남들에게 늙은이 취급을 받는 나이가 되기는 했어도 아직 젊었기에, 자신의 바로 곁에 나락이 아가리를 쩍 벌린 것이 보여 두렵고 겁이 나서 부처님께 구해달라고, 아미타여래께 꽉 붙들어달라고 나무아미타불 여섯 자를 그저 열심히 되뇌었으나, 몸이 얼어붙을 듯 무서운 나락이 곁에 수도 없이 존재하고 그 나락이 있기에 비로소 여름부용의 꿀을 빨러 이른 아침 뒷산에 찾아오는 금색 새의 이루 말할 수 없이 아름다운 소리도 듣고, 꿈처럼 끝나가는 낮의 현신을 반기는 듯한 저녁매미의 울음소리도 들을 수 있는 것이라는 생각은 하지 못했다. 오류노 오바는 한숨을 쉬고 가슴속으로 그저 그때, 아무것도 아닌 로지의 정적, 매일 반복되는 로지의 무심한 하룻밤이 저편의 나락을 생생히 느끼게 해주는 것이라면, 두려워만 할 것이 아니라 장지문을 열고 "누구시오?"라며 말 없는 나락에 묻듯 목소리를 내뱄어야 했다고 생각했다. 나락이, 아니, 있지도 않은 날개를 달고 까마귀 얼굴을 하고 수도승의 옷을 입은 가라스텐구가 "나다"라고 대답하지 않아도 좋고 대답해도 좋다.

후미히코가 행방불명이라고 로지 사람들이 소란을 피우기 시작한 것은 조센지에서 공양을 하고 난 뒤 이틀이 지난 때로, 날이 저물었는데 밥을 먹으러 오지 않는다며 처음에는 여자들이 후미히코, 후미히코, 부르면서 로지와 뒷산과 시내 전체를 샅샅이 뒤지고 다녔다. 재난이 줄지어 일어난 뒤였기에 이제 로지 아이들이 물놀이에 싫증을 내는 계절이었음에도 로지 사람들이 전부 강으로 나와 설마 그럴 리 없다고 저마다 말하다가, 아니, 그렇게 된 것이 분명하다며 위와 폐에 물이 한가득 차고 살갗이 흙빛이 되어 강바닥에 가라앉은 후미히코의 모습을 상상하면서, 울음이 습관이라도 된 듯 남자 여자 할 것 없이 울면서 화톳불을 시뻘겋게 피우고 횃불을 수없이 들고 강바닥을 수색하기 시작했다. 후미히코가 어미 가네와 아비 요시 사이의 외동아이였던 탓인지 슬픔은 더욱 깊어져, 로지 남자들은 가을의 찬물 속에서 떨며 수색을 끝내야 할 물때가 언제인지 판단이 서지 않는 듯 화톳불로 몸을 충분히 데울 새도 없이 몇 번이고 자맥질을 했다. 평소 까불거리던 한 젊은이가 "물에 들어갔는데 손에 울퉁불퉁 만져지더라고" 하며 맨손으로 한 척 길이의 실한 잉어를 잡아 불 옆에 내던졌는데, 서늘한 날씨에 다들 몸을 움츠린 채 화톳불에 올린 주전자가 내는 부글부글

소리조차도 공연히 무섭다고 여기는 와중에, 숨이 차서 펄떡거리는 잉어가 더욱 섬뜩해 아무도 입을 열지 않는다. 곧 잉어의 펄떡거림이 약해졌을 때 문득 생각난 듯한 여자가 "강에 도로 놓아줄까요?"라고 묻고, 오류노 오바가 "그래" 하고 진심으로 찬성한다는 듯 고개를 끄덕이자, 여자는 양손으로 마치 아기를 안듯 잉어를 들어 올리고 기운이 다하기 전에 강에 놓아주기 위해 어두운 강변을 달려간다.

행방불명이 된 후 곧 퉁퉁 불어난 익사체가 되어 바닷가에 떠밀려 올 줄 알았던 후미히코가 일주일 후 로지의 뒷산 끝자락의 큰 소나무 아래에 졸린 표정으로 서 있었다며 소를 치는 히데이치가 업고 산길을 걸어오는 모습을 보고, 오류노 오바는 후미히코가 전에 했던 이야기가 전부 진짜라고 믿게 되었다. 물에 빠져 죽어 강에서 바다로 쓸려 간 줄만 알았던 후미히코는 사람들이 몇 번이고 찾았던 산속에서 발견되었다. 신기한 노릇이라며 그때까지 로지를 덮었던 나쁜 기운이 물러간 양 갑자기 로지 젊은이들은 후미히코가 가미카쿠시*를 당한 것이라고, 텐구에게 잡혀가 오바미네 고개에서 다마키산까지, 가쓰라기산에서 고야산까지 뛰어넘어 다녔다고 멋대로 이야기를 지어내며 재미있어했다. 게다가 남들이 물을 때마다 후미히코가 "이즈미라는 곳에 다녀왔고 그곳에 가라스텐구가 많이 있었다"라고 대답했기에, 그때까지 어째서 이렇게 가혹한 재난이

* '신이 숨김'이라는 뜻으로, 사람이 갑자기 자취를 감추는 현상을 가리킨다. 실종이 신이나 요괴의 소행이라고 믿은 데에서 나온 말이며 '텐구가 숨김'이라는 뜻의 '텐구카쿠시'라고 부르기도 했다.

계속 일어나는지 모르겠다며 슬퍼하고 괴로워하고 당황했던 사람들은 마치 새해와 축제가 한꺼번에 찾아온 듯 들떴으며, 노름을 하고 낮술을 마시던 악당 같은 젊은이들은 쓸데없이 흥에 겨워서는 후미히코를 데려갔던 텐구를 산 채로 잡아 구경거리로 만들겠다며 조를 짜서 밤새 산에 올라, 가져온 술을 마시고 화톳불을 피우며 텐구를 도발하듯 꽤 멀리 떨어진 오류노 오바의 집까지 들리게 목청껏 노래를 부르고 손뼉을 치며 춤을 추었다. 이틀 밤이고 사흘 밤이고 나무 아래에서 그렇게 소란을 피워도 텐구는 한 마리도 나타나지 않은 모양인지, 텐구와 맞서 싸울 수 있도록 산일 할 때 입는 작업복 차림에 저마다 손에 들었던 목검을 휘두르며 취기가 남은 언짢은 얼굴로 새벽에 산길을 걸어 오류노 오바의 집 방향으로 오는 악당들을 보고, 가라스텐구든 그냥 텐구든 소란 피우기를 좋아하는 젊은이들에게 장단을 맞춰줄 만큼 친절할 리는 없다는 생각에 우스워서, 언젠가 강에서 후미히코를 찾을 때 잉어를 잡았던 까불거리는 성격의 젊은이를 "히사시" 하고 불러, 고개를 드는 히사시에게 말했다. "어젯밤 이 집 뒤쪽에서 커다란 게 붕붕 하늘을 날아다니는 소리가 들리기에 뭔가 싶어 눈을 떴는데, 딱 집 위에서 목소리가 나던걸."

"뭐라던가요?"

"같이 섞여서 춤이나 출까,라지 뭐냐. 저놈들은 하도 취해서 춤추는 사람이 한두 명 늘어도 모를 거라고."

히사시는 오류노 오바의 말을 순간 진짜라고 믿었는지 놀라서 앞서가는 젊은이들의 모습을 서둘러 눈으로 좇으며 그 속에 덴구의 화신이 섞여 있지 않은지 확인하고, 그러다 갑자기 김이 샌 듯 “오바, 덴구가 진짜로 있겠어요?” 하고 침을 뱉고는 “덴구가 있다면 누구보다 나한테 제일 먼저 ‘형씨, 놀아보자’ 하면서 올 거라고요”라며 입을 쩍 벌리고 하품을 했다. 오류노 오바는 그 히사시도 나카모토의 핏줄이라는 데에 생각이 미쳐, 사람의 피는 마치 파도처럼 다른 사람들에게 가서 닿고 잔혹함과 부드러움이 모두 그 파도 같은 핏속에 있는 것이라고 생각하며, 설령 덴구가 마찬가지로 나카모토의 자손인 어린 후미히코가 만들어낸 환상이라고 해도 나카모토의 피를 이어받은 자야말로 환상과 만나는 일이 가능하다고 말해주고 싶었다. 히사시는 오류노 오바가 그런 생각을 하는 줄도 모르고 손에 든 목도를 휘두르며 돌계단을 내려간다. 오류노 오바는 그런 히사시의 뒷모습을 바라보며 히사시도 한조나 미요시가 그랬던 것처럼 이 세상에 속하지 않는 자의 그늘이 몸 전체에 희미하게 드리워져 있다고 느끼고, 대체 무슨 인과인지 다른 젊은이들과 비교해도 모자란 데 없는 몸뚱이가 환상보다도 빠른 속도로 무너지기 시작하고 있다고 생각했다. 히사시는 그것을 깨닫기에는 성품이 너무나도 가볍고 거칠었으며, 오류노 오바는 맑디맑기에 더욱 탁한 나카모토의 피의 의미를 아는 사람은 부모보다도 먼저 아이들을 품에 안은 산파인 자신 하나로 족하다고 여겼다.

누군가의 비밀 속으로 들어가고 누군가가 태어날 때 처음으로 지켜보는 일이기에, 오직 자신만의 가슴에 묻어두고 타인에게는 말하지 않을 것이며 말할 수 없다고 속으로 맹세한 일이 수도 없이 많았다. 오류노 오바는 태어나는 자, 레이조는 죽어가는 자를 상대하는데, 오류노 오바가 산파로 오랜 세월 동안 일하며 몸에 익힌 것은, 태어나는 존재는 확실히 생명이 있는 생물이지만 그것이 곧 사람은 아니라는 점이었다. 피를 닦아내고 탯줄을 자르고, 몸뚱이가 성하든 성치 않든 부모나 부모를 대신할 자가 사람의 자식으로 인정해야 비로소 사람의 아기가 되는 것이며, 사람의 배에서 나와 한순간 빛을 받고 다시 어둠으로 돌아갈 경우 생물인 아기는 혼자 힘으로는 사람의 자식이 될 수 없기에 더더욱, 작고 무서운 그 존재가 힐난하는 듯해서 괴롭지만, 모르는 사람은 계속 몰라도 된다고 오류노 오바는 혼잣말을 했다.

히사시의 말과는 달리 악당들은 오류노 오바의 마음을 아는지 모르는지 다음 날도 그다음 날도 덴구를 잡겠다며 해 질 녘부터 소나무가 있는 산 정상에 모였다. 히사시, 도메, 기쿠조, 기헤이, 가즈이치로가 작업복 차림으로, 언제 만들었는지 그럴싸한 참나무 목도를 들고 돌계단을 올라 오류노 오바의 집 앞을 지나 산 끝자락 쪽으로 걸어가다가, 아래쪽 길에서 놀고 있는 아이들을 발견하고 "깜깜해지면 덴구한테 잡혀가니까 얼른 집에 가라"라고 한 후 소란을 좋아하는 몸속의 피가 끓어오른다는 듯 함성을 지르며 달려가서 목도를 휘두르며 산의 잡목을 두들긴다. 그 소리가 붉은빛과 금빛으로 물든 저녁 해의 소리처럼 로지 아래에 울려 퍼진다.

로지 사람들은 어느 틈엔가 시작된 그 젊은이들의 난리법석을 불안하게 여겼다. 있는지 없는지도 모르는 것을 잡겠다며 남아도는 기운을 써버리려는 듯 한밤중에 술을 마시며 노는데, 그곳에 모인 녀석들이 어차피 로지에서 힘깨나 쓰는 젊은이들이라면 공사장에 가거나 배라도 타서 거기서 힘을 쓰면 좋겠다고 말하면서도 젊은이들이 검술 훈련이라며 괴성을 지르고 격투 연습이라며 고함을 치고 급기야는 그동안 들은 온갖 새소리를 흉내 내는 것이 우스워 때로 웃음을 터뜨리기도 했으나 대체로는 눈살을 찌푸렸는데, 그래도 밤중에 그렇게 노는 젊은이들에게 시끄러우니 그만하라고 대놓고 말하는 사람은 없었다. 언제 어디서나 젊은이들은 밤의 어둠을 좋아하고 어두운 곳으로 걸어가고 싶어 하며, 어두워지면 갑자기 기분이 사나워져 짐승처럼 음탕한 피가 몸속에 용솟음치고 그것을 견디지 못해 밖으로 놀러 나가 돌아다니는 법이라고 생각했고, 거기다 오류노 오바나 로지 사람들이나 마찬가지로 누군가가 소리 높여 떠들기라도 하지 않으면 재난이 잇달아 닥칠 것 같은 기분이 들었다.

산의 그 소나무 아래에 모인 젊은이들도 그랬다.

다만 젊은이들은 산에서 밤을 새우기 시작한 사흘째에는 쌀쌀한 밤공기에 대비해서 한 되들이 술병에 가져온 술을 실컷 마시고 난 후, 아무도 진심으로 덴구가 소나무에 찾아올 것이라고 믿지는 않았으므로 씨름을 하거나 새소리를 내며 익살을 부리는 데에도 싫증이 나서, 히사시의 제안으로 두 사람씩 짝을 이루어 로지의 산 너머에 있는 우키시마나 이노사와에 내려가서 덴구니 귀신이니 하고 겁을 주자는 계획을 세웠다. 젊은이들은 로지에서 어릴 때부터 함께 자랐고 어른 몫을 하게 된 후로도 함께 산일을 하러 가거나 배에 탔기에 나쁜 짓을 할 때도 곧잘 죽이 맞아, 도메와 기쿠조가 깍깍 까마귀 흉내를 내고 휘리릭 솔개 흉내를 내며 아래쪽 길을 달려 로지의 집으로 돌아가서는 사람들을 놀래는 데에 쓸 의상을 가져오고, 그 후 일단 기쿠조와 가즈이치로가 자기 옷 위에 의상을 입고 띠 대신 굵은 밧줄을 묶고는 도메의 집 헛간에 있었다던 삿갓을 양손에 끼웠는데, 아무리 봐도 나치那智 신사나 센푸쿠지泉福寺의 담장 속에 갇힌 문둥병자 같은 몰골이어서 "어이, 어이" 하고 기쿠조가 목소리를 내자 가즈이치로가 "덴구가 아니라 거지 같은데"라고 말한다.

두 사람이 내려간 뒤 히사시고 도메고 기헤이고 할 일이 없어, 시끄러운 놀이를 멈춘 것이 견딜 수 없는 듯 밤의 차갑게 식은 흙내와 진하디진한 풀내 속에서 술을 마시며 "이놈들은 우키시마의 과부들이나 아가씨들 집에만 가서 귀신이니 덴구니 겁을 주고 있을 거야"라고 히사시가 말하자 도메가 "그래, 맞아, 그러고 있을 거야"라고 맞장구를 쳤다가, 아래쪽에서 귀신에 놀라는 새된 소리도 나지 않고 덴구를 보고 혼비백산하는 소리도 들려오지 않자 김이 샌 듯 "다섯 명일 때는 여기 있어도 재미있는데 세 명이서는 춥구먼"이라고 혼잣말을 했다.

셋이서 술을 마시고 있으니 아래에서 깍깍, 휘리릭 하고 새소리를 흉내 내며 기쿠조와 가즈이치로가 긴 옷자락을 걷어 올리고 돌아와서는, 우키시마와 이노사와 사람들은 모두 불을 끄고 잠자리에 들었고 딱 하나 불이 켜져 있던 과부의 집 뒤로 돌아가려고 하자 집에서 나온 남자가 발견하고 쫓아왔다고 말했다. 기쿠조와 가즈이치로는 교대해서 갔다 오고 싶으면 갔다 오라며 의상을 벗었지만 다들 흥이 식어버렸기에 그대로 술만 마셨고, 그 후 다섯 명 전부 덴구도 나오지 않는 산속에서 밤을 새워봤자 쓸데가 없다고 하며 그날을 기점으로 더 이상 산에 모이지 않게 되었고, 아이들이 "오늘은 덴구 잡으러 안 가요?"라고 물어도 "산에 온 덴구를 잡았는데 한 번만 봐달라고 빌기에 놔줬지"라고 대답했다. 로지 사람들과 오류노 오바는 안도하는 한편 적적하다고 느끼기도 하며 젊은이들이 재난 전처럼 산일을 하러 가는 모습을 바라보았다.

그 후 세월이 흘러 재난과 불행이 연이어 닥쳤던 일도 오래전 이야기가 되었고, 로지의 산에 모였던 소란 피우기를 좋아하는 악당들도 그 일을 잊었으며, 후미히코는 꼭 덴구가 아니라도 잡아다가 노리개로 삼음 직하던 어린 시절의 얼굴은 흔적도 없이 우락부락한 젊은이로 자라나 오류노 오바의 농담에 "됐어요, 오바. 그 연세에도 그런 소릴 하시네"라고 받아치는 나이가 되었다.

히사시와 후미히코는 모두 나카모토의 핏줄이었다. 오류노 오바의 눈에는 그것이 보였다. 먼 옛날 피리를 불고 북을 치며 달콤한 즐거움의 소리에 지나치게 푹 빠져 산 탓에 사람이 이 어지러운 세상을 살아가는 데에 반드시 필요한 한 줄기 생명의 심지가 썩어버린 양 차례차례 스러져가는 나카모토의 핏줄이었는데, 다만 후미히코는 그 피가 흐르지 않는 것처럼 보일 만큼 겐과도 다르고 가쓰이치로와도 다르고 한조와도 달라서 중학교를 나온 후 곧바로 다른 아이들처럼 도회지로 나가지 않고 자신보다 열 살에서 열댓 살은 많은 로지 젊은이들을 따라 산속의 공사장으로 일하러 갔다. 후미히코는 한창 자랄 나이에 힘쓰는 일을 한 탓인지 키는 그다지 크지 않았으나 가슴팍은 구릿빛에 쇳덩이처럼 단단했다.

어느 날 오류노 오바가 남쪽 우물 옆에 혼자 사는 다미에노 오바 집으로 축제용 초밥 접시를 돌려주러 가는데 후미히코가 "오바" 하고 부른다.

축제 날에 신사 사무소 사람이 입는 야타가라스* 무늬의 짧은 겉옷을 주반 위에 입은 후미히코는 "무슨 일이냐?"라고 오류노 오바가 되묻자 그 겉옷에 대한 질문이라고 생각했는지 "축제 때 신사에서 장사할 친구들이 줬어요"라고 말하고는 겉옷의 옷깃을 뒤집으며 "오바, 나 이런 까마귀 본 적 있어요"라고 중얼거린다.

"세 발 달린 까마귀를?" 오류노 오바가 되묻자 후미히코는 옛날에 갓난아기였을 때 털북숭이였던 흔적처럼 속눈썹이 길고 눈동자에 푸르스름한 빛이 도는 잘생긴 눈으로 오류노 오바를 바라보며 "그래요"라고 말한다. "옛날부터 한번 물어보려고 했는데, 어릴 때부터 이렇게 발이 세 개인 까마귀를 자주 봤고, 저번에도 가시하라 댐 공사장에 갔더니 많던걸요."

오류노 오바는 푸른빛이 도는 후미히코의 눈이 당장이라도 광채를 발할 듯해 시선을 피하고, 우물 옆집 현관에 세워둔 축제 날의 모밀잣밤나무가 작은 방울 같은 마른 소리를 내며 바

---

* 일본 신화에 등장하는 발이 세 개 달린 까마귀. 길 안내의 신이다.

람에 흔들리는 것을 보면서 "그런 까마귀가 어디 있다고"라고 한숨을 쉰다. 후미히코는 오류노 오바의 부드러운 말투에 이끌리듯 미소를 띠며 "오바, 축제에 가더라도 레몬물이랑 튀김만은 먹지 말라고 어린애들한테 말해줘요. 내 친구들이 기껏 병을 빌려 와서는 제대로 씻지도 않고 노란 콩가루랑 사카린을 넣어서 레몬물을 만들고 있고, 튀김 기름은 오래됐어요"라고 말한 후 정말 하고 싶은 말은 그것이 아니었다는 듯 우물 옆을 지나 오른쪽 길로 걸어간다.

후미히코는 오류노 오바가 자신을 이상한 소리만 하는 젊은이로 여긴다는 사실을 알고 있었지만, 옛날 어릴 때 가라스텐구를 봤다고 오류노 오바에게 말했던 것과 마찬가지로 신사의 그림 속 야타가라스와 똑같이 발이 세 개 달린 까마귀를 봤다고 말한 것도 거짓이 아니었다. 후미히코가 어릴 때 재난이 연이어 일어나고 젊은이들이 후미히코가 본 덴구를 잡으려 했으나 실패한 후, 아비와 어미는 덴구도 가라스텐구도 함께 보러 갔던 영화에 나오는 이야기이고 이즈미라는 지역 이름은 외증조할머니의 고향 부근에서 일어났던 일을 이야기해줄 때 나온 것이라고 말했는데, 후미히코가 그래도 계속 가라스텐구도 봤고 이즈미에도 갔다 왔다며 목소리를 높이자 기분 나쁜 녀석이라며 때렸다.

열다섯에 후타쓰노 댐 안쪽의 공사장에 갔다가, 1년 동안 돈도 모았으니 로지로 돌아가겠다는 젊은이들과 헤어진 뒤 옛날 자신이 갔던 곳에 가보려고 혼자 후타쓰노에서 우선 다마키산으로 가 신사 경내에서 하룻밤 묵기로 했다. 그곳이 자신의 믿음대로 가라스텐구에게 붙잡혀 로지의 산에서 단숨에 날아온 다마키산이 맞는지 주위를 둘러보아도, 커다란 녹나무 한 그루가 하늘을 가리고 거기에 밤의 어둠이 덮여, 달이 떴는데도 아무것도 보이지 않았다. 신사의 나무 바닥에 누워 벌레 소리와 지금까지 들어본 적 없는 끼루룩거리는 새소리 속에서 옛날 기억을 떠올리며 막 잠이 들려는데 흐느껴 우는 소리가 연달아 난다. 누가 있나 싶어 몸을 일으켜 주위를 둘러보지만, 먼 곳의 여러 산에서 불어온 바람에 커다란 녹나무가 파도 같은 소리를 내며 술렁이고 있을 뿐이다. 다시 잠이 들려다가 흐느껴 우는 소리에 깨서 주변을 둘러봤는데 또 아무도 없다. 아침이 오기까지 그렇게 몇 번씩 잠에서 깨며 하룻밤을 보낸 후 다마키산을 내려가, 지나가는 트럭을 세워 버스가 다니는 곳까지 태워달라고 부탁해서 요시노로 나온 후 덴노지로 가서 그곳에서 다시 이즈미로 향했다. 이즈미를 걸어 다니는데 아직 얼굴이 앳되고 살갗이 희어서 가출한 소년처럼 보였는지, 덴노지에서 산 배낭을 메고 걷다 보면 반드시 경찰에게 검문을 당했다. 그 최초의 여행에서는 자신이 어릴 때 가라스텐구에게 잡혀간 곳이 그곳인지 분명하게 확인할 수는 없었으나, 후미히코는 이즈미에서 곧바로 후타쓰노 댐으로 돌아오는 내내 자신은 확실히 다마키산에도 가보고 이즈미에도 가봤다고, 기억 속의 그 땅은 로지에서는 멀지만 일단 나란히 늘어선 산봉우리들을 넘기만 하면 가깝다고 생각했다.

후미히코가 중학교를 졸업하고 공사장을 전전한 이유는 오류노 오바도 알고 있었다. 후미히코가 나카모토의 맑고도 탁한 피를 이어받았음은 틀림없는 사실이었으나 후미히코의 아비 요시와 어미 가네를 생각해보면 후미히코의 몸속에 흐르는 피는 단순히 나카모토의 것만은 아니었다. 로지에 모여든 자들 모두의 피가 흘러든 것이고, 게다가 로지 사람들이 단순히 아리마와 모토미야와 아사고의 센도쿠다니에서 기이紀伊반도를 순환할 뿐만 아니라 이즈미에서도 다마키산에서도 덴노지에서도 모여들고 있고, 나카모토의 피가 달콤한 즐거움의 소리와 성의 쾌락의 음탕함 때문에 멸망한 존귀한 자들의 피에서 비롯되었다면, 남들 눈에 보이지 않는 가라스텐구를 본 후미히코는 타고난 본성으로 로지 속에 마치 체온처럼 깃든 일본 방방곡곡의 증표를 보고 자기 자신을 알듯 일본 구석구석을 알고 싶었던 것이다.

후미히코는 나카모토 집안의 다른 사람들처럼 로지에서 생명의 심이 썩어들어 가고 살아가기 위해 배에 힘을 주고 버틸 수도 없게 되어 그저 대낮부터 술을 마시거나 히로뽕을 주사하고 한순간의 빛줄기만을 맛본 후 폐인이 되지도 않았다. 그렇다고 해서 아름다운 모습인 채 절정에서 스러지는 것도 아니고, 마치 자신의 본성에 가장 잘 맞는 곳에 있다는 듯 로지에 열흘 정도 머물렀다가 자신은 공사장에서 생활하니 돈도 필요 없다며 모아둔 돈 대부분을 부모에게 준 뒤 역 앞에서 버스를 타고 공사장으로 향했다. 후미히코는 둥실둥실 강물의 흐름을 타고 가는 것이 가장 즐겁다고 생각했다. 가끔 공사장에서 로지의 젊은이와 만나기도 했는데, 후미히코가 공사장에서 물만난 물고기처럼 생기가 넘치는 것과는 달리 로지의 젊은이들은 보기 딱할 만큼 힘없이 시들어 있다. 사실 후미히코가 말해주지 않아도, 젊은이들 하나하나를 자신의 손으로 받아냈으나 부모처럼 길러낼 책임은 없어 마음 편한 가짜 부모와도 같은 오류노 오바는 로지의 젊은이들에게 뚝심이 부족함을 알고 있었다. 새해가 다가오면 두 달 전부터 들썩들썩하고 축제가 다가오면 한 달 전부터 가마를 준비합네 노 젓기 연습입네 핑계를 대며 일은 뒷전이다. 오류노 오바는 로지의 젊은이들이 새해에 신경을 쓰고, 10월 신사 축제의 노 젓기 경쟁에 쓰는 배에 이 지역 어디보다도 집착하고, 2월 횃불 축제 때는 남자라면 누구나 일주일 전부터 몸을 정결히 하고, 달거리를 하는 여자와 접하지 않고, 흰색이야말로 정결함의 상징이라며 흰밥에 흰 두부를 먹고 청주를 마시며 흰옷을 입고, 배에 짝수가 아니라 홀수로 밧줄을 두르고 횃불을 들고서 산에 오르는 데에 집착하는 것을 이해했다. 오류노 오바는 축제가 열릴 때마다 열광하는 젊은이들을 보고 가슴이 아팠다. 횃불 축제에서 산에 오를 예정인 사내가 밧줄을 두 번이 아니라 네 번 감았는데 넷은 요쓰*이며 가장 부정한 숫자여서 죽음과도 뜻이 통하고 네 발짐승과도 뜻이 통한다며, 그 말이 만들어낸 틀 속에 갇혀 "안 돼. 처음부터 다시 해야 된다고"라며 얼굴을 붉히고 성을 내면서 밧줄을 다시 감으라고 지시하는 젊은이들의 마음이 오류노 오바는 슬프고, 화가 나고, 절망스러웠다. 이 세상이 제대로 된

* 피차별 부락민을 가리키는 차별 용어. 숫자 4를 뜻하는 옛말인 '요쓰よつ'와 발음이 같다. 어원에 대한 설은 다양하지만 모두 숫자 4와 관련이 있다(네발짐승, 손가락이 하나 모자람 등).

세상이라면 신의 아이도 될 수 있고 신의 말을 받은 천황도 될 수 있는 자들이 넷에, 요쓰에, 네발짐승에 부정을 탄다며 고함을 치고 있다.

오류노 오바는 자신이 로지와 함께 천 년을 살아오며 지금에 이르렀듯 앞으로도 천 년을 살아남겠다고 결심하고, 로지의 기개 없는 젊은이들 대신 깨끗하고도 탁한 나카모토의 피를 가진 젊은이들이 고생하고 있다고 생각하면서, 히사시의 얼굴을 떠올리거나 철인처럼 단단한 근육을 가진 후미히코를 떠올리며 울화를 달랬다.

그 후미히코가 로지에 돌아와 오류노 오바의 집에 들른 것은, 뒷산에서 보기 좋게 가냘프고 소박한 싸리꽃을 꺾어다 평소처럼 불단에 꽂은 오류노 오바가 오늘은 아무개의 기일, 내일은 아무개의 7주기라고 외운 대로 말해주고 차분한 레이조가 알았다며 고개를 끄덕이고 소소한 이야기를 나누면서 독경하러 가기 전의 가을 아침을 둘이서 즐기던 때였다. 레이조와 오류노 오바 모두 나이가 든 탓에 향기가 강한 여름부용은 부담스러워지기 시작했으나 꿀을 빨러 오는 새의 울음소리를 감상하려면 어쩔 수 없었다. 레이조는 물에 빠져 죽은 아이를 매달 기리러 가면 어린아이 머리통만큼 큰 진홍색 맨드라미꽃이 불단에 꽂혀 있다며 "눈에 거슬려서 말이야"라고 말했다. 죽은 아이에게 올리는 꽃이라면 조금 더 작고 가련한 느낌의 꽃이 좋지 않겠느냐고 말해주기 위해 뒤에 앉아서 함께 경을 읽는 어미를 돌아봤더니, 어미는 죽은 아이 생각을 하고 있었는지 눈에 눈물이 가득 고인 모습이었다. 레이조는 가슴이 미어지고, 아마 어미는 아이가 그 새빨간 색처럼 생생하게 살아가기를 바랐을 것이라는 동정심이 들어 아무 말도 할 수 없었다고 했다. 싫어하는 꽃은 동백과 협죽도다. 동백은 향을 피우거나 촛불을 켤 때 무심코 손이 닿으면 아직 다 피지도 않은 꽃이 꽃받침에서 툭 떨어질 때가 있기 때문이고, 협죽도는 무신경해 보인다고 한다. 레이조의 이야기가 꽃 한 송이에서 이 세상의 무정함까지 이어지는 것 같아 오류노 오바는 고마운 일이라고 생각했다.

후미히코가 "오바" 하고 얼굴을 내밀자, 레이조는 로지의 젊은이와 말을 섞게 되면 그것이 누구든 결국 게보즈인 자신이 무시당하고 놀림받게 되니 딱 질색이라는 듯 자리에서 일어섰다. 오류노 오바는 레이조가 잊지 않도록 자신이 외운 내용을 다시 한번 말하고, 쫓기듯 짚신을 신고서 밖으로 나가는 레이조를 배웅한 후 툇마루에 앉은 후미히코에게 "무슨 일이냐?"라고 물었다.

"후미히코, 이번에는 산속에서 말하는 까마귀라도 봤어?"

그러자 후미히코는 고개를 저으며 산속에서 만난 여자를 데려왔는데 어쩌면 좋겠느냐고 묻고, 오류노 오바는 목석이 아닌 이상 여자를 좋아하게 되고, 좋아하는 여자가 생기면 살림을 차리고 싶어지는 것이 당연하니 더 말할 것도 없이 찬성이라고 이야기했는데, 후미히코는 "그런 게 아니에요"라고 말한다. 그러면 여자가 오류노 오바처럼 나이가 많은지, 아니면 오노노 고마치* 같은 여자인지 묻자 후미히코는 노인네가 별소리를 다 한다면서, 여자는 나이가 많지 않고 얼굴이 백지장처럼 하얗고 살결이 고운데 어쩌다 이런 여자가 산속에 있었나 싶을 만큼 예쁘며, 오노노 고마치 같은 여자는 아니라고 말했다. 오류노 오바는 후미히코가 그렇게 말한 것만으로, 후미히코의 몸속에 흐르는 나카모토의 피가 끝내 업병처럼 봇물 터지듯 겉으로 나오기 시작했음을 알고 숨이 쉬어지지 않을 만큼 괴로웠으나, 애초에 나카모토의 핏줄이 신세를 망친다는 이야기는 로지에 퍼진 근거 없는 소문이고 갖다 붙인 억측이라고 할 수도 있었다. 그렇기에 더욱 오류노 오바는 이렇게 철인 같은 몸을 가진 후미히코마저도 스러져가는가 싶어 눈물이 날 것 같았지만 숨을 한 번 삼키고서,

"어디서 만났느냐?"라고 묻자 "공사장에서요"라고 대답한다.

그 여자가 아래쪽 길에서 기다리고 있다고 후미히코가 말하기에 오류노 오바가 데려와보라고 하자, 몸은 철인 같아도 나이는 아직 어린 젊은이답게, 머리 아픈 난제가 갑자기 해결된 듯 "알았어요"라며 어린아이처럼 대답하고 돌계단을 뛰어 내려간다. 오류노 오바는 어째서인지는 모르지만, 산속 공사장에서 성실하게 일하고 있던 까닭에 그동안 후미히코의 내면에 잠들어 있던 무언가가 더욱 격렬하게 요동치기 시작했다고 생각했다. 갑자기 한 사람의 어른이 되어 멀리 떠나가버릴 것만 같은 후미히코와 얼굴이 예쁘다는 여자에게 자신이 어떻게 보일

---

* 9세기경의 여류 시인. 젊어서는 궁정에서 총애받는 절세미인이었으나 늙어서는 산속에 은거했다고 전해진다.

까 부끄러워, 오류노 오바는 전신 거울을 들여다보기까지 했다. 후미히코는 여자를 데리고 툇마루가 아니라 현관 토방에 섰는데, 오류노 오바가 자신은 후미히코가 태어나기 훨씬 전부터 오류노 이네*가 아니라 오류노 오바였음을 깨닫고 그것이 묘하게 손해라고 느끼며 "누추하지만 들어오시오"라고 아무렇지 않은 척 선 채로 고개를 숙이자, 여자는 깊숙이 고개를 마주 숙인다.

여자는 확실히 후미히코가 누군가를 사랑한다면 이런 여자를 사랑할 것이라고 상상이 되는, 옛 미인도에서 나온 듯 고풍스러운 이목구비에 전체적으로 포동포동한 느낌인데, 후미히코는 요시노 깊숙한 곳의 댐 공사장 옆에서 인부들을 상대로 오두막에 꾸린 색싯집에서 여자와 만났지만 원래는 무녀라고 했다. 교단은 무녀 훈련을 위해 열 명 정도를 추려, 신령의 가호를 받으라며 인적 드문 산속에서 수행을 시키고 있었다. 아침부터 폭포수를 맞기도 하고, 선배 무녀를 따라 방울을 흔들며 산과 골짜기와 나무와 물에 깃든 신령이 눈에 또렷하게 보이고 자신과 하나가 될 때까지 몇 번이고 춤추고, 그래도 안 되면 발가락 끝을 바늘로 찔리거나 손등을 바늘로 찔려 아픔에 신음하고 피를 흘리며 신령과의 합일을 기도한다. 수행은 1년에서 1년 반이 걸리므로, 이제까지 산에 들어간 무녀들이 그렇게 했듯 요시노의 댐 공사장 옆에 오두막을 짓고 남자들

---

* 이네イネ는 자식을 둘 수 있는 나이의 젊은 여자를 부르는 피차별 부락의 말이다. 42쪽 주석 참조.

에게 몸을 맡기고 희사를 받아 그때그때 필요한 식량과 자잘한 물건을 살 비용을 마련했다. 후미히코는 그 무녀들에게 끌렸다.

무녀들은 결코 공사장 인부들에게 몸을 판 것이 아니었다. 남자들에게 몸을 내주고 희사를 받아 필요한 돈을 모으고 나면 오두막을 접고 요시노의 깊숙한 곳으로 무녀 옷을 입은 채 걸어가는데, 후미히코는 엄숙하고 거룩한 그 모습에 끌려 다른 여러 인부들이 그렇게 하듯 돈이 떨어지면 근처의 다른 공사장을 찾아 들어가면 된다는 생각으로 공사장에서 품삯을 받자마자 그 뒤를 따라갔다. 이맘때쯤 늘 무녀들이 훈련하는 폭포와 바위 밭이 있는 곳은 마치 커다란 힘이 바위를 둘로 쪼갠 듯 똑바로 깎아지른 벼랑이 있는 곳이라고 듣고, 그 벼랑 사이를 흐르는 시냇물을 거슬러 올라가 폭포 바로 밑에 다다랐다.

후미히코는 남자를 상대하던 무녀들이 선배 무녀들의 날카로운 목소리에 벌벌 떨면서 방울을 울리고 큰 소리로 노랫가락 같은 말을 외며 춤추는 모습을 보았다. 무녀들의 손발에서 피가 방울방울 흐르는 것을 바위 그늘에서 훔쳐보며, 무녀들이 하늘에서 산으로 날아 내려와 방울을 든 양손을 세차게 흔들다가 숨이 차올라 쌕쌕거리는 소리를 내며 쓰러질 것 같다고 생각하면서, 후미히코는 색싯집에서 자신을 상대했던 여자를 찾았다.

오류노 오바는 후미히코에게 어울리는 이야기라고 생각했는데, 온통 녹색인 산속에서 무녀들의 붉은 하카마,* 바늘로 찔린 자국에서 구슬처럼 동그랗게 솟아올랐다가 흘러내리는 피의

색, 맑은 폭포수가 어우러지면 꼭 덴구와 야타가라스를 봤다던 후미히코가 아니더라도 선녀가 내려와 노는 줄 알 것이라고 짐작했다.

폭포수를 맞던 여자의 곁에 다가가자 여자는 새된 소리로 비명을 지르며 몸을 숨겼다. 뒤를 돌아보자 방금까지 방울을 흔들고 있던 여자들은 후미히코가 공사장에서 본 남자라는 사실을 잊었는지 우왕좌왕 도망쳐서 오두막에 숨었다. 후미히코는 마치 진짜 선녀들의 무리 속에 들어온 사내처럼, 혼자 뒤처져 오두막으로 들어가지 못하는 바람에 흠뻑 젖은 채로 계곡물 속에 웅크린 여자에게 걸어가 "짐승, 짐승!" 하며 몸부림치는 여자를 안아 올렸다.

오류노 오바는 나중에 돌아보아도 후미히코가 들려준 그 여자와 만난 사연이 나카모토 핏줄의 젊은이에게 걸맞은 음탕하면서도 섬세한 풍취가 있는 이야기라고 생각하면서도, 푸른빛이 도는 잘생긴 눈으로 오류노 오바의 얼굴을 바라보며 이야기하던 후미히코와 곁에서 희미한 미소를 띠고 고개를 약간 기울인 채 듣고 있던 여자가 오류노 오바 앞에서 이야기를 지어내고 있었던 것 같기도 했다. 두 사람은 천 년 전의 귀인과 지체 높은 여인이며, 오류노 오바도 천 년 전부터 그 이야기를 듣고 있다. 바람이 한바탕 불어 작은 꽃이 달린 야생 싸리 덤불을 흔들고 이름 없는 풀 틈새를 지나와서 후미히코의 이야기 속에

---

* 일본의 전통 하의. 여러 종류가 있으나 무녀들이 일반적으로 입는 것은 치마처럼 넓은 바지 형태이며 붉은색이다.

다다르면, 이야기도 그 두 사람도 오류노 오바도 모두 백골이 되고, 쑥과 띠가 무성하게 자란 폐가가 된다.

오류노 오바는 후미히코의 이야기를 들으며 자신이 그때 산속에서 무녀 수행을 하며 폭포수를 맞아서 머리와 옷이 모두 흠뻑 젖은 채로 후미히코의 품에 안긴 여자인 양, 구릿빛 쇳덩이 같은 양팔 속에서 두려워 어쩔 줄 모르는 기분이다.

여자는 몸부림을 쳐도 옴짝달싹할 수 없을 만큼 남자의 팔심이 센 탓에, 한창 수행하던 중 불쑥 들어온 남자가 무서워서 혀를 깨물고 죽을 작정으로 이 사이에 혀를 넣으려 하자 남자의 얼굴이 가까이 다가온다. 흐트러진 옷자락 사이로 드러난 유방에 그 얼굴이 닿을락 말락 하는 까닭에 여자는 이 말고는 자신을 지킬 무기가 없다는 듯 씩씩 소리를 내며 물어뜯으려 든다. 여자는 뱀 같았다. 후미히코는 여자를 안은 채 얼굴을 들여다보고 곧 여자가 격앙된 마음이 가라앉아 눈을 감고 눈물을 흘리는 모습을 바라보다가, 폭포수가 닿지 않는 양지바른 강가에 여자를 눕힌 후, 아아 소리를 내며 그저 울고 또 우는 여자를 지켜보았다.

후미히코가 무슨 못 볼 것을 봐서인지는 몰라도 다른 무녀들은 우는 여자를 내버려두고 오두막의 물건을 챙길 수 있는 만큼만 재빨리 챙겨, 후미히코에게는 기묘한 주문처럼만 들리는 노래를 다 같이 웅얼거리며 개울을 따라 더 깊은 산속으로 달려간다. 후미히코가 "이봐요, 돈을 충분히 가져왔다고"라고 소리치지만 무녀들은 돌아보지도 않는다.

후미히코의 눈에는 무녀들이 이상해 보였다. 무녀들은 돈이 필요해서 공사장 옆에 오두막을 지어 남자를 받다가 수행 기간이 되자 산속으로 모습을 감추었는데, 언젠가 다시 돈이 바닥나서 남자들이 모인 곳을 찾아올 것이라면 공사장을 따라다니며 수행 장소를 고르는 모양새가 되니, 돈을 들고 따라온 남자를 꺼릴 까닭도 없고 도망칠 필요도 없었다. 그 뒤 후미히코는 무녀들이 떠나간 오두막에서 여자와 두 밤을 지냈다. 사흘째에 여자가 산속은 아침저녁으로 매우 추운 데다 쌀은 조금 있지만 그 외의 먹을 것이 바닥을 보이고 있으니 자신이 후미히코를 따라가서 하고 싶은 대로 하며 살겠다고 했다. 후미히코가 계속 눌러앉아 있으면 수행하는 무녀들이 오두막에 돌아오지 못한 채 죽고 말 테니 오두막을 비워주지 않겠느냐는 것이었다. 후미히코는 여자를 데리고 이틀 밤 동안 성의 내음이 가득 찼던 오두막을 나왔다.

후미히코는 여자가 폭포수를 맞던 개울에서 여자와 함께 몸을 씻고 "상쾌하지요?"라고 묻는 여자에게 고개를 끄덕인 후 여자의 말대로 버스가 있는 이케하라까지 걸어가기로 했는데, 문득 자신이 먼 옛날 이런 여자와 함께 산속을 걸어 다닌 듯한 기분이 들었다. 짚신을 신은 여자의 맨발에 상처가 여러 군데 난 것을 보고 "아프지 않아?"라고 물었다.

"익숙해서 아프지는 않은데,"

여자는 후미히코의 얼굴을 보았다가 눈을 내리깔고 "거기가 조금"이라며 그 아픔이 몸속에서 음탕한 술렁임을 낳는다는 투로 말하고는 후미히코의 손을 잡은 후, 후미히코가 어떻게 해야 할지 몰라 망설이는 것을 눈치챘는지 그저 이렇게 손을 잡고 걸어주기만 하면 된다고 중얼거린다. 이미 숲길로 나와 내리쬐는 햇볕 속을 걷고 있는데도 가을 공기가 서늘하고 여자의 손에만 온기가 남아 있는 것 같아, 도라지꽃이 피고 단풍이 산 전체를 비단처럼 아름답게 덮었다고 말하는 여자의 목소리를 들으며 후미히코는 그 온기를 음미하듯 여자의 맛이 나는 입속의 침을 삼키고 손가락을 코에 가져가 냄새를 맡았다. 그날 밤은 이케하라의 댐 공사장 옆에 있는 찻집에서 묵고, 다음 날 아침에는 요시노라도 가서 돈이 떨어질 때까지 여자와 여관에 묵으며, 꽃이 피는 계절은 한참 멀었는지 모르지만 히라카타의 국화 인형과 후지이데라의 불꽃놀이라도 보고 맛있는 것을 먹고 술이라도 마시자고 로지의 젊은이가 할 법한 생각을 하고 있었는데, 여자는 후미히코가 떠나온 구마노의 로지로 가자며 버스에 탔다. 버스가 강변의 울퉁불퉁한 길로 접어들 때 창가 자리에 앉은 여자의 얼굴 너머로 절벽 아래를 내려다보며, 투명한 빛을 발하는 물가에 까마귀가 수없이 내려앉았다가 튕기듯 날아오르는 모습을 보고 마치 무녀들 같다고 생각했다가, 언젠가 먼 옛날 가라스텐구와 맞닥뜨려 가미카쿠시를 당한 때를 떠올리고 여자가 텐구의 화신처럼 느껴져서 갑자기 불안해지고, 여자가 어디에서 왔는지 물어보고 싶어져 "산속에서 수행하고 나면 어디로 돌아가는 거야?"라고 말을 걸었다.

여자는 말없이 눈을 내리깐 채 버스 창문의 냉기를 음미하듯 머리를 문지른 후 눈을 뜨고, 전국의 수많은 곳에서 1년이고 2년이고 힘든 수행을 해서 부정함을 떨어내게 되는데, 수행 도중에 하산하게 된 괴로움이 되살아나니 더는 말하지 말아달라고 했다.

후미히코에게는 요시노나 덴노지나 산 너머였다. 로지에 와서 곧 로지 특유의 말씨를 배웠지만 교토와 오사카의 억양이 있는 여자의 처지에서는 이곳 구마노도 마찬가지로 산 너머이며, 로지에서 식도 올리지 않고 살림을 차린 두 사람은 가미카쿠시를 당한 사람끼리 살고 있는 것이었다. 후미히코가 여자에게 유별나게 마음을 쓰는 것은 누가 보기에도 분명했다. 평소의 후미히코라면 로지에서 일주일 정도 보내고 나면 공사장으로 일하러 갈 텐데 이번에는 로지에 돌아온 지 열흘이 지나고 보름이 지나도, 젊은이들과 남자들이 일하기는 싫어도 처자식을 먹여 살리기 위해 어쩔 수 없이 하러 가는 산일, 공사 일, 저목장의 목재 나르는 일에도 끼지 않고, 요즘은 많이 드물어지기는 했지만 도둑질을 하러 가는 낌새도 없었다. 대낮부터 그저 덧문을 닫아걸고 개지 않은 이불 속에서 여자와 정을 통했다. 곧 낮부터 여자의 교성이 난다는 소문이 돌고 거기다 그 집만 덧문을 꼭 닫고 있으니 로지에서는 매우 눈에 띄었다. 로지의 아내들은 대개 깔끔함에 목숨을 걸어서 아침에 남편을 일터로 보내고 나면 하늘에 해가 떠 있는 한 덧문을 활짝 열어놓은 채로 여봐란듯이 청소를 시작하는 습관 같은 것이 있었기에 더욱 그랬다. 희열에 찬 소리가 들려오는, 대낮부터 꼭 닫힌 덧문 틈을 아이들이 들여다보는 모습을 보고 어미인 가네가 그대로 내버려둘 수 없다며 한마디 하러 갔다.

가네가 무슨 말을 한 것인지 후미히코는 다음 날부터 아침 일찍 일어나 다른 남자들을 따라 강어귀의 저목장에 가서 경매

꾼들이 낙찰받은 통나무를 트럭까지 짊어지고 가는 일을 했다. 후미히코는 통나무 옮기는 일은 처음이었지만 공사장에서 바위를 나르고 손수레를 끄는 등의 힘쓰는 일에 익숙했기 때문에 다른 남자들이 놀라며 "그럴 만도 했구먼. 그 기운을 가지고 하루 한두 번은 성에 안 찰 만도 하지"라고 묘하게 동정할 정도였다. 웃통을 벗은 가슴팍 전체에 방울방울 맺힌 땀을 보고 숨을 고르며 배에 힘을 주고 통나무를 들어 올리면서 후미히코도 일하면 일할수록 돈이 된다고 보고, 여자와 제대로 살림을 꾸려나가고 아이를 기르면서 살아가는 자신의 모습을 상상하며 나쁘지 않다고 생각했다. 통나무 경매는 보통 낮에 끝나기 때문에 반장에게 일당과 그날 나른 통나무만큼의 삯을 받고 로지로 돌아오면 해가 서쪽으로 기울기 시작하는 3시쯤이었다. 여자가 바지런하게 부모 집까지 가서 후미히코를 위해 목욕물을 데우는 것을 보고 그는 살림을 차린 지 얼마 되지도 않았는데 마치 10년은 함께 산 기분이 들었다.

통나무를 옮기는 일자리가 불경기 때문에 없어지고 후미히코가 다른 젊은이들과 함께 산일을 시작한 것은 새해가 지나고 젊은이들이 유난을 떠는 2월 횃불 축제가 끝난 직후였다. 축제에서 횃불을 들고 달리는 일을 맡았던 사람들이 회관에 모여 떠들썩하게 술자리를 벌이다가 다나카의 둘째 아들 녀석과 젊은이 중에서는 연장자 축에 드는 히사시가 사소한 일로 다퉜다. 누가 봐도 히사시 쪽에 잘못이 있었지만 둘째 녀석과 히사시가 산일에서 같은 조에 있었기 때문에 응어리가 있는 채로 같이 산에 들어가면 큰일이 나거나 불똥이 튈지도 모른다는 생각에, 옛날에 함께 악당 노릇을 했던 도메와 기쿠조가 둘째 녀석을 그 조에서 빼고 대신 일이 없던 후미히코를 넣었다.

첫날 여자가 통나무를 나르던 때보다 두 시간이나 일찍 "일어나요"라며 흔들기에 아직 밤이고 잠이 든 자신에게 여자가 안아달라고 졸라대는가 싶어 양팔을 펼치자, 여자는 "오늘은 산도 날씨가 좋아요"라며 산일을 나갈 시간이라고 말한다. 여자는 얼마 전까지 산에서 무녀 수행을 했기 때문에 잘 안다며 이곳은 구름이 꼈지만 산은 날씨가 맑다고 한다. 로지는 어둑어둑한 새벽이고 날이 갤 기미가 보였다. 여자는 추위에 몸을 움츠리고 출입문을 닫으며,

"산속은 축축하게 비가 올 거예요오"라고 노래하듯 말하면서 막 일어나려던 후미히코를 덮치며 입술을 빨고 이불을 들추어 후미히코의 몸 위에 자신의 차가운 몸을 포개면서 "바늘에 찔려도 피가 나도오, 아프지도 않고 괴롭지도 않지요오"라고 말하고, 바늘에 찔렸다던 손가락을 후미히코의 입술에 가져가 핥게 하고 바늘에 찔린 자국이 있는 손등을 누르며, 비가 오면 거리 감각이 없어져서 지금도 산속에서 수행하고 있는 무녀들의 추위와 아픔이 더 잘 느껴진다고 말했다.

잠시 후 산일을 함께 하는 동료 중 하나가 밖에서 문을 두드리며 "이제 그만 일어나서 집합해야지"라고 소리를 치자 여자는 작은 소리로 "뭘 모르네에"라고 하고 "오늘은 산에 가봤자 벼락이 떨어지고 절벽이 무너져서 좋을 게 없는데에"라고 하는데, 곧 날씨가 추우니 산에서 일을 시작할 때쯤이면 다 갤 거라며 한 잔만 걸치려던 술을 두 잔이고 세 잔이고 마셨음이

드러나는 히사시의 목소리가 "후미히코, 또 그 짓 하고 있냐?" 라고 묻는다.

할 수 없이 산일 채비를 마치고 반장이 트럭으로 데리러 오는 로지 입구로 가자, 반장은 평소보다 30분이나 늦게 와서는 이곳은 맑지만 산속은 비가 눈으로 바뀌어 내리고 있기 때문에 당분간 일이 없을 것이라고 말한다.

"눈이 쌓여서 부러진 부분을 수리하면 안 됩니까?"라고 히사시가 진지하게 묻기에 "비랑 눈은 다르니까요"라고 후미히코가 말하자 히사시는 "시끄러워, 입 다물고 있어"라고 악당 시절에 하던 것처럼 고함을 치며 다시 물었다. "반장님, 또 여름까지 일이 없는 거예요?" 반장은 말없이 고개를 끄덕였다.

"일당이 좋으니까 다른 데로 안 가고 남아 있으려고 해도, 해가 갈수록 일이 없어져서 어렵네요."

"옛날에는 뗏목으로 강을 따라 내려왔지." 반장이 말했다. "뭐, 눈 때문에 일거리가 없는 거니까 도리가 없어. 옛날에는 벌목을 해서 나무 썰매로 끌거나 목재로 미끄럼틀을 만들어서 옮겼지만 지금은 산에서 산으로 갈고리에 로프를 걸어서 통나무를 매달아 옮기고 트럭에 실으니까."

히사시는 침을 퉤 뱉고 부아가 치미는 듯 어깨에 힘을 준 채 로지를 향해 걸어가다가 멈춰 서서 "기쿠조, 도메. 술 마시자, 술" 하고, 어린아이에게 하듯 후미히코를 손짓으로 불러서 어깨에 손을 얹고 작은 소리로 "너라면 아무도 뭐라고 안 할 테니까 술집 주인을 깨워서 젊은 애들이 뭔가 축하하는 일에 술이 필요하다고 말해. 돈은 축제에서 나룻배에 모을 기부금이랑

축의금으로 낼 테니까 외상으로 달아두고 술 한 말 받아 오고" 라고 시킨다. 잠에서 막 깬 술집 주인이 술 한 말을 짊어지고 와 회관의 넓은 방에 내려놓고, 남자들이 술을 마시기 시작하자 로지 사람들은 무슨 일인가 싶어 놀란 모습으로 들여다보러 왔다. 젊은이가 몇 명 섞여 있기는 하지만 옛날의 악당인 히사시, 기쿠조, 도메가 앉아 있는 것을 보고 로지 사람들은 말려봤자 소용없다는 것을 알았는지, 할 말이 많아서 입이 근질거리기는 해도 술 한 말이 동나고 다들 술이 깰 때까지 기다리지 않으면 무슨 불똥이 튈지 모른다며 잠자코 있었다. 오류노 오바는 자신도 악당들처럼 무슨 일이 있으면 말술을 떡하니 놓고 떠들어대고 싶은 성격임을 알았기 때문에 일거리가 없다고 의기소침해 있기보다 한바탕 놀아대는 편이 재수도 더 좋을 것이라고 생각했지만, 레이조는 성격도 다르고 매사에 성실한 편이었기에 아주 비판적이었으며, "상관없잖수"라고 오류노 오바가 말하자 "류, 내 절이 거기에 있잖소"라고 말한다. 절이 따로 없는 레이조는 청년회관 넓은 방의 벽에 둔 불단이 옛날부터 지켜온 절이나 마찬가지였는데, 여닫이문과 장지문을 닫아두면 그 방에서 좀 소란을 피운다 해도 불단이 망가질 일은 없지만 악당들은 일부러 불단을 부수거나 나쁜 짓을 할지도 모른다.

"부서지면 부서지는 거고, 나쁜 짓을 한다고 해봤자 뭐 얼마나 한다고요."

오류노 오바가 말하자 레이조는 얼굴을 붉히고 성을 내며 "류" 하고 부른다. 오류노 오바는 오랜만의 말다툼이라고 생각하며 "류가 아니에요, 내 이름은 오류야"라고 부루퉁한 표정을 지었는데, 레이조는 마치 오류노 오바 한 명을 상대로 설교를 하듯 눈물이 고인 채 "세상에 이렇게 무상할 수 있나. 류는 자기 이름이 오류인 건 중요하면서 부처님의 안위는 안중에도 없어. 살아 있는 자들이 제 세상인 양 활개를 치고 다니는 모습에 정신이 팔려, 바로 발밑에 죽은 자들이 비에 젖고 있는 것도 모르는구먼"이라고 말한다. 오류노 오바는 묘한 억양이 있는 레이조의 설교 말투를 듣는 것만으로도 눈물이 난다. 회관의 넓은 방에서 소란을 피우며 무엇을 하고 있는지 목소리를 높이는 젊은이들 하나하나가 자신이 받은 아이이기에 오류노 오바는 젊은이들이 무슨 짓을 해도 괜찮다고 생각했으나, 레이조의 설교 억양을 듣자 그런 생각을 하는 자신이 제일가는 악당처럼 느껴지기 시작한다.

모든 것을 긍정하고 모든 것을 있는 그대로 축복하는 일, 그것은 오류노 오바가 산파 일을 하면서 익힌 지혜였으나 그래서는 이 세상이 매끄럽게 굴러가지 않고 번영도 없으며 증식도 없다는 사실을 알고 있었는데, 그렇다 해도 세상이 꼭 매끄럽게 굴러갈 필요는 없고 번영할 필요도 없고 증식할 필요나 이유도 없다. 레이조는 그것이 무상하다고 말한다.

사흘 정도 지나 악당들의 소란이 가라앉고, 음식 찌꺼기와 함께 한 말들이 술통으로는 모자랐는지 한 되들이 술병이 수없이 굴러다니는 것을, 그러잖아도 이미 불만에 찬 로지 사람들의 눈을 의식해 악당들의 아내와 어미가 정리하기 시작했는데, 곧 후미히코의 색시가 된 여자가 오지 않은 것을 발견하고 로지에 온 지 얼마 안 된 탓에 누가 부르지 않아도 이렇게 와야 한다는 로지의 암묵적인 규칙을 모르지 싶어 아내들 중 한 명이 마음을 써서 부르러 가자, 여자는 마침 술을 너무 마셔서 몸을 가누지 못하는 후미히코에게 먹이기 위해 풀뿌리를 달이고 있었다고 말하고는 "고마워요, 금방 갈게요"라며 애교 있게 미소 지었다. 후미히코는 여자가 요령 있게 로지 사람들을 상대하게 된 것을 보고 좋아하며 빨리 정리하러 가라고 말하고, "조금 더 걸려요"라고 대답하는 여자에게 문득 "산에서 세 발 달린 까마귀 본 적 있어?"라고 묻자 여자는 마치 아무 일도 아니라는 듯 후미히코를 돌아보지도 않고 "있었지요오"라고 대답한다. 여자는 풀뿌리를 달인 갈색 물을 밥그릇에 담아 후미히코의 머리맡에 놓고 금방 오겠다며 집을 나섰다.

풀뿌리 달인 물을 마시자 울렁거리던 속도 가라앉고 몸이 거짓말처럼 가벼워졌는데, 여자가 마치 선녀처럼 자신을 로지에 두고 산으로 돌아간 것만 같아 회관으로 달려가서, 머리가 지끈거리는 것이 여자를 사랑스럽게 여기는 자신의 마음 그 자체라고 느끼며 악당들의 아내들이 남편 흉을 보는 가운데에 끼어들어 여자가 그곳에 있다는 사실에 안도하고는, 급한 일이 생겼다며 여자를 데리고 밖으로 나왔다. 밖에서 여자가 "무슨 일이에요?"라고 묻자 가슴이 벅차올라 만약 산으로 돌아갈 것이라면 제발 미리 언질을 달라고 말하고, 여자가 의아한 표정으로 쳐다보기에 "산에 세 발 달린 까마귀가 있을 리 없잖아"라고 말했다. 후미히코는 어린 시절 가라스텐구를 보고 가미카쿠시를 당한 평범하지 않은 아이였기에 세 발 달린 까마귀인 야타가라스도 봤다. 그러나 남들에게 그 이야기를 하면 거짓말이나 허풍 취급을 당하고 아무도 믿어주지 않는다는 사실을 알았고, 후미히코 본인도 스스로가 만들어낸 환상이라고 생각하기도 했다. 여자가 "있었지요오"라며 마치 흘려 넘기듯 가볍게 대답한 것은 후미히코와 진지하게 살림을 꾸릴 생각이 없기 때문이거나, 아니면 산속에서 수행하는 모습을 남자에게 들켜서 그 짐승과도 같은 본성을 가진 남자가 모두의 수행을 망쳐놓고 모두를 먹잇감으로 삼을 것이라고 판단했기에 그럴 바에는 자신의 몸을 던져주는 것이 낫다며 끝내 로지까지 따라와서 살림을 차린 선녀이기 때문이라고 후미히코는 말한다. 여자는 후미히코의 이야기를 듣고 "있었다니까요오"라고 말했다. "거짓말이라고 생각한다면 어쩔 수 없지만, 신을 모시는 무녀라고는 해도 수행이 부족해서 그저 선배 무녀들이 시키는 대로 했는데, 여우가 울어도 무섭고 새가 울어도 무섭던 와중에 공사장 남자들이 남자는 죽을 때까지 짐승처럼 괴로워한다기에 보시하는 마음으로 도와주고 돈을 받기로 했지만 그것도 역시 무서웠고, 당신도 공사장에서나 그곳에서나 똑같이 무서웠어요. 그래도 내가 당신과 지내게 돼서 더 이상 무녀가 아닌 것과 똑같은 이치로, 이제 나는 당신 없이 살 수 없게 돼서 구마노로 와서 살고 있는 거예요."

여자의 말투는 평소와 달리 느른하고 무언가에 씐 것 같았다. 뽀얗고 이목구비가 반듯한 얼굴은 밤의 달빛 아래에서 보니 집 안에서 보던 때와는 다른 사람처럼 서늘하고 마치 지체 높은 여인처럼 보였으며, 속마음을 구구절절 늘어놓은 후 애처롭게 후미히코의 가슴에 얼굴을 묻고 우는 목소리를 듣고 있노라니 여자가 선녀처럼 자신을 떠나 날아오르는 것이 아닌지 후미히코가 걱정할 만도 했다. 여자가 산속에서 세 발 달린 야타가라스를 자주 봤다고 대수롭지 않게 말한 것이 어떤 의미인지 파고드는 일도 잊은 채 후미히코는 여자를 데리고 집으로 돌아갔다.

로지에 면해 있는 집은 옛날풍으로 삼나무 껍질 지붕을 얹었으며 오두막이나 마찬가지였는데, 원래 살던 사람이 부에노스아이레스로 이민을 갈 때 후미히코의 아비가 사들여서 전체를 새로 짓지는 않고 그저 삼나무 껍질을 요즘 식의 기와로 바꾸었을 뿐이기에, 판자문과 장지문 모두 아귀가 잘 맞지 않아 틈새로 바람이 들어왔다. 바깥은 해가 났지만 집 안은 매우 추워서 여자는 후미히코가 토방을 허물고 지은 마루방에 앉아 아궁이에 불을 피우고, "여기 와서 따뜻하게 불 쬐어요"라며 마루 가장자리에 걸터앉은 후미히코를 부른다. 후미히코가 마루에 올라와서 앉자 여자는 아궁이로 가서 타오르는 불꽃에 양손을 쬐며 "불이란 건 신기해요오"라고 말하고는 옛날에 어릴 때 화재를 본 적이 있다고 이야기한다. 직물 도매상 집의 불을 쓸 일이 없는 창고에서 불이 나서 창고와 본채의 설거지 하는 곳이 탔는데, 어디서 흘러들어 왔는지 불탄 자리에서 여자와 어린아이의 시신이 발견되었고 두 사람은 순례자 차림이었던 것으로 기억하며, 창고 안에 있던 두 사람이 일부러 불을 놓은 것인지 추위를 면하기 위해 불을 피운 것인지는 몰라도 그 집은 그때부터 가세가 기울어 끝내 야반도주하게 된 것을 불을 피울 때마다 떠올린다고 말하면서, 여자는 신기하다고 중얼거렸다.

산속에서 수행을 할 때 다쳤는지 옛날에 어릴 때 다쳤는지는 모르나 여자는 날씨가 추워지면 엄지발가락 뿌리 부분이 아프다며 발을 내보이고, 후미히코가 가련하게 여겨 양손으로 발을 감싸자 여자는 쿡쿡 웃으며 발을 뒤로 빼고는 후미히코에게 옷을 벗겨달라고 말한다. 아궁이 불을 쬐며 알몸이 된 여자는 후미히코의 손에 유방을 맡긴 채, 복숭앗빛 유두도 바늘로 찔렀고 흉터 하나 없는 배에서 음부에 이르는 부분도 바늘로 몇 번이고 찔렀다고 말해줬다. 후미히코는 여자가 맛본 환상과도 같은 아픔을 위로하듯 여자를 껴안고 뺨을 가져다 댔다. 여자는 후미히코의 목에 팔을 두르고 귀에 따뜻한 숨결을 불어넣으며 자신은 확실히 보통 여자와는 다른 무녀이니 후미히코의 손으로 그렇게 해주기를 바란다고 말하고, 몸을 뒤로 젖혀 경대 서랍 속에서 비단 주머니를 꺼내 후미히코에게 건넸다. 후미히코는 주머니를 열고 한쪽 면에만 바늘이 여러 개 튀어나온 붉은색 콩주머니 같은 물건이 그 속에 있는 것을 보았다. 그 바늘이 튀어나온 콩주머니는 그저 바늘이 움직이지 않도록 실로 묶고 솜으로 둘러쌌을 뿐인데도 묵직했다. 산속에서, 아니 그전부터 여자의 살갗을 찢고 흘러나온 것을 빨아들여서라고 생각하자 마음속 깊은 곳에서 여자가 무서워졌는데, 후미히코에게 몸을 맡기고 딱 달라붙어 후미히코의 입술을 빠는 여자가 "찔러줘요"라고 무언가에 씐 듯이 말하는 것을 듣고 후미히코가 "여기도?"라며 손가락으로 음부를 벌리자 여자는 고개를 끄덕인다.

여자가 청하는 그 일은 남자인 후미히코에게는 무녀 사이에서만 유행하는 음습한 주술같이 보였고, 만약 후미히코가 좋아서 그런 행동을 한다면 로지의 젊은이들은 후미히코를 없는 사람으로 치고 상대하지 않을 것이라는 생각이 들 만큼 변태적인 짓으로 보였으나, "찔러줘요"라고 절박하게 헐떡이는 여자의 목소리를 듣고 원래 무녀 수행을 하던 여자를 산에서 데려왔으니 무슨 일이 일어나도 이상하지 않다고 생각했다. 입을 맞출 때마다 여자가 희열에 찬 소리를 내던 한없이 희고 손가락에 착 달라붙는 찹쌀떡 같은 목의 살결에서 오른쪽 유방이 봉긋하게 솟아오르는 부근에, 손에 쥐어도 쥔 것 같지 않은 바늘의 콩주머니를 갖다 대자 여자는 신음한다. 바늘이 흰 살갗을 찌르고 얼마나 들어갔는지는 모르지만 붉게 빛나는 핏방울이 순식간에 열 개 정도 생겨나고, 여자의 헐떡임을 들으며 바라보고 있으니 빛나는 핏방울은 금세 형체가 무너져서 띠처럼 바뀌어 후미히코에게 맡긴 여자의 흰 살갗 위를 흐른다. 비가 내릴 때마다 산에서 아픔이 전해져 온다고 여자는 곧잘 말했다. 여자는 숨을 몰아쉬며 아픔이 곧 사라지고 말 것 같으니 더 많이, 후미히코의 정욕이 사라질 때까지 온갖 곳을 찔러달라고 말하면서 그의 사타구니를 더듬은 후 후미히코의 정욕의 중심이 그곳에 있었다며 동정하듯 붙잡고 미소를 띤다. 후미히코는 여자의 손길에 사납게 성난 물건을 당황스럽게 여기며, 여자에게 그렇게 하는 것은 정욕 때문이 아니라 선녀와도 같은 여자를 숭배하기 위해서라며 괴로운 마음으로 흘러나온 피에 입술을 대고, 마치 목이 말라 죽기 직전의 중환자가 살기 위해 짐승의 피를 마시듯 그 피를 마셨다. 여자는 아프다고 계속 말했다. 얼마 후 온몸에 피범벅이 되지 않은 곳이 없을 정도로 흰 살갗은 붉게 변하고, 후미히코는 여자의 눈부시도록 빛나는 아름다움에 망연자실한 기분마저 들어 여자를 끌어안고, 그 후 희열에 찬 소리를 끊임없이 흘리는, 눈부시게 빛나는 아름다운 아미타여래 같은 여자 위로 기어 올라가 용서를 구하듯 옷을 벗고 음부에 성난 물건을 밀어 넣어 희열의 한가운데로 들어가려 했다.

오류노 오바는 그날 밤 레이조가 집 뒤 헛간 문이 찬바람에 덜걱덜걱 시끄러운 소리를 낸다고 하기에 문을 닫으러 밖에 나갔다가, 무심코 보니 후미히코의 집 위가 대낮처럼 눈부셔서 이상했다고 사람들에게 말했고, 의논을 하러 온 후미히코에게도 말했다. 후미히코는 이틀 정도 식음을 전폐하고 집에 틀어박혀 있었다. 철인 같은 두툼한 구릿빛 가슴팍과 팔도 그렇고, 잘 들여다보면 반듯하게 생겼지만 얼핏 보면 우락부락한 얼굴도 야위어 있었으나, 아직 50년 인생 중 절반도 지나지 않은 나이의 사내에게 걸맞은, 이제부터 시작이라는 듯한 젊음의 팽팽함이 있었다. 여자는 몸이 뜨거워지고 희열 속에서 열 덩어리가 된 끝에 그 열에 몸속 깊은 곳까지 녹아버린 양 더 이상 숨을 쉬지 않았고, 후미히코는 자신이 여자를 죽이고 말았다고 생각해서 이틀 밤낮을 여자 곁에 앉아 있었다. 둘째 밤이 지나가고 새벽이 되었을 때 후미히코는 여자를 짊어지고 산에 올라, 옛날에 자신이 가라스텐구를 보고 가미카쿠시를 당한 후 멍하니 졸린 눈으로 서 있다가 발견된 소나무 밑에 땅을 파고 붉은 살갗의 여자를 묻었다.

오류노 오바는 후미히코에게 하늘을 나는 사람을 보았다고 말했다. 후미히코가 사실은 여자를 묻은 것이 아니라고 오류노 오바는 말했다. 후미히코가 본 것은 온몸 구석구석에서 피를 뿜어 마치 비단옷을 입은 듯 눈부신, 선녀처럼도 보이고 아미타여래처럼도 보이는 여자였다. 그것은 현실에서 일어나서는 안 되는 일이며 남에게 말해봤자 이상한 사람 취급을 받을 뿐인, 레이조와 오류노 오바가 믿는 석가여래의 가르침을 설파하는 불경과 설법 속에서만 일어나는 일이었다. 여자는 숨이 멎었지만 눈부신 빛 속에서 되살아나 후미히코에게 정중히 감사 인사를 한 후 문을 열지도 않고 미끄러지듯 나가 공중으로 떠올랐다. 그리고 더 높이 날아올라 산으로 가서 산 위의 소나무 꼭대기에 멈추었다. 오류노 오바가 본 것은 그 모습이었으며 여자는 순식간에 빛의 덩어리가 되어 구마노의 첩첩산중 위를 날아갔다. 오류노 오바의 말을 듣고 후미히코는 진실을 들킨 듯 괴롭게 신음했다. 오류노 오바는 후미히코가 여자를 죽이고 말았다고, 묻어버렸다고 말하며 눈물을 흘리는 모습을 보며 후미히코가 여자를 진심으로 선녀로 여기고 아미타여래로 여겼음을 알아차리고 "경찰한테 가도 네가 거짓말을 한다고 할 거야. 설령 소나무 밑을 파서 여자가 나온다 해도 미워서 죽이고 걸리적거려서 내버렸다고 할 거야"라고 일러주며, 일자리가 없으면 다시 옛날처럼 산속 공사장에 가서 일하고 오라고 말했다.

그날 중으로 후미히코는 역에서 버스를 타고 여자와 함께 묵은 적이 있는 댐 옆의 찻집까지 가서, 찻집 주인이 "또 돈을 다 쓰고 한 해 동안 일하러 왔나?"라고 다 안다는 듯 말하며 밤길은 어둡고 추우니 하룻밤 묵어가라고 권하는 것을 뿌리치고 걸어서 댐 공사장으로 갔는데, 숙소로 쓰는 가건물에 다다랐을 때는 하늘이 밝아오고 있었다. 밥 짓는 노부부가 일어나 있기에 그곳으로 들어가 불을 쬐며, 추워서 온몸이 움츠러들었지만 묘하게 상쾌한 기분이 드는 것이 신기해서,

"인부 자리가 있습니까?"라고 묻자 남편 쪽이 "여기는 다 짓고 나면 근방에서 제일 큰 댐이 될 테니까"라며 한두 사람 더 일하는 건 문제없으리라고 말한다. "어디서 왔나?"라고 묻기에 공사장에서 모든 사람이 그렇게 하듯 "규슈에서 왔지요"라고 하니 남편도 "나도 규슈야"라며 서로 과거를 캐묻지 말자는 듯 대답하고, 지금 후미히코가 맛보고 있는 추위를 이해하는지 "이제부터 인부들이 일어날 시간인데, 딱 한 잔만 하지 않겠어?"라며 조리대 밑에서 한 되들이 술병을 꺼내 찻잔에 따른다. 후미히코는 중학교를 나온 후 계속 공사장에서 살았기 때문에 몸에 익었는지, 친절을 부담스럽게 생각하지 않는 대신 각별히 고맙게 여기지도 않았기에 남편의 권유대로 술을 마셨다. 등 뒤에서 "누가 아침부터 술을 마시나 했더니 후미히코였잖아?"라는 귀에 익은 목소리가 나기에 돌아보자 히사시가 서 있었다. "아는 사이요?" 남편이 묻자 히사시는 "그럼" 하고 마치 10년 만에 만나기라도 한 듯 과장되게 고개를 끄덕이며 "바로 요전번에 저 아랫동네에서 같이 술판을 벌이고 놀았다니까요. 사촌인지 육촌인지 뭐 그런 관계예요"라고 말하고, 남편은

쓴웃음을 띤 채 후미히코와 자신을 손가락으로 가리키며 "우리는 둘 다 규슈에서 왔소"라고 말한다. 이런 공사장에서 일해본 적이 없는 히사시는 무슨 잠꼬대냐고 중얼거리고는 후미히코에게 짐을 가지고 따라오라며 밖으로 나가 두번째 가건물 오두막으로 들어갔는데, 그곳에 누워 있는 사람은 틀림없이 로지의 악당 기쿠조와 도메이고, 한동안 자취를 감추었던 가즈이치로도 섞여 있기에 후미히코는 "이 도깨비들" 하고 웃었다. 이불을 다섯 채 정도 깐 방에 로지 젊은이 넷이 묵다가 후미히코까지 끼니, 가건물들 중 그곳은 마치 산속에 홀연히 나타난 로지 같았다. 후미히코는 가을축제 한 달 전과 횃불축제 며칠 전에 젊은이들이 로지 회관에 모여들어 처음에는 여자 이야기를 하다가 곧 서로의 물건 이야기로 옮아가 씨름이나 바위 옮기기로 힘을 겨루는 것과 마찬가지로 물건의 힘도 겨루어보자며 물이 든 주전자를 가져오는 등 소란을 피우는 모습에 익숙했기에 심심하지는 않겠다는 생각 한편으로 귀찮다는 생각도 했으며, 히사시가 일할 시간이니 일어나라며 잠든 젊은이들을 깨우는 모습을 보고 혹시 너무 시끄러워지면 다른 댐 공사장으로 가야겠다고 결심했다.

밤새 걸어왔으니 하루는 쉬고 다음 날부터 현장에 나가고 싶었지만 인부들이 나가 있는 동안 혼자 밥 짓는 노인과 잡담을 나누는 것도 피곤할 것 같고, 게다가 여자의 모습을 떠올리는 것도 괴로워서, 일을 별로 열심히 하지 않는 악당들의 뒤를 따라다니면 수월하게 하루를 마칠 수 있을 것이라고 생각하며 무슨 일만 있으면 아니アニ, 아니, 하고 히사시를 부르면서 의지하기로 했다.

공사장에서는 예전에는 콘크리트를 다른 곳에서 만들어서 호스로 운반해 왔는데 갑자기 콘크리트 주입구가 막히는 바람에, 번거롭기는 하지만 막힌 부분이 고쳐질 때까지 외발수레 하나가 겨우 지나가는 길을 통해 외발수레를 사용해서 운반하기로 했다. 어느 공사장이든 장비와 규모가 클수록 인부들은 대개 단조로운 일을 하게 되는데, 히사시와 기쿠조 등은 빈 외발수레를 끌고 콘크리트를 만드는 곳까지 어슬렁어슬렁 돌아가면서 "산일이 훨씬 보람이 있네"라고 말했다. 점심을 먹고 나서 갑자기 모습이 보이지 않는다 싶었더니 벼랑 위에서 휙 하고 휘파람 소리가 난다. 좌우를 둘러보자 "후미히코, 여기야"라는 히사시의 목소리가 나고, 위에서 돌이 떨어져서 벼랑을 올려다보니 이리 오라고 손짓하는 팔만 보인다. 후미히코가 손수레를 기울이며 어디를 통해서 벼랑으로 올라가야 하는지 둘러보는데 뒤에서 오던 젊은 남자가 후미히코의 외발수레에 자신의 외발수레를 부딪치며 "거 얼른 좀 가지"라고 말하고, 후미히코가 "뭐야?"라며 고함을 치자 젊은 남자가 "오늘 여기 처음 온 놈이 벌써부터 슬렁슬렁하지 마라"라고 하기에, 순간 그 젊은 남자가 현장 감독인가 싶어 자세히 들여다보았으나 그저 젊은 인부일 뿐이어서 "어디서 설쳐"라며 그 남자를 콘크리트 현장 뒤쪽으로 끌고 가 주먹을 날렸다. 남자는 싸움에 익숙한 듯 쓰러진 틈에 막대기를 주워서 덤볐으나 후미히코는 힘으로 밀어붙여 막대기를 붙잡고 남자를 걷어차 쓰러뜨린 후, 아픈 곳을 차였는지 반격하지 못하는 남자 위에 올라타서 두들겨 팼다. 싸움을 발견하고 모여든 사람들이 "저러다 죽겠구먼" 하고 말려서 후미히코는 젊은 남자를 놓아주고 시선을 들었는데, 그 순간 벼랑 위에서 검은 옷을 입고 까마귀 얼굴을 한 덴구가 날개를 펼치고 날아오는 것을 보았다. 후미히코는 아무에게도 그 이야기를 하지 않았다.

히사시를 비롯한 로지 사람들은 4월이 되자 곧 가지치기가 시작될 테니 다음 달 급료를 받을 때까지 있다가 처자식이 기다리는 로지로 돌아가겠다고 말했는데, 댐 공사장 부근이 아니라 산 하나를 넘으면 나오는 광산에 색싯집 오두막이 여러 개 생겼다는 소식을 듣고 급료를 받은 후 단 사흘이라도 그 색싯집에 들르겠다고 했다. 후미히코도 무녀들을 만날지 모른다는 생각에 당장이라도 색싯집으로 달려가고 싶었으나 자신은 두 번 다시 로지로 돌아가지 않겠다는 각오를 했기 때문에 로지로 돌아가는 히사시 일행과 함께 움직일 수는 없었고, 그래서 공사장에 남아 돈을 조금 더 모은 후 로지에 돌아가겠다고 말하며 버스가 있는 곳까지 악당들을 배웅했다. 돌아오는 길에 새로 돋아난 잎사귀의 녹색과 피어나기 시작한 흰 꽃이 산의 잡목을 온통 덮은 모습을 보고 여자의 몸 전체가 벚꽃으로 덮인 것처럼 보이기도 했다고 생각했다. 여자가 그렇게 해달라고 청하지 않았다면 바늘로 찌르는 잔인한 짓은 하지 않았을 것이라고 마음속으로 혼잣말을 한 후, 후미히코는 벚꽃으로도 변하고 비단의 단풍 무늬처럼도 변하던 여자의 그 모습 그대로가 아름다웠다고 생각했다.

악당들이 산을 내려간 후 닷새 정도 지났을 때 후미히코가 공사장에서 곡괭이를 어깨에 걸치고 벼랑을 내려오는데, 악당들을 끌고 산 너머에 있는 색싯집 오두막에 들른 후 로지로 돌아가겠다던 히사시가 니커보커* 주머니에 양손을 꽂고 걸어 들어와 마치 쑥스러운 듯 씹고 있던 풀줄기를 퉤하고 침과 함께 뱉으며 "집에 가려고 했는데 안 되겠네"라고 말하고, 인부들이 삼태기를 지고 지나가는 데 방해가 되는데도 길에 쭈그려 앉아 "다 날렸어"라고 말한다.

"마지막 한 푼까지 쥐어짜이고 온 거예요?"

후미히코가 묻자 히사시는 "아, 그렇다니까" 하며 야쿠자 같은 말투로 대답하고, "도메나 기쿠조나 잘 놀기는 했지만 아차 하는 사이에 너무 오래 있었어"라며 산 너머의 색싯집 오두막이 얼마나 좋은지, 몸이 탱탱하고 흠 하나 없는 살갗이 손가락에 착 달라붙는 여자가 절정에 올라 희열에 찬 소리를 낼 때는 얼굴이 연지를 바른 듯 붉어진다고 말하며, 생각하는 것만으로도 근질근질하다면서 몸을 흔들고는 갑자기 "돈 좀 빌려줄래?"라는 말을 꺼낸다.

"색싯집에 가게요?"라고 후미히코가 묻자 이번에는 솜처럼 흰 침을 퉤 뱉고 "가고는 싶지만 또 갔다가는 영영 집에 못 돌아갈 거야"라며 어린애 같은 소리를 하는데, 후미히코에게 한 달 치 급료라도 빌려서 그대로 로지에 돌아가면 아내를 볼 낯이 생기겠지만 그러지 못하면 다리몽둥이가 부러질 각오로 여기보다 훨씬 열악한 일터에 가서 두 달 치든 세 달 치든 빌릴

* 길이가 무릎 바로 아래까지 오고, 붙들어 맨 듯 밑단이 좁은 바지.

수 있는 만큼 돈을 빌리고, 붙잡히면 몰매를 맞아 정말로 다리라도 부러질 것을 각오하고 야반도주해야 한다.

히사시가 그렇게 말하니 달리 아는 사람도 없는 이곳에서 자신이 돈을 빌려주지 않으면 도리가 없겠다는 생각이 들어, 마지못해 "돈은 방의 짐 속에 뒀어요"라고 말하고 곡괭이를 내려놓은 후, 현장 감독에게 들킬 때를 대비해 몸이 좋지 않아 오후는 쉬겠다는 거짓말까지 생각해두고 히사시와 함께 숙소로 돌아갔다. 밥 짓는 노부부가 밖에서 함께 장작을 패고 있는데도 후미히코는 말을 걸지 않고 가건물로 들어가고 히사시도 따라 들어간다. 후미히코는 급료를 봉투째로 양말에 넣은 후 보자기로 싸서 벽장에 넣어뒀는데, 히사시에게 그것을 보여주고 싶지 않았지만 돈을 빌려주면 당장이라도 로지로 돌아갈 것이라고 생각해서 벽장을 열고 보자기를 풀어 돈을 꺼낸 후 "나중에 갚아야 돼요"라며 건넸더니, 히사시는 돈을 한 장씩 세어보다가 문득 생각난 듯 고개를 들고 "지금 여기서 몇 명이 지내지?"라고 묻는다. 다섯 명이라고 대답하자 후미히코 외에 네 명은 언제 공사장에 왔느냐고 묻기에, 신참이 아니라 히사시 일행이 나간 후 1호동이라고 부르는 가건물에서 건너온 예전부터 일하던 사람들이라고 말했더니, 히사시는 "그래" 하며 생각에 잠긴 듯 혀로 입술을 핥고 "이건 됐어, 도로 줄게"라며 후미히코에게 돈다발을 떠민다.

"왜요?"

"왜라니, 모르겠어?"

히사시는 씩 웃고 벽장 속에 개어져 있던 이불 옆의 보자기

와 보스턴백 등을 하나하나 밖으로 끌어낸 후, 그 아래에 놓여 있던 나무 상자와 보자기도 꺼내고, 창문에 걸린 점퍼 주머니를 뒤지고 난 다음 보스턴백을 열어 속을 훑는다. "뭐 하는 거예요?" 후미히코가 어안이 벙벙해서 묻자 "보고도 몰라?"라고 바보 취급하듯 말하고는 "남자 놈들 물건은 지저분해. 여자들 물건이라면 향기가 날 텐데"라고 말하더니 "여기 있다"라며 돈다발을 꺼내고 후미히코에게 한쪽 눈을 찡긋한다.

후미히코는 말리고 싶었지만 말리지 않았다. 2호동의 방 다섯 개를 돌고 누구나 들락거리는 3호동으로 가는 히사시의 뒤를 따라 이제까지 한 번도 온 적 없었던 3호동에 발을 들인 후, 히사시가 "거 더럽네"라든가 "뭐 이런 놈이 다 있어"라고 혼잣말을 하며 인부들의 짐을 뒤지는 모습을 보면서, 돈을 현금으로 가지고 있는 것은 언제라도 다른 곳으로 뜰 준비가 된 사람이거나 다른 곳에서 가져온 돈을 깜빡하고 쓰지 않은 채 계속 가지고 있는 사람뿐이고, 대개는 밥 짓는 부부에게 맡겨두거나 사무소의 현장 감독에게 부탁해서 금고에 보관할 것이라고 가르쳐주고 싶었지만 가르쳐주지 않았다.

그래도 돈은 히사시가 벌었던 것의 세 배 정도 모였는데, 막상 돈을 손에 쥐자 로지로 돌아갈 마음이 사라졌는지 "후미히코, 여자 사러 가자, 여자"라며 산 너머의 색싯집에 갈 테니 따라오라고 말했다.

후미히코는 사람들이 히사시가 돌아와서 돈을 훔친 것이 아니라 낮에 숙소로 돌아온 후미히코가 훔쳤다고 여길 것이라 생각하고, 어차피 언젠가 이 공사장을 떠날 것이라면 히사시를 따라 산 너머의 색싯집에 가보자는 마음이 들어 바람처럼 달려가는 히사시를 따라 달렸다.

달려가면서 돈을 빌려주고 로지에 돌려보내면 될 것을, 히사시를 말리지도 않고 도둑질을 하게 내버려둔 자신이 히사시보다 더 악당이 아닌지 자문했다. 오류노 오바는 후미히코가 그때 품은 의문을 이해할 수 있을 것 같았다. 히사시의 마음도 이해했다. 산 너머 색싯집으로 달려가는 두 사람은 오류노 오바가 보기에 함께 있으면 서로를 부채질해 나쁜 짓을 저지르고 마는 덴구와 같았고, 그것 또한 노래와 춤으로 세월을 보내다 신세를 망친 자들의 피 때문이라고 생각했는데, 다만 아무리 날고 기는 악당인 히사시라도 바람처럼 달리는 두 사람의 기세에 이끌려 그 앞에 한순간의 환상처럼 나타난 존재에는 대적할 수 없었다. 히사시는 "여기서 좀 쉬자"라며 햇볕이 내리쬐는 길가에 앉아 주머니에 쑤셔 넣은 돈을 꺼내서 세어보며 그 액수에 웃음 짓고, 맑은 물이 흐르는 산맥 골짜기에 물을 마시러 갔다. 한기와 봄볕이 뒤섞인 찬란하도록 맑은 하늘에서 여러 개의 형체가 날아오는 것을 눈치채고 돌아본 히사시가 순간 공중으로 던져졌다가 떨어지면서 몸뚱이가 양쪽에서 두 갈래로 찢기는 모습을, 후미히코는 보았다. 두 동강 난 몸뚱이가 떨어지고 나서 후미히코의 앞에 낯익은 가라스텐구들이 나타나, 산속에서 돈을 가지고 있어봤자 쓸 일이 없으니 네게 주겠다며 히사시가 가지고 있던 돈을 후미히코에게 던져줬는데, 후미히코는 히사시가 훔친 돈이라는 사실을 알고 있었기에 마음이 괴로워서 그대로 산을 넘어 혼자 색싯집으로 갔다. 히사시가 그

토록 칭찬한 여자를 사서, 여자가 좋아할 것이라는 생각에 자신이 가진 돈의 불가사의함을 이야기했더니 여자는 소중한 돈이라며 일단 로지에 돌아가서 덴구의 노리개가 되어 찢긴 히사시의 아내에게 주라고 권했다. 후미히코는 이틀 걸려 로지로 돌아간 후 오류노 오바에게 돈을 맡기고, 살아갈 마음이 사라졌는지 4월 초파일에 로지의 소나무에 목을 매어 죽었다. 스물네 살이었으며 마치 철인 같은 가슴팍을 가진, 나카모토의 핏줄 중에서도 유별난 데가 있고 오류노 오바가 받아내자마자 생각했던 것처럼 인간이 아닌 것과 통한 끝에 태어난 듯한 신기한 아이였다.

천인오쇠*

* 天人五衰: 불교 용어로, 가장 높은 세계인 천계에 사는 자가 죽음 직전에 보이는 다섯 가지 징조. 의복이 더러워지고, 머리의 꽃 장식이 시들고, 몸에서 악취가 나고, 겨드랑이에 땀이 흐르고, 앉은 자리가 즐겁지 않게 되는 것.

뒷산에 우거진 잡목을 지난 바람이 판자문을 두드리는 소리를 들으면 오류노 오바는 항상 이 비좁은 우물처럼 축축한 로지에 겨울이 왔음을 깨닫고, 로지에 자식을 두고 신천지로 떠난 자들이 정착한 부에노스아이레스에도 겨울이 와서 로지와 똑같은 곳이라는 게토*에서도 바람이 나뭇잎을 흩날려 띄워 올리고, 한순간 환상 속의 황금색 새같이 햇빛을 받아 눈부시게 반짝이는 잎사귀를 희롱하듯 날려 보내고 있을 것이라고 생각했다. 오류노 오바는 눈을 감고 바람 소리에 귀를 기울이며 새삼 자신의 귀가 춤추는 나뭇잎같이 바람을 타고 한없이 먼 곳으로 훨훨 날아가는 것 같다고 생각했다. 보는 것과 듣는 것 모두가 반가웠다. 잡목림 옆에 난 길을 따라가다가 나뭇가지 사이로 비치는 햇살이 숲을 파고들면 로지의 산자락으로 나오고, 그곳에서 둥실둥실 영혼이 되어 나뭇가지에 윤기가 돌면 이게 무엇인가 하며 만져보고, 풀잎이 바람에 휘어 서걱서걱 소리를 내면 돌아 들어가본다. 메뚜기가 풀쩍 뛰어 풀잎에 올라타는 통에 난 소리라는 사실을 알아차리고, 영혼이 되어도

---

* ghetto: 원래 유럽에서 유대인을 강제로 격리했던 지역을 뜻한다. 지금은 도시에서 소수자들이 모여 사는 지역 또는 빈민가를 가리킨다.

여전히 짓궂은 오류노 오바는 불쑥 손을 뻗어 메뚜기의 더듬이를 붙잡는다. 메뚜기는 바람이 분 것도 아니고 다른 위험한 곤충이 나타난 것도 아닌데 더듬이에 무언가가 닿는다고 느끼고, 위험한 일이 있을 것 같지는 않지만 일단은 도망치자며 풀쩍 뛰는데, 오류노 오바는 메뚜기를 앞질러 간다. 아침에는 꼭두서니빛, 낮에는 비췻빛, 저녁에는 포도즙을 떨어뜨린 나들이옷의 띠 같은 바다까지는 그곳에서 한달음이기에, 밭을 따라간 후 야트막한 언덕에서 방풍을 위해 심었으나 숲이라고 할 정도는 못 되는 아름다운 소나무들의 초록빛 속을, 산속에서 바다까지 소금을 핥으러 온 한 마리 작고 흰 짐승처럼 달려 나가 바닷가에 서서는 바닷바람을 맞는데, 한때나마 영혼이 되어 뜻대로 움직이지 않는 늙은 몸뚱이에서 빠져나오는 일이 얼마나 즐거운지 생각하며 오류노 오바의 영혼은 로지의 산 중턱에 누워 있는 오류노 오바에게,

"오류, 이제 나이도 먹을 만큼 먹었구먼" 하고 중얼거리며 웃었다. "그렇게 계속 누워만 있으면 여기저기 아프지 않아?"

"하나도 안 아파."

오류노 오바는 오류노 오바의 영혼에게, 자신이 종일 누워 지내게 된 후로 뒤치다꺼리를 해주고 식사를 챙겨주는 로지 여자들이 물어볼 때와 마찬가지로 대답한 후, 오류노 오바의 영혼이 두둥실 바람을 타고 바닷가에 정박한 배 쪽으로 가는 모습을 보며 새삼 모든 것이 유쾌하다고 생각했다. 오류노 오바는 자유로웠다. 보려고만 하면 뭐든지 보였고 들으려고만 하면 하늘에서 자신을 마중 나온 사람들이 연주하는 음악 소리도,

설령 그것이 윤회의 파도 너머 아득히 먼 곳에서 들려온다 해도 들을 수 있었다.

이따금씩 겨울바람이 뒷산의 잡목을 뒤흔들며 마치 폭풍처럼 세차게 불어닥친다. 순간 요란한 바람 소리에 놀라고, 그 후 문득 지붕과 황금색으로 빛나는 판자벽을 모래가 때리는 느낌에 오류노 오바는 집 주위와 그 아래의 비탈길에 황금이 날려와 쌓이고 있는 것만 같고, 로지 사람들이 대낮에 어디선가 날아온 사금의 산을 보고 환희에 찬 소리를 지르는 모습을 상상했다. 새해에 떡을 찧을 수도 있고 아이들에게 때때옷을 입힐 수도 있다. 아녀, 그뿐만이 아니라 이제부터 당장 일하지 않아도 되고 낮부터 술을 마시려면 마실 수도 있다. 수많은 젊은이가 각자 시대에 걸맞게 샤미센을 뜯거나 퉁소를 불거나 기타를 치며 마음 가는 대로 음악과 가무에 흠뻑 빠질 수도 있다.

소리가 나는 낯선 기계를 로지에 갑자기 들고 와서, 웬 여자가 새되면서도 달콤하게 녹아내리는 듯한 목소리로 신나게 부르는 노래를 들려주고는 그것이 탱고라고 말해준 사람은 오리엔트 고康라는 별명을 쓰는 나카모토 핏줄의 젊은이였다. 뭐든지 다 아는 오류노 오바조차 어째서 그 젊은이에게 오리엔트 고라는 별명이 붙었는지는 몰랐지만, 보로디나 팔리키 박사나 거지덩굴 도메나 가시나무 류라는, 이유는 몰라도 불러보면 어쩐지 그럴싸한 종류의 별명이었다. 오류노 오바는 “오바, 좋지 않아요?”라고 묻는 오리엔트 고의 얼굴을 뚫어져라 들여다보았다.

로지에서 유일한 산파이며 남편이 게보즈 레이조인 오류노 오바에게 소리가 나는 신식 기계를 가져와서 다른 나라의 노래를 들려주는데, 달콤하고도 새된 그 목소리가 무엇을 노래하고 있는지 한마디도 알아들을 수가 없다. 오류노 오바가 "뭐야, 외국말로 노래하면 어떻게 알아"라고 하자 오리엔트 고는 슬픈 표정으로 "일본어예요"라고 말한다. 오류노 오바는 새로운 시대의 도래를 뼈저리게 느꼈다. 일본인이 일본어로 부르는 노래를, 똑같은 일본어를 하는 자신이 전혀 알아듣지 못해서 마치 새의 울음처럼 그저 소리만이 귀에 들어온다. 언젠가 로지의 한 여자에게서 비슷한 이야기를 들은 적이 있었다. 오류노 오바에게 그 이야기를 해준 여자와, 여자에게 그 이야기를 해준 여자의 부모 모두 나중이 되어서야 그 말이 만사의 성공을 축복하거나 집을 나설 때 무사를 기원하는 반자이*라는 사실을 알게 되었는데, 정부의 명령이 공표되었을 때 사람들은 그 말이 무슨 뜻인지도 모르면서 '반바이, 반바이' 하고 양손을 번쩍 들었다. 메이지 시대 초기에 다이조칸**이 천민 해방령을 공표했을 때의 일로, 오류노 오바는 남에게 들은 이야기이지만 마치 자신도 그곳에 있어서 사내들이 촌장 집 쪽에서 부리나케 달려오며 아무튼 이제 우리는 업보로 인한 고통에서 놓여나 사람으로 태어나고 죽는 숙명 속에서 젊음이 한때의 거짓이었던 듯 늙어서 몸이 쇠하고 아프게 되는 괴로움이 그 공표로 인해 사라진다고 따발총처럼 떠들어대며 '반바이'라고 소리치는 모

* 萬歲: 만세. 경축, 환호를 나타내는 말.

** 太政官: 메이지 시대 초기의 최고위 행정 기관. 이후 내각으로 대체되었다.

습이 보였다. 그것도 새로운 시대였다.

오류노 오바는 글을 읽을 줄 몰랐으므로 반자이를 반바이라고 말한다 해도 큰 차이가 없었으나 그 로지 여자의 "반자이를 반바이라고 했지 뭐야"라는 말이 뇌리에 남아 새로운 시대의 도래를 느낀 것은, 그렇게 반자이 삼창을 하며 맞이한 정부의 명령 뒤에 어떤 일이 일어났는지 보고 들었기 때문이다. 그것 또한 오류노 오바가 직접 보고 들은 일은 아니고 어릴 때 부모 대신 길러주던 여자가 점토로 솜씨 있게 빚은 아궁이에 불을 피우며 해준 이야기였다. 어느 날 덧문이 쪼개질 정도로 돌이 날아들어 왔다. 귀를 기울이자 이놈들, 하는 노성이 들리기에 여자들과 남자들은 거기서 더 듣지 않고도 곧바로 사태를 파악하고, 그대로 집 안에 있으면 움막이나 마찬가지인 집은 곧바로 부서지고 괭이와 죽창에 찔려 죽겠다는 생각에 뒷문을 부술 기세로 걷어차고 뛰쳐나와, 괭이와 가래와 죽창을 든 근처 농민들이 횃불로 집집마다 불을 놓는 것을 뒤로하고 그대로 어둠 쪽으로, 나무가 우거진 쪽으로 도망쳤다. 로지뿐만이 아니라 일본 여기저기에서 다이조칸의 공표 직후에 농민들이 은밀히 뭉쳐서 오두막이나 마찬가지인 집들을 습격하고 불을 놓았으며, 빈고備後 지역에서는 산으로 도망친 사람들이 죽창을 든 농민들에게 마치 원숭이 사냥을 당하듯 몰려서 열 명 정도 찔려 죽었다.

오류노 오바는 그렇게 원숭이처럼 사냥당해 죽은 자들이 있어도 사람은 계속 늘어나 도시를 만들고 마을을 만들며 넘쳐난다고 생각하고, 젊은 시절부터 여자들이 아이를 밸 때마다 아비 없는 아이라도 부끄러워할 필요 없다고, 설령 태어난 아이가 모자라거나 사지가 멀쩡하지 않아도 어두운 곳보다는 밝은 곳이 좋다고, 저승보다 이승이 좋다고, 스러지는 것보다 늘어나는 것이 좋다고 말하고 다니며 출산을 도왔다. 때로 그것이 레이조가 말하는 부처에 대한 악의처럼 여겨져, 몸이 뜻대로 움직이지 않아 누워 지내게 되고 나서도 혼자 빙긋 웃으며 열 명이 원숭이처럼 사냥당해 죽으면, 죽은 자를 생각하며 분하게 여기기만 하는 것이 아니라 그 열 배로 사람을 낳아 늘려서 '반바이'를 외쳤다고 생각했다.

오리엔트 고가 하던 생각은 오류노 오바의 생각과 아주 비슷했다. 아직 아무도 축음기를 본 적 없던 시절에 그것을 애지중지 안고 와서 노인의 귀에는 새의 지저귐 같기만 한 탱고를 들려주어 놀라게 한 데에서도 알 수 있듯 오리엔트 고는 새로운 것을 좋아하는 면이 있었는데, 오류노 오바는 기이한 별명을 가진 이 남자가 그 별명보다도 더 기이한, 로지 사람들을 계속 늘리고 그 사람들이 살 신천지를 만들고 싶다는 열정을 가지고 여러 젊은이들을 설득하며 돌아다닌다는 사실을 나중에 알았다.

전쟁이 끝난 다음다음 해 한여름에 소집 해제되어 로지로 돌아온 그날, 오리엔트 고가 로지 구석구석을 걸어 다니며 길에 떨어진 돌멩이를 주워서 마치 보석의 원석이라도 되는 양 이모저모로 뜯어보고는 "여기는 연꽃이 피는 연못이었어"라고 말한 일을 오류노 오바는 선명히 기억한다. 모든 것이 그 한마디에서 시작되었다.

길에서 돌멩이를 주워 옛날 로지에 집들이 서 있던 원래 모습을 맞힌 것은 오리엔트 고의 눈이 날카롭거나 직감이 뛰어나서가 아니라 오류노 오바도 포함해서 로지에 많이 사는 노인들이 옛날이야기를 좋아해 50년 전 일을 마치 어제 일처럼 종종 이야기하기 때문이어서, 낮에 연꽃이 필 때마다 퐁퐁 소리가 났다는 이야기를 로지의 모든 사람이 당연히 알고 있었다. 오리엔트 고가 하고 싶었던 말은 전쟁에도 아랑곳 않고 로지 사람들이 점점 늘어난 끝에 연못을 메우고 연꽃밭을 발밑에 깔면서 로지가 점점 확장되고 있다는 것이었음을 나중에 깨달았다. 그때 로지 사람들 모두는 돌멩이를 주워 "여기는 연꽃이 피는 연못이었어"라고 말하는 오리엔트 고를 보고 전쟁에서 바보가 되어 왔다며 비웃었다. 오류노 오바도 마찬가지였는데, 단 한 사람 레이조만은 연꽃밭을 발밑에 깔다니 극락정토나 마찬가지라고 받아들였다. 그 일만 생각해봐도 레이조는 역시 훌륭한 사람이었다. 오리엔트 고는 연꽃이 퐁퐁 소리를 내며 차례차례 피어나는 모습을 바라보듯 눈을 가늘게 뜨고, 연못까지 메우며 확장된 로지의 원래 시작점은 아키노쿠니라고도 전해지고 이즈모노쿠니라고도 전해지는 지역에서 온 나카모토와 다바타와 마쓰네 집안의 먼 조상 중 하나가 북풍을 막기 좋은 산자락에서 잡목을 베고 오두막을 세워 살기 시작한 데에 있다고 생각했다. 그러나 오류노 오바에게 축음기로 탱고를 들려주어 놀라게 한 오리엔트 고의 머릿속에는 오류노 오바가 이따금씩 말하고 떠올릴 때 감사한 마음이 북받쳐 눈물짓기까지 하는 신과도 같은 먼 조상의 모습이 아니라, 오리엔트 고 자신을 빼다 박은

기질을 가지고 로지를 일구어낸 조상의 모습밖에 없다. 오리엔트 고는 연못 바닥에 잠들어 있었을 터인 둥글고 매끈매끈한 돌멩이를 내던지고 침을 퉤 뱉은 후 얼빠진 소리라고 중얼거렸다. 설령 로지가 연꽃밭을 발밑에 깐 극락정토나 마찬가지라고 해도 그곳에 황금의 산이 있는 것은 아니다.

오리엔트 고는 어디로 간다는 말도 없이 로지 밖으로 나갔는데, 거기에 신경을 쓰는 사람은 오류노 오바 외에는 레이조, 그리고 오리엔트 고가 살던 진이치네 집 가족들뿐이었으며 로지는 전쟁 때도 그랬듯 소리 하나 나지 않고 고요했다. 길은 허옇게 메마르고 거기서 때때로 아이들의 목소리가 들려오며, 생명의 근원이 이루는 덩어리가 부글부글 솟아오르는 소리를 내고, 가난해서 먹고살기 힘들다고 우는 소리나 아프다고 신음하는 소리나 대낮부터 남자를 끌어들인 여자가 내는 희열의 소리도 들으려고만 하면 들을 수 있었지만, 수많은 소리가 뒤섞여 있기에 오히려 고요하게 느껴졌다. 그 적막한 로지에 군복을 입은 우락부락한 외지인이 찾아와서 오리엔트 고가 있느냐고 물었다. 질문을 받은 여자는 의리가 있는 요이치의 아내였기에 그런 이름을 가진 사람은 모른다고 말하고, 곧바로 외지에서 온 그 남자가 무서워져서 로지 옆 우물로 나가려던 것을 완전히 잊어버리고 돌아와 집 안에 숨었다. 남자는 나란히 늘어선 집들을 하나하나 돌아다니며 오리엔트 고를 아느냐고 물었고, 로지 사람들은 남자와 이야기를 나눠본 후 나카모토 집안의 야스오康夫가 오리엔트 고康라는 이름으로 만주와 중국을 방랑하다가 현지에서 군대에 소집되었고 패전 후 로지로 돌아왔다는 사실을 알게 되었다. 오리엔트 고가 로지에 없다는 사실을 알게 된 군복 입은 남자는, 만주에서 새로운 삶을 개척하고 싶은 사람은 모이라더니 막상 당사자가 없다니 이게 무슨 일이냐며 실망해서 돌아갔고, 그 후 당분간은 입만 열면 오리엔트 고라는 기이한 별명을 쓰게 된 야스오에 대한 소문이 나왔다. 하지만 그것도 당사자가 모습을 감춘 데다 로지에 있을 때도 걸어 다니면서 돌멩이를 이리저리 뜯어보고는 "여기는 연꽃이 피는 연못이었어"라고 말한 것이 다였기에 소문으로 삼을 거리도 없어서 남의 험담을 좋아하는 로지 사람들은 김이 샌 채 오리엔트 고를 잊어버리고는, 혼자 개집을 좀 크게 만든 듯한 오두막을 세워서 사는 괴팍한 노인이나 도둑질을 하러 갔다가 그 집 사람이 쫓아오는 바람에 지붕 위를 날듯이 뛰어 재주 좋게 도망친 젊은이의 이야기로 옮겨 갔다. 그러나 오류노 오바는 달랐다. 오류노 오바가 기억력이 좋은 덕분에 오리엔트 고를 기억하는 것은 아니었다. 소문을 담을 주머니가 몸에 수없이 달린 듯한 도키하루와 이사무, 신고와 노부가 눈앞의 일에만 달려들어 있는 말 없는 말을 섞어서 소문을 퍼뜨리는 것과는 달리, 오류노 오바가 사건을 기억하고 사람을 기억하는 것은 오리엔트 고도 부모보다 먼저 자신의 손으로 안았다는 자각 때문이었다.

전날까지 태풍으로 세찬 비바람이 불었던 까닭에 눈부시도록 맑고 파란 하늘이 펼쳐진 가을의 첫날, 오리엔트 고가 시내 쪽에서 걸어오며 뒤에 따라오는 남자에게 추수가 끝난 로지의 보리밭을 가리키고는 "만주랑 비교하면 고양이 이마빡만 한 데에서 살고 있다는 생각이 든단 말이야"라고 말하고, 번들거릴 정도로 포마드를 바른 머리에 손을 올려 매만지는 남자를 보며 무엇이 재미있는지 입가에 미소를 띠고 "너한테는 여기도 신천지겠지만"이라고 중얼거렸다.

오리엔트 고는 한 그루 솟아 있는 졸가시나무의 구부러진 줄기를 손으로 짚고 잠시 특별할 것도 없는 보리밭의 추수 자리를, 마치 그렇게 보고 있으면 보리가 새로 자라나기라도 할 것처럼 바라보고 있다가 남자에게 "댄스장에 가서 야스카와 좀 데려와줘"라고 말하고, 미적거리는 남자를 내쫓듯 손을 내저은 후 로지 입구의 졸가시나무에 등을 기댄 채 무료한 듯 다리를 꼬고 섰다. 사람을 기다리는 듯한 모습이었는데 그 앞을 지나가던 여자들은 이제까지 로지에서 다리를 꼬고 나무에 등을 기댄 사람을 본 적이 없었기에 기이하게 느끼고, 누구를 기다리는지 소리 내어 물어보지는 않았으나 무슨 일이 일어날 것만 같아 설레는 마음에 부엌 창문으로 내다보기도 하고 빨래를 널러 나온 척 나무 그늘에서 은근슬쩍 바라보기도 했다. 오리엔트 고는 같은 나카모토의 피를 이어받았어도 한조처럼 눈부신 미남은 아니었고 한조의 완성된 이목구비에서 화룡점정이 빠진 모양새여서, 신불이 한조와 똑같은 미남을 한 명 더 만들려다가 도중에 싫증이 나서 내팽개친 듯한 얼굴이었다. 그래도 나름대로 잘생겨서 사람에 따라서는 여자를 백 명이라도 자빠뜨리는 한조보다 오히려 오리엔트 고에게 더 다가가고 싶을 수도 있을 정도였기에, 하염없이 졸가시나무 옆에 서 있는 오리엔트 고를 본 여자들은 아니나 다를까 이 남자가 누구를 기다리는지 궁금해하며, 기다리는 사람의 이름을 알려주면 그 사람이 언제 로지에 돌아올지 말해주고 집에 들여서 차라도 대접하고 싶다고 생각했다.

오리엔트 고는 자신이 한조에 비견할 만한 미남이라고 생각한 적도 없었고, 로지 여자들이 말하는 나카모토 집안 남자들의 매력에 관심을 가진 적도 전혀 없었다. 여자와 남자의 교접에는 그다지 흥미가 없었다. 그저 만주에서 한몫 잡아보려던 자들의 뒤를 따라 떠돌다가 전쟁에 나가고 팔로군*에게 혼쭐이 난 후 일본으로 돌아가는 배를 기다렸다가 타고 왔는데, 배에서도 마주치는 사람마다 로지에 들르라고 말했고, 돌아온 후에도 가슴속의 근질거림이 가라앉지 않아 댄스홀과 카페에서 마주치는 사람들 중 빠릿빠릿해 보이는 사람을 골라 신천지로 가자고 권유했다. 스물넷인 오리엔트 고는 남들이 보기에는 아직 한창 젊었으나 일찍부터 중국에 건너가 성공을 꿈꾸는 떠돌이들과 군부 사람들 사이에서 부대꼈고, 서양인보다 몸집은 작아도 벌침처럼 매운 일본인의 혼이 있었기에, 전쟁에 져서 중국에서 쫓겨나고 조선에서 밀려나고 남쪽에서도 내쫓기는 혼란의 소용돌이 속에서 자신도 소용돌이에 삼켜질 것만 같아 스물넷의 나이로 인생이 끝나는 기분이 들고, 이대로 썩을 수는 없다며 항상 조바심을 냈다. 오리엔트 고는 포마드를 바른 남자가 돌아와 댄스홀에 야스카와라는 사람은 없었다고 말하자 졸가시나무에서 몸을 떼고, 로지의 산 바로 뒤 화재를 감시하

* 중일전쟁 때의 중국 국민혁명군 예하 부대인 제8로군第八路軍의 통칭.

는 망루 아래에 있는 공동주택으로 로지를 우회하듯 다가가서, 귀국선을 함께 탔던 숯쟁이 사이토의 집에 들렀다.

“계세요?” 하고 불렀는데 대답이 없기에 “오리엔트 고인데, 나와봐요”라고 다시 말하자, 집에 없는 척하려고 했던 속내가 역력한 목소리로 “일이 바빠서 낮부터 피곤한 통에 말이야”라며 사이토가 장지문을 열고 토방으로 나왔다. 그 모습을 보고 오리엔트 고가 대륙을 떠돌던 시절처럼 어깨를 늘어뜨리고 빙글빙글 웃으며 “옛날엔 좋았지요”라고 말하자, 사이토는 “옛날 말인가” 하고 자신은 완전히 숯쟁이가 되었다는 듯 늙은이처럼 구부정하게 숯 가마니를 나르며, 토방에 온통 흩날리는 숯가루가 포마드를 바른 머리에 달라붙을까 봐 황급히 몸을 피하는 남자를 쳐다보았다. 안쪽 방에서 사이토의 아내가 “이제 내지* 에 돌아왔으니 옛날 일은 싹 잊고 살아야지”라고 말한다.

오리엔트 고는 포마드를 바른 머리를 매만지는 남자를 “도시 トシ” 하고 불러, “머리만 신경 쓰지 말고 좀 도와드려”라며 턱짓을 하고는 말한다.

“나도 처음 들었을 때는 깜짝 놀랐는데 말이야. 내가 중국에서 떠날 때쯤 비취를 손에 넣어서 내지에 숨겨 들어왔다가, 그걸 암시장에서 술로 바꿔 귀국을 축하하면서 바닷가에서 거하게 마셨거든. 그때 듣기로 이 아저씨와 아주머니는 지금은 숯을 굽고 있지만 난징에서는 하녀와 중국인 인부를 여럿 두고, 난징에서 난리가 났던 때는 자동차 부대에서 활약했다는구먼.”

---

* 內地: 일본 제국주의 시대에 일본 본토를 식민지와 구분해서 부르던 말.

바닷가에서 술에 취해 중국인 반란자들의 머리를 일본도로 날려버린 이야기를 하며 마치 실제로 칼을 쥔 듯 시범을 보였을 때와는 딴판으로 지금은 선량하고 마음 약한 노부부처럼 보인다고 생각하면서, 새 시대가 온 지금 남들 귀에 그 이야기가 들어갈 것을 걱정해서 안절부절못하는 사이토 부부를 비웃었다. 오리엔트 고는 사이토 부부를 경멸하지는 않았다. 일본인인 이상, 벌레 한 마리 못 죽일 만큼 선량하고 마음 약한 사이토 같은 사람조차 한번 남들 위에 군림하며 무슨 짓을 해도 책망당하지 않는 입장이 되자 그렇게 변했는데, 나이가 젊거나 원래 성질이 거친 자라면 정말로 못 할 짓이 없다는 사실을 대륙을 방랑할 때 뼛속 깊이 실감했다. 오리엔트 고는 그런 거친 영혼들을 모아 만주국에 필적할 신천지를 어딘가에 열고 싶다는 이야기를 슬쩍이 사이토에게 꺼내려 했으나, 사이토는 관심을 보이지 않았고 오리엔트 고가 꿈같은 소리를 한다며 웃었다.

오류노 오바는 오리엔트 고의 조바심을 이해했다. 중국에서 오는 귀국선에서 만났을 때 사이토가 무사히 내지로 돌아온 기쁨에 무심코 흘렸던 과거 이야기를 입에 올려봐도, 사이토는 오리엔트 고의 이야기에 동조할 기색이 없다. 원래 산속에서 숯을 굽다가 쇼와 시대 초기에 강을 따라 신구新宮로 내려와서 로지의 산 뒤쪽에 눌러앉아 가난하게 살던 사이토는 뜬금없이 중국으로 건너가 난징에서 석탄 장사로 성공했는데, 오류노 오바의 시각에서 한마디 하자면 로지 사람들을 원숭이 사냥하듯 몰아 죽창으로 찔러 죽인 것은 사이토처럼 평민이라고 일컬어지는 자들이며, 그런 자가 로지의 고귀하고도 더러운 피의 본능이 명하는 대로 신천지를 만들겠다는, 또 하나의 만주국을 만들겠다는 열병에 걸린 오리엔트 고의 마음을 이해할 리가 없다. 오리엔트 고는 밤낮으로 또 하나의 만주국을 마음속에 그리며 바닷가 옆 도시의 집에서 밤새 들려오는 파도 소리에 이끌려 애초에 일본은 어떻게 생겨났고 로지는 어떻게 산 옆에 나타났는지 이야기하고, 만주국 같은 신천지가 흔치는 않다며, 남미에는 남아돌 만큼 넓디넓은 땅이 있고 광물 자원이 무진장 있으니 세계 어디를 찾아봐도 남미밖에 적절한 곳이 없다고 도시에게 말했다. 자신의 몸에서 영혼의 빛이 뿜어져 나오는 것 같다고 생각하며 옛날에 어릴 때 로지의 여러 집이 남미로 떠난 것을 기억해낸 오리엔트 고는, 그때 들었던 바이아라는 지명을 중얼거리고 상파울루와 부에노스아이레스라고 중얼거리다가 문득 미소를 띠고는, 언젠가 들은 이야기인데 바이아에 처음으로 기독교를 포교하러 간 사람이 원주민에게 잡아먹혀버렸다고 말하고, 자신은 5백 명 정도의 집단을 이루어 이주할 생각인데 그곳에서 자신들을 맞이하는 사람들은 사실은 멀고도 먼 일본에서 식량이 배에 실려 왔다고 생각할지도 모른다고 혼잣말을 했다.

댄스홀에 가자 입구에 서 있던 로지의 망나니 조지譲治가 얼굴을 마주치자마자 자기도 끼겠다고 말하고, 대낮부터 술 냄새를 풍기며 어디에 신천지를 만들 것이냐고 묻기에, 오리엔트 고는 기독교 선교사 같은 꼴을 당하는 데에는 조지 같은 망나니가 어울릴 것이라고 생각하며 "남미의 바이아야"라고 말했

다. 조지는 바이아, 바이아 하고 입속에서 되풀이해보다가 "그게 뭔데?" 하고는 오리엔트 고의 키를 재듯 위아래로 훑어보며 말했다. "아니アニ, 더 알기 쉬운 데에다 신천지를 만들면 안 돼?"

그러면 어디에 만들지 되묻자 조지는 드디어 털어놓을 데가 생겼다는 태도로 "할 말이 있는데 말이야"라며 오리엔트 고의 팔을 잡아끌고 댄스홀 옆 잔디를 심은 안뜰에 놓인 둥근 의자에 앉아, 새된 비명을 달콤하게 만들어놓은 것처럼 들린다고 오류노 오바가 말했던 탱고 노랫소리가 안쪽에서 흘러나오는 통에 말하는 데에 방해를 받아가며, 로지의 보리밭 옆 건물에 관한 이야기라고 밝혔다. 보리밭 맞은편에는 차나무와 매화나무가 우거져 있고 그 너머에 암시장이 있었는데, 자리가 좁아졌으니 새로운 시장을 만들겠다며 엿집을 하던 야마모토라는 남자가 건물을 짓고 있고, 땅은 원래 사쿠라라는 사람의 것이었으며 그 땅을 빌린 사람도 야마모토가 아니라 혼자 사는 노파였는데, 전부터 야마모토와 함께 엿집을 하던 조선인들이 살 곳이 없다며 노파에게 그 땅을 팔아달라고 부탁해서 약속을 맺었다. 그런데 야마모토가 욕심 많은 사쿠라에게 돈을 줄 테니 집을 짓게 해달라고 제안하고, 집이 생기자 엿 장사가 잘돼서 경쟁 상대로 성장 중인 조선인들이 로지 바깥에 사는 일을 막기 위해 역에서 가까운 그곳에 억지로 시장을 만들기 시작했다. "돈을 받은 거야?"라고 오리엔트 고가 묻자 조지는 켕기는 기색도 없이, 조지의 성질을 믿고 어떻게 좀 해달라며 애원하는 노파를 끼고 조선인들과 만났고, 일본인들은 치사하다고 말하는 그 조선인들에게 돈을 내면 해결해주겠다고 통보했다 한다. 김 씨라는 남자는 망나니 조지의 말이 사리에 맞지 않는다고 말했으나, 조선어로 항의하는 것을 조지가 마이동풍으로 흘려듣고 있으니 마찬가지로 고구마엿을 파는 최 씨라는 젊은 남자가 우는소리 해봤자 소용없다며 돈을 내겠다고 했다. "얼마를 받았어?"라고 오리엔트 고가 묻자 조지는 손가락을 꼽으며 매춘부를 두 번 샀고 이틀 동안 술을 마시며 댄스홀에 죽치고 있었다고 헤아리고는 돈은 한 푼도 남기지 않고 다 썼다고 말했는데, 이 일을 도와준다면 바이아든 어디든 같이 가겠다고 한다. 오리엔트 고는 망나니 조지의 얼굴을 보고 자신이 마치 종교를 포교하기 위해 댄스홀에 섞여 들어서 젊은 남녀의 발소리와 바이올린 소리와 아코디언 소리와 말소리가 뒤섞인 음탕한 소용돌이에 당황한 선교사 같다고 느끼며 조지에게 고개를 끄덕이고는 "나쁜 놈은 두들겨 패서 성질을 고쳐놔야 돼"라고 자신이 한없이 순결한 사람인 듯 말했다.

오리엔트 고와 조지는 그날 밤 얼굴을 가리고 야마모토를 찾아내서 목도로 두들겨 패고 목숨만은 살려주겠다고 말한 후 운신하지 못하게 된 야마모토를 사쿠라네 집 앞에 버려두었는데, 얼마 후 아니나 다를까 어디서 얼굴을 들켰는지 오리엔트 고가 경찰에 불려 가 취조를 받게 되었다. 한편 오리엔트 고를 부추긴 조지는 조선인들에게 터무니없이 많은 돈을 더 뜯어내서 누가 보기에도 위풍당당한 모습으로 갑자기 유곽에 눌러앉았다. 그러나 한 달이 지나 오리엔트 고가 풀려나서 돌아왔을 때 조선인 네 가족은 야마모토가 조성하던 시장터를 집으로 개조해,

규모로는 오리엔트 고가 마음속에 그리는 바이아나 부에노스 아이레스의 신천지에 갖다 댈 수 없어도 아침부터 고구마를 삶아 엿을 만드는 냄새를 풍기고 연기를 피워 올리며 그럭저럭 새로운 생활을 시작했고, 오리엔트 고가 경찰에서 죽도로 맞고 살이 터질 정도로 주먹질을 당해서 옆구리와 등에 생긴 상처를 보여주자 대경실색하여 얼굴이 핼쑥해질 정도로 열심히 간병을 했으며, 끝내 입을 열지 않고 혐의를 부인한 오리엔트 고에게 면목이 없는 조지는 오리엔트 고가 상처가 곪고 기력이 쇠해서 열이 나자 마치 그 열이 옮은 듯 잠꼬대로 미안하다고 할 정도였다.

오리엔트 고가 회복되자 조지는 그 뒤를 졸졸 따라다니게 되었고, 전부터 남들을 협박하거나 때리고 다닌 것이 마치 뜻을 가지고 한 행동인 양 세상이 완전히 무너졌다고 탄식하며, 암시장을 제집처럼 드나드는 나쁜 놈들을 응징해서 바로잡겠다고 날뛰면서 원래는 형님으로 모셨던 도모라는 남자의 정부 집까지 쫓아가 "쓸데없는 일을 벌여놔서 기껏 우리 양반이 수습해줬더니 이게 무슨 배은망덕한 짓이야?"라고 정부가 따지는 가운데 오리엔트 고와 함께 도모를 두들겨 패고, "이만하면 됐어"라고 오리엔트 고가 말하자 멈췄다. 도모는 구역을 여러 개 가지고 있었으나 오리엔트 고는 거기에 관심이 없다. 보통은 구역을 보유한 자를 때려눕힐 경우 복수든 반항이든 엄두가 나지 않을 정도로 짓눌러버렸다면 그 구역은 자연스럽게 오리엔트 고 및 그 수하가 된 조지와 도시의 것이 되어 기세등등하게 활보하면서 상인들에게 상납금을 뜯어낼 수도 있는데, 오리엔트 고는 그저 내지로 돌아온 지 얼마 안 됐을 때 구했다는 떡갈나무 목도 한 자루를 옆에 두고 술조차 마시지 않으면서 축음기를 돌리며 노래를 들을 뿐이다. 그때 오리엔트 고가 살던 곳은 공습을 당한 여학교 뒤쪽의 양옥이 있던 자리였는데, 오류노 오바에게 축음기로 탱고를 들려준 지 얼마 되지 않아 조선인들이 엿을 만드는 로지 바로 옆에 있는 도라지네 집 별채로 옮겨 갔다. 그 후로 로지 전체에 아침부터 귀에 선 음악이 흘러, 여자들과 아이들은 첫날에는 신기한 듯 음악이 들린다고 떠들며 굳이 그 별채 앞을 지나지 않아도 로지에서 바깥으로 나가는 길이 얼마든지 있는데도 일부러 별채를 엿보며 지나갔으나, 사흘째 되던 날 별채에 출입하는 자들이 소문난 망나니들과 불량배들이라는 사실을 알고 난 후로는 음악이 시끄러워서 거슬린다며 성가셔했다.

오리엔트 고는 전혀 신경 쓰는 기색이 없었고, 원래 나카모토의 핏줄로서 로지에 태어나 로지가 어떤 곳인지 알고 있었기에, 아이들과 여자들이 괜히 집 앞을 지나갈 때나 그때까지 서서 이야기하던 여자들 중 하나가 들으라는 듯 “아침부터 비가 올 것 같네” 하고 새파랗게 맑은 하늘을 가리켰을 때도 빙긋 웃기만 할 뿐 대꾸조차 하지 않았다.

오리엔트 고는 축음기로 탱고를 듣고 있노라면 피가 끓어오르고, 장지문 너머로 옛날부터 눈에 익은 지린내 나는 담벼락과 기와를 살 돈이 없어 삼나무 껍질을 인 지붕이 보이는 평범한 로지 풍경이 부에노스아이레스의 모습처럼 보여, 언제 봤는지는 몰라도 굴러다니는 소뼈를 열심히 뜯는 개 옆을 지나 황금을 캐러 부에노스아이레스의 산으로 향하는 기분이 든다. 오리엔트 고는 창밖에서 들리는 아이들의 목소리에 장지문을 열고, 부에노스아이레스가 아닌 로지에서 아이들이 살점을 깨끗이 발라낸 소의 머리뼈를 끈으로 묶어 끌고 와서 가시나무 같은 장미나무 옆에 두고, 밧줄로 올무를 만들어 집 옆 그늘에 몸을 숨기고서 로지를 무리 지어 뛰어다니는 개들을 붙잡으려 하는 모습을 본다. 무리 지은 개들은 주인이 없지는 않지만 목걸이도 없고 사슬에 매이지도 않았기에 아이들이 보기에 놀이 상대로 딱 좋은 모양이며, 냉큼 머리뼈에 달려들었다가 올무에 발이 걸려 큰 소리로 짖어대면서 날뛴다.

오리엔트 고는 축음기를 멈추고 성터가 있는 언덕 바로 아래의 댄스홀에 가기 위해 집을 나서서, 자신을 쳐다보는 도라지의 아내에게 웃어주고 집들 뒤의 그늘을 지나가다가, 옛날에 어릴 때 로지 출구에 있는 우물에서 한 여자가 열심히 빨래를 하고 있었는데 빨랫감 중 희고 번들번들한 것은 지방이며 나머지는 소의 창자라는 말을 듣고 구역질이 났던 기억이 되살아났다. 머리에 향유를 바르고 위아래로 흰 양복을 입은 오리엔트 고는 그대로 곧장 역을 지나 댄스홀로 가서, 교도소에서 막 돌아온 남자와 입구에서 이야기를 나누던 조지를 불러내고, 조지가 한두 마디 말대꾸를 하자 갑자기 주먹을 휘두른 후 몸을 일으키려는 조지를 어디서 배웠는지 가라테 기술로 제압해서 순식간에 얼굴을 피투성이로 만들어 쓰러뜨렸는데, 장소가 시내 젊은이들이 모이는 곳이다 보니 하룻밤 만에 오리엔트 고는 겉보기에는 곱상하고 얌전해 보이지만 알고 보면 맨손으로 사람을 죽일 수 있다는 소문이 퍼져 나가, 로지 밖으로 나가면 사람들이 함부로 대하지 못하고 떠받들었다. 만약 조지가 속에 딴생각을 담아두는 인물이었다면 농담 한두 마디를 가지고 자신을 두들겨 팬 오리엔트 고에게 원한을 품었겠지만, 망나니들이 대개 그렇듯 조지도 한 가지 일을 계속 물고 늘어지기를 싫어했고, 게다가 물욕이라는 것을 모르고 열대여섯 살 아이처럼 신천지에 가서 일본 민족으로서 새로운 삶을 살며 활력을 되찾자고 말하는 오리엔트 고의 순수한 마음을 알고 있었기에, 자신 쪽에서 화나게 만든 것이 미안하다고 느낄 정도였다. 그러나 오리엔트 고의 말대로 신천지로 집단 이주를 하면 무엇이 좋은지 조지는 이해하지 못했고, 로지에 살다가 군대에 간 사람들이 전쟁 때문에 여기서 하나 저기서 하나 줄어든 것을 도로 메우려는 신불의 마음 씀처럼 태어나는 아이들을 받느라 바빴지만 결코 눈을 돌린 적은 없었던 오류노 오바도 오리엔트 고의 진의를 잘 이해하지 못했다. 그때나 지금이나 어림짐작으로 유추해보기는 하지만, 전쟁이 끝나 돌아온 오리엔트 고가 그때 어째서 혼자가 아니라 집단을 이루어 신천지로 가고자 했는지 알 수 없다.

오리엔트 고가 말한 스무 명, 서른 명은 다른 집안 사람이 섞이지 않고 순수하게 자신과 똑같은 피를 공유하는 나카모토 집안 사람들만을 말한 것이라는 생각이 이따금씩 든다. 그 숫자 중에서도 지금까지만 해도 여러 명이 스러졌고 앞으로도 여러 명이 스러질 것이라고 생각했다. 백 년이고 천 년이고 계속 살아온 오류노 오바만이 아는 일이지만 한조의 자식은 쇼와 천황이 붕어한 같은 날에 암으로 죽고, 한조의 자식 다케노부의 자식인 고키는 쇼와 다음 연호의 5년째에 하늘에서 떨어진 반짝반짝 빛나는 비행기 파편에 가슴을 꿰뚫려 죽었는데, 그렇게 과거와 미래를 포함해 요절하거나 불의의 죽음을 맞이하게 될 자들을 모아 렌뇨의 백골*에 나오는 것 같은 배에 태우려고 했던 것일까. 언젠가 오류노 오바는 오리엔트 고에게 "상파울루나 부에노스아이레스에 간다고?"라고 묻고는 그곳에 가면 자신이 어릴 적에 알던 남자가 살고 있고, 텐마나 와부카에서는 헤아릴 수 없이 많은 사람들이 그곳에 갔으니 자신도 데려가달라고 말했는데, 오리엔트 고는 무슨 소리냐며 웃어넘기지 않고 예리한 시선으로 오류노 오바를 바라보며 "자리가 날 줄 알아요?"라고 말한다.

"바깥양반한테는 비밀인데, 어릴 때부터 알고 지낸 데다 첫 애인이야."

오류노 오바가 말하자 오리엔트 고는 겨우 딱딱한 표정을 풀고 웃는다.

"오바, 그쪽에 무사히 도착해도 처음에는 전쟁 같을 거예요." 오리엔트 고는 우수한 인간을 만들어내기 위해 함께 간 남녀들을 서로 결혼시키지 않고 혼혈 아이들을 낳을 것이라며, 자신도 흑인 신부를 맞아 아이를 낳아서 튼튼한 몸에 일본인의 벌침 같은 정신이 깃들도록 훈련시킬 것이라고 말한다. 오류노

---

* 렌뇨蓮如는 15세기 일본의 승려, '백골'은 렌뇨가 남긴 삶의 무상함에 대한 법어.

오바는 오리엔트 고의 이야기를 듣고 생각에 잠겼다.

오리엔트 고가 사는 별채에 젊은이들이 여러 명 모여서 밤새 떠들어대고 있으며, 별채를 빌려준 도라지 부부와 전쟁 전에는 목재상에서 통나무를 나르다가 종전 후로는 암시장 물건을 팔고 다니는 쇼타로 부부도 끼어 있다는 소문, 거기다 사흘 후에는 기차로 덴마에 가서 생선을 사다가 강 건너에서 쌀과 교환하는 여자 세 명도 가세했다는 말을 듣고, 로지 사람들 모두가 대체 그곳에서 무슨 일이 일어나는 것인지 관심을 가졌다. 오리엔트 고의 별채에 출입하는 로지 사람들은 다른 뜻이 있었던 건 아니고, 돈이 있어도 물건이 없고 물건이 있어도 돈이 없는 이 시절에 그곳에 가면 물건이 있고, 기분 좋게 신천지 이야기에 맞장구를 쳐주며 자신이 아는 이민 간 사람의 이야기를 하면 돈을 내지 않아도 술을 마실 수 있고 음식을 먹을 수 있기 때문이었다. 도라지의 아내는 엿집 사람이 공짜로 가져온 고구마엿을 슬쩍했고 쇼타로와 세 여자는 조지와 도시가 암시장 사람들에게서 장사에 방해가 되질 않을 만큼 떼어 온 음식과 물건을 가져가서 다음 날 내다 판다는 꿈결 같은 계획을 세워놓았다. 로지 사람들은 과연 신천지가 최고라며 너 나 할 것 없이 모여들었고 오리엔트 고도 그 사실을 알고 있었는지 먹이에 이끌려서 모인 사람들 중 젊고 억센 남자 몇 명을 끌어들여 철심회鐵心會라는 조직을 만들고 조지가 문서를 작성해, 하나, 우리는 일본인으로서 신천지에 이상적인 국가를 건설한다, 하나, 인류의 평화를 위해 우수한 우리 민족의 씨앗을 공헌한다, 하나, 평화롭게 출항한다,라는 세 가지 규약을 만들고 여섯 명이 피로 도장을 찍었다. 철심회가 결성되고 나서도 오리엔트 고가 사는 별채에 떡고물만 노리고 모여든 사람들이 소문을 내고 그 소문이 다시 눈덩이처럼 불어나 로지 사람들이 모여들었는데, 나눠줄 것이 없다는 말을 듣고 별채를 때려 부술 기세로 소란을 피우다가 오리엔트 고가 문 위의 못에 무심히 걸쳐두었던 목도리까지 아무 말 없이 가져갔다. 그러나 철심회에 들어간 겐, 준, 다쓰라는 스물 전후의 로지 불량배들이 눈을 빛내기 시작하자 사람들은 갑자기 불길이 잡힌 듯 얌전해져 마루 가장자리에 겨우 걸터앉거나 바깥에 상자를 놓고 앉거나 도라지네 본채 토방에 쪼그려 앉았다.

"우습네. 까마귀들 같구먼."

탱고를 한 번 듣고 가사를 외운 준이 말했다. 오리엔트 고는 웃는다. 도라지의 아내가 토방에 놓아둔 고구마엿 한 상자를 여자들이 보고, 먹지 않을 거라면 자신들에게 주지 않겠느냐고 말해서 승낙을 받자 늘 축음기로 틀어놓는 탱고가 멋지다고 입에 발린 말을 하고, 오리엔트 고는 기분 좋게 신천지 부에노스 아이레스, 상파울루, 바이아의 이야기를 한다. 오리엔트 고는 처음부터 미끼를 놓아 동지를 모으려던 것이 아니라 원래 물욕이 없어서 엿집과 조지가 별채에 가져온 물건을 사람들에게 내줬다가 갑자기 소문이 퍼진 것뿐이었기에 사람의 물욕에는 무서운 힘이 있다고 생각했는데, 준은 자신도 이곳에 오면 공짜로 물건을 가져갈 수 있다는 소문을 듣고 모여든 사람 중 하나면서도 철심회에 들어가고 나니 선택받은 기분이 들었는지, 얌전히 앉아서 기다리던 여자들이 거슬리는 듯 고구마엿을 암시장의 8할 정도의 값에 사 가라는 말을 꺼냈다. "별맛도 없는 엿, 돈을 내야 한다면 필요 없어"라고 한 여자가 답하자 화를 내며 "너한테는 안 줘. 줄 거면 오류노 오바한테 주고 말지"라고 고함을 친다.

"뭐야, 오류노 오바가 암시장에서 팔기라도 할 거래?" 여자는 눈물마저 그렁그렁한 채 대꾸하며, 오류노 오바는 산파여서 충분히 먹고살 수 있는 데다 레이조와 오류노 오바는 거동이 불편해져서 일을 못 하게 돼도 굶어 죽지 않도록 로지 사람들이 돌봐주겠지만 자신은 아무도 거들떠보지 않을 것이라고 말하고, 아이는 넷인데 남편은 혼자 속 편하게 다른 곳으로 마소 거간꾼 일을 하러 가서 돌아오지 않는다고 신세 한탄을 하며, 고구마엿과 콩을 나눠준다기에 다른 곳으로 행상을 나가는 일도 하루 빼먹었는데 이렇게 됐다며 눈물을 훔쳤다. 준은 "안 돼, 오류노 오바한테 공짜로 줄 거야"라고 고집을 부린다. 조지가 준을 말리며 어두워질 때까지 화투를 치자고 흥을 돋우고, 얼마 후 누가 연락을 했는지 오류노 오바가 별채 문가에 나타나 기둥과 문틀에 양손을 짚고 서서 얼굴을 토방으로 들이밀며 "이 오류한테 고구마엿을 푸짐하게 준다고?"라고 말했다. 그리고 준의 옆에 놓인 나무 상자 속의 고구마엿을 눈치 빠르게 발견하고 "어이구, 때깔을 보니 맛있겠네"라고 한다.

눈물을 짜던 여자가 그곳에 나타난 오류노 오바를 어이없는 표정으로 쳐다보며 "장례식 만주뿐만이 아니라 고구마엿도 드시나 보네"라고 비아냥거리지만 오류노 오바는 개의치 않는 듯 "여기는 온갖 물건이 다 들어온다면서? 뒀다가 썩히지 말고 얼른 줘"라고 재촉하고, 준이 망설이며 오리엔트 고의 얼굴을 쳐다보자 오리엔트 고는 "나중에 배탈 났단 소리 말아요"라며 준에게 내주라고 손짓한다.

오류노 오바가 "고맙구먼" 하고 상자를 힘겹게 들어 올리자 여자는 흥 콧방귀를 뀌며 "욕심은 그득해가지고. 엿을 깨물어 먹을 이도 없으면서"라고 작게 구시렁거리는데, 오류노 오바는 "엿은 깨물어서만 먹는 게 아니야, 입안에 넣고 있으면 녹지" 라며 어떻게 먹는지 보여줄 테니 고구마엿을 날라달라고 여자에게 말한다. 여자는 준뿐만이 아니라 오류노 오바도 자신을 업신여긴다고 생각했는지 엉엉 울면서 "장례식 만주만 먹다가 욕심쟁이 늙은이가 됐네"라며 몸부림을 친다. 오류노 오바는 로지 사람들이 아직도 레이조와 자신을 장례식 만주라는 별명으로 부른다는 사실을 알고 부루퉁해지면서도 오리엔트 고에게 눈을 깜짝여 신호를 보내고는 "그러지 말고 좀 들어다 줘" 라고 말하며 여자를 일으켜 세운다.

오리엔트 고는 오류노 오바의 의중을 꿰뚫어 본 듯 웃으면서 화투를 치던 손을 멈추고 바라본다. 마지못해 일어선 여자는 욕심 많은 늙은이, 입에서 녹을지는 모르지만 삼키다가 목에 걸려 죽기 딱 좋지, 장례식 만주,라고 오리엔트 고의 별채에서 로지의 세 갈래 길까지 오는 내내 중얼거렸다. 세 갈래 길에서 기다리던 다른 여자가 "잘 풀렸네"라며 좋아하고, 그제야 자초지종을 깨달은 여자의 얼굴이 한순간 환해졌다. "그런 거였구나"라는 여자의 말을 듣고 불쑥 부아가 치밀어, 오류노 오바는 두 여자가 몇 번이고 고맙다며 인사하는 것도 못 들은 척 고개를 돌리고 산 쪽으로 걸음을 재촉해 집으로 가는 언덕길을 올랐다. 로지 사람들은 참 타산적일 때가 있다고 오류노 오바는 혼잣말을 하며, 남이 어떤 마음으로 무슨 일을 해주든 결과만 보고 판단하니 돈이나 권력을 가진 사람을 만나면 아양을 떨며 들러붙는다고 중얼거린다. 오류노 오바는 갑자기 가슴속이 갑갑해져서, 집에 들어와 생각에 잠길 때면 항상 그렇게 하듯 토방 아궁이 앞에 앉아 불이 꺼지고 재만 남은 아궁이 속을 바라보면서 전쟁이 끝난 후로 이곳은 전부 엉망진창이라고 생각하며, '반바이, 반바이' 하는 남자들의 목소리를 환청처럼 떠올렸다. 울적한 마음을 잊기 위해 오리엔트 고인 야스오는 요시아키의 자식, 요시아키는 니자에몬의 자식이라고 속으로 외자 이윽고 죽은 자와 앞으로 살아갈 자가 느끼는 이 세상의 온기의 기억이 몸속에 되살아나고, 오류노 오바는 곧바로 자신이 차가운 어둠 속에서 서서히 생기를 되찾고 있음을 증명하듯 톱밥을 아궁이에 넣어 불을 피웠다. 오류노 오바는 자신이 곧 로지이며, 아무리 노망이 나도 숨이 붙어 있는 한 자신이 부모보다도 먼저 품에 안고 몸을 씻긴 아이들이 있는 곳은 여자의 자궁처럼 계속해서 불끈불끈 맥박 칠 것이고, 자신이 차게 식어 움직이지 않고 기억하지 않고 생각하지 않게 되면 아이들이 있을 곳은 사라져서 새로 태어나는 자들은 영원히 머물 데 없이 떠돌게 될 것이라고 상상하고, 자신의 생명이 사라질 날을 생각하며 불에 손을 쬐다가 눈물을 흘렸다.

그날은 오늘이었다.

오류노 오바는 죽음이 두렵지는 않았으나 자신의 생명이 촛

불처럼 꺼지는 그 순간까지 살아 있는 자와 태어나는 자만을 위해 신불에게 기도해왔다고 생각하고, 신천지로 나가고자 하는 오리엔트 고가 다른 누구를 위해서 보지도 듣지도 못한 타국으로 가려는 것이 아니라 죽어버리면 모든 것이 끝인 오류노 오바를 위해서 그렇게 하고 있는 것만 같은데, 자신이 죽은 후 남은 자들은 살아 있는 것이 아니라 그저 죽음이 다가올 때까지 시간을 보내듯 폐허가 된 로지를 쏘다니고, 바람이 불 때마다 오류노 오바도 보고 죽은 한조도 보았던 망령이 빈집의 벽을 울리며 신음하고 흐느끼면서 이사무, 이사무 하고 로지 사람의 이름을 부르며, 네가 이렇게 만들었느냐,라고 묻고, 그 후로도 바람이 불 때마다 벽에서 흐느낌이 들려오는 모습을 상상한다. 오류노 오바는 이대로 냉기 속에 계속 있으면 그대로 죽어버릴 것 같아 아궁이에 불을 피우고, 딱히 쓸데도 없이 나무통으로 물독에서 물을 퍼 솥에 부어 끓이며, 몸이 충분히 덥혀지자 아까 그대로 죽어버렸다면 여자에게 장례식 만주라는 말을 듣고 화병이 나서 죽었다는 소문이 돌았을 것이라고 생각하고는 혼자 쓴웃음을 지었다.

오리엔트 고는 오류노 오바의 마음을 알았지만 입 밖으로 내지는 않고 저녁까지 노름을 하며 시간을 죽이다가 해가 지기 시작하자 댄스홀로 가서 자리에 앉아, 새 구역에 문을 연 고급 요릿집과 식당에서 상납금을 받아 오겠다며 나간 조지와 도시를 기다리고 있었다. 마침 그 방향에서 보면 히로쓰노 언덕에 석양이 걸려 있고, 테킬라라는 독한 냄새가 나는 술을 병째로 들이켜자 찌르르한 취기가 강렬한 석양빛처럼 몸속에 스며

들어, 흰 양복에 흰 바지를 입은 오리엔트 고에게서 날것 그대로의 몸뚱이가 위로 떠오르는 것 같았다. 지금 만주에도 석양이 지고 부에노스아이레스에도 똑같은 석양이 지고 있을 것이라고 생각하며 오리엔트 고는 돈이 모이지 않아도 당장 출발하기로 결심했다. 그때 바깥에서 한눈에도 깡패처럼 보이는 젊은이가 잰걸음으로 달려와 권총으로 세 발에 두 발, 합계 다섯 발을 미처 눈에 보이지도 않을 만큼 재빠르게 오리엔트 고에게 쏘았다. 바로 앞에서 쏘았는데도 마치 기적처럼 오른쪽 가슴에 한 발과 왼쪽 넓적다리에 한 발, 합계 두 발이 명중했을 뿐이고 나머지 세 발은 비껴갔는데, 어디로 어떻게 날아간 것인지 플로어에서 신나게 춤을 추던 여자의 이마에 명중했다. 즉사한 여자와 두 발을 맞은 오리엔트 고의 피가 댄스홀 안에 튀고, 벌집을 쑤신 듯 아수라장이 된 가운데 모두들 겁에 질렸기에 피투성이가 되어 쓰러진 오리엔트 고를 도우려는 사람은 없었다. 겨우 경찰과 철심회의 조지와 도시가 달려와 출혈을 막기 위해 옷 위에서 다리와 가슴을 누르고, 안색은 창백하지만 정신도 잃지 않고 "괜찮아"라는 말을 되풀이하는 오리엔트 고를 안아 올려 그대로 댄스홀이 있는 성터 언덕 아래의 안과로 짊어지고 가서 출혈을 멈추는 수술을 했다. 철심회의 다섯 명은 복도에 웅크려 앉았는데 아직 어린 겐, 준, 다쓰는 금세 훌쩍훌쩍 울기 시작했으며, 오리엔트 고는 철심회의 대장이지만 깡패 놈에게 총을 맞을 만한 일은 아무것도 하지 않았다고, 철심회의 이름으로 다른 깡패들과 싸우고 구역을 넓히느라 난리를 피운 것은 아랫사람인 우리라고, 오리엔트 고에게 면목이 없다고 말했다. 조지와 도시는 나중에 온 그 세 명이 은근슬쩍 자신들이 너무 설치고 다녀서 오리엔트 고가 대가를 대신 치르고 있다는 말로 받아들였는지 "여자처럼 울지 말라고" "입으로만 떠들지 말고 그놈 얼굴을 알아내서 쏴 죽이고 오라니까"라고 했으나 셋은 철심회가 깡패 짓을 위해 만든 조직이 아니니 오리엔트 고가 결정을 내려야 한다고 했고, 조지가 속이 터진다는 듯 "오리엔트 고가 이대로 죽어버리면 어쩔 건데?"라고 하자 셋은 대답 없이 그저 울기만 했다.

수술이 성공해 목숨을 건졌다고 의사가 말한 후 가슴과 넓적다리에 붕대를 감고서 알몸이나 다름없는 모습으로 누워 있는 오리엔트 고를 보고, 철심회의 다섯 명은 평생 햇빛을 본 적이 없는 듯 새하얀 강철 같은 살갗이 열 탓인지 피를 많이 흘렸음에도 안쪽에서부터 복숭앗빛을 발하는 모습을 보고 비로소 오리엔트 고가 평범한 인간이 아니며 총에 맞아도 되살아나는 능력을 가졌다고 느끼면서, 마취 기운에 계속 잠들어 있는 오리엔트 고의 곁에 다가갔다. 나이가 어린 준은 의사나 경찰관이나 철심회의 다른 사람에게 혼날지도 모른다고 생각하면서도 계속 울어대면서 얇은 피부밑으로 튀어나온 복숭아뼈 언저리를 만져봤다. 열이 나서 살갗이 복숭앗빛이라고 들었으나 손으로 만져본 복숭아뼈는 너무나도 서늘해서, 준은 속으로 오리엔트 고가 사실은 과다 출혈로 숨이 끊어졌고 의사와 경찰관은 대장을 잃은 철심회가 복수를 맹세하며 날뛰는 일을 막으려 하고 있을 뿐이라고 동지들에게 말하고 싶었으나, 배를 보자 규칙적으로 오르내리고 있었기에 입을 다물었다.

그러나 로지에 소식을 알린 사람이 준인 데다가 댄스홀에 있던 다른 사람들의 이야기와 뒤섞인 탓에 오리엔트 고가 댄스홀에서 이마에 총 한 발을 맞고 즉사했다는 소문이 퍼졌으며, 오류노 오바의 귀에는 오리엔트 고가 저격을 당했고 이마에 총알을 맞아 즉사한 채 발견되었으나, 가망이 없다고 생각하면서도 만약을 위해 병원으로 옮겨놓고 보니 되살아나서 숨을 쉬고 있었다는, 상식적으로는 도저히 믿을 수 없는 혼란스러운 내용이 전해졌다. 산파인 오류노 오바는 직업상의 버릇으로 호흡이 멈춘 상태를 죽었다고 하는 것인지 뇌가 고장 나 회복 불가능하게 된 상태를 죽었다고 하는 것인지 생각하다가, 순간 로지의 집에서 문 위에 목을 매어 죽은 남자를 끌어내려 잠시 뒀더니 마치 되살아난 것처럼 흙빛 얼굴에서 붉은 코피가 방울방울 흐르던 모습을 기억해내고, 마술을 부리듯 양손을 맞잡아 문지르며 목소리를 내어 부디 살려달라고 신불께 기도했다. 곧 병원에서 달려온 로지 사람이 정확한 소식을 듣고 와서 권총으로 몸에 두 발을 맞았지만 급소를 피해 간 덕에 생명에는 지장이 없고 총알이 몸을 관통해서 빠져나갔기 때문에 회복이 생각보다 빠를 것이라고 이야기해, 오류노 오바뿐만이 아니라 로지 사람 모두가 안도했다.

오리엔트 고는 열이 내리지 않은 채 잠만 자다가 사흘이 지나 눈을 떴는데 몸은 복숭앗빛을 발하고 있었고, 말로 아픔을 호소하지는 않았으나 꾸벅꾸벅 졸며 신음을 흘렸다. 그럴 때마다 철심회 사람들은 아무 짓도 하지 않은 오리엔트 고를 이런 꼴로 만든 것은 자신들이라고 사죄하며 하루라도 빨리 확실하게 깨어나서 자신들을 용서해줬으면 좋겠다고 생각하고, 망나니로 이름을 날리던 조지와 도시, 그리고 세 젊은이 모두 오리엔트 고가 기운만 회복하면 이번에야말로 확실하게 신천지로 이주할 사람들을 모아 좁디좁고 아무런 비밀도 깃들어 있지 않으며 산밖에 없는 이 땅을 버리고 배에 올라타 떠나기로 뜻을 모았다. 총을 맞은 지 닷새째에 열이 내렸는지 살갗이 원래의 흰빛으로 돌아온 오리엔트 고가 햇볕이 드는 병실에서 해바라기를 하고 있을 때, 비로소 조지가 복수를 해도 좋은지 묻자 오리엔트 고는 야위어서 나카모토 핏줄의 고운 이목구비가 한층 더 뚜렷하게 드러나는 얼굴로, 복수가 어려운 일은 아니지만 상대방은 복수할 거리조차 되지 않는 인물이니 자기 혼자서 어떻게 할지 잘 생각해보겠다고 한다. 총을 쏜 자는 이미 이 지역에 없을 터이고 설령 있다고 해도 손대지 말라고 말한 후, 오리엔트 고는 미남형인 얼굴에 순간 잔인하고 얼음장처럼 냉혹한 미소를 띠며 갑자기 장지문으로 된 병원 창문 너머의 하늘에 수상한 무언가가 나타나기라도 한 듯 손가락으로 권총 모양을 만들어, 다섯 명이 깜짝 놀랄 만큼 크게 빵 하고 입으로 소리를 냈다. 그러고는 어안이 벙벙해서 입을 벌린 준을 불러 "계속 꿈을 꿨어"라고 말한다. 로지 사람들이 등롱을 들고 줄을 지어 로지의 뒷산에 오르기를 며칠씩 되풀이하고 있기에 오리엔트 고가 무엇을 하느냐고 묻자, 상대방은 무서운 겐 삼촌의 모습이 되어 너는 왜 등롱을 들고 있지 않느냐고 호통을 친다. 그 꿈이 몇 번이고 반복되기에 꿈속에서 이것은 꿈이니 내용이 더 진행되거나 다른 꿈으로 넘어가지 않으면 방법이 없다고 혼잣말을 했는데, 다시 등롱을 든 행렬이 이어지더니 이번에는 산이 아니라 옛 모습 그대로인 연못을 향해 걸어가며 거기서 배에 탈 것이라고 해서, 이렇게 긴 행렬을 이룬 사람들을 모두 태울 만큼 큰 배가 그 연못에 있느냐고 묻자 배에서 서로에게 깔려 죽는다 해도 더 바랄 나위가 없다고 대답한다. 오리엔트 고는 꿈의 찝찝함이 되살아난 듯 얼굴을 찌푸리며 "꿈에서는 산꼭대기에서나 연못 속에서나 탱고가 들려오고 있었지"라고 말하고, 도라지 부부에게 빌린 별채에 가서 축음기를 가져와달라고, 어디서든 좋으니 탱고와 지르박 레코드판을 최대한 많이 빌려 와달라고 했다. 준이 병실에서 뛰어나간 후 오리엔트 고는 아무래도 몸이 회복되면 한 명이라도 더 많이 이주시키기 위한 자금을 조달할 필요가 있으니, 전과는 다르게 본격적으로 구역을 넓히며 찍어 누를 상대는 찍어 누르고 묻어버릴 상대는 묻어버릴 필요가 있다고 말하며 일어서려다가 통증에 신음한다.

다리의 상처는 나았으나 가슴의 상처는 충분히 낫지 않은 채 오리엔트 고가 퇴원한 것은 두 달 후 3월 초봄으로, 새로 맞췄으나 총에 맞았을 때와 똑같은 흰색 양복을 어깨에 걸치고, 도시는 옷이 든 종이봉투를 들고 준은 소중한 물건처럼 축음기를 끌어안고서 로지에 나타났다. 도라지 부부네 별채로 돌아오자 총에 맞아 죽었다는 이야기가 퍼졌던 사람이 살아 돌아왔기 때문인지, 아니면 여기저기 얼굴이 알려진 오리엔트 고가 그 별채에 있으면 철심회가 징수한 물건의 떡고물이 떨어질 것이라고 생각했기 때문인지 사람들이 수없이 별채에 몰려들었다. 철심회 사람들이 주위에 둘러서지 않았다면 상처가 다 아물지 않은 오리엔트 고의 몸을 끌어안거나 붙잡고 흔들 기세로 "살아 돌아와서 잘됐어" "많이 아팠겠구먼"이라고 너도나도 말하는데, 오리엔트 고는 일일이 쑥스러운 웃음을 지어주면서 "불사신이니까요"라고 머뭇머뭇 중얼거리며 감사 인사를 했다. 싸움에서 이겨 전쟁을 끝내고 돌아와도 이 정도로 반가워하며 맞아주지는 않을 것이라고 생각하며 오리엔트 고는 처음으로 고마움을 느끼고, 인파가 빠져나가자 일어서서 장지문을 열었다. 말라붙은 개똥이 수없이 널려 있는 별채 앞길 곁에는 누가 씨를 뿌렸는지 콩꽃이 피어 바람에 흔들리는데, 문득 고개를 들자 여자들이 나무 상자에 걸터앉아 몸을 웅크린 채 수다를 떨며 시간을 죽이고 있다. 여자들은 별채 장지문을 연 오리엔트 고를 쳐다보고는 이제부터 마술로 음식과 옷이 나오기라도 할 것처럼 숨을 죽이며 침을 삼키고, 오리엔트 고가 그 모습이 마치 먹이를 기다리는 까마귀 같다고 생각하며 장지문을 닫으려 하자 그중 하나가 "고구마엿이나 팥 없어요?"라고 묻는다. 오리엔트 고가 쓴웃음을 지으며 "그렇게 아무 때나 있겠어요?"라고 대답하고 장지문을 닫자 "젊은 애들한테 좀 모아 오라고 해서 나눠줘요"라는 목소리가 들려온다.

오리엔트 고는 가슴에 붕대를 감은 채 누웠다. 심장의 움직임과 함께 아픔이 귓가에 울려 퍼지는 가운데, 밖에서 여자들이 양지바른 곳에 앉아 이야기하는 것을 들으면서 자신의 몸이 하늘에서 내려오는 해에 지글지글 소리를 내며 타들어가 파란 불꽃을 발하며 서서히 기화하는 모습을 상상하고, 지금 눈을 감으면 맨발로 신천지의 길을 가로지르는 수염이 덥수룩한 자신이 보인다고 생각하고, 아픔에서 나오는 신음도 아니고 한숨도 아닌 소리를 내며 손을 뻗어 스스로를 격려하듯 축음기를 돌리고 바늘을 얹었다.

다음 날 오리엔트 고의 별채에 배다른 누나라고 주장하는 뚱뚱한 여자가 자신의 절반 정도밖에 되지 않는 덩치의 남자를 데리고 찾아왔다. 오사카에 살고 있다가 남미의 신천지로 이주한다는 이야기를 전해 들었는데 브라질로 간 이모를 만나고 싶기도 하니 자신도 같이 가야겠다는 생각에 무작정 찾아왔다며 마루에 털썩 앉았다. 오리엔트 고는 갑자기 나타난 배다른 누나라는 여자가 낯설었고, 설령 그 말이 사실이라 쳐도 나카모토 집안의 다른 사람들에 대해서도 그렇듯 새삼스럽게 친근감을 느낄 일은 없었으나, 얼굴을 마주치자마자 사근사근하게 굴며 자기 자신을 '누나'라고 칭하고 오리엔트 고를 '고 짱'*이라고 부르며 "누나가 말이야, 패전하고 나서 닥치는 대로 먹었더니 이렇게 뚱뚱해졌어"라고 말하자, 얼굴이 쥐같이 생기고 왜소한 남편을 이리저리 부려먹는 여자에게 기가 눌렸는지 여자가 남편과 함께 그 별채에 묵게 해달라고 했을 때 거절하지 않았다. 오리엔트 고는 봄이라고는 해도 춥다며 마침 찾아온 조지에게 이불을 두 채 마련해 오도록 하고, 불을 끈 후 여자가 함께 누워 있던 남자에게 "바보야, 아프다고"라고 하면서 꾸물꾸물 움직이는 소리를 들으며 잠들었다. 새벽녘에 잠에서 깼

* 짱ちゃん은 이름 뒤에 붙여 친근감을 표시할 때 쓰는 호칭.

을 때 오리엔트 고는 남자가 여자의 불룩한 배에 짓눌린 채 잠든 모습을 보고 웃었다. 오리엔트 고는 자리에서 일어나 로지의 한 과부가 빨아서 가져다준 무명천 붕대를 새로 두른 뒤 양복을 입고 아무 일도 없었던 듯 쌀쌀한 바깥으로 나갔다.

엿집은 벌써부터 일어나서 일하고 있는 모양인지 굴뚝에서 연기를 피워 올리고, 로지를 나서자 수레를 끌거나 멜대를 짊어진 행상들이 산을 깎아낸 길을 걸어 암시장으로 간다. 갈림길에서 모퉁이를 돌자 유곽 뒷길이 나오는데 일용직 인부들이 쓰는 가건물이 늘어서 있고 어느 집이나 아침 일찍부터 일을 나가기에 다들 일어나 있는지 굴뚝에서 연기가 오른다. 오리엔트 고는 걸어가다가, 아까까지 아무렇지도 않았는데 이제는 한 걸음을 디딜 때마다 칼로 찌르는 듯한 아픔을 느껴서 멈춰 서고, 아픔이 몸속에서 허물을 벗고 떠나가는 뱀처럼 서서히 멀어지기를 기다리다가, 처음으로 자신이 다른 누구도 아니고 특별한 피를 가진 나카모토 집안에 태어난 자임을 깨달았다. 아침 해가 눈부시게 하늘에 떠오르는 모습을 바라보며 몸속 가득 음탕한 피가 끓어올라 퍼져 나가는 것을 느끼고, 여자들이 그렇게 했듯 길가에 내버려진 나무 상자에 걸터앉았다. 바람이 불었다. 오리엔트 고는 그 바람이 마치 특별한 바람인 듯 그쪽으로 얼굴을 향하고 눈을 가늘게 뜬 채, 갓 돋아난 잡초가 기울고 흔들리며 벽돌로 된 유곽 뒷벽의 앙상한 담쟁이덩굴 여러 가닥이 기타 줄처럼 일제히 떨리는 것을 본 후 일어나서 다시 걷기 시작해, 숯 가게 앞에 서서 반쯤 열린 덧문 틈으로 사이토가 몸을 굽혀 숯을 가마니에서 작은 자루로 옮겨 담는 모습을 들여다보았다. 중국인 거리로 밀고 들어가 여기저기 닥치는 대로 쑤시고 다니다가, 남근이 두 개인 중국인의 사진을 보고 내지로 가져가면 사람들이 재미있어할 것이라며 마치 이 세상에서 제일 진귀한 물건인 듯 집어 왔고 아직도 계속 가지고 있다며 보여줬던 그 사내와 이 사내가 똑같은 사람으로는 보이지 않는다는 생각에 실망하며, 오리엔트 고는 불쑥 분노에 사로잡혔다. 아픔을 참으며 잰걸음으로 조지의 집으로 가서 옛날에 이렇게 도둑질을 한 적이 있었다고 생각하며 닫힌 덧문 아래쪽에 소리가 나지 않도록 오줌을 눈 후 문을 열고, 여자를 껴안고 잠든 조지의 엉덩이를 걷어차며 "안 일어나?"라고 말하고, 잠에서 깬 조지가 황급히 몸을 일으키는 모습을 보고 "꼴사나운 짓만 하고 다니는구먼" 하고 비웃다가, 여자가 예전에 댄스홀에서 얽힌 적이 있는 하나에임을 알아보고 조지를 골려주고 싶어져서 총에 맞은 후로 여자를 안아보지 못했으니 빌려달라고 말했다. 조지는 무엇이 켕기는지 몰라도 원래 하나에는 오리엔트 고의 것이었다고 말하며 재빨리 옷을 주워 입는다. 눈을 뜨고 담배에 불을 붙인 후 엎드려서 허리를 굽힌 하나에의 등을 바라보며 옷을 전부 벗자, 조지는 "피가 나는데"라며 가슴의 피가 스며 새빨갛게 된 붕대를 가리키고, 오리엔트 고가 마치 지금에서야 눈치챈 듯 "그러네" 하고 고개를 끄덕이자 오리엔트 고의 알몸을 특별한 물건처럼 쳐다보며 자리에 앉는다. "보고 갈 거면 거기 있든가"라고 말한 후, 담배를 피우는 하나에 앞에 쭈그려 앉아 입에서 담배를 빼내고 그 대신 자신의 물건을 입에 물리자 조지는 "아직도 계속 나와"라고 말하고, 부풀어 오른 끝부분을 하나에의 혀가 핥을 때 오리엔트 고가 여봐란듯이 신음 소리를 내자 조지는 "피가 나고 있으니까 잘해"라고 하나에에게 말하는데, 하나에는 물건에서 입을 떼고 "시끄럽네. 참견할 거면 나가"라며 이마에 주름을 잡는다. 조지는 암시장에 가겠다며 일부러 밖으로 나갔다.

오리엔트 고는 하나에를 안고 나서 상처가 벌어져 피가 흐르는 것을 보고 쓸데없는 짓을 하고 있다는 생각에 속으로 웃으며, 멋대로 조지의 서랍에서 새로 빨래한 흰색 무명천을 꺼내 감고 피가 묻은 천은 둘둘 말아 집 뒤 공터의 쓰레기 구덩이에 던져 넣었다. 하나에는 요즘 댄스홀에서 위세를 부리고 다니는 사람은 산을 파낸 길 쪽에 사는 다다야스라고 말하며, 조지보다도 더한 망나니인 데다 히로뽕을 하는 까닭에 더 안하무인이어서 "다다야스는 다다*야"라며 어느 댄스홀을 가나 어느 당구장을 가나 돈을 내지 않고, 기가 센 자신은 한번 억지로 춤 상대를 했다가 발을 밟혀서 "거 춤 한번 못 추네. 아프잖아"라고 언성을 높였다가 주먹으로 얼굴을 맞았다고 했다. "또 못된 놈 없어?"

오리엔트 고가 똑바로 누운 채 묻자 하나에는 가슴에 감은 흰 무명천 붕대에 피가 번져 나온다고 말하고 핏자국이 만든 문양 주위를 예쁘다며, 꽃 같다며 손가락으로 덧그리고는 "못된 놈이라고 하면 다다, 거지덩굴 도메, 가시나무 류, 분조"라고 손가락을 꼽아나가다가 오리엔트 고가 그 댄스홀을 구역으

* 일본어로 공짜라는 뜻.

로 둔 사람으로서의 체면을 이야기하자 겁을 내며 "다른 데서 못된 짓을 한다는 뜻이지, 그 댄스홀에는 안 와"라고 말한 후, 목소리를 바꾸어 오리엔트 고가 깡패의 총에 맞았을 때 빗나간 총알에 즉사한 야스코의 망령이 댄스홀에 나타난다는 소문이 퍼졌다고 전해줬다. 오리엔트 고가 입원했을 때 일어난 일인데, 새벽 3시까지 댄스홀에 죽치면서 춤을 추는 것도 아니고 히로뽕을 하는 것도 아니고 그저 실없이 수다를 떨며 좋아하던 열네 살, 열다섯 살 아이들이 집에 간 후로 밤이 밝아올 때까지, 죽은 야스코가 죽기 직전의 모습으로 파마머리를 리본으로 올려 묶고 입술보다 약간 크게 루주를 바른 채 플로어에 서 있었다. 그 망령을 본 것은 댄스 스텝도 모르는 다케시라는 열네 살 남자아이였으며 야스코의 망령은 마치 어엿한 어른 남자에게 하듯 아이에게 "같이 춤출까?"라고 말했다는 소문이 퍼졌는데, 댄스홀에서도 꽤나 인기가 있었던 야스코가 그렇게 말하다니 새로운 시대의 달콤하고 애잔한 낭만 같다고 느낀 여자들 사이에서는 젊은 남자에게 먼저 "같이 춤출까?"라고 말하는 것이 유행했다. 젊은이들은 밴드가 들어가고 레코드판을 멈추고 가게를 닫은 뒤로도 귀신을 한번 보고 싶다는 생각에 4시, 5시까지 그곳에 남아 처음에는 안뜰이나 플로어가 들여다보이는 입구의 의자 또는 계단에 걸터앉아 수다를 떨면서 귀를 기울였으나, 아무 일도 일어나지 않자 부아가 나서 씨름과 힘겨루기를 시작했다.

"불쌍하게 됐어." 오리엔트 고가 말하자 "어쩌다 야스코가 말려들었을까?"라고 하나에는 대답하고, 처음에는 댄스홀에 있던 모두가 총에 맞은 사람은 오리엔트 고 하나뿐이고 죽은 사람도 오리엔트 고라고 생각했다며, 무명천 붕대 위에서 콩알 같은 유두를 더듬어 찾아내 손끝으로 간질이고는 "가슴에 장미꽃을 달았네"라고 중얼거리며 피가 배어 나온 자국 주위를 쓰다듬다가 햇빛이 드리워 꺼칠해 보이는 얼굴을 들이밀고 오리엔트 고의 입술을 빨면서 "철심회는 정말로 다른 땅으로 옮겨가는 거야?"라고 묻는다. 오리엔트 고는 하나에에게 무슨 이야기를 하든 알아듣지 못할 것이라고 생각하면서 전쟁에 지고 나서도 이 좁은 일본에 계속 머무른다면 우수한 일본 민족은 갈 곳이 없어져서 멸망할 것이라고 설파하고, 새로운 삶을 개척하기 위해 브라질이나 아르헨티나로 갈 거라며 그곳에서는 괭이로 파면 나올 정도로 얕게 황금과 다이아몬드와 에메랄드가 묻혀 있고 라일락과 부겐빌레아가 항상 만개해 있어서 그 달콤한 향기 탓에 밤에 혼자서는 잘 수 없을 정도라고, 오리엔트 고 자신이 생각하기에 여자들이 좋아할 만한 이야기를 늘어놓고 있는데 밖에서 이야기를 가로막듯 조지의 고함 소리가 난다. 하나에가 일어서서 창문을 열자 개 한 마리가 오리엔트 고의 피 묻은 붕대를 쓰레기 구덩이에서 꺼내 물고 초봄 햇볕 속을 달려간다. "맛있나 보지"라고 오리엔트 고가 말하자 조지는 불길한 소리라는 듯 웃지도 않고 오리엔트 고를 바라본다. 하나에가 입술을 한 바퀴 혀로 핥고는 단맛이 난다면서, 개도 보는 눈이 있네, 눈치가 빠른걸,이라며 웃는다.

축음기로 탱고를 들을 때마다 하나에에게 말한 활짝 핀 라일락과 부겐빌레아를 떠올리다가, 오리엔트 고는 별채에 누워 있기만 해서는 라일락과 부겐빌레아가 피는 신천지로 갈 수 없다는 생각이 들어, 누나라고 주장하는 뚱뚱한 여자와 왜소한 남자에게 별채를 빌려주고 예전에 만주를 방랑하던 때처럼 부하들의 집과 여자들의 집을 전전했다. 그것이 효과가 있었는지 가슴의 상처는 날이 갈수록 작아져서, 부처님이 태어난 날이 되기 사흘 전 오류노 오바가 로지 바로 바깥길에서 우연히 마주쳤을 때는 흰 양복의 앞섶을 열고 그 속에 살갗이 훤히 들여다보이는 멋진 흰색 실크 셔츠를 입은 모습이었다. 오류노 오바는 이제 붕대를 감지 않느냐고 물어보았다. 마침 오리엔트 고는 눈빛이 사나운 한 남자와 함께 있었고 그때도 신천지로 이주할 준비를 하는 것인지 물건이 비싸다느니 싸다느니 옥신각신하고 있었는데, 그 모습을 봐도 전보다 조금 살이 오르고 얼굴과 몸 이곳저곳에서 스물네 살 남자라면 당연히 남아 있는 위태로움 같은 그 무언가가 눈에 띄었는데, 그래도 어릴 때 로지를 나가 외지를 방랑하며 어른들과 어깨를 나란히 하게 된 까닭에 지금도 당연한 듯 씩씩하게 나이 든 남자와 입씨름을 하고 있는 오리엔트 고가 대견해서, 오류노 오바는 그 남자가 누구인지 캐묻지 않았다. 나중에 듣기로 남자는 기이반도 여기저기에 있는 유곽에 매춘부를 공급하는 남자이며 비싸다느니 싸다느니 했던 것은 고구마나 팥이나 히로뽕이 아니라 여자의 값이었다. 눈빛이 사나운 그 남자가 오류노 오바를 보고 문득 눈을 빛내며 웃었을 때 어째서 "뭐예요?"라고 쏘아주지 않았는지, 오류노 오바는 자신이 재담은 잘하면서도 중요한 순간에는 말할 기회를 놓친다며 분하게 여겼다.

매춘부를 사고파는 남자가 고개 너머 목재가 모여드는 동네의 시세나 어촌이나 다를 바 없는 동네의 시세보다 잘 쳐줄 테니 최소한 세 명은 모아 오라고 집요하게 말하기에 알았다고 하고, 오리엔트 고는 남자와 헤어져 걸어갔다. 댄스홀에 다다르기 전 텐트를 친 오두막에 들어가서 나무 상자를 쌓아 만든 의자에 앉아 조지와 하나에에게 "여자를 모아서 파는 거라면 백 명이든 2백 명이든 할 수 있지만 말이야"라고 말하고, 오리엔트 고는 입에 담배를 문 채 연기가 눈에 들어갔다며 얼굴을 찌푸렸다가, 오두막에서 앞치마를 두른 채 서 있는 젊은이에게 밥은 필요 없으니 술을 내오라고 해서 미군에서 빼돌린 진을 병째 꿀꺽꿀꺽 마시고, 하나에가 영화에 나오는 여자처럼 대단하다며 손뼉을 치는 모습을 보고는 조지에게 남미로 갈 철심회가 몇 명 모였느냐고 묻는다. 조지는 부스럭거리며 주머니에서 종이를 꺼내 스물다섯 명이라고 헤아리고, 그중 열다섯 명 정도는 준이 모아 온 열네댓 살 어린애들이고 다섯 명 정도는 태어나서 한 번도 제대로 일해본 적이 없는 것으로 의심되는 다다나 도메나 가시나무 류 같은 부류이며, 피로 도장을 찍으라고 하자 다음에 하면 안 되겠느냐며 꽁무니를 뺐다고 말했다. 오리엔트 고가 자신의 모자를 낚아채서 머리에 쓰는 하나에를 웃으며 바라보고 있는데 조지는 "정말 남미로 가는 거야?"라고 묻고, 하나에가 손으로 성가시게 굴기에 붙잡아 누르고 그 틈에 머리에서 모자를 빼앗아 하나에에게 미소를 지으며 오리엔트 고는 "그래, 가는 거지"라고 중얼거리는데, 조지는 오리엔트 고의 말투에 화가 난 듯 "정말로 가는구먼" 하고 무엇이 북

받치는지 입술을 깨문 채 고개를 숙였다.

철심회는 보름이 더 지나자 두 배로 불어나, 조지와 도시의 제안에 따라 처음에 모여 피로 도장을 찍은 다섯 명을 다른 회원의 우두머리로 삼아 구별하기로 했다. 깡패 짓만을 목적으로 하는 조직이라고 친다면 주변에 견줄 데 없이 큰 규모였다. 준과 겐이 무슨 달콤한 그림을 그려내서 사람들을 모아 오는지는 몰라도, 한때 오리엔트 고가 살았던 적도 있는 양옥 터에서 모임을 열었다기에 나가보니 백 명에 가까운 노인들과 여자들이 오리엔트 고의 누나라고 주장하는 뚱뚱한 여자를 앞에 두고 마치 법회처럼 앉아 이야기를 듣고 있다. 오리엔트 고가 쓴웃음을 지으며 어떻게 된 일이냐고 조지에게 물으니, 오리엔트 고의 배다른 누나인 자신이 철심회에서 설교하는 일은 우두머리의 그 위 우두머리의 누나로서 당연하다면서 이야기를 시작했다는 것이다. "어째서 그런 것이냐 하면, 요 모양 요 꼴인 세상을 신령님과 부처님이 만들었다고 하면 잘못도 그쪽에 있지요. 어쩌면 지금 신령님과 부처님은 서로 네 잘못이다, 아니 네 잘못이다, 하고 서로를 탓하면서 책임을 떠넘기고 있을지도 몰라요. 그런데 만약 부모라고 치면 어떻겠습니까? 자식이 나쁜 짓을 했다면 열에 아홉은 아, 내 잘못이다, 내 씨가 나쁜 탓이다, 라고 생각하지 않겠어요?"라며 몸짓을 섞어서 열심히 이야기하는데, 오리엔트 고는 그 모습을 보고 말재주가 좋다고 감탄하고, 남미로 이주할 철심회가 마치 레이조의 설법을 듣는 모임처럼 되고 말았지만 철심회는 아무리 우스운 꼴이 된다 해도 그 모습 자체로 좋고, 조지와 도시는 철심회의 우두머리로서 평소처럼 가고 싶은 곳에 가고 하고 싶은 대로 하면 된다고 말하자 두 사람은 기가 막힌다는 표정을 짓는다.

그때 오리엔트 고는 얼굴에 전혀 드러내지는 않았으나 조지와 도시보다도 절망했고, 이렇게 된 바에야 쓸모없는 노인들과 여자들을 이용해 남미에 억센 일본인 스무 명을 보내기 위한 준비를 하면 된다고 생각했는데, 뚱뚱한 여자가 눈물을 흘리며 동생은 권총에 맞은 상처가 다 낫지도 않았는데 부모의 은혜를 기억해 타지에서 이루 말할 수 없이 고생하던 자신들을 위해 이부자리와 먹을 것을 주었다며, 그때 동생을 부처님 같은 사람이라고 생각해 남들 모르게 합장을 했다고 말하는 것을 듣고는 빙긋 웃으며 조지를 데리고 밖에 나가 "내가 부처라고?" 하며 박장대소했다. 저물기 시작한 하늘에 노을이 번지는 것을 보고 탱고의 음탕한 소리로 어지러워진 부처의 피가 온몸에서 꿈틀꿈틀 요동치는 것을 느끼며 조지에게 "돈이고 뭐고 필요 없어"라고 말한 후, 오리엔트 고는 신천지에 가면 라일락과 부겐빌레아가 피어나고 음탕한 소리가 쉼 없이 피를 끓게 할 것이라며 댄스홀까지 뛰어가자고 했다.

오리엔트 고는 그때 신천지에 집단으로 이주하는 일을 확실히 단념했던 것이다. 오리엔트 고 본인은 부처의 피가 흘러 근질근질한 몸으로 길을 걸어가다가 모퉁이를 돈 뒤부터 한 발씩 내디딜 때마다 몸이 깃털처럼 가벼워지는 것이 총에 맞은 후 체력이 원래대로 돌아오지 않은 탓이라고 여기고 있었으나, 댄스홀에 다다라서 의자에 앉아 테킬라를 입에 머금는 오리엔트 고를 보고는 누구나 흰 양복과 리젠트 머리가 평소보다도 멋있다고 생각했고, 어린 천사가 그대로 나이를 먹은 듯한 이 미남의 주위에 거친 분위기와 달콤한 향기가 강렬하게 뒤섞여서 다가가면 다칠 것 같지만 다가가지 않고는 배길 수 없는 노골적인 유혹을 느꼈다. 오류노 오바는 그렇게 생각하고, 있는 그대로 존재하는 모양새가 된 나카모토 핏줄의 한 명인 오리엔트 고가 이 세상 평범한 사람들에게 얼마나 광폭한 힘이 될지 생각하고, 오리엔트 고가 신불과 어깨를 나란히 할 힘을 가지고 의자에 앉은 모습을 상상하고, 온몸의 모든 털구멍에서 인간의 성을 부추기는 달콤한 향기를 발하며 땅에는 기쁨의 물방울도 아니고 피도 아닌 시커먼 그림자를 만들고 그것이 푸른빛이 되어 오리엔트 고 주위에 떠도는 모습을 보았다. 그러나 그것은 오류노 오바의 눈에만 보였으며 보통 남자와 여자에게는 의자에 앉아 병째로 술을 마시는 이 미남에게 어쩐지 시선이 간다는 정도일 것이고, 이 남자에게 안기고 이 남자를 받들고 싶다는 노예근성을 자극당하면서도 오리엔트 고의 주위에 피어오르는 푸른빛조차 보지 못한다.

레코드판의 달콤한 노랫소리가 끊기고 곧바로 귀청을 찢는 나팔 소리가 울려 퍼지며 밴드의 연주가 시작되었기에 오리엔트 고는 일어섰다가, 머리를 묶은 여자가 와서 "춤출래요?"라며 말을 걸어서 승낙했다. 이미 발 디딜 틈도 없이 젊은이들로 꽉 찬 플로어로 들어가, 손을 잡고 등에 손을 올리고 스텝을 밟고 춤을 추고 눈을 감고 가슴에 기대는 여자를 느끼며 플로어를 둘러보자 수다에 정신이 팔려 있던 여자들이 고개를 들고 오리엔트 고를 쳐다보고 있다. 가벼운 곡인 까닭에, 이 곡이 끝날 때쯤에는 토라진 듯 벽에 등을 기대고 서 있는 다른 여자 앞에 가려고 다른 사람들과 몇 번씩 부딪치며 그쪽으로 움직여서는 곡의 마지막 부분이 되었을 때 곁에 섰는데, 옆에서 "고 씨" 하고 이름을 부르며 하나에가 끌어안는 통에 벽에 기대 서 있던 여자는 그 기세에 눌린 듯 눈을 내리깔고, 아직 품속에서 몸을 거의 비벼대며 춤을 추고 있던 여자는 하나에의 태도에 기분이 상한 듯 비틀거리는 척하며 하나에의 발을 밟는다. 하나에는 갑자기 화를 내며 그 여자를 밀쳐 쓰러뜨리고 오리엔트 고가 팔을 붙잡으며 껴안자 그가 그 여자 편을 든다며 악을 쓰다가 "내가 가만있을 줄 알아?"라며 여자의 머리채를 잡는다. 옆에 있던 미쓰루라는 남자가 하나에를 안아 올려 발을 버둥거리는 것도 아랑곳하지 않고 안뜰로 데리고 나가고, 오리엔트 고는 다카코라는 그 여자를 데리고 나가 밖에 도시와 함께 서서 이야기하던 조지에게 다카코의 말 상대를 해달라고 부탁하고, 플로어로 다시 들어오자 토라진 듯 벽에 기대 서 있던 여자는 이미 강 건너 목재상의 아들과 춤추고 있다. 남과 춤추고 있는 도중에 빼앗아 와야 할 만큼 매력적인 여자는 아니었으나, 이 댄스홀 일대가 오리엔트 고를 우두머리로 삼는 철심회의 구역이라는 사실을 모르는 사람은 없었고, 게다가 여자가 춤을 추는 와중에도 오리엔트 고가 자신에게 춤을 청하러 왔다는 사실을 알고 빨리 이번 곡이 끝나 오리엔트 고가 자신의 손을 잡고 춤춰주기를 바라는 기색이 역력했기에, 오리엔트 고는 목재상 집 아들에게 아버지가 밖에서 기다린다고 귀엣말을 했다. 목재상 집 아들이 미심쩍은 얼굴로 춤을 멈추기에 춤이 끊어지지 않도록 여자의 손을 잡고 몸을 바짝 맞대자, 여자는 순간 오리엔트 고가 환상처럼 자신을 품에 안고 사타구니를 눌러대며 춤을 추고 있다는 사실이 신기하고 당황스럽고 부끄러운 듯 얼굴이 상기되고, 오리엔트 고는 그것을 부채질하듯 상하이에서 춤을 배웠는데 그곳에서는 남자가 춤출 때 사타구니가 부풀지 않으면 상대방을 망신 주는 것이나 마찬가지였다고 말했다.

그 기쿠요라는 여자와 다카코를 함께 데리고 아직 초저녁일 때 조지의 집으로 가서 두 사람 사이에 끼어 땀을 내고, 서툰 기쿠요가 처음은 아니지만 아프다고 말하는 것을 달래며 다카코의 도움을 받고 있는데 고주망태가 된 하나에가 조지에게 안겨 들어와서는, 오리엔트 고가 한 번도 하나에의 남자라고 약속한 적이 없음에도 두 여자가 자신이 사랑하는 남자를 빼앗았다며 여자들에게 덤벼들고, 조지가 붙들어 말리며 내보내려 하자 "네가 여기 데려왔잖아"라며 더욱 날뛴다. 오리엔트 고가 두 여자를 놓으며 이리 오라고 말하자 하나에는 울며 오리엔트 고에게 매달리고, 문득 쳐다보니 조지도 무엇이 슬픈지 하나에를 따라 눈물을 흘리고 있기에 "조지 너도 와"라고 말하자 놀란 듯 얼굴을 들며 "됐어"라고 고개를 젓는다. 여자들이 핥아대어 타액으로 번들번들해진 오리엔트 고의 몸이 피부 안쪽에서부터 복숭앗빛을 발하는 모습으로 바뀌어가는 것이 마치 얇은 피부가 젖혀지고 성기 그 자체 같은 살덩이가 노출되는 모습처럼 보여, 이 세상에 있어서는 안 될 추한 일이 일어나고 있는 것만 같다. 오리엔트 고의 살갗이 벗겨진 살덩이 그 자체

같은 아름다운 복숭앗빛 나체에 여자들처럼 손을 뻗고 입을 맞추면 그 손이 썩어들어 가고 입술이 녹아내릴 것 같아 조지는 몸서리쳤다.

암시장 옆에서 오리엔트 고가 눈빛 사나운 매부리코 남자를 유곽에 매춘부를 공급하는 다가와라고 소개했다. 다카코와 기쿠요 두 사람을 비싼 매춘부로 팔아넘기면 어떻겠냐고 말했을 때 조지는 두말없이 찬성했다. 조지는 조지대로 오리엔트 고의 열병이 옮은 듯 좁은 일본에서 내일 무슨 일이 일어날지 누구도 짐작하지 못하는 삶을 살기보다 남미의 넓은 땅에서 새로운 나라를 건설하기 위해 땅을 파고 산을 깎아내는 쪽이 더 좋다고 생각하고, 그 일을 위해 여자 한두 명 정도 울리는 것은 상관이 없었기 때문이라고 나중에 말했는데, 오리엔트 고도 마찬가지였다.

오리엔트 고가 다가와를 데리고 조지의 집으로 가서, 집에 있던 다카코와 기쿠요를 데리고 나와 "금방 따라갈 테니까 다가와랑 같이 기차를 타고 기노모토에 가 있어"라고 말하자 두 사람은 매춘부로 팔려 가는 줄도 모른 채 고개를 끄덕이고, 기노모토에서 기다리고 있겠다고 앵무새처럼 대답하고는 역으로 걸어간다. 오리엔트 고는 두 사람의 모습이 모퉁이를 돌아 사라지자 양복 주머니에서 돈을 꺼내 조지에게 절반을 나눠주고 "저 애들은 나보다 먼저 배를 타고 신천지로 가겠군" 하며 웃는데, 두 여자를 속여서 팔아넘긴 일에 아무런 꺼림칙함도 느끼지 않고 오히려 좋은 일을 했다며 자랑스러워하는 듯한 웃음이다. 개 한 마리가 햇빛 속을 달려가고, 멀리서 나는 모터 소리에 귀를 기울이듯 고개를 들었다가, 지금 하늘에서 찬란한 빛이 이글이글 눈앞에 쏟아지고 그 입자 하나하나에 신천지에 피는 라일락과 부겐빌레아의 향기가 묻어 있는 듯 숨을 들이쉰다. 조지가 “이 돈이면 권총을 몇 자루라도 살 수 있겠네”라고 말하자 권총 따위는 사지 말고 노는 데에 쓰거나 아니면 자신이 하려는 것처럼 로지의 도라지 부부의 별채에 살면서 자기를 오리엔트 고의 누나라 칭하는 뚱뚱한 여자와 쥐처럼 생긴 남편에게 주라고 말한다. 조지가 “그 여자, 정말 누나야?”라고 묻기에 아니라고 하면 아니고 그렇다고 치면 그렇다고 대답하자 조지는 오리엔트 고를 바라보며 “아니라는 거잖아” 하고 어이없다는 표정을 지으며, 엿집의 조선인들이 자주 하듯 손으로 무릎을 쳐서 탁 소리를 내고는 “하하, 준이랑 도시는 그 여자가 정말로 아니의 누나인 줄 알고 쌀이니 고구마니 가져다주고 있는데 가짜였네”라고 말한다. 가짜라고 해도, 오리엔트 고나 로지와 아무 인연이 없는 사람이라고 해도 누나라고 하면 누나이고 로지 사람이라고 하면 로지 사람이라고 오리엔트 고가 말하자 조지가 “아니, 그 돈 나 줘. 차라리 내가 다 써버리게”라며 손을 내밀기에, 길게 말해봤자 소용없다는 생각이 들어 조지의 팔을 걷어차자 조지는 뒤로 자빠져서 뼈가 부러졌다고 신음한다. 신음하는 조지를 내버려두고 오리엔트 고는 로지로 향해 도라지의 별채로 가서, 방금 전까지 아이들이 장난을 치고 있었는지 밧줄을 발에 감은 여윈 개 세 마리가 서로 으르렁대고 위협하면서 마찬가지로 밧줄에 묶인 뼈에 보일 듯 말 듯 붙어 있는 살점을 뜯어 먹는 것을 지나치고, 악취가 나는 내장 다듬는 곳을 지나치고, 지름길을 통해서 조선인들이 밤낮으로 고구마를 삶아 고구마엿 냄새를 풍기는 도라지 부부의 집 앞에 도착하자, 아니나 다를까 여자들은 일하는 것도 잊고 쓸데없는 수다를 떨며 누군가 자신들을 구원해줄 사람이 나타나기를 기다리듯 우글우글 나무 의자를 놓고 앉아 있다가, 변함없이 굴러다니는 개똥을 피해서 걸어오는 오리엔트 고를 보고 일어서며 "누님이 기다려요"라고 말한다. 오리엔트 고가 그 여자에게 "요즘 어때요?"라고 말을 걸자 "민생위원이 와서 뒤주까지 열어보니까, 보조금을 받으려면 장도 볼 수가 없네요"라고 말하는데, 오리엔트 고는 하소연하는 말투가 아주 능숙하다며 웃었다. 오리엔트 고도 로지에서 자랐기에 저금해둔 돈도 한 푼 없고 내일 먹을 쌀도 없다던 사람이 막상 필요한 때가 되면 마술처럼 돈을 변통해 로지 밖의 누구보다도 요란하게 사치하는 일이 빈번하다는 사실을 알고 있었고, 오류노 오바도 시영 주택을 새로 짓던 시절 아이가 넷에 남편은 심장판막증 때문에 일도 하지 못하고 부인도 집을 비울 수 없어 생활보조금에 의존하던 집이, 주택이 완성되어 이사를 갈 때 오래된 가재도구를 전부 버리고 새로 사들인 일을 기억해내고 그것이 천한 집에 사는 자의 기상이라며 박수갈채를 보냈다고 중얼거리고는, 오리엔트 고의 우스운 기분이 잘 이해된다고 느꼈다. 로지 여자들은 애초에 뚱뚱한 여자가 로지에 나타난 때부터 오리엔트 고의 누나라고 믿은 적이 없었으나 "오리엔트 고 누님, 부처님 같은 오리엔트가 왔어요"라고 말하고, 그러자 장지문이 열리며 왜소한 남편이 얼굴을 내밀고 "오, 왔구먼" 하고 중얼거린 후 얼굴을 거두고 토방에 서서는, 오리엔트 고가 들어오자 나무 상자와 간이의자에 앉은 여자들에게 "그만 빈둥거리고 일들 좀 해요"라고 말한다. 그 때문에 여자들에게 외지에서 왔으면서 거드름을 피운다, 콩알만 한 주제에,라고 집중포화를 맞았다. 별채에 피곤한 표정의 남자 하나와 여자 둘이 찾아와 있고 뚱뚱한 누나는 손님맞이에 지쳐 보이는 얼굴을 들고 오리엔트 고를 보며 "고 짱 왔어?" 하고 무심히 인사한 후 "오늘은 안 되겠어. 신령님의 목소리가 안 들리는걸"이라며 여자들에게 나른하게 말하고, 여자 중 하나가 "그런가요"라고 하자 붓을 들어본 후 "안 돼" 하고 중얼거리며 툭 떨어뜨린 뒤 "당신, 원혼이 따라다니는 것 같은데, 집안에 전사한 사람 있어?"라고 하니 여자가 "아이가 폭탄에 맞아 죽었어요"라고 마찬가지로 나른하게 대꾸하자, 느닷없이 기운이 나는 듯 "그렇지? 그래서 앞으로 어떻게 해야 할지 기도해도 신령님이건 부처님이건 대답이 없고, 어디서 살아가야 할지 기도해도 가르쳐주지를 않는 거야"라고 말하는데, 여자가 눈물을 비치자 기세등등해져서 "무덤에 잘 안 찾아가지? 돌탑 하나도 안 세워주고 추운 데 혼자 뒀지? 아아 엄마, 보고 싶어요, 영문도 모르고 죽었으니 엄마가 와서 위로해줘요"라고 노래하듯 중얼거린다. 여자는 방바닥에 쓰러져 울고, 뚱뚱한 누나가 코를 훌쩍인 후 다정한 목소리로 "그래, 나중에 또 와"라고 말하고는 오리엔트 고에게 "여기서도 철심회 모임을 이레에 한 번씩 하고 있어"라고 말하기에, 모임에서 무슨 이야기를 하느냐고 물으니 방금까지 울던 여자가 "부모님의 은덕이나 형제의 우애 같은 거요"라고 대답하고,

뚱뚱한 누나는 모임의 모든 사람을 네댓 명씩 나누어 이 세상의 괴로움과 불만과 슬픔을 서로 털어놓고 저 먼 새로운 땅에서는 어떤 즐거운 일이 있을지 이야기하도록 하고 있다며, 오리엔트 고에게도 내일 직접 한번 와보라고 권한다. 올 수 있으면 오겠다고 말하고 양복 주머니에서 돈을 꺼내어 뚱뚱한 누나에게 "공돈이 들어왔으니까 모두한테 나눠줘"라고 하자 뚱뚱한 누나는 눈물지으며 오리엔트 고를 끌어안고 부처님 같은 동생이라고 부른다.

밥을 짓겠다며 붙잡는 것을 사양하고 별채에는 더 이상 볼일이 없어서 밖에 나와, 자칭 누나라는 뚱뚱한 여자와 남편이 갑자기 나타난 후로 철심회가 기묘하게 변했다고 생각하다가, 문득 뚱뚱한 누나가 껴안을 때 남은 살의 감촉이 몸서리치도록 싫어서 양복을 손으로 털어낸 후 졸가시나무 방향으로 걸어가며, 자신이 일본에 갓 돌아왔을 때 그 나무에 등을 기대고 새로운 세상을 세우기 위해 신천지로 갈 동지를 하염없이 기다리던 일을 떠올리고, 그 시절에는 항상 귓가에 탱고가 울려 퍼지고 있었다고 혼잣말을 하며 가사를 흥얼거렸다. 노래와 춤이란 신기해서 방금 전까지 꼴 보기 싫었던 뚱뚱한 누나도 비길 데 없는 미인으로 느껴졌고 평소에는 어째서 로지의 나카모토 집안에 태어났는지 한탄하던 마음도 순식간에 바뀌어, 언제나 축음기를 틀면 이미 신천지에 다다른 기분이 들었던 것처럼 지금도 바이아의 해안을 걷는 기분이 든다. 오류노 오바는 마음만은 신천지를 걷고 있던 오리엔트 고의 얼굴을 떠올리며 어리석은 소리라고 자리에 누운 채 중얼거리고, 신천지에 서 있는 것과 여기서 신천지에 서 있다고 상상하는 것은 하늘과 땅 차이라고 생각하다가, 오리엔트 고는 그 공상하는 버릇 때문에 다쳤음을 깨닫고 눈물을 흘렸다.

오리엔트 고가 하나에를 데리고 조지의 집에서 다시 도라지 부부의 별채로 옮겨 온 것은 여자들을 팔아넘긴 다음 날로, 오류노 오바는 부하 조지가 팔을 걷어차인 일로 화가 나서 오리엔트 고를 쫓아냈나 했는데, 원래부터 조지는 뒤끝 있는 성격이 아니기에 오리엔트 고가 별채로 옮겨 간 지 채 이틀밖에 되지 않았을 때 개똥이 뒹구는 로지에서 한껏 멋을 부린 오리엔트 고가 축음기를 틀어놓고 선녀처럼 아름다운 여자들에 둘러싸여 춤추고 있다는 소문을 듣고는 궁금함을 참을 수 없어 오리엔트 고를 찾아 로지로 갔다. 조지는 여자들을 판 돈으로 권총을 샀다고 보여줬는데, 마치 떠돌이 개처럼 그 일대를 어슬렁거리는 개들의 똥이 뒹구는 로지의 별채에서 옷을 빼입은 하나에와 오리엔트 고가 서로 희롱하고 있는 것은 사실이었으나, 축음기 소리도 나지 않고 선녀 같은 여자들도 없으며, 조지가 본 것은 그저 자칭 누나라는 뚱뚱한 여자가 머리에 빨간 꽃을 꽂고 전쟁 후의 마비된 생활에 지친 여자들에게 변함없이 사기꾼 냄새가 나는 즉흥적인 설교를 하고 신의 글씨라며 되는대로 글씨를 쓰고 일부러 눈을 까뒤집은 채 예언을 하며 신천지의 가르침을 늘어놓는 모습이었다. “아니” 하고 부르자 오리엔트 고는 고개를 들고 뺨에 하나에가 묻힌 루주 자국을 문지르며 “조지” 하고 대답한 후, 여자들이 앞에 있는데도 욕정에 사로잡힌 듯 코를 벌름거리고 짧게 신음하며 뒤에서 끌어안는 하나에에게 "아까 그런 짓을 했다가 한 소리 들었잖아"라고 말하고, 조지가 망나니의 본성을 드러내듯 다리를 넓게 벌리고 선 것을 보며 "두 손 들었어. 오리엔트도 하나에를 만나면 루주 범벅이 된다니까"라며 웃는다. 오리엔트 고는 주머니에서 편지를 꺼내 조지에게 건네며, 뚱뚱한 여자에게 부탁해 부에노스아이레스로 이민을 간 나카모토 집안의 도이치로에게 편지를 보냈더니 아들 노보루가 답장을 보냈다고 말했다. 개똥이 뒹굴고 들꽃이 핀 로지에서 바깥으로 뻗은 길을 따라가면 부에노스아이레스가 있기라도 한 것처럼 오리엔트 고는 바깥을 바라보며, 그 신천지에서 게토에 떠밀려 들어간 자들은 10년 전에 2만 명 정도였던 머릿수가 5백 명으로 줄어들 만큼 수없이 죽임을 당했으나, 수평선밖에 보이지 않을 만큼 땅이 드넓은 데다 현지인들은 그다지 관심을 보이지 않고 가치도 모르는 보석의 원석이 얼마든지 굴러다닌다고 하며 "재미있는 곳이지?"라고 말한다. 조지는 편지를 읽고 재미있다고 느끼기보다 로지와 완전히 똑같은 곳이라고 생각해서 충격을 받았는데, 표정을 꾸며내어 고개를 들고는 오리엔트 고가 속마음을 전부 꿰뚫어 보고 있다고 느끼며, 신음하면서 눈을 까뒤집고 신령의 말을 전하기 시작한 여자를 턱짓으로 가리키며 "저건 뭐야?"라고 묻자 오리엔트 고는 "내버려둬"라고 대답한다.

그때 축음기에 레코드판을 건 사람은 뚱뚱한 누나의 남편이었는데, 이 왜소한 남자는 하나에로부터 막 배운 탱고를 추고 싶어서 하나에에게 춤 상대를 부탁했다가 거절당하고 첫날 했던 것처럼 뚱뚱한 누나를 밖으로 불러내다가 그곳에 모여 있던 로지 여자들에게 이상한 사람이라는 욕을 먹었는데, 그런 말을 듣는 것이 마치 누가 봐도 사기 같은 신의 글과 말을 전하기 시작한 자신들에 대한 변호라고 주장하기라도 하듯, 뚱뚱한 누나는 진지한 표정으로 입에 장미꽃을 물고 스텝을 밟다가 곧 눈을 까뒤집고 춤추며 박수를 받는다. 하나에는 그 박수에 들떠 오리엔트 고에게 춤추자고 말했다가 거절당하자 조지의 손을 잡아끌어 춤추고, 조지가 오리엔트 고에게 창피한 줄 알라는 듯 쓴웃음을 지으며 눈짓하자 오리엔트 고는 딴청을 하는데, 조지는 갑자기 지금 춤추는 하나에와 뚱뚱한 여자와 주변을 둘러싼 로지 사람들 모두가 오리엔트 고의 몸에서 흘러나와 사람을 홀리는 달콤한 향기에 이끌려 맴도는 괴물들처럼 느껴져서 구역질이 나고, 피로 도장을 찍으면서까지 신천지로 가려고 했는데 이게 뭐냐며 권총을 뽑아 오리엔트 고를 겨누었다. 한 발 쏘자 오리엔트 고는 쓰러지고, 조지는 전에 총에 맞았다가 아문 상처를 총알이 다시 파고들듯 맞았다고 생각해서 쓰러진 오리엔트 고의 머리에 한 발을 더 쏴 숨통을 끊을 생각으로 숨을 들이쉬었는데, 아름다운 붉은 피가 흘러나오는 모습을 보고 울려 퍼지는 탱고를 들으며 갑자기 제정신으로 돌아와 권총을 내던지고 도망쳤다. 오리엔트 고는 가장 충성스러운 부하였던 조지가 어째서 갑자기 새로 산 권총으로 자신을 쏘았는지 생각하면서 의식을 잃었으며, 의사에게 실려 가 응급처치를 받고 목숨을 부지했음을 깨달았을 때는 다시 로지의 별채에 있었다. 온몸에서 열이 나는 오리엔트 고가 덧문을 닫아놓아 어두운 방에서 하나에의 모습을 어렴풋하게 보고 이름을 부르자,

하나에는 마술의 비결을 보여주듯 덧문을 열었다. 봄의 눈부신 푸른 하늘이 창문에 가득 찼는데 오리엔트 고의 상처와 아픔은 그대로이고, 환청처럼 멀리서 들려오는 축음기 소리에 대해 묻자 하나에는 축음기가 바로 머리맡에 있으니 잘못 들은 것이라고 대답하며, 열이 나는 오리엔트 고의 살갗이 매끈매끈하고 아름답다며 뺨을 비비고는 라일락이 피고 부겐빌레아가 흐드러진 먼 곳으로 가고 싶다고 말한다. 오리엔트 고는 공상하는 버릇이 도진 듯 이곳은 연못 위에 생겨난 땅이며 어딘가에서 누군가가 꾸는 한순간의 꿈 같은 곳이라고 하나에에게 말하고, 아픔으로 몸을 가누기 힘든데도 가슴에 끌어안은 하나에가 꽃의 꿀처럼 피가 붕대에 배어 나온다고 놀라는 소리, 밖에서 뚱뚱한 누나가 무어라고 말하고 여자들이 소리 죽여 웃고 개 떼가 로지의 갈림길을 뛰어다니는 소리를 듣는다.

나카모토의 핏줄인 오리엔트 고는 권총에 두 번 맞아 액땜이 된 것인지, 이듬해 1월에 결연히 혼자 브라질행 배에 올라타 처음에는 상파울루에서, 그다음에는 바이아에서, 그리고 다시 상파울루에서 글을 모르는 오류노 오바를 위해 그림과 사진을 넣은 편지를 보냈다. 그러나 그다음에 부에노스아이레스에서 온 것은 요코우치 쇼이치라는 전혀 모르는 사람의 편지였다. 오리엔트 고가 부에노스아이레스의 혁명 운동에 말려들어 행방불명이 되었으며 아마 죽었을 것이라고 쓰여 있는 편지를 레이조가 읽어줄 때 오류노 오바는 눈물을 흘렸다. 편지 밑에 가로로 쓰여 있는 문장을 레이조가 읽을 수 없다기에 중학교까지 걸어가 선생에게 읽어달라고 했는데, 오류노 오바가 상상했던 것처럼 이것은 장난 편지라든가 전부 거짓말이라는 문구가 아니라 '깊은 슬픔을 담아 어머니께 동지들이'라는 스페인어였으며, 행방불명이란 죽임을 당해 산속에 버려졌거나 바다에 가라앉았다는 뜻임이 무엇보다도 어머니라는 단어에서 확실하게 드러나는 것만 같아 직접 날아가서 확인해보고 싶다는 생각이 들었고, 그는 남미까지 가서 무엇을 하고 있었을까 하는 생각도 들었다. 곧 오류노 오바는 무슨 생각인지 오리엔트 고가 가지고 있던 축음기와 레코드판을 찾아내 집 안에서 매일매일 틀기 시작했다. 처음에는 레코드판 속에 여자가 갇혀 있어서 새된 소리로 노래하는 것처럼 들렸으나 서서히 가사를 알아들을 만큼 익숙해지자, 젊고 여자들이 알아서 드러누울 만큼 잘생겼고 심지어 옷까지 멋지게 차려입은 오리엔트 고가 레코드판을 계속 듣다가 노래와 춤과 음악의 힘으로 끌려가서 갇혀버린 것만 같아 레코드판을 지그시 바라보았다. 음악은 요사스러운 힘이 있어서 아무리 독한 술이라도 병째 입을 대고 마시던 오리엔트 고마저 가두어버리고, 이 세상에서 또 한 명의 젊은이가 목숨을 거둠으로써 나카모토의 더러운 피가 죄를 갚았다. 죽은 나이는 스물넷이고 기일은 부처님이 태어난 날로 삼았다.

라플라타* 기담

* La Plata: 아르헨티나와 우루과이의 국경을 이루는 강 이름이자, 아르헨티나에 있는 도시 이름. 스페인어로 '은'이라는 뜻이다.

오류노 오바는 언젠가 이렇게 생각한 적도 있었다. 가장 좋아하는 계절은 봄보다도 이 세상에 살아 있는 모든 것이 있는 힘을 다해 피어나고 자라나는 여름, 그 여름보다도 정도를 알고 소리 없이 점점 시들어가며 수많은 대롱이 막히고 빛이 바래, 녹색이었던 것은 은색으로, 붉은 꽃은 푸르죽죽한 색으로 바뀌기 시작하는 가을, 그 가을보다도 완전히 시든 겨울, 그 겨울보다도 싹이 트는 봄. 오류노 오바는 계절마다 뒷산에서 우는 새소리에 귀를 기울이며, 자신이 그저 오류라는 한 사람이 아니라 무한히 무수히 바뀌는 계절 그 자체라고 생각했다.

금색 새라면 한조, 은색 날개를 가진 새라면 신이치로新一郎. 오류노 오바는 은색 새의 구슬픈 울음소리에 귀를 기울였다. 한조와 마찬가지로 나카모토의 피가 흐르는 신이치로는, 강바닥에 은 광맥이 있어서 햇빛이 비치거나 달이 뜨면 흐르는 강물까지 은색으로 빛나는데 아무도 손을 대지 않고 캐다가 팔 생각도 하지 않는 별천지가 있다고 말했다. 신이치로는 원래 한조와 비교해도 손색이 없는 미남이었으나, 한조가 자신의 음탕한 피에 휘둘리며 살았다면 신이치로는 자신이 미남으로 태어났다는 사실에 무관심한 듯 열두 살 때는 싸움을 하다가 얼굴에 큰 칼자국이 났고, 로지의 다른 사람들이 시내 큰 가게의

아가씨를 꾀었다는 둥 파친코 가게 아가씨의 기둥서방이 되었다는 둥 허리 아래의 이야기를 떠들어대는 것을 진심으로 경멸하는 듯한 태도로 자기 일을 착착 진행했다.

오류노 오바에게 은이 솟아나는 강이 여기 있다고 지도를 펼쳐 보여줬을 때도, 신이치로는 마침 일 준비를 하고 있었던 듯 그림을 착 접어서 넣고는 "여기예요, 여기"라며 세계지도의 아랫부분을 가리키고 "우리가 저런 곳에 태어나면 어떻게 될까요?"라며 쓴웃음을 지었다. 오류노 오바가 신이치로의 속마음을 꿰뚫어 보고 "새 삶을 살겠지"라고 하자, 신이치로는 다시 쓴웃음을 지으며 "이런 데서는 못 살아요. 저기가 낙원인데"라고 말한다.

신이치로는 열두 살 때부터 부모 집에 머물지 않고 남의 집을 전전했으며 열일곱이 되자 이미 아무도 손댈 수 없는 도둑으로 성장했는데, 그 일이 원래 그런 것인지 아니면 타고난 성격인지, 아비의 죽음을 계기로 로지 출입구의 귀퉁이로 이사를 가고 나서도 아무와도 교류하지 않는다. 2월의 횃불 축제, 4월의 초파일, 5월의 단오를 전부 화려하게, 내일 소금을 반찬 삼는 처지가 되더라도 오늘은 요란하게 즐기고 싶은 로지 사람들이 아침부터 왁자지껄하게 떡에 쓸 쌀을 씻고, 찌고, 절구로 찧고, 여러 명이 반죽을 해서 손맛이 밴 떡을 나눠주고, 밤이 되면 그걸 배워서 어디에 쓰려는지 몰라도 얼굴을 희게 칠하고 도자기 인형처럼 입술에 연지를 콕 찍은 귀여운 어린아이들이 무늬만은 눈부신 기모노를 입은 채 회관에서 춤 발표를 하고 관객들이 갈채를 보내는 노 젓기 축제 날의 술잔치에도 나오지 않는다. 그럴 때 오류노 오바는 눈이 나쁜 탓에 항상 무대 바로 앞에 앉아 홀짝홀짝 술을 마시며, 자그마한 아이가 용감한 사무라이를 흉내 내어 커다란 잔을 벌컥벌컥 비우는 구로다부시* 춤, 맵시 있는 물방울무늬 옷을 걸친 선장과 그 곁의 상인 집안 아가씨를 흉내 내는 '꿈까지 젖는구려 아침바람 밤바람'** 춤을 보면서 아이들이 귀티가 나고 지금은 참 좋은 시절이라고 절절히 느끼며 들떴으나, 게보즈인 레이조는 취한 사람들에게 무슨 짓을 당할지 모른다며 언제라도 집에 갈 수 있도록 현관 부근에 앉아 있다.

오류노 오바는 얼큰하게 취해서 생각했다. 사민평등이라며 위아래 없이 누구나 똑같다는 정부의 명령이 내려졌을 때 앙심을 품은 평민들에게 죽창으로 찔리고 집이 불에 탄 후로도, 신구는 신사와 절을 중심으로 발전한 지역이기에 특히 2월 횃불 축제와 10월 노 젓기 축제 때는 시내에 들어가기만 해도 사람들이 쫓아와서 몰매를 때렸는데, 이제 젊은이들은 아무런 배척도 당하지 않고 참여하며 횃불을 들고 신이 깃든 가미쿠라산에서 뜀박질해 내려오고 신사의 가마를 메고 노를 저으면서 시내 사람들 앞에 알몸을 보여준다.

그것이 좋은 징후인지 아닌지는 알 수 없다. 오류노 오바는 생각했다. 아무도 옛날 일을 사죄하지 않는다. 사민평등이라고

---

* 술을 들이켜는 무사에 대한 후쿠오카 지역의 민요. 술잔치에서 흔히 불렸다.

** 1935년 발표되어 유명해진 「선장이 사랑스럽구나船頭可愛や」라는 노래의 가사.

해도 예전처럼 물자가 부족하거나 그보다 더 옛날의 지진 같은 일이 일어나면 몰살당할 것이 뻔하다. 수많은 조선인을 갑자기 이유도 없이 죽여놓고 그 후에는 신新일본인이라고 부른 것과 똑같은 의미가 사민평등에도 있다. 오류노 오바는 그 의견을 귀에 못이 박히도록 레이조에게 이야기했다. 부처를 섬기는 몸인 레이조는 사람이 좋은 탓에 오류노 오바가 지금의 평등사상은 수상쩍다고, 신구 사람들과 국민들은 무슨 일이라도 일어나면 반드시 송곳니를 드러낼 것이라고 말할 때마다 "오류, 그렇게 말할 것 없소. 사는 일과 죽는 일은 다 똑같아"라고 위로할 뿐이었다.

칭찬할 만한 일인지 아닌지는 모르겠으나, 신이치로의 성격은 힘을 내는 데에 필요한 장기 하나가 몸속에서 빠져 있는 듯한 나카모토의 고귀하고도 더러운 피 중에서는 그나마 담력이 있어서, 밤에 나갔다가 새벽에 발소리를 죽이며 돌아온 후 그 때부터 잠을 자는 것인지 낮이 다 되도록 아무 소리도 나지 않는 조용한 집을 바라보며 오류노 오바는 잘하고 있다고 생각했다. 신문을 보는 집이 한두 집밖에 없는 로지에서 그렇게 때때로 밤중에 나갔다가 아침에 들어오는 올빼미 같은 신이치로가 무슨 일을 하고 다니는지 알게 된 것은 사건이 발각되고 나서 며칠이 지난 후였는데, 인부들의 품삯을 후려쳐서 돈을 모으고 대대로 그 자리에서 시치미를 떼며 포목점을 하던 집이 하룻밤 도둑이 들고 나서 가세가 기울기 시작했다는 이야기를 듣고, 신이치로가 의적 네즈미코조*의 환생이라며 쾌재를 불렀다. 평소 집에 있을 때 나카모토 집안의 그 누구보다도 키가 크고 몸이 낭창낭창한 신이치로가 유행하는 옷을 걸치면 마치 한창 인기가 있는 가부키 배우에게 칼자국의 그림자가 드리운 듯했고, 아랫도리에 달려 있는 물건만으로 살아가는 부류와는 달랐기에 로지 여자들과 평소 교류가 없는데도 신기하게 여자들에게 호감을 사서 오류노 오빠를 통해 맞선 이야기도 몇 번 나왔다. 한번은 괜찮아 보이는 덴마天満 출신 여자가 있어서 오류노 오빠가 신이치로의 집에 찾아가 어떠냐고 물으며 혼자 사는 모습을 관찰했는데 "도둑에게 딸을 줄 부모가 있겠어요?"라는 반문이 돌아왔다. "굳이 도둑질이 아니라도 무슨 일이든 할 수 있잖아"라고 오류노 오빠가 말하자 신이치로는 남의 집에 갔을 때 티가 나도록 여기저기 힐끔거리는 도둑은 도둑 중에서 가장 하수라고, 맞선 이야기가 그저 구실에 불과함을 꿰뚫어 본 듯 말하고는 "오바, 도둑질을 하다 보면 알게 되는 건데, 계속 도둑질을 하고 있으면 남들을 위한 일이라는 도리를 의식하게 돼요. 마찬가지로 도리를 지키지 않고는 장가도 들 수 없지요"라고 말한다. 맞는 말이고, 듣고 보니 신이치로가 한 것으로 짐작되는 사건들은 일종의 도리와 관련이 있었다. 벳토야시키에 있는 집이 털린 것은 군장의 첩이 사는 집이기 때문이고, 버스 회사의 사무소가 털린 때는 철도와 관련한 대규모 뇌물 사건으로 그 회사가 가택수색을 당하기 직전이었다.

도리라고 불러도 좋을지는 알 수 없으나 신이치로가 표적으

---

* 19세기 초 일본의 도둑. 대저택만 털었으며 사람을 해친 적이 없어 후세에 의적으로 불렸다.

로 삼는 대상은 문제가 있는 집이나 가게 또는 회사였다. 문제가 있는 곳은 그 문제에 정신이 팔려 문단속을 잊거나, 몸이 들어갈 수 있도록 며칠 전부터 조금씩 망가뜨려놓은 창살을 발견할 마음의 여유가 없으므로 도둑질에 제격이라는 사실을 알았기 때문이다. 로지 사람들은 신이치로를 의적이라고 부르며 도둑질에 대한 소문을 조심조심 이야기했다.

그럴 만도 한 것이 남자 혼자 사는 집이어서 훔친 물건이 남아도는 까닭에 인심 좋게 나눠주기 때문이다. "이거, 역 앞 광장에 떨어져 있던 걸 주웠다고 말하고 갖다 놔라." 신이치로의 입버릇이었다. 로지 갈림길에서 놀던 아이들은 그것이 어떤 물건인지 이미 알기 때문에, 안팎이 뒤집힌 띠와 기모노, 몇 개씩 되는 손목시계와 반지 따위를 받아 들고 나면 상체를 구부정하게 수그린 채 뜀박질해서 신이치로가 말한 집에 가져다 놓는다. 주변에 아이들이 없을 때는 마음대로 가져가라는 듯 로지 갈림길에 물건을 던져놓는다.

로지 사람들은 다소 찜찜하기는 하지만 물건이 눈에 띄면 누군가가 버린 것을 주웠다고 변명하며 쥐처럼 재빨리 들여다 놓기에, 신이치로가 훔쳤음을 안다 해도 밀고하는 사람도 없고 신이치로에게 그렇게 살지 말라고 타이르는 사람도 없다.

한번은 그 일이 마음에 걸린 레이조가 달마다 한 번씩 회관에서 여는 법요 때 설법을 하면서, 한 아들이 부모의 말을 듣지 않고 도둑질을 하고 다니다 끝내 부모의 뜻을 거스르고 도둑으로 크게 성공한 것을 기뻐하며 집에 가다가 부처님의 벌이 내려 땅이 갈라지고 그 틈새로 거꾸로 떨어졌다는 이야기를 했는데, 아무도 신경 쓰지 않았다. 고지식하고 불의를 용납하지 못하는 레이조는 신이치로의 집에 찾아가서 도둑질을 그만두라고 설득했다.

"도둑이 뭐가 나빠요? 도둑에도 좋은 도둑과 나쁜 도둑이 있는 거예요."

신이치로는 결국 그 한마디로 우겨대며 레이조의 말에 끝까지 반대했고 그날은 레이조가 물러났는데, 신이치로가 거듭 이야기했던 "돈을 떼어먹은 목재상이 시내에서 제일 큰 가게로 몸집을 불리는 건 도둑질이라고 안 부르면서, 거기서 돈을 가져오는 건 왜 도둑질이라고 하는 거예요?"라는 구실을 듣고 무슨 말을 하는 것인지 이해할 수 없었다고 했다.

레이조는 도합 세 번 신이치로에게 도둑질을 그만두라고 타일렀으나 신이치로가 거꾸로 "같이 도둑질할까요? 중은 남의 집에 쉽게 들어갈 수 있으니까 제일 편리하지요"라고 놀리는 통에 얼굴이 시뻘겋게 된 채로 돌아왔다.

"도둑질에 끼워줬다면 좋았을 텐데." 오류노 오바도 놀리자 레이조는 점점 더 얼굴을 붉히며 사람다운 길을 벗어나서 잘될 것 같으냐고 말한다.

오류노 오바는 남의 운명을 예언하는 듯한 레이조의 말투에 발끈해서 "무슨 소리예요. 그렇잖아도 신이치로가 나카모토의 핏줄이라 앞으로 과연 잘 살아갈지 걱정인데"라고 따졌다.

오류노 오바는 하루 종일 기분이 상해 있었다. 토라진 오류노 오바에게서 도망치듯 음력 12월의 추위 속에 로지의 추운 집에서 경을 읽고 온 레이조에게 오류노 오바는 뜨거운 차한 잔 내주지 않고, "아직도 화가 났소?"라고 말하는 레이조를 "장례식 만주가 부드럽네요"라고 놀리다가 갑자기 자기 혼자만 인간의 도리와 섭리에 저항하는 것 같아 서글퍼졌다.

레이조는 인간이란 이런 것이라며 자주 불경을 인용했다.

태양이 떠오르는 동쪽 땅에서 태양이 저무는 서쪽 땅까지 끝없이 펼쳐진 광야를 홀로 여행하던 나그네가 있었다. 갑자기 저 먼 뒤쪽에서 무시무시한 맹수가 먹이를 찾아 벗들을 불러 무리를 이루고 쫓아왔다. 나그네는 달리고 또 달렸다. 숨을 곳을 찾았다. 맹수와의 거리는 점차 좁혀지고, 초조해진 나그네 앞에 커다랗고 깊은 우물이 나타났다. 다행히 덩굴이 아래로 뻗어 있었다. 나그네는 그 덩굴을 생명줄이라 여기고 꽉 쥔 채 그 오래된 우물로 내려갔는데, 순간 다리가 얼어붙었다. 우물 바닥에는 무서운 큰 뱀이 입을 쩍 벌리고 불꽃 같은 혀를 날름거리고 있었다. 내려가면 죽는다는 사실을 깨달은 나그네는 허둥지둥 젖 먹던 힘까지 짜내 다시 올라가려 했으나 머리 위에는 이미 맹수가 으르렁거리는 소리가 들리고 송곳니가 보였다. 절체절명의 위기에 처한 나그네는 한 가닥의 덩굴에 목숨을 맡긴 채 그저 매달려 있었는데, 거기에 또 무서운 일이 일어났다. 생명줄인 덩굴의 뿌리를 낮에는 흰 쥐가, 밤에는 검은 쥐가 번갈아 나와 갉아댄다. 이제 죽는다. 죽을 것이 틀림없다. 그 불안 속에서도 나그네는 눈앞의 잎사귀에 고인 달콤한 꿀을 발견하고 정신없이 혀를 내밀어 핥았다.

확실히 인간은 그런 불안 속에 살아가며 짧은 동안 달콤한 꿀을 맛보는데, 달콤한 꿀을 핥는 일이 뭐가 나쁘며, 어차피 태어났다가 죽는 것이라면 한 가닥 덩굴에 매달려 있는 동안이나마 자유롭게 본능대로 행동하는 것이 뭐가 나쁠까. 오류노 오바는 항상 죽음을 미리 생각하며 준비하는 듯한 레이조가 이미 신이치로의 죽음을 준비하고 있다는 생각에 화가 치밀었다.

신이치로는 레이조가 설득한 지 얼마 지나지 않아 강 건너 제지 회사를 털려고 했다가 실패한 눈치로, 잠시 쥐 죽은 듯 지내다가 마침 옛날에 남미에 갔던 남자의 딸이 로지에 돌아와 있어서 사귀게 되었다. 남자는 브라질에 갔지만 하는 일마다 실패해 일본으로 귀국했는데, 떠날 때 대대적으로 송별회를 했던 탓에 차마 로지에 돌아올 낯이 없어서 오사카에서 지내고 있다고 했다. 그 둘은 처음에는 아주 평범하고 사이 좋은 부부 같았지만 여자가 헤픈 까닭에 로지 젊은이와 가까워져서 채 2년도 지나기 전에 헤어지게 되었는데, 그 여자의 무엇에 영향을 받았는지 신이치로는 도둑질을 딱 끊었다.

도둑질을 그만두고 나서도 밤에 나갔다가 아침에 돌아와 낮 동안 집 안에서 빈둥거리는 것은 여전했으나, 담력을 급속히 잃어버린 것이 눈에 보일 만큼 신이치로는 무너져, 그전에는 그런 모습을 한 번도 본 적이 없는데 시간을 죽이는 젊은이들 사이에 끼어 돈을 얼마간 걸고 구슬놀이를 하고 있다. 신이치로의 몸놀림을 보고 있노라면 야무지지 못한 젊은이들과는 다른 유연함이 때때로 엿보였지만 스물이 넘은 젊은이들이 아이들 놀이를 하는 모습은 어딘지 으스스하다.

“얼마를 건 거냐?”라고 오류노 오바가 묻자 “저쪽 과자 가게의 오코노미야키를 걸었어요”라고 대답한다. “얼굴의 칼자국이 아깝게 어린애처럼 놀고 있구먼”이라고 오류노 오바가 말하자 “뭘 해도 재미가 없으니까 이러고 있죠”라고 대꾸하고, 오류노 오바 옆에 있던 젊은이가 빨리 순서를 끝내라고 하는 것을 무시한 채 흰 모모히키* 차림으로 걸어와서 “오바, 여자들은 나쁜 남자를 좋아해요?”라고 진지한 표정으로 묻는다. “나쁜 남자라니?” 오류노 오바가 되묻자 “도둑 말이에요”라고 한다.

“도둑질을 하기 때문에 나쁜 남자랑, 같이 살아보니 나쁜 남자랑은 다르지. 같이 살아보니 나쁜 남자는 아무리 좋은 사람이라도 나쁜 거다.” 오류노 오바는 쓴웃음을 지으며 말하고, 다른 젊은이의 재촉에 몸을 수그리고 구슬을 구멍에 넣는 신이치로를 바라보았다. 복대 밑의 새로 산 흰색 긴소매 셔츠가 유연한 근육의 움직임에 맞추어 흔들리는 모습을 보며, 나카모토의 핏줄 중에서 여자에게 나쁜 남자 소리를 듣는 사람은 없다고 혼잣말을 한다. 옛날부터 무슨 까닭인지, 7대 전에 부처님에게 벌을 받은 자가 있는 것인지, 무수히 갈라져 나간 나카모토의 핏줄에서는 남자들만이 차례차례 요절한다. 제각기 다 매력이 있다. 골격과 이목구비의 형태에 따라서 남자다운 얼굴도 있고 여자 같은 얼굴도 있는데 모두 여자들이 한번 보면 이분은 평범한 사람이 아니라고, 자작이거나 남작이거나 무언가 고귀한 출신 분이라고 생각할 만한 얼굴이었고, 로지 여자들의 말로는

---

* 허리에서 발목까지 딱 달라붙는 형태의 전통 바지.

잠자리에서 따라갈 자가 없다고 한다. 그리고 노래와 춤과 음악을 좋아했다.

신이치로가 나카모토의 피의 본성을 선명히 드러내기 시작한 것은 얼마 지나지 않아 밤에 무엇을 하는지 집 안에서 샤미센 소리가 들려오기 시작한 때였다.

"어제 그건 뭐였어?"라고 사람들이 묻자 신이치로는 나카노초에 있는 포목점 주인의 아내를 데려왔다고 말했다. 남편이 있는 몸이었다. 도둑질을 준비하기 위해 가게를 살피러 갔다가 그 살집 좋은 여자를 봤는데, 어느 날 여자가 별다른 용건 없이 걸어가던 신이치로를 불러 세웠다.

신이치로는 순간 남에게 들킨 적 없었던 도둑질하는 현장을 여자에게 들켰나 싶어 놀랐으나, "뭐요?" 하고 묻자 남미에서 돌아온 여자의 전남편 아니냐고 한다. 남편까지는 아니었지만 같이 살았다고 말하자 여자는 "이야기 좀 들어줄래요?"라고 말하며 근처 식당으로 들어가서는, 남미에서 온 여자의 행실에 대해 구구절절 늘어놓기 시작했다. 남미에서 온 여자는 가게에 나타나서 처음에는 돈을 지불하고 옷감을 한 필씩 사 가다가 나중에는 남편을 홀려서 관계를 갖고 점점 물건을 그냥 가져가게 되었다며, 그 남미 여자를 만나서 한마디 해달라고 신이치로에게 부탁한다.

"한마디는 무슨. 난 그 여자랑 연을 끊었어요"라고 말했으나 여자가 식당 손님들이 보는 앞에서 구슬프게 울어대는 통에 두 손 들고 수락한 후, 그날 밤 여자가 집에서 기다리고 있겠다기에 내키지 않는 마음으로 나섰다. 예전에 들어갔을 때와는 달리 여자가 열어놓은 나무 뒷문으로 들어갔지만 왠지 도둑질을 하러 온 것 같다고 생각하며, 흥분으로 몸을 후들후들 떠는 여자에게 팔을 잡혀 침실로 향한 다음, 여자의 띠를 풀고 포동포동한 몸을 문지르고 손가락을 놀리면서 도둑의 본성이 눈뜨는 것을 느끼고 주위를 둘러보았다.

신이치로는 여자가 남미에서 온 여자와 남편을 갈라놓고 싶어서 자신에게 부탁하러 온 것이 아니라 독수공방의 분풀이를 위해 자신을 끌어들인 것이라고 생각하며, 우선 손가락 하나만 써서 여자를 절정으로 보낸 후 포동포동한 몸뚱이를 가누지 못하는 모양새로 등을 활처럼 휘고 얼굴을 찡그리다 못해 탈 같은 주름을 잡으며 좋아하는 여자를 바라보고, 몸에 엉겨 붙으며 다리를 타고 올라오는 여자의 손을 뿌리치고는 여기에 도둑질을 하러 온 적이 있다고 말했다.

여자가 정말이냐며 큰 소리를 내기에 신이치로가 못된 쏫코로바시*를 연기하듯 "자꾸 그러면 묶어놓는다"라며 여자가 끌렀던 끈을 여자의 목에 대고 누르자 여자는 "살려주세요"라고 한다. "아니, 살려주면 안 되지. 내가 여기 도둑질하러 왔었다는 걸 너한테 들켜버렸으니까."

신이치로가 다분히 연극조로 겁을 주자 여자는 난 몰라요, 난 몰라요, 하며 눈물을 글썽인다. 알았어, 알았어,라며 신이치로가 여자에게서 손을 떼고 다 상관없다는 듯 벌렁 드러눕자 여자는 일어나서 다리를 옆으로 모아 잠시 앉아 있다가, 신이

---

* 가부키의 배역 중 하나. 한번 밀면 그대로 넘어질 만큼 유약한 젊은 미남.

치로가 "이리 와" 하고 부르자 다가와서 입술을 빨고 가랑이를 핥는다. "샛서방으로는 젊은 로지 남자가 딱 좋겠지. 나쁜 남자가 많으니까." 신이치로가 여자의 혀 놀림에 기분이 좋아지자, 난 그런 거 하나도 몰라,라고 여자는 중얼거린다.

그 여자가 샤미센을 들고 로지의 집으로 왔다. 여자는 신이치로가 시키는 대로 샤미센을 연주하고 나서 집 안을 둘러보며, 낯익은 물건은 아무것도 없고 혼자 사는 사람의 소박한 살림만 눈에 들어온다고 중얼거린다. 신이치로가 가까이하면 다치게 되는 종류의 나쁜 남자가 아니라 나카모토 핏줄이 다들 그렇듯 태생적으로 결국 여자에게 마음을 쏟게 되는 남자임을 이해한 듯 "도둑이 들었을 때 어떤 놈인가 했더니, 배우를 해도 될 만큼 미남이었네"라고 말하고는, 도둑이 든 후로 포목점은 기울기 시작했고 그 탓에 남편이 장사에 관심을 잃었다고 이야기했다.

여자와는 두 달 정도 포목점과 로지의 집에서 밀회를 나누었으나 석 달째에 남편이 눈치를 챈 까닭에 남편과 여자가 서로의 허물을 들추어내며 말다툼을 벌이게 되었고, 여자가 무심코 흘린 말 속에서 신이치로가 예전부터 여기저기서 일어난 절도 사건의 범인이라는 사실이 드러나는 바람에 경찰이 로지에 며칠이고 잠복하게 되었다.

신이치로는 먼저 눈치를 채고 다른 곳으로 달아났지만 결국 한 달 가까이 경찰들이 어슬렁거리게 되고, 끝내 도둑질과는 무관한 마소 거간꾼들의 싸움을 구실로 열 명이나 체포되어 심문을 당했다. 경찰은 로지에 도둑 일당이 있고 지금도 그 일당끼리 연락을 주고받고 있을 것이라고 억측했으나, 마침내 신이치로에 대해 아는 사람이 아무도 없다고 판단해서 거간꾼들을 석방하고 잠복을 거두었다.

경찰의 행동에서 드러난 점은 그때까지 로지에서 신이치로에 대해 잘 아는 사람이 아무도 없었다는 사실이었다. 신이치로가 돌아온 것은 그 후 3년이 지나 스물아홉이 되었을 때였다. 3년 전 로지를 떠난 신이치로임은 확실했지만 그 전과는 어딘지 인상이 다르고 얼굴은 칼자국 때문인지 몰라도 단단한 분위기를 풍겨 남자다움은 오히려 더해졌으나, 붙임성이 너무 좋아져서 옛날 모습을 아는 사람들은 꺼림칙하게 느낄 정도였다. 말씨를 들어보면 이세나 마쓰사카에 숨어 있었으리라고 추측할 수 있었는데, 돌아오자마자 일거리는 전혀 찾지 않고 당시 유행을 따라 섬휘파람새를 기르겠다며 새장에 여러 마리를 넣어 왔다.

왜 저렇게 열심인지 의아할 만큼 아침 일찍부터 새장을 집 앞에 깔린 돌 위에 올려놓고 새장 바닥에 달라붙은 먹이 찌꺼기와 새똥을 대나무 주걱으로 긁어낸 후 물을 뿌리고 햇볕에 내놓았다. 새장 속 섬휘파람새들은 집 바깥의 햇볕을 받으며, 새장이 깨끗이 청소되어 기분이 좋은지 물그릇에 새로 떠다 놓은 물을 마시고 날개를 부르르 떨며 물로 목욕을 하고 횃대에서 새장의 대나무살 주위로 바쁘게 날아다녔다. 새로 넣어준 먹이를 쪼아 먹고 다시 날아다니다가 문득 생각난 듯 투명한 유리 같은 소리로 운다. 그러나 어린 새였을 때부터 사람이 길러낸 탓에 그다지 오래 울지 않는다.

신이치로는 귀를 기울이고는 울음소리가 갑자기 뚝 끊어지며 끝나는 것은 산에 살던 본성 때문이라고 생각해서, 연줄을 동원해 일부러 가미노우치까지 유명한 섬휘파람새를 빌리러 가서 거절하는 주인에게 거금을 주고 설득해 새를 빌려 왔다. 그리고 어린 새 중 울음소리가 좋은 한 마리만 남기고 나머지는 풀어준 후 각각 새가 든 새장을 보자기로 덮어 세 개를 나란히 두었다. 먹이에도 여간 공을 들이는 것이 아니었다. 이따금씩 꼭두새벽부터 강에 나가 붕어를 잡아 말린 다음 가루를 내어 쌀겨와 잎채소를 넣고 이겨서 먹이를 만든다. 그렇게 길러낸 섬휘파람새가 신이치로의 집에서 하루 종일 유리 같은 소리로 노래하는 것을 듣고 있으면 언젠가 신이치로가 말한 은맥이 바닥을 지나고 물까지 은으로 된 강이 로지를 흐르는 것만 같았으며, 모든 것이 무제한으로 자유로운 낙원에서 꿀처럼 달콤한 잠에 빠져 있는 기분이 들었다.

그러나 신이치로의 새 키우기도 오래가지는 않았다. 신이치로는 어릴 때부터 계속 도둑질을 했기에 이름 높은 도둑으로 자라날 수도 있었지만 드넓은 에도*를 제 가랑이에 낀 듯 활약한 의적 네즈미코조와는 달리 신구는 너무 좁았다고 애교를 듬뿍 담아 이야기해 사람들을 웃기고, 역사에 이름을 남길 방법이 없다고 한탄했다. 아침에 붕어를 잡으러 바구니를 들고 강가로 갈 때도 타고난 도둑의 본성이 근질근질 올라와 어디에 귀중품이 놓여 있는지, 큰 가게 중 어디가 들어가기 쉬운지 날

* 도쿄의 옛 이름.

카로운 시선으로 틈만 나면 살펴보았지만, 경찰의 눈을 피하는 몸인 데다 자칫하면 지난번처럼 로지 전체가 난리가 나서 다시 바깥으로 도망쳐야 할 것이라고 말했다.

신이치로가 섬휘파람새 키우기를 하루아침에 그만둔 이유는 남들이 아직 일어나지도 않은 시간에 붕어를 잡기 위해 집을 나서는 수고, 그리고 서서히 고개를 들기 시작한 음탕하고 노래와 춤과 음악을 좋아하는 더러운 피 탓이었다.

마침 신이치로가 자신의 섬휘파람새의 스승으로 삼았던 니시키야마라는 섬휘파람새의 주인이 소개해줬다며, 얼핏 보기에도 유복하게 생긴 시내의 남자가 로지로 찾아왔다. 남자는 자신이 누구인지 소개하지 않은 채 다짜고짜로 좋은 새가 있다는 이야기를 들었다며, 아직 훈련을 시작한 지 얼마 되지 않아서 자질을 충분히 이끌어내지는 못했지만 품평회에 내보내면 상을 수없이 탈 것이라고 말하고, 그 뒤에 무슨 용건을 꺼내나 했더니 부끄러운 이야기지만 새똥을 모아서 주지 않겠느냐고 했다. 신이치로는 처음에 무슨 소리인가 싶었지만 금세 짐작이 갔다. 남자가 흘린 사소한 말들에서 남자가 게이샤를 첩으로 두고 있음을 추측할 수 있었다. 그 게이샤가 고운 살결을 유지하기 위해 아침저녁으로 섬휘파람새의 똥으로 세수를 하는데, 역시 여느 섬휘파람새의 똥으로는 효과가 없고 마치 아름다운 선녀가 환생한 듯한 소리로 노래해서 천하에 널리 알려질 정도의 섬휘파람새여야만 하기에 신이치로를 소개받아 찾아온 것이다.

신이치로는 별 신기한 사람도 다 있다고 생각하며, 남자가 억지로 떠안기고 가는 얼마간의 돈을 받고 대나무 주걱으로 섬휘파람새의 똥을 긁어내어 종이에 모아 내주다가, 어느 날 너무나도 남의 눈을 의식하며 비밀스럽게 로지의 집에 들어오는 남자를 보고 뒤를 밟아 게이샤가 사는 집을 살피고 남자를 탐색했다. 게이샤가 일을 마치고 집에 있는 것을 보고서 신이치로는 옛날처럼 문을 따고 안으로 들어가, 남자가 거의 네발로 기어다니며 딸뻘인 게이샤가 내던지듯 내민 발의 발톱을 깎고, 그것을 자기 볼에 문질러대는 모습을 보았다. 이삼일 뒤 밤에 남자가 섬휘파람새의 똥을 받으러 숨어들듯 찾아왔을 때 신이치로는 퉁명스럽게 "새가 없어졌어요. 도망가버렸습니다"라고 말했다. 남자는 세상에 이보다 더 낙담할 일이 없다는 듯 아아, 소리를 내고는 "아깝구먼"이라고 말했다. 옛날이라면 그길로 남자가 가진 큰 가게를 털러 갔겠지만, 이 의적은 예전 포목점의 부부싸움 사건으로 아주 넌더리가 났다. 신이치로가 모습을 감추면서 로지 남자들 여러 명이 있지도 않은 혐의를 받아 구류된 일도 있었기에 지금은 일을 벌일 때가 아니라고 생각하고, 대신 나카모토의 피가 동한 것인지 다른 계획을 세우기로 했다.

다음 날 신이치로는 그 전까지 간 적도 없는, 오류노 오바의 집 아래에 있는 구스모토 마타노조의 집에 인사를 하러 갔다.

왜냐하면 당시 마타노조가 자치회장 대리인 동시에, 로지가 생겨난 이래로 계속 존재했던 일자리인 시내에서 짚신과 나막신을 고치는 수선공들의 좌장을 맡고 있었으며, 좌장의 허가 없이는 아무도 그 일을 할 수 없었기 때문이다. 지금까지 로지에 이어져 내려오는 집안 간의 반목은 산 끝자락에 매달리듯 살고 있던 사람들이 먹고살 길을 찾기 위해 수백 년 전부터 신발을 수선한 데에서 시작되었다. 나중에 이주해 온 사람들은 로지의 더 끝부분으로 밀려났고 단 한 명도 신발 수선에 낄 수 없었다. 이케가와池川, 다가와田川, 기가와木川 등 강[川]에서 내려온 집안과 스미구치, 고노이케 등 해안선에서 모여든 집안은 시내로 흘러들어 오기는 했으나 로지에서 쫓겨난 데다 믿을 구석이었던 신발 수선 일에도 끼지 못해, 오류노 오바의 기억에 따르면 싸움이 일어나서 두 명이 죽었고, 그때마다 원래부터 로지에 있었던 다바타, 무카이, 구스모토 등의 집안은 세력이 더 우세했기에 싸움에서 이겼으며 결속이 점점 더 강해졌는데, 나카모토 집안도 그중 하나였기에 신이치로가 무슨 바람이 불었는지 다음 날부터 일하고 싶다고 말하자 기꺼이 승낙한 데다 이제부터 정신 차리고 잘 살아보라고 격려까지 해줬다.

로지에서 신발을 수선하는 남자들의 매무새는 두고두고 반목의 대상이 될 만큼 멋있고 남자다웠으며, 들키면 싸움이 날 것을 알기에 몰래 수선을 하러 시가지의 변두리를 돌아다니는 이케가와, 기가와 등 나중에 낀 집안과 비교하면 하늘과 땅 차이였는데, 신이치로도 연극 무대에 올라도 손색없을 차림을 하고 다니게 되었다.

원래 화려함을 좋아하는 곳이었기에 그중 누군가는 새하얀 모모히키를 입고 등에 꽃과 새 무늬가 있는 옷을 걸치고 쇠 장식이 달린 짚신을 신고 다니기도 했고, 누군가는 풍류를 좋아하는 목재상이나 게이샤의 후원을 받았다. 특히 신이치로의 시대는 바닥을 기던 불경기에서 갑자기 호경기의 파도가 밀려왔기에 유흥가가 불야성을 이루었으며 샤미센 소리와 북소리가 끊이지 않았다.

오류노 오바는 혼자 고개를 끄덕였다. 신이치로는 그곳에서 쏟아져 나오는 노래와 춤과 음악을 보고 들었고, 오래전 천벌을 받은 조상의 피가 온몸에서 들끓기 시작하며 참대나무처럼 낭창낭창하게 쭉쭉 뻗은 근육 하나하나 뼈 하나하나에 스며들었다. 이제 되돌릴 수 없는 상태에 빠져든 것처럼, 섬휘파람새의 똥으로 세수를 했던 게이샤가 "이거, 끊어졌어요"라며 나막신을 내밀자 찻집 현관 옆에서 어깨너머로 본 기술로 끈을 갈아 끼운다. "다 됐어요?"라고 묻기에 "지금 하고 있습니다"라고 말한 후 나막신을 들고 게이샤의 앞에 서서, 얼굴을 바라보며 나막신을 내려놓고 "한번 신어보세요"라며 엉거주춤 허리를 숙인다. 갓 지어 풀을 빳빳하게 먹인 옷 속에서 아침에 갈아입은 속옷의 달콤한 향기가 퍼져 나간다. 끈이 복숭앗빛 발가락을 꽉 조이는 것 같아서 신이치로는 나막신을 벗기고 끈을 늦춘다.

술자리에서 오키야*에 들르지 않고 남자가 벳토야시키에 사준 집으로 곧장 가는 게이샤를 따라 발소리를 죽이고 걸어가는데, 게이샤가 그저 술에 취해서 비틀거리는 것이 아니라 신이치로가 고친 나막신 끈 때문에 발가락이 아파서 비틀거리는 것

* 게이샤 또는 매춘부를 데리고 있다가 요릿집이나 찻집에서 부르면 보내는 일종의 포주집.

같아, 만약 게이샤가 넘어지면 미행하고 있었다는 것을 들키게 되더라도 일으켜주기로 결심했다.

신이치로는 집에 숨어들었을 때 엿본 남자와 게이샤의 행동을 떠올렸다. 남자가 게이샤의 발을 양손으로 받쳐 들고 자신의 뺨에 댄 채 "부드럽구나"라고 말한 뒤 발가락 하나하나를 입에 머금은 것은 부처의 벌을 받아 지상으로 내려와서 땅을 걸어갈 발이 생겨난 일을 위로한 것이라고 허황된 생각을 했다. 사실인즉 게이샤는 하늘로 놓아준 섬휘파람새와 마찬가지로 하늘에서 내려온 사람이며 옛날에는 하늘을 날아다녔기에 발 따위는 없었다. 남자가 그렇게 여긴 것이라고 신이치로는 생각했다.

신이치로는 게이샤가 잠자리에 들 때를 기다렸다가 문을 따고 들어가 게이샤 앞에 서서 자신을 보고 소란을 피우는 게이샤를 재빨리 끈으로 묶은 다음, 수건으로 재갈을 만들어 물렸다. 자신을 아느냐고 신이치로가 묻자 게이샤는 고개를 젓는다. 신이치로는 화장을 지운 게이샤의 뺨을 손으로 쓰다듬으며 "오, 매끈매끈하네. 섬휘파람새의 똥이 정말 효과가 있었잖아"라고 말하고 나가주반*의 가슴 부분을 거칠게 벌려 옷자락을 크게 젖히며 "어느 방향에서 쑤시면 좋을까?"라고 말했다. 신이치로는 훗 하고 숨을 내쉬고 게이샤의 눈앞에서 엉거주춤 허리를 숙인 후 옷섶 사이로 드러난 유방 중 한쪽을 쥐고 복숭앗

* 기모노의 바로 안쪽에 입는, 기모노와 똑같은 길이의 옷. 속옷과 겉옷의 중간에 해당한다.

빛 단추 같은 유두 하나를 두 손가락으로 집어 "젖꼭지도 달려 있구먼. 이걸 주무르면 역시 보통 여자들처럼 기분이 좋아지고 녹아버릴 것 같아서 허리를 흔들어대는 건가?"라고 희롱하며 아프지 않을 정도로 손가락에 힘을 줘서 눌러본다. 여자의 벌어진 허리춤으로 덤불이 들여다보여서 손을 뻗자 여자는 신음 소리를 내며 몸을 뒤로 빼려 한다. 다리에 손을 올려 세차게 쓰다듬으며 "어디 한번 보자" 하고 여자의 발가락을 봤다. 남자가 입에 물었던 발가락은 보면 볼수록 원래는 불상처럼 그저 막대기 모양이었던 덩어리를 조각한 것만 같아, 덩어리를 단순히 둘로 가르면 짐승의 발굽, 발가락 다섯 개를 만들면 인간이라고 생각하며 신이치로는 발을 놓았다.

오류노 오바는 이때 신이치로의 가슴속에 나카모토 집안 남자들을 요절시키는 불행의 상징과도 같이 태어난, 짐승의 발굽 같은 손을 가진 겐이 떠올랐을 것이라고 생각했다. 지금 돌아보면 겐은 나카모토 핏줄의 두 남자가 이 세상에 태어나 한순간 달콤한 꿀을 핥다가 도중에 숨이 끊어지는 형태로 청산해야 할 부처의 벌을 홀로 짊어지고 태어난 듯했다.

겐이 태어난 직후 어미의 뱃속에서 후산後産으로 나온 것 가운데 한 사람 몫의 씨앗이 더 섞여 있었던 것은 아닌지 기억을 더듬는 일도 여러 번 있었는데, 신이치로도 이때 자신이 확실히 다른 무엇도 아닌 나카모토의 핏줄이라는 사실을 의식했다. 게이샤는 신이치로가 무슨 생각을 하는지 짐작조차 하지 못한 채 칼자국이 난 얼굴을 쳐다보며 두려움에 떨고, 신이치로가 끈을 풀어주러 다가오자 몸을 비틀며, 무자비한 손아귀에서 벗어나겠다는 일념으로 끈이 파고든 팔을 다시 버둥거린다.

게이샤는 신이치로가 도둑처럼 들어와 방금 전까지 자신을 묶어두었던 때와는 다른 사람처럼 자신을 부드럽게 다룬다고 느꼈다. 신이치로는 게이샤가 달아오르기 시작하자 가만히 기다려주듯 뒤에서 엉덩이를 안아 올려 자신의 무게가 게이샤에게 실리지 않도록 떠받치고, 허리의 움직임에 맞추어 자신이 음부에 완전히 들어갈 수 있도록 게이샤를 들어 올린다. 그러자 게이샤의 몸속에서 반짝이는 즐거움의 띠가 파도처럼 밀어닥치는 것이 느껴질 만큼 게이샤가 손톱에 힘을 주어 신이치로에게 매달린다.

게이샤는 절정에 달한 후 자신이 마치 꿈결처럼 공포에서 즐거움으로 떠밀려 왔음을 깨닫고 신이치로에게 어디선가 만난 적이 있지 않느냐고 물었으나, 신이치로는 사정을 마치고 나자 게이샤가 그저 평범한 여자처럼 느껴져 일어서서 옷을 입는다. 게이샤는 옷을 입은 신이치로를 보고 낮에 만난 젊은 수선공임을 알아보았다.

신이치로는 다음 날도 신발을 고치러 갔는데, 이번에는 신이치로가 말을 걸기 전에 게이샤가 아직 고치지 않아도 충분히 신을 수 있는 나막신을 내놓고는, 다 고치고 나자 그 앞에서 신어보며 "이게 뭐야, 너무 꽉 조이잖아요"라고 언성을 높인다. 이렇게 꽉 끼는 나막신을 어떻게 신느냐고, 당신 초짜냐고, 안에 있던 사람들이 내다볼 정도로 몰아세운다. 신이치로는 그날 밤도 숨어들어 가 게이샤를 묶었다.

신이치로가 자취를 감춘 것은 한 달 정도 그렇게 게이샤와

즐기다가, 게이샤가 신이치로에게만 유난히 성질을 부리는 것을 보니 그를 어지간히도 싫어하거나 그에게 마음이 있는 것이 분명하다는 소문이 유흥가 전체에 퍼져 나간 때였으며, 한 달 정도가 더 지나서 돌아온 신이치로는 이번에는 산일을 하는 인부가 되었다.

마침 그때 호경기의 물결이 빠져나간 까닭에 목재상이란 목재상은 모조리 임금을 깎아서 노동쟁의가 끊이지 않았다. 오하마의 목재상만이 한 달 동안 임금을 깎지 않아서 로지 사람들은 다른 곳의 일을 그만두고 그곳으로 우르르 몰려갔고, 신이치로도 알고 있듯 다른 목재상이 임금을 낮춘다면 다 같이 태업에 들어가기로 했는데, 더 좋은 방법이 있다고 말하는 사람들이 있었다. 인부들을 정正과 부副로 나누고 로지 인부들을 부인부로 배정해서 언제든 해고할 수 있게 하며 부인부의 고용은 정인부들이 결정한다는, 로지 사람들을 배제하려는 움직임이 일어났다.

신이치로는 그 목재상으로 옮겨 간 인부들과 함께 새벽같이 로지를 나서서 저녁 해가 붉게 물들 때 돌아오는 생활을 했는데, 그곳에서 만난 신이치로와 동갑인 남자가 남미로 간다기에 신이치로도 떠나기로 결심했다.

타국으로 떠나는 사람들은 예전부터 있었기에 처음 신이치로에게 그 이야기를 들었을 때 오류노 오바는 그다지 놀라지 않았고, 어디에나 로지와 같은 장소가 있다는 사실을 알았으므로 불안해하지도 않았으나, 남미로 간다고 해도 핏줄은 달라지지 않는다는 생각에 신이치로에게 떠나지 않는 것이 좋겠다고 말했다.

가슴 깊이 동감한다며 신이치로는 쑥스러운 듯 미소를 띠고 "이런 꿈을 꿨어요"라고 말했다.

하늘에 걸린 달이 은빛으로 비치는 널따란 강물 속에 소가 서 있고 신이치로와 아이와 아내가 셋이서 미역을 감고 있었다며 "그게 아마 은으로 된 강일 텐데, 어쨌든 한적한 곳이니까 도둑질도 못 하겠죠"라고 중얼거렸다.

그리고 곧 남미로 떠나 거기서 두 해를 꽉 채워 지냈다.

오류노 오바가 받은 그림이 들어간 여섯 통의 편지에는 은으로 된 강이 계속 등장했는데, 오류노 오바는 자주 은하수를 올려다보며 남미의 은으로 된 강이란 은하수가 지구 끝까지 뻗은 다음 굽어서 흘러든 것일지 모른다고 생각하며, 글로 된 부분을 레이조에게 거듭 읽어달라고 해서 입으로 되풀이하며 외웠다. 첫째 편지. 넓고도 넓으며 온통 풀밖에 보이지 않는 초원을 갑자기 발견했어요. 모든 것이 은이에요. 아이들은 은이 듬뿍 들어간 음식을 먹는 탓에 은똥을 싸며 죽지요. 둘째 편지. 여자를 살 수 있다고 해서 갔더니 여자를 묶어놓고 할 수 있게 해주고는, 금은으로 바꿀 수 없는 것으로 화대를 내라고 했어요. 셋째 편지. 잉카의 멸망. 넷째 편지. 독수리로 변한 취객이 고추를 훤히 내놓고 날아다녔어요. 다섯째 편지. 오류노 오바와 레이조 아저씨가 그 짓을 하는 그림. 여섯째 편지. 도둑질하러 들어간 가게의 도면과 색싯집과 복권 번호.

말로 표현하면 아주 사소한 것들이지만 오류노 오바는 그림을 보며 생각을 하고, 남미에서 신이치로가 무엇을 하며 지내는지 상상하고 해독했다. 은하수가 흘러내려 이룬 은의 강 주위에서는 색싯집에 가도 돈이 통용되지 않기에 남자가 여자를 사기 위해서는 무엇과도 바꿀 수 없는 자신의 업을 놓고 나와야만 할 것이다. 신이치로는 나카모토의 고귀하고도 썩어빠진 피를 그곳에 놓고 나왔다. 신이치로는 남미에 와서 나라나 민족이 처음부터 존재했던 것이 아니라 차례차례 멸망하고 새로 생겨났다는 사실을 배웠을 것이고, 일을 하고 남는 시간에 어쩌다 친구와 술집에 갔더니 취객이 있었는데, 그 취객은 대낮부터 광장에서 아우성을 치고 하늘을 날겠다면서 알몸으로 팔을 퍼덕이며 뛰어다닌다. 로지를 가끔 생각한다. 도둑질을 하려 했으나 은을 훔치건 금을 훔치건 다들 금은이라면 신물이 났기에 재미가 없고 색싯집에 가면 여자들이 그동안 모은 업을 경품으로 걸고 복권을 판다.

오류노 오바는 그 편지들이 이 땅 위 어딘가에서 날아왔다는 사실이 신기했고, 신이치로가 또 다른 이야기를 하고 있는 것은 아닌지 편지를 들여다보았다. 모두 실제로 일어난 일을 적어 보낸 것이라고 생각했다. 로지가 있는 일본과는 달라서 남미는 저 멀리 땅끝까지 나무 하나 없는 초원이 있고 그곳을 걷다 보면 갑자기 은으로 된 강 옆에 다다르는데, 그곳은 모든 것이 은으로 되어 있고 흙조차도 은이며, 밭에서 나는 작물은 표면에 은이 돋아난 듯 반짝이고, 아이들은 때로 그 작물 때문에 소화불량에 걸려 병들어 죽었다. 여자를 사서 원하는 대로 하고, 돈은 쓸모가 없다며 받지 않았다,라고 생각하다가 문득 오류노 오바는 신이치로가 섬휘파람새를 길렀던 것을 기억해

내고 그 은의 강 주위는 벌을 받아 하늘에서 내려온 여자들과 남자들이 사는 곳이라고 생각했다. 3년 후 돌아온 신이치로 본인에게 그 이야기를 하니 확실히 라플라타는 그런 사람들로 북적거렸다고 말한다. 날개 달린 여자가 여기저기 널려 있다.

신이치로는 오류노 오바가 질문해도 그다지 많은 이야기를 하고 싶어 하지 않았고, "뭐야, 재미있는 건 혼자만 알게?"라고 하자 라플라타는 은의 강이지만 그곳도 역시 로지와 마찬가지로 사람이 사는 곳이며, 날개 달린 선녀도 그저 냄새나는 여자일 뿐이었고 독수리 사내도 보기 흉한 기형의 알코올중독자일 뿐이었다고 말한다. 언젠가 신이치로는 돌계단을 지나 양쪽으로 색싯집이 창문을 열어놓은 좁은 길에서 적당한 여자를 물색하고 있었다. 머리에 꽃을 꽂은 여자를 발견하고 이쪽을 봐라, 저쪽을 봐라 하며 이모저모 뜯어보고 있는데 프랑스와 스페인과 인디오 혼혈인 그 여자는 신이치로를 보고 눈물을 흘리기 시작하며 스페인어로 남매, 남매라고 말했다. 신이치로는 당황하며 말도 안 되는 소리라고, 나는 일본인이고 너는 완전히 반대쪽에 있는 나라 사람이지 않느냐고, 예전에 남미에서 돌아온 여자와 함께 살 때 배운 말로 말했는데 여자는 눈물을 흘리며 빠르게 지껄인다. 달리 방법이 없어, 어업조합 사무국에 가서 통역 담당인 여자에게 큰 싸움이 나서 난처하니 도와달라고 거짓말을 하고 색싯집으로 함께 돌아와 통역을 시키니, 여자는 와락 달려들 기세로 손짓을 섞어 통역에게 이야기한다. 당신과 나는 남매야. 진짜라는 증거로 얼굴에 칼자국이 있잖아. 어째서 남매가 아니라는 거야. 신이치로는 알았어, 알았어,라고 말하고, 이번에는 색싯집에 들어온 통역하는 여자에게 아름답다고, 달빛을 받으니 성모 마리아 같다고, 날개가 있을 것만 같다고 말하며 여기저기 어루만지자, 통역은 신이치로가 매춘부에게 남매 소리를 듣는 바람에 욕구를 풀지 못한 딱한 남자라고 동정해서 달빛 속으로 끌어내어 핥아준다. 그때 신이치로는 모든 것이 은이라고 생각하며 그곳에 온 의미를 확실하게 이해했다. 정말로 모든 것이 은이라고 느끼며 둘이서 서로 몸을 핥고 빨고 문질러대고 있으니 남매라고 말했던 여자가 다가와 옷을 벗으며 자기도 끼워달라고 한다. 신이치로가 통역하는 여자를 핥고 매춘부가 신이치로를 핥으며 즐기고 있으려니 드넓게 펼쳐진 하늘에 걸려 있던 달이 점차 기울고, 저편에서는 로지의 어둠에서 반대쪽에 있는 그곳까지 지구를 돌아서 온 해가 뜨고, 신이치로는 불그스름한 하늘을 바라보며 매춘부의 목구멍에 씨를 뿌리고 자신이 그곳에서 한없이 자유롭다고 느낀다.

어쨌든 그곳은 반대쪽에 있는 나라였다. 반대쪽, 오류노 오바가 있으면 스님인 레이조가 있듯이 매춘부가 자신을 남매라고 부르는 일도 있을 수 있는 것처럼 느껴졌고, 실제로 하늘과 땅, 삶과 죽음, 위와 아래, 오른쪽과 왼쪽을 반대쪽에 있는 이곳에서 생각하면 이곳의 오른쪽이 그곳에서는 왼쪽이고 이곳의 위가 그곳에서는 아래가 되며, 지구가 둥글다는 사실을 생각하면 위니 아래니 구분할 이유가 아무것도 없다. 웬 심보가 비뚤어진 사람이 낮을 밤으로 부르고 밤을 낮으로 부르고, 그러면 빛이 하나도 없는 어둠은 낮이 밤이므로 낮이거나, 밤이 낮이므로 낮이라고 남들을 헷갈리게 만드는 것 이상으로 그곳은 윤회의 땅이었다.

신이치로는 자신을 남매라고 말한 매춘부, 그리고 통역하는 여자와 함께 살며, 눈먼 발레리나, 목이 망가진 가수, 허풍선이 여자 스파이, 사살된 예전 지도자의 첩을 차례차례 만나봤다. 광장에서는 팔 수 있는 물건은 모두 팔고 있었다. 줄을 타는 사람이 있고 접시를 돌리는 사람이 있었으나 아무도 눈길조차 주지 않았다.

신이치로는 그렇게 말하고, 거꾸로 된 나라의 이야기를 하며, 은의 강 주변은 금전이라는 중력을 잃은 곳이고 그야말로 여기가 하늘나라인가 싶을 정도로 진기한 사람들이 모여 있다고 말했다. 날지 못하는 하늘나라 사람. 음탕하기 짝이 없는 부처들. 눈 속까지 문신을 새긴 사람. 돼지처럼 살찐 학. 학 같은 돼지.

신이치로는 남미에서 돌아온 후 어딘가에서 열심히 일하는 법을 배운 것인지, 상황이 완전히 달라진 산일 판에 끼어 아침부터 일하기 시작했다. 곧바로 여자가 생긴 듯 집 안에서 여자 목소리가 났다. 어디에서 온 어떤 여자인지는 알 수 없었으나 신이치로가 산일을 마치고 돌아오면 로지 입구에 서서 기다리고, 신이치로의 뒤를 따라 집으로 들어갔다. 둘이서 이야기하는 소리가 나고 곧 즐거움의 소리가 났다.

여자는 낮에는 집에 없었다.

오류노 오바가 이상하게 여겨서 어느 날 물어보자, 신이치로는 진지한 얼굴로 그 여자는 역시 반대쪽 땅, 은이 널려 있고 그 때문에 금전의 중력이 사라진 곳에서 온 여자라고 말했다.

오류노 오바는 자신을 놀리는 것 같다고 느껴서 그때까지 참아 왔던 울화통을 터뜨리며 "그게 대체 무슨 소리야"라고 젊은 여자처럼 빽 소리를 지르면서, 마치 어머니가 자식에게 하듯 휘청거리며 손을 들어 때리려 들었다.

"사내놈이 나이가 서른을 넘었으면 좀 말이 되는 소리를 해 보라고. 골치 아픈 이야기 그만해라."

오류노 오바의 말에 신이치로는 "왜 이래요, 오바가 뭐라도 되는 양 말하네"라고 작게 웅얼거렸는데, 그 말이 다시 신경을 긁어 "오류노 오바다. 나 몰라? 잊어버렸느냐? 네 어미는 널 낳기만 했고, 내가 이 세상에서 제일 먼저 너를 안았어"라고 받아치는 한편으로 오류노 오바는 쓸데없는 말을 했다고 후회했으나 겉으로는 아무렇지 않은 체했다. 어미는 신이치로가 태어나고 석 달도 지나지 않아 집을 나갔다. "나한테 뭐라도 되느냐는 소리 말아."

신이치로는 알았어요, 알았어,라고 하며 몸을 숙여 오류노 오바의 귓가에 입을 가져다 대고 "갠 여자예요"라고 말한다. 그게 다야?라고 어이가 없어서 되묻자 "하늘에서 내려온 여자예요. 매번 도망가는 통에 묶어두는데, 그래도 스르륵 빠져나오죠." 신이치로는 말하고서, 오류노 오바도 한번 묶어줄까요? 하고 진지하게 얼굴을 들여다본다. 설령 애무를 위해서라고 해도 신이치로 같은 남자에게 묶이면 숨이 끊어지겠다는 생각에 황급히 그건 변태 같은 짓,이라고 말했더니, 변태 같은 게 뭐가 나빠요?라고 대답한다. "쉬운 일이 아니에요. 보지가 이렇게 쫙 갈라지게 밧줄을 걸죠. 원래 선녀였으니까 날개 대신 팔이 있고 손가락이 있고 손톱이 있는 것도 선녀의 입장에서는 부끄러운 불구인 거예요. 거기랑 또 다른 불구인 부분을 묶어서 매다는 거고요."

오류노 오바는 신이치로가 산일을 그만두고 도둑질을 시작했다는 사실을 몰랐다. 로지 사람들이 때때로 회관 옆 천지의 갈림길이라고 부르는 곳에서 주운 물건을 숨겨서 잰걸음으로 집에 들어가는 모습을 보았으나, 그것이 예전처럼 신이치로가 다른 곳에서 훔쳐 온 물건 중 자신에게 필요 없는 것을 버려두는 형태로 금전의 중력을 없애버리려 한 것임을 알지 못했다.

그즈음부터 밤에 나가고 새벽에 들어오는 생활을 하던 신이치로의 집에서 새벽부터 늦게까지 여자가 소곤거리는 소리가 나고 교성이 났다. 로지 사람들은 성의 중력이 사라진 듯 여자를 묶지 않으면 만족하지 못하고 발기하지 못한다는 신이치로를 상대로 묶이고 굴욕을 당하며 환희와 희열을 느낀다니 얼마나 음탕하고 몸을 함부로 굴리는 여자일지 알 만하다고 소문을 퍼뜨렸다. 소문은 소문을 낳아 눈이 번쩍 뜨일 만큼 미인이라고 말들을 했으나, 직접 본 사람은 아무도 없었다.

천지의 갈림길에 세 번을 연이어 마치 하늘에서 밤이슬과 함께 내린 듯, 새파란 사파이어, 비둘기 피처럼 붉은 루비, 산속에 고인 시냇물처럼 깊은 녹색의 비취, 빗물이 연잎 위를 구르다 얼어붙은 듯한 진주, 황금, 은이 흩어져 있었다. 처음에 로지 사람들은 아이들이 주워 온 루비를 보고 진짜라고 믿지 않았기에 아이들 장난감으로 내줬는데, 한 사람이 전당포에 보여주고 진짜임을 알게 되자 다들 난리법석을 피우며 아이들에게

서 도로 빼앗았다.

첫날, 둘째 날, 셋째 날 모두 아침부터 여자와 신이치로가 속닥거리는 소리가 들리고, 듣는 사람이 부끄러울 만큼 선명한 희열의 소리가 덧문을 넘어 바깥으로 새어 나왔다. 넷째 날 새벽에는 누가 말을 흘렸는지 로지 사람뿐만이 아니라 외부인도 모여들었으나 도랑 진흙 속에서 진주 한 알을 찾아낸 것 외에는 아무것도 보이지 않았다.

다섯째 날 아침에 모여든 사람들은 그동안 계속 들려오던 희열의 소리가 끊긴 것을 알아차렸으며, 로지 사람 중 하나가 불길한 예감을 안고 오류노 오바를 불러 문을 열자, 방 안에 신이치로가 마시다 남은 수은이 든 컵을 놓고 불단 앞에 넙죽 엎드리듯 쓰러져 죽어 있었다.

칠석에서 하루 모자란 7월, 아직 아침저녁으로 선선한 6일. 향년 32세. 나카모토의 고귀하고도 더러운 피가 또 하나 깨끗해졌다.

칸나카무이의 날개

누워 지내던 오류노 오바가 잠들어 있는 것인지 깨어 있는 것인지 확실하지 않은 상태로 하루 종일 죽은 자들과 아직 살아 있는 자들을 떠올리고 있을 것이라고 로지 사람들이 상상한 이유는, 건강하던 시절의 오류노 오바가 과거에서 지금에 이르기까지, 아니 미래의 모습까지 머릿속에 차곡차곡 넣어놓고 틈만 나면 이야기했기 때문이다.

오류노 오바의 쓰야*가 있는 오늘은 각지에 흩어져 있던 로지 출신 사람뿐만이 아니라 모든 시대에 살았던 사람들이 전부 모인다. 건강했던 때는 작은 마루마게**를 틀어 올리고, 몸이 쇠약해지기 시작해 누워 지내게 된 때부터는 손질이 버겁다며 머리카락을 썩둑 잘라버린 오류노 오바의 머릿속에 무엇이 들어 있을지 이야기했다. 방방곡곡의 땅과 모든 시간이 마치 도회지의 마천루처럼 꽉 들어찬 모습일 것이라고 모두들 수군거린다.

오류노 오바는 글자라고는 한 자도 읽을 줄 몰랐으나 남편

---

* 通夜: 일본의 장례식에서 고인의 가족 및 고인과 매우 가까웠던 사람들이 저녁 시간에 모여 애도하는 의식.

** 17세기에서 20세기 초까지 일본의 기혼 여성들이 가장 흔히 했던 틀어 올린 머리.

레이조가 읽는 불경을 암송했고 로지에 태어난 사람들의 생일과 기일을 정확히 기억했다. 로지를 돌아다니는 어린아이의 얼굴을 보면 누구의 자식인지, 그 부모는 누구인지, 그 부모의 부모는 누구인지 알았고, 아이가 누구와는 배다른 형제이고, 누구와는 씨 다른 형제이고, 누구와는 사촌, 누구와는 삼촌과 조카 사이라는 것까지 알았다.

오류노 오바는 흐려지는 기억을 되살리듯 로지 연못의 맑은 물이 솟아나는 샘 앞에 웅크린 채 오랫동안 물을 마시던 남자가 있었음을 떠올리고, 남자가 고개를 들고 그늘을 향해 손짓해 부르는 모습에 숨이 막혔던 것을 기억해냈다. 그것이 요소키치가 로지에 머무르고 미쓰, 도모지, 다쓰라는 세 아이의 부모가 생겨난 계기였다. 여자는 무카이 다마노조의 둘째 딸로 다른 곳에 시집을 갔다가 돌아왔는데, 부모가 나가서 일하라고 했음에도 얼떨결에 요소키치와 함께 살게 되고, 요소키치의 본명도 모르는 채 무카이 미쓰, 도모지, 다쓰라는 세 아이를 만들었다.

오류노 오바는 원래 산 뒤쪽에 한두 집이 살면서 시작된 로지에 그런 식으로 사람이 늘어나면서 로지가 지금의 모습에 다다른 것이 분명하다고 믿었다. 로지에는 나카모토를 필두로 무카이, 구스모토, 다바타, 마쓰네라는 다섯 집안이 옛날부터 존재했고 그 방계인 이케구치, 이와모토, 시모지도 있었는데 이 집안들은 한 줄기에서 얽히고설켜 파생되었으며, 지금도 산에서 막 베어 온 나무를 산 옆의 땅에 세우고 벽을 만들고 지붕을 이고 바닥을 만든 최초의 부부를 보려고 마음만 먹으면 마치 어제 일처럼 선명하게 볼 수 있다.

오류노 오바를 돌봐주러 다니는 여자 몇 명을 제외하고 로지 사람 대부분은 로지 구석구석, 로지가 만들어지는 과정에서 미래의 소멸에 이르기까지 모두 알고 있는 노파가 혼자 야트막한 산의 돌계단 위에 마치 잠든 것처럼 노쇠한 몸을 누이고 있다는 사실을 마음에 두지조차 않는 듯하다.

오류노 오바가 생각해도 그것이 자연스러운 일이었다. 찬바람이 불어오면서 뒷산의 잡목이 금은과 비단으로 몸치장을 하고, 새파랗던 풀이 어느새 열매를 떨구고 줄기 끝부분부터 변색되기 시작해, 마지막에는 커다란 황금 바늘같이 시들어 빗물과 함께 썩어간다. 그 모습을 수없이 보아왔으며, 하늘의 도움으로 자신도 그렇게 되는 것이 오히려 기쁘고 즐겁게 느껴졌다. 시든 풀에 오래도록 내리는 겨울비만큼 차갑고 무자비한 자비를 보여주는 것이 또 있겠느냐고 혼잣말을 했다.

오류노 오바는 바이아와 부에노스아이레스와 경성에도 비가 내려 시든 풀을 썩힘으로써 땅에 떨어진 씨앗이 싹을 틔우고 자라날 양분을 만들어주는 풍경을 멍하니 상상했다. 그리고 오류노 오바는 난바다로 나간 선박들을 위한 라디오 일기예보를 들었다. 가쓰우라의 어항漁港에서 원양어선을 탄 로지 젊은이들의 얼굴을 떠올리고, 지금 그 젊은이들이 배에서 일기예보를 듣고 있다고 상상하니 마음이 통하는 기분이 들었다. 선잠을 자듯 자리에 누워서 현실인지 환상인지 구분이 가지 않는 채로, 뒷산이 햇빛을 받으면서 나는 빛의 소리와 바람이 장난치듯 덧문을 달각달각 흔드는 소리를 들었다. 한조의 작은 금빛

새는 활동사진이 끊긴 은막을 아쉬워하듯 바람을 타고 춤추며 잡목림을 날아올라, 살다가 죽고 다시 사는 일이 온몸을 뒤흔들고 목구멍을 울리는 희열이기라도 한 것처럼 맑은 소리로 노래한다. 오류노 오바는 나카모토의 탁하고도 고귀한 피의 숙명에 다시금 눈물을 흘리며 마음속으로, '한조, 씨를 뿌린 후 자연스럽게 시들어가는 일이야말로 부처님이 주신 희열이니, 푸르른 채로 쓰러지는 일을 기뻐 말아라'라고 중얼거렸다. 한조의 금빛 새는 찬란한 빛으로 가득한 맑은 하늘의 떨림을 전하듯 계속해서 노래한다. 오류노 오바는 한조의 새의 밝은 울음소리에 몸과 마음이 모두 깨끗해지는 것을 느끼며 마찬가지로 나카모토의 핏줄이었던 다쓰오達男를 떠올렸다.

다쓰오는 한조와 나이 차이가 나는 사촌이었으며 나이는 나카모토 가쓰이치로의 아들 이쿠오와 같았는데, 태어나기 전부터 기이한 전조가 있던 아이다. 다쓰오의 어미 도미의 산달이 다가올 때 아비 나카모토 도미시게는 아이가 곧 태어날 테니 당분간은 마소 거간꾼 일을 하러 떠나지 말라고 했음에도 반대를 무릅쓰고 후지나미의 시장으로 떠났다가, 여자에게 손을 댄 것인지 여자가 손을 댄 것인지는 몰라도 여자의 애인에게 칼부림을 당했다며 돌아왔다. 도미시게는 서른 안팎이었으며 역시 나카모토의 핏줄이기에 인물이 좋았는데, 칼에 찔렸다면서도 의사에게 가지 않고 어깨와 팔에 표백한 무명을 붕대 대신 감고 집에 틀어박혀 있다가 곧 집을 나갔다. 산달을 앞둔 아내를 두고 어디로 갔는지 의아해서 물어봐도 도미는 아무것도 몰랐고 오류노 오바도 처음에는 눈치채지 못했는데, 레이조의 행동거지가 수상하다. 옷이 없어지기도 하고 모아두었던 쌀 부스러기가 없어지기도 하는 것을 알아차리고 어느 날 로지 사람의 기일에 독경을 하러 나간 레이조의 뒤를 밟자, 당시는 아직 논을 만든 사람도 없어 늪이나 마찬가지였던 우키시마 외곽의 신당 옆 오두막에 온몸을 천으로 덮은 도미시게가 넝마 같은 몰골로 웅크리고 있고, 레이조가 오두막 앞에서 얼굴이 벌겋게 된 채 몸을 뒤로 젖히고 긴장한 기색이 역력해서는 "아픈 데는 없어? 힘들지는 않고?" 하고 작은 소리로 묻는다. 그대로 먼저 집에 돌아온 오류노 오바가 나중에 돌아온 레이조를 추궁하자, 도미시게가 아무에게도 말하지 말라고 했다며, 나카모토의 먼 조상이 저지른 죄 때문에 누구보다도 무거운 벌을 받게 되었다면서 집을 나갔다고 한다. 큰 뱀이 산다는 이야기 때문에 다들 얼씬도 하지 않는 우키시마의 신당 옆에 오두막을 짓고 머무르고 있다고 한다. 오류노 오바는 할 말을 잃었다.

도미시게는 죽어가는 사람도 되살리는 영력이 있는 유노미네로 당장이라도 가고 싶지만, 자신에게 무거운 벌이 내렸다면 아내 도미의 뱃속에 있는 아이에게도 분명 마찬가지로 무거운 벌이 내릴 것 같은데, 정말로 그렇게 된다면 아이와 둘이서 유노미네로 가 자비를 구할 것이고 그렇게 되지 않는다면 혼자 가겠다면서 도미의 아이가 이 세상에 나오는 날까지 그곳에 있겠다고 한다. 레이조는 아무에게도 말하지 말라고, 설령 도미와 그 뱃속의 아이가 울면서 애원해도 입도 벙긋하지 말라고 했다.

오류노 오바는 레이조가 시키는 대로 예정일보다 일주일 전에 도미를 집으로 데려왔다. 저녁에는 세찬 바람이 불었다. 비를 머금은 바람에 뒷산의 잡목이 일렁이고 때로 천둥소리가 집을 집어삼킬 듯 울려 퍼졌다. 오류노 오바는 레이조에게 부뚜막에 물을 끓여달라고 하고 진통 간격이 점점 짧아지는 도미의 곁을 지키며, 무슨 일이 일어나든 마음을 단단히 먹기로 결심하고 아무것도 모르는 채 갑자기 사라진 남편 도미시게를 원망하며 아픔을 견디는 도미에게 "힘을 내야 해"라고 격려했다. 새벽 4시, 만조 때가 지나고 도미가 마지막으로 힘을 줌과 동시에 다쓰오가 무엇 하나 모자라지도 않고 넘치지도 않는 모습으로 나왔으며, 다쓰오를 씻기는데 문득 물소리가 이상하리만치 선명하고 크게 들리는 것을 느끼고 비로소 폭풍우가 가라앉았음을 알아차렸다. 레이조가 아궁이의 불을 바라보며 구부정하게 웅크려 앉아 있었다. 목청 좋게 울어대는 다쓰오에게 배내옷을 입히고 자리에 눕힌 후 후산 처리를 하고 있는데, 아궁이 속에서 춤추는 불꽃에 홀린 듯 레이조가 비슬비슬 일어서서 토방으로 내려와 나막신을 신는다. 무슨 일이든 반듯하게 처리해야 직성이 풀리는 레이조가 비록 아내의 것이라고는 해도 여자 나막신을 신는 일은 그 전까지 한 번도 없었다. 레이조는 부엌문을 열었다. 올빼미가 뒷산에 돌아온 정적을 음미하듯 울고 있었다.

다쓰오는 나중에 오류노 오바에게 "올빼미가 우는 밤에 태어났다고요? 그럼 올빼미가 내 수호신이네요"라고 물어본 적이 있으나, 자신이 태어난 바로 그 밤에 옥구슬 같은 아이가 사지 멀쩡하게 태어났다고 말해주러 우키시마의 신당 옆을 찾아간 레이조가 본, 지옥에서 일어난 일이라고밖에 표현할 도리가 없는 사건은 알지 못했다. 아직 길을 닦아놓지 않은 시절이었으므로 로지에서 우키시마로 가기 위해서는 시내 한가운데에 용의 형상으로 드러누운 산을 돌아가거나, 옛날 사람들이 쓰던 눈에 잘 보이지도 않는 작은 길을 타고 산 정상에 올랐다가 그 너머로 내려갈 수밖에 없었는데, 그 광경을 보고 레이조는 산 정상에 우뚝 멈춰 섰다.

우키시마를 향해 내려가려던 레이조의 바로 앞에, 양팔로 한 아름은 될 법한 커다란 뱀이 산을 미끄러져 내려가는 뒷모습이 보였다. 뱀이 돌아보지 않도록 발소리를 죽이고 따라가자 우키시마의 탁한 물에서 나는 냄새가 미지근한 바람에 실려 온다. 뱀은 가래가 끓는 듯한 소리를 내며 산 옆에서 우키시마의 늪 속으로 들어가고, 시커먼 덤불 속으로 들어갔다가 방향을 바꾸어 고개를 내밀고, 오두막 앞에 서서 안을 들여다보는 레이조를 쳐다본다. 도미시게는 이미 오두막 안에 없었다. 듣는 사람이 아무도 없다는 것을 알면서도 나지막한 목소리로 레이조가 "도미시게, 도미시게" 하고 부르자 뱀은 또 가래 끓는 소리를 냈다.

다쓰오가 올빼미 다쓰라는 별명이 붙은 채 아비 얼굴을 모르고 로지에서 자란 데에는 그런 사연이 있었다. 다쓰오는 나카모토의 핏줄 중에서도 유달리 키가 크고 뼈대가 굵었다. 로지의 젊은이들과 섞여 그저 돌을 어깨에 짊어지고 걷는, 옆에서 보기에는 재미없어 보이는 놀이에 푹 빠져 있는 모습을 보면 열다섯밖에 되지 않았는데도 이미 어른 몫을 하고 있는 다른 젊은이들보다 덩치가 크고, 드러난 살갗에 땀이 밴 양팔은 남자의 힘과 깨물면 즙이 듬뿍 나올 듯한 어린아이의 싱그러움이 맞물려 있고, 흰 살결이 열기를 띠어 복숭앗빛으로 빛난다. 오류노 오바는 위험한 징조라는 생각도 하지 못한 채 그 모습을 홀린 듯 바라보았다.

생각해보면 당시 산파로 일하고 있었기에 로지에서 오바라고 불렸으나, 오류노 오바도 아직 욕망을 잊을 나이는 아니었다. 로지 사람들은 생각했다. 달거리도 푸지게 하고, 유두도 아직 벚꽃색이고, 달거리가 시작되기 전에는 젊은 여자처럼 몸이 쑤신다. 로지 사람들은 그렇게 상상하며 웃었다.

평소에는 결코 그런 적이 없었으나 보름달이 뜰 즈음이 되면 이 세상에 나오기 전부터 비밀에 싸여 있던 다쓰오가 어미의 곁에 머무르지 않고 젊은이들을 따라 판자 덧문이 망가지고 사내 냄새가 나는 오두막에 죽치며, 야한 그림을 보기도 하고, 젊은이들 중 하나가 굳은살 같은 덩어리가 생겼다며 자랑스럽게 보여주는 물건에 놀라 그 물건의 사연과 무용담에 귀를 기울이는 모습이 신경 쓰인다. 로지 사람들은 생각했다. 어엿한 젊은이와 어린아이의 매력이 뒤섞인 다쓰오를 마치 자신의 아이처럼 느껴서 이끌리는 것인지, 아니면 남자로서 이끌리는 것인지 알지 못하는 채로 오류노 오바는 돌계단을 내려가 젊은이들의 오두막으로 향하고, 젊은이 하나가 오류노 오바를 보고 황급히 야한 그림을 품속에 감추는 것을 못 본 체하며 "다쓰오, 레이조 아저씨가 집에 오기 전에 손도끼를 빌려다가 장작 좀 패주련?"이라고 하거나 "우물에서 물 좀 길어다 다오"라고 한다.

오류노 오바가 다쓰오에게 부탁하는 것을 이상하게 여기는 로지 사람은 없었다. '지네가 문다 물어'라고 놀림당하고 장례식 만주라고 놀림당하는 로지의 게보즈 레이조를, 로지 사람들은 놀리고 비웃는 한편으로 사랑했으며 없어서는 안 되는 사람이라고 생각했다. 레이조와 오류노 오바가 사는 집은 산 중턱까지 비탈길을 올라가야 있었다. 몸집도 작고 모든 것이 다 작은 레이조가 가장 가까운 공동 우물에서 물을 길어 그 비탈길을 올라가는 일은 불가능하고 오류노 오바에게도 어렵다는 사실을 다들 충분히 알고 있었다. 물을 길어주는 사람은 항상 있었고, 게다가 오류노 오바는 다쓰오에게 일을 시킬 때마다 늘 심부름값을 줬다. 다쓰오는 성격이 순하고 꽁한 데가 없었기에 오류노 오바가 시키는 대로 땀을 흘리며 비탈길 위의 집까지 올라가고 도끼로 장작을 쩍쩍 팼다.

그 광경을 직접 본 사람은 아무도 없었다. 로지 사람들은 지금 바닥에 누운 오류노 오바의 몸뚱이를 앞에 두고, 나카모토 집안 남자들은 사실 오류노 오바에게서 태어나 오류노 오바에게 몸을 애무받았다고 생각한다. 로지 사람들은 바닥에 누운 오류노 오바에게 꽃을 바치듯, 다쓰오를 바라보며 젊은 여자처럼 몸이 욱신거린 오류노 오바를 상상한다.

레이조는 그때 덴마로 떠났던 다바타 다미에의 쓰야에 있었다. 오류노 오바는 다쓰오가 힘들이지 않고 장작을 패는 모습을 보고 이참에 한 달 정도 쓸 장작을 마련해놓자는 생각으로 뒤쪽 잡목림에 들어가서 마른 가지를 꺾어 나르다가, 마침 딱 좋은 나무가 뿌리가 썩어 쓰러져가기에 옮겨다 놓으려 했으나 힘에 부친다. 오류노 오바는 다쓰오를 불러 잡목림으로 다시 들어갔다. 나무뿌리를 도끼로 찍어 쓰러뜨리는 다쓰오의 곁에 있다가 문득 해가 붉어져 다쓰오의 얼굴과 가슴팍이 황금으로 변한 듯이 빛나는 모습을 보고, 오류노 오바는 다쓰오의 아비 도미시게의 모습과 레이조가 본 큰 뱀을 머릿속에 그렸다.

오류노 오바는 황금색으로 빛나는 다쓰오가 몇 대에 걸쳐 요절하며 계속해서 정화된 끝에 태어난 귀하고도 귀한 부처님의 현신처럼 여겨지고, 그 순간이 마치 오류노 오바의 마음을 아프게 했던 남자들의 슬픈 운명이 마침내 다다른 정복*처럼 느껴져, 황금색을 발하며 묵묵히 움직이는 팔에 손을 뻗어 어루만지면서 그 손을 바라보았다. 손도 황금색으로 빛나고 있었다. 오류노 오바는 벼락을 맞은 듯 현기증을 느끼고, 서른이 넘은 나이에 갑자기 불문에 귀의해 하루 종일 경을 읽어온 레이조가 말하는 법열이 바로 이것일지 모른다고 생각하며, 도끼를 쥔 채 고개를 든 다쓰오의 맨가슴을 쓰다듬었다. 따뜻하고 팽팽한 다쓰오의 몸을 뒤덮은 황금빛 땀방울이 마치 사향처럼 형언할 수 없는 향기를 풍긴다고 생각하면서 그 몸을 끌어안듯 팔을 두르고 목덜미에 입을 맞추었다. 다쓰오는 산 덤불 속에 드러눕고 오류노 오바는 다쓰오 위에 엎어졌는데, 문득 다쓰오가 웃음기 없는 얼굴로 자신을 쳐다보는 것을 알아차리고 두려워졌다. 다쓰오가 오류노 오바의 젖가슴을 만지작거리고, 그때 배 아래에 바윗덩이처럼 부풀어 오른 물건이 닿는 것을 느끼

---

* 浄福: 맑은 행복, 특히 부처를 믿음으로써 얻는 행복.

며, 오류노 오바는 자신이 먼저 다쓰오의 몸을 만졌다는 사실을 잊은 듯 몸부림치고 새된 비명을 지르며 일어서려다가 밑에 깔렸다.

열다섯의 다쓰오가 흘린 땀이 황금빛에서 납빛으로 바뀌고, 반짝임이 사라질 때마다 젊은이의 강철 같은 몸뚱이가 드러나, 오류노 오바는 자신이 낳은 아이와 도리를 벗어난 짓을 했다가 축생도畜生道로 떨어지는 것만 같다고 속으로 생각한다.

확실히 로지 여자들의 말대로 나카모토의 핏줄이 마치 타고난 듯 여자를 기쁘게 만드는 기술을 갖추고 있음을 확인했다. 다쓰오 밑에서 다리를 한껏 쳐들고 휘감아 쾌락의 소용돌이에 몸을 맡긴 채 다쓰오의 물건에 꿰뚫리고 온몸으로 애무를 받는 동안 오류노 오바는 흐느끼고, 자신의 그 목소리에서 아이를 낳고 또 낳으며 희열을 즐기는 것밖에 모르는 여자의 정수가 드러나는 것 같다고 느낀다.

오류노 오바는 이 순간이 환상처럼 느껴졌다. 무릎 언저리까지 속옷을 내리고, 벗은 몸에서 사타구니의 물방울을 떨어뜨리며 물건을 내놓은 채 오류노 오바의 몸 위에서 일어선 다쓰오는 그저 혼자 음탕한 손장난을 하고 난 것처럼 보였으나, 오류노 오바 자신도 몸을 일으키자 몸속에서 무언가가 흘러나오는 것을 깨닫고 소리 내어 울었다. 울면서 오늘 밤 레이조가 없으니 다쓰오를 어린아이처럼 자신의 이불 속에 재워야겠다고 생각했다.

그날 밤 오류노 오바는 마치 젊은 여자처럼 다쓰오와 네 번 관계하고, 이른 아침 말소리에 눈을 떴다. 첫 기차로 돌아온 레이조가 토방에서 알몸인 다쓰오에게 언성을 높이고 있음을 알아차리고 오류노 오바는 이제 어떻게 되든 상관없다는 심정으로 옷을 입고 다쓰오의 옷을 토방으로 가져갔는데, 갑자기 레이조가 달려들어 따귀를 때리고 머리채를 잡는다. "왜 이래요, 내가 뭘 했다고." 자기도 모르게 입을 놀리며 오류노 오바는 레이조를 밀쳐내고 말한다. "어미가 애를 안듯이 안는 게 뭐가 잘못됐수? 애를 낳을 때는 여자나 애나 다 알몸인데." 레이조는 일어서서 부들부들 떨며 "입만 살아서는, 입만 살아서는"이라는 말밖에 하지 못한다. 로지 사람들은 누운 채 말이 없는 오류노 오바를 앞에 두고, 건강했던 시절의 산파 오류노 오바와 게보즈 레이조의 모습을 떠올리면서 우스움보다는 정감을 느끼며, 숨을 거두기 직전 오류노 오바의 명징한 정신을 상상한다.

오류노 오바는 눈을 감고 옛날 젊은 시절에 레이조가 그렇게 화를 낸 것은 단순히 바람을 피웠다는 이유뿐만이 아니라 상대가 아직 여자를 모르는 새파란 열다섯 살 나카모토 핏줄의 다쓰오였기 때문이라고 생각하며, 남자와 여자로서 몸을 섞은 것이 아닌데 왜 질투를 하느냐고 우겨서 그 상황을 모면한 것이 우스워 빙긋 미소를 짓고는, 천천히 손을 움직이고 입을 벌려 혀를 집어본다. 혀는 오류노 오바의 몸에서 다른 어느 부분보다도 젊고, 머릿속에 부처님밖에 없는 레이조 정도는 백 번이고 2백 번이고 속여 넘길 수 있을 것 같아, 만약 죽어서 지옥에 떨어진다면 가장 먼저 혀를 뽑힐 텐데 괜찮을까, 하며 이를 꽉 다무는 시늉을 해본다. 로지 사람들은 오류노 오바가 임종할 때 그렇게 했을 것이라고 입을 모아 말한다.

이는 하나도 없었다. 이래서는 소용이 없겠다는 생각에 이번에는 입술을 오므려 힘을 줘본다. 늙은 나이에는 입술에도 오래 힘을 줄 수 없음을 깨닫고, 오류노 오바는 지옥의 빨간 도깨비와 파란 도깨비 앞에서 계속 혀를 놀릴 수밖에 없다고 생각했다. 여자가 아이를 안듯 남자를 안는 것이 뭐가 나쁘냐고. 레이조를 남편으로 선택하고 따랐지만, 아이를 사랑으로 안는 마음이 자연스럽고 허용된다면 남자를 아이처럼 사랑하는 것이 뭐가 나쁘냐고. 오류노 오바는 말했다. 다쓰오는 무엇이든 다 받아주는 부처님 같은 아이였다.

오류노 오바는 다쓰오가 로지 젊은이들 속에 섞여, 날이 좋을 때는 일을 하러 가면 될 것을 아이처럼 구슬이나 딱지를 가지고 놀고, 어떤 때는 하루 종일 허리 높이의 졸가시나무를 뛰어넘는 놀이에 끼어 있는 것을 보았다.

올빼미 우는 밤에 태어난 다쓰오는 젊은이들 중 가장 어린 만큼 로지 아이들이 하는 놀이에 뛰어나서 구슬과 딱지를 쓸어 모았지만, 남부끄러울 만큼 실없는 놀이를 심심풀이로 하는 것일 뿐이었으므로 이겨도 그다지 좋아하지 않는다. 때때로 내기를 걸고 놀이를 하지만, 일도 하지 않고 밥이나 축내는 녀석들이니 놀이에 걸 돈이 항상 있는 것도 아니다.

다쓰오는 그런 젊은이들과 함께 오두막의 망가진 다다미 위에서 언젠가 슬쩍해 온 술을 문득 찾아내어 마시기도 하고, 그 중 누군가가 지어낸 잠자리에서 물을 분수처럼 뿜는 여자 이야기, 수조에 커다란 문어를 기르며 문어가 죽기 전까지 밤마다 자신의 몸을 애무하도록 한 여자 이야기, 개와 계속 그 짓을 한 여자 이야기를 멍하니 듣기도 한다.

오두막의 벽장에는 언제부터인지 땀내 나는 이불 한 채가 있었고 그냥 자기에 추운 날에는 그 이불을 덮었는데, 젊은이들끼리도 은근히 취향이 있었고, 다쓰오는 덩치는 크지만 아직 열다섯이었기에 술에 취한 젊은이들은 자주 "올빼미를 안고 잘까"라고 놀렸으며, 결국 어쩌다 그렇게 되었는지는 몰라도 가장 나이가 많고 물건에 굳은살 같은 덩어리가 있는 젊은이와 함께 이불을 덮게 되었다. 젊은이는 고주망태가 되자 굳은살의 위력을 보여줄 테니 엉덩이를 대라고 말하고, 다쓰오가 "됐어"라고 퇴짜를 놓자 여자들이 굳은살에 어떻게 반응하는지 허리를 흔드는 흉내를 내며 이야기한다.

로지 젊은이들은 그런 식으로 여자의 몸이 자신들 중 누구와도 다르다는 사실을 배우지만, 나카모토 핏줄의 더럽고도 고상한 피 탓인지 다쓰오는 여자에 그다지 관심이 없고, 여자와 함께 있는 일은 그저 막연히 자신과 다른 존재가 있으며 그 존재는 햇볕을 쬘 때의 즐거움, 한창 더운 여름날에 바다에 들어가 헤엄치는 기분 좋음으로 이루어져 있는 것이라고 생각했다.

다쓰오가 열여섯이 되었을 때 굳은살이 있는 젊은이가 다른 곳으로 일하러 가면서 젊은이들은 모여 놀지 않게 되고, 곧 다쓰오도 젊은이들 중 하나가 꺼낸 이야기를 듣고 광산에서 일하기 위해 홋카이도로 건너갔다.

그 후 4년 정도가 지나 열아홉 살 젊은이가 된 다쓰오는 홋카이도에서 만났다는 눈빛이 날카로운 젊은이를 데려왔다.

오류노 오바는 산 중턱에 있는 집 앞에서 다쓰오가 홋카이도에서 돌아와 로지로 들어오는 모습을 바라보았다. 다쓰오와 비밀경찰처럼 눈빛이 날카로운 젊은이는 로지 옆의 빛을 반사하는 길에서 환상이나 신기루와도 같이 불현듯 나타나, 발로 땅을 밟는 것이 아니라 공중을 스르륵 미끄러지듯 걸어오면서 이야기를 나누다가, 로지의 세 갈래 길모퉁이에 문득 멈춰 서서는 왜 쳐다보느냐고 따지듯 오류노 오바를 마주 본다.

오류노 오바는 두 사람에게서 범상치 않은 분위기를 느꼈다. 한눈에 보기에도 틀림없이 다쓰오였으나, 열아홉이 된 다쓰오는 예전의 어린아이다운 부드러움이 사라진 만큼 단단한 강철 같은 선이 더해져 함부로 말도 붙일 수 없을 정도로 얼굴이 늠름해졌고, 젊은이는 다쓰오 옆에 있어도 꿀리지 않는 대장부이며 눈썹은 굵고 눈은 커다랗고 날카롭다. 게다가 남이 끼어들어 말을 얹을 수 없을 만큼 두 사람 사이의 친밀함이 강하다는 것도, 다쓰오가 젊은이에게 보내는 미소를 보고 알 수 있었다.

다쓰오는 다음 날 오류노 오바의 집에 찾아왔다. "오바, 잘 지냈어요?"라며 비탈길을 뛰어 올라온 다쓰오를 보고 갑자기 젊어진 기분이 들어 "이제 어엿한 젊은이가 돼서 이 오바들이 가까이 가지도 못하겠구나"라고 말하자, 다쓰오는 옛날 일이 생각난 듯 작은 소리로 "오바 때, 처음이 아니라 세 명째였어요"라고 말한다. "이유는 모르지만 오바 나이대의 여자들이랑 계속 하게 돼서, 다른 데로 간 다음부터는 젊은 여자들이랑 했죠."

다쓰오는 쑥스러운 듯 흰 이를 드러내고 미소 지으며, 목을 움츠리고 아래쪽 길을 내려다보면서 함께 온 타지 젊은이에게 손을 들어 신호하고는 홋카이도에서 알게 된 사람이라고 말한다.

젊은이가 비탈길 중간까지 올라왔을 때 다쓰오는 젊은이가 인간(아이누)* 출신이라고 말한 후, 마치 넋두리하듯 “오바, 내가 태어날 때 손발이 소 같은 아이가 태어날 거라고 생각하지 않았어요?”라고 묻는다. 뭐라고 대답해야 할지 망설이자 “오바는 그때 내가 짐승과 인간 사이에서 나온 아이처럼 보였겠죠. 오바는 짐승의 뿔 같은 내 물건에 꿰뚫려보고 싶었을 거예요”라며 틈을 주지 않고 덧붙이고, 인간(아이누) 젊은이가 옆에 와서 서자 “산파야, 폰야운페의 산파”라고 가벼운 어조로 말한다. 젊은이는 날카로운 눈빛을 거두지 않은 채 얼굴에 미소를 띤다.

오류노 오바는 두 사람에게 홋카이도에서 생활한 이야기를 한동안 듣고, 두 사람이 아까처럼 공중을 미끄러지는 듯한 잰걸음으로 시내로 향하는 모습을 배웅한 후, 그 젊은이의 이름이 폰야운페일 것이라고 상상했다. 젊은이는 폰야운페가 신요(유카르)** 속에서 찬란하게 빛나는 요람(신타)을 타고 찾아온, 절반은 자연·신(카무이)이고 절반은 인간인 존재의 이름이라고 설명하고 신요(유카르)의 대략적인 줄거리를 설명했는데, 그 폰야운페가 태어나는 부분이 다쓰오가 태어날 때와 너무나도 비슷해서 오류노 오바는

---

* 일본 북부(특히 홋카이도)의 원주민을 아이누라고 하며, 아이누어로 ‘아이누’는 인간이라는 뜻이다.

** 神謠: 아이누 문학의 장르 중 하나. 자연현상이 주인공이며, 선율을 붙여 구연하는 것이 특징인 구비문학이다.

다쓰오와 젊은이가 지어낸 이야기일지 모른다고 의심했다.

오류노 오바는 젊은이에게 인간(아이누)에 대해 이제까지 몰랐던 다양한 사실을 배웠다. 우선 '아이누'는 인간이라는 뜻이고 '카무이'는 자연이자 신이라는 뜻이며, 폰야운페는 그야말로 오류노 오바처럼 밖에서 찾아오는 적을 물리치라고 말하고 있었다.

오류노 오바는 두 사람이 떠난 뒤에도, 로지와 똑같은 여건에서 살아가는 미지의 인간(아이누)들에 대한 배움에서 이루 말할 수 없는 충격을 받고, 인간(아이누), 인간, 카무이, 자연(카무이), 신(카무이)이라고 계속 중얼거리며, 다쓰오의 말대로 오류노 오바가 폰야운페의 산파라면 폰야운페를 길러내고 북돋아준 불의 할머니는 누구일지 멍하니 생각했다.

오류노 오바는 생각에 잠겨, 만약 자신이 다쓰오와 똑같은 사람이 될 수 있다면 홋카이도 여기저기에 흩어져 있는 인간(아이누)의 로지(코탄)*와 이 로지를 연결해서, 이유 없이 쳐들어오는 자들, 늘 젠체하며 다가오는 자들을 해치우기 위해 활과 화살을 준비하고, 총을 준비하고, 폭탄을 준비해서 전쟁을 할 것이라고 생각했다. 전쟁은 오류노 오바의 과격한 발상이며 레이조는 "오류, 또 그런 소리를 하나"라고 타이를 것이 분명하지만, 레이조가 갑자기 게보즈가 된 것도 따지고 보면 로지가 전쟁에 말려든 탓이라고 할 수도 있다. 왜냐하면 레이조와 오류노 오바는 시코쿠에서 온 사람의 설교를 들으러 로지 사람들이 다니던

---

* '코탄'은 원래 아이누 사회의 최소 단위를 이루는 작은 마을이다. 다만 현재 홋카이도에 단 하나 존재하는 코탄은 1959년 흩어져 살던 아이누들에게 아칸호 지역의 토지가 무상으로 제공되면서 인위적으로 형성된 것이다.

절인 조센지로 갔는데, 그 조센지의 주지인 다카기 겐묘가 의사 오이시 등과 함께 천황 암살 모의 혐의로 체포되어 처형당했다.* 주지가 없어진 절은 부처도 공양하지 못한 채 방치되었다. 레이조가 처형당한 주지 대신 로지를 돌아다니게 된 것도 전쟁 탓이라면 전쟁 탓이다. 이제 와서 전쟁 따위 두려워할 이유는 없었다.

오류노 오바는 자신이 두 폰야운페를 길러낸 불의 할머니와 같다고 생각하면서, 사냥당하는 원숭이처럼 몰려 죽창에 배를 찔려 죽은 형제자매의 원수를 갚으라고 두 사람에게 중얼거리고, 로지 사람들과 인간(아이누)의 로지(코탄) 사람들이 모두 자신이 혼자 낳은 아이들이라고 상상하며 부르짖었다.

"지금이야말로 무기를 들어라." 오류노 오바는 이렇게 말하고 벅차오르는 가슴을 억누르지 못해 눈물을 흘리며, 이 로지와 인간(아이누)의 로지(코탄)는 모두 싸움보다 화해를 좋아한 탓에 세 치 혀에 놀아나고 다들 배 어딘가에 구멍이 뚫린 듯 공기를 담아두지 못하고 그저 눈앞의 작은 쾌락에 만족하고 만다고 생각하다가, 그중 다쓰오와 폰야운페 젊은이만이 오류노 오바의 부추김으로 고립되어 무참하게 죽을 것이라는 생각을 문득 한다.

오류노 오바는 아궁이에 불을 피웠다. 집 뒤에서 막 움튼 잡목이 낮게 속삭이는 듯한 소리를 내는 것을 듣고, 생명이 진짜라고 믿고 목숨이 늘어나기만 한다면 불구든 백치든 상관없다

---

* 실존 인물들과 실제 사건이다. 다만 다카기 겐묘는 「한조의 새」에서 조센지의 선대 스님으로 언급된 바와 같이 사형선고를 받았다가 무기징역으로 감형된 후 감옥에서 자살했다.

는 말을 임신한 여자들에게 계속해온 자신이 엄청난 사기꾼이며, 사실은 존귀한 부처님의 제자인 레이조에 대한 악의와 배신만이 본심이라는 생각이 들어 비참해진다. 나카모토 핏줄의 다쓰오에 대한 마음은 단순히 레이조에 대한 반발 때문인 것만 같다.

다쓰오가 열여섯에서 열아홉까지 지낸 홋카이도의 광산 바로 옆에 있는 젊은이의 로지(코탄)는 이 로지의 풍경과는 완전히 달라서 한 해 중 3분의 1은 눈과 얼음으로 둘러싸여 있다는 이야기를 들어도 오류노 오바에게는 잘 와닿지 않았다.

오류노 오바는 머릿속으로는 로지 사람들이 로지를 떠나 향한 곳을 상상할 수 있어도, 눈이 쌓이고 얼음이 언 그곳에서 얼굴에 옛날부터 전해 내려오는 문신(시누예)을 한 노파(후치)가 화롯가에 앉아 옛날이야기를 하듯 신들의 시대부터 전해 내려오는 신요(유카르)를 마치 오늘 일어난 일처럼 이야기하는 모습을 상상하면, 아무래도 로지와 닮았다.

광산에서 젊은이와 죽이 맞은 다쓰오는 젊은이의 집에서 묵었다. 화롯불을 끄자 집 안에 갑자기 냉기가 돌아, 젊은이와 다쓰오는 나란히 깔아놓은 이부자리에서 머리만 내놓고 며칠 밤이고 이야기에 몰두했다. 마침 광산에 흘러들어 온 조선인 광부들이 처우 개선을 위해 소요를 일으키고 있다는 소식을 듣고 다쓰오가 젊은이에게 말해주자, 젊은이는 인간(아이누)의 신요(유카르)에 나오는 폰야운페 이야기를 했고, 한번 일을 벌여보자는 결론이 났다. 그 광산에는 기슈*의 고자古座에서 온 남자가 둘, 와부카和深에서 온 남자가 하나 있었고, 다쓰오가 그 남자들의 연락책이 되었다.

소요 계획은 젊은이가 노무 담당자와 말다툼을 시작해 그쪽에서 주먹이 날아오기를 기다렸다가, 젊은이에게 동조하는 형태로 조선인들이 들고일어나고 다쓰오와 기슈 남자들이 유리를 깨고 다닌다는 내용이었는데, 막상 그날이 되자 조선인들과 기슈 남자들은 가만히 있고 젊은이와 다쓰오만 날뛰며 의자를 던지고 차를 부수고 유리를 깬 결과가 되어버려, 두 사람은 그 자리에서 체포되어 유치장에 들어갔다.

당시는 시절이 달라져 강제징용 노동자들이 폭동을 여러 번 일으킨 뒤였기에, 다쓰오와 젊은이는 경찰 상부와 안면이 있는 조선인 광부들의 탄원으로 풀려나서 일단 로지(코탄)로 돌아갔는데, 집에서 강으로 이어지는 물 긷는 곳으로 가는 길의 토끼못(이세포나이)이라는 못에서 노파(후치)가 쭈그려 앉아 울고 있다.

웃푸 노파(후치), 다쓰오식으로 말하면 웃푸노 오바가 우는 것을 보고 놀란 젊은이가 달려가서 무슨 일이냐고 묻자, 웃푸노 오바는 문신(시누예)을 한 팔을 드러내고 손바닥으로 눈물을 떼어내듯 닦으며 "아파라(한야), 아파(한야)" 하고 울면서, 갑자기 도청 공무원과 경찰이 들이닥쳐 로지(코탄)의 집들을 뒤지고 다니며 가택수색을 하고 제단(누사산)을 뒤집어엎고 사람을 때리고, 가까운 시일 내에 다른 지구에 있는 개량주택으로 옮겨 가라고 했다 한다.

젊은이는 웃푸노 오바를 위로하고 나서 다쓰오가 옆에 있다

---

* 紀州: 와카야마현과 미에현 남서부를 가리키는 옛 이름. 이 소설의 배경인 '로지'가 와카야마현에 있다.

는 사실을 알아차린 듯 토끼못(이세포나이)이란 봄이 되면 이 주변에 토끼가 잘 나타나서 붙은 이름이라고 말했고, 문득 다쓰오가 "올빼미가 우는 밤에 태어났지"라고 하자 젊은이는 인간(아이누) 말로 중얼거린다. 웃푸노 오바가 갑자기 다시 울음을 터뜨린다. 웃푸노 오바가 새파랗고 투명한 하늘을 연신 올려다보며 호소하는 모습을 보니, 저편에서 거대한 무언가가 바라보고 있는 것만 같다. 토끼못(이세포나이)에서 우러러보는 하늘은 산을 뒤덮듯 펼쳐져, 아무도 없지만 누군가 있는 느낌이 든다.

웃푸노 오바의 등에 팔을 두르고 집을 향해 걸어가는 젊은이의 뒤를 따라가며, 다쓰오는 처음으로 자신이 대지 위에 홀로 서 있는 것이 아니라 사람과 사람 사이에 끼어 부대끼며 살고 있다는 사실을 깨닫고, 자신이 여기에 있는 것도 로지의 수많은 자연·신(카무이)의 도움을 받아 살아가고 있기 때문임을 인식했다.

오류노 오바는 훌륭한 강철 같은 몸을 가진 열아홉 살 다쓰오의 그것이 몸속에서 솟아나는 힘의 절정이며, 타향의 자연·신(카무이)과 마음을 나누는 데에서 비롯되는, 나카모토의 피가 드리우는 아주 약간의 그늘이라는 사실을 알고 있었다. 로지든 인간(아이누)이든 이 풍토에서 옛날부터 살다가 남들에게 쫓겨나서 이곳저곳을 전전한 사람들은 하늘 저편에 있는 해 아래, 꺼림칙할 것도 하나 없고 잘못된 것도 하나 없으나 너무나도 새파랗고 너무나도 투명한 하늘에서 희미하게 독이 배어나듯 팽팽하고 드높은 절정에서 무언가의, 인간(아이누)식으로 말하면 나쁜 마음을 가진 자연·신(카무이)의 눈에 띄는 순간이 있다.

다쓰오는 순간 파란 하늘에 번쩍이는 무언가가 지나간 것 같다고 느꼈지만, 신경 쓰지 않고 젊은이의 뒤를 따라 걷다가 집(치세) 옆에서 햇볕에 널어놓은 사슴 털가죽 앞에 멈춰 섰다. 한 여자가 집(치세)에서 나와 다쓰오를 보고 안으로 들어가 문 너머로 웃푸노 오바에게 밭에 씨 뿌리는 일을 잊고 토끼못(이세포나이)에서 울고 있었느냐고 악다구니를 치자, 웃푸노 오바는 신요(유카르)를 늘어놓듯 산에서 사슴과 곰을 사냥하고 나리꽃과 풀을 캐며 오랫동안 살아왔는데 밭을 갈라고 시키고, 밭을 갈았더니 이번에는 다른 곳으로 가서 살라고 명령한다고 젊은이에게 말하고, 여자는 안에서 웃푸노 오바가 나쁜 마음을 가진 자연·신(카무이)에 씌었다고 말한다.

젊은이가 한두 마디 웅얼거리며 웃푸노 오바를 집(치세) 안으로 데려간 후 곧바로 나와, 어젯밤과 그제 밤 모두 바람이 불어 로지(코탄) 사람들 모두가 무언가 나쁜 일이 일어날지 모른다는 불안 때문에 날카로워져 있다고 설명하고, 일단 광산으로 돌아가보자며 발걸음을 옮겼다.

잠시 걷고 있는데 뒤에서 여자가 부르며 쫓아와서 잊고 있었다며 종이 다발을 건네고, 중요한 물건이니 광산에 있는 여자(우타리)*에게 전해달라고 말한다. 젊은이가 종이를 받아 들고 쓴웃음을 지으며 고개를 끄덕이자, 여자는 아까 웃푸노 오바에게 악다구니를 치던 때의 인상과는 정반대로 환하게 웃으며 광산에 가면 여자(우타리)에게 잘 전해달라고 말하고, 다쓰오가 그곳에 서서 쳐다보는 것이 부끄러워서 못 견디겠다는 듯 왔던 길로 되돌아간다.

젊은이는 여자가 간 뒤에도 여자가 들을까 봐 조심하듯 작은

---

* '우타리'는 아이누족끼리 동포를 부르는 말.

소리로 종이 다발은 두 사람의 가벼운 처벌과 출소를 부탁하기 위해 경찰에 제출한 탄원서라고 말하고, 이렇게 이미 풀려났는 데도 여자가 글을 읽지 못하는 까닭에 그저 중요한 물건이라는 이유로 젊은이에게 맡긴 것이라며 쓴웃음을 짓는다. 다쓰오도 제대로 학교에 다닌 것은 아니기에 여자의 착각을 비웃을 수는 없었는데, 묵직한 종이 다발에는 쓰다 만 것 같은 글씨로 이름들이 늘어서 있고 인주로 지장들이 찍혀 있다.

다쓰오는 광산까지 세 시간을 걸어가, 시절이 바뀐 후로 같은 기슈 출신 사람들이 아지트로 삼고 있는 '보키로望希樓'로 젊은이와 함께 향했다. 강제징용 노동자들이 계속 폭동을 일으키던 때 소란을 피해 여기저기로 흩어졌던 매춘부들이 돌아와서 보키로는 다시 여자가 있는 흔한 찻집이 되었는데, 나온 여자를 거절하고 구석의 복도를 지나 별채로 가자 기슈에서 온 불량배들이 음식을 먹는 일에도 질리고 여자를 안는 일에도 질린 듯 눌러앉아 그저 소란을 피울 목적으로 대규모 폭동을 일으킬 허황된 계획을 세우고 있다.

고자에서 온 이치마쓰라는 남자는 다쓰오와 젊은이 둘만 남겨져 경찰에 붙잡힌 일을 마음에 두는 기색도 없이 "아, 왔어? 앉아"라고 태연히 말하며 옆을 비워준다. 다쓰오는 젊은이에게 눈짓을 하고 아무 일 없었던 듯 앉아, 이치마쓰가 내민 컵을 받아 들고 한 되들이 병으로 따라주는 술을 받는다. 조선인 광부가 젊은이에게 컵을 내밀었는데 부모가 술을 마시지 말라고 했다며 거절하자 남자들 중 몇 명이 곧바로 비웃듯 목소리를 높이고, "이야, 술도 안 마시고 돈을 모으는 거야?"라고 와부카에서 온 기치라는 남자가 말한다. 다쓰오가 젊은이 대신 기치를 노려보며 "너, 입 다물어"라고 겁을 주고, 젊은이는 다쓰오로 인해 자신의 유난히 커다란 덩치를 자각한 듯 "우리 인간(아이누)이 혼자 있다고 해서 우습게 보면 가만 안 둬"라고 말한다.

오류노 오바는 이때의 다쓰오를 상상하니 속이 시원했다. 폰야운페가 절반은 자연·신(카무이)이고 나머지 절반은 인간(아이누)이라면, 다쓰오는 절반은 오류노 오바의 아이이고 나머지 절반은 오류노 오바를 즐겁게 할 방법을 아는 남자로 이루어져 반반인 인간의 힘이 넘쳐흐르는 것만 같고, 애절하게 가슴이 죄어드는 기분이 들었다. 오류노 오바는 쿡쿡 웃고, 씩씩한 사내인 두 사람이 남자끼리 사랑하듯 로지의 핏줄인 다쓰오와 인간(아이누)의 핏줄인 젊은이가 일본의 새로운 이상향을 건설하기 위해 굳은 맹세의 증표로서 팔에 상처를 내고 피를 흘려서 서로 마시기라도 하면 더욱 보기 좋을 것이라고 생각한다. 물론 다쓰오는 오류노 오바가 자기 마음대로 상상하고 즐기는 것과는 달리 살아 숨 쉬는 사람이므로 미리 쓰인 이야기와 같은 나카모토의 비운에 대한 자각이 없는 행동을 반복하며, 다른 사람들과 비교하면 압도적으로 짧은 생 속에서 오른쪽으로 부딪쳐 하나를 배우고, 왼쪽으로 부딪쳐 하나를 배우는 식으로 접근할 수밖에 없다는 사실을 알고 있었다. 오류노 오바는 생각한다. 이야기라면 줄거리가 너무 많이 진행되었을 때 붓을 내려놓든 입을 다물든 해서 쉬어갈 수 있다. 오류노 오바는 한숨을 쉰다. 태어나기 전부터 비운을 짊어지고 작은 부처의 아이처럼 열다섯에 로지 여자들에게 성의 희열을 선사한 다쓰오의 짧은 생이 불타 스러지는 일을 늦추기 위해 다시 한번 어릴 때로 돌아가, 어미가 갑자기 행방을 감춘 아비 도미시게를 미워한 나머지 다쓰오가 집에 있는 것을 싫어한 일, 다쓰오가 로지의 여러 집을 전전한 일, 칼에 찔려 죽은 한조의 시신을 본 일을 이야기하며 시간을 벌 수도 있겠지만, 하늘 저편에 있는 부처님 나라에서 만들어진 이야기는 다르다고 오류노 오바는 눈물을 흘리고 한숨을 쉬며 생각한다.

다쓰오가 신경 쓰지 말라며 젊은이의 어깨에 손을 올린 순간, 자연·신(카무이)인지 부처인지 알 수 없는 무언가가 다쓰오에게 그렇게 말하도록 시킨 것 같았다. 커다란 존재의 힘이 다쓰오에게 그곳에 모인 자들이 기슈 어딘가의 로지로 이어지는 피를 가진 자와 조선인과 인간(아이누)임을 일깨워준 것처럼, 다쓰오는 신기한 인연으로 사람들이 모여 있다고 멍하니 생각했다. 저편에서 자신을 바라보는 존재가 있다고 느끼며 컵에 담긴 술을 마시고, 총을 구할 수 있느냐, 화약을 구할 수 있느냐 하는 질문에 일본어를 조금밖에 하지 못하는 조선인 광부가 뭐든지 다 된다는 한마디만 되풀이하는 모습을 쳐다보았다.

젊은이가 밤이 깊어지기 전에 여자(우타리)를 만나고 오겠다고 다쓰오에게 귀띔하고 밖으로 나갔다. 이치마쓰가 "저놈 덕택에 우리도 움직일 수가 없단 말이야"라며 도청 공무원들이 젊은이를 노리고 있다고 말했을 때 문득 다쓰오는 혼자 남겨지는 기분이 들어 이치마쓰의 이야기를 듣지 않고 밖으로 나갔다.

다쓰오는 젊은이의 모습을 좇아 남녀의 교성이 새어 나오는 복도를 지나서 뒤쪽의 강을 향해 튀어나온 복도에 다다라,

여자(우타리)와 젊은이가 서서 이야기하는 모습을 보고 묘하게 안도했다. 젊은이가 종이 다발을 여자(우타리)에게 건네고 돌아서는 것을 보고 다쓰오는 자신의 행동이 이상하다는 사실을 깨달아, 젊은이에게 들키지 않도록 보키로를 나와서 소문이 무성한 기슈 출신 여자의 밥집에 들러 혼자 술을 마셨다.

취할수록 싸구려 기름 냄새가 코를 찌르고, 주위가 갑자기 조용해졌다고 느꼈을 때는 바깥이 어둑어둑해지고 여자가 가게 닫을 준비를 하고 있었다. 일어서서 밥값은 광산에서 받으라고 말하고 나가려 하자 여자가 "밥값은 됐어"라고 하고는 앞에 놓인 둥근 의자에 걸터앉아 "왜 소동을 일으켰어? 재미있는 사람이네"라고 기슈 말씨로 묻는다. 다쓰오가 술기운 때문에 카운터에 엎드리자 머리카락을 쓰다듬으며 "대낮부터 취하고, 소문난 불한당들이랑 어울리고"라고 중얼거린다.

다쓰오는 여자가 손으로 머리카락을 쓰다듬을 때마다 불쾌한 느낌이 치미는 것을 참고, 젊은이와 낮에 들른 로지(코탄)를 떠올리며 너무나도 로지와 비슷하다고 생각한다.

여자는 다쓰오의 귓가에 대고 "취했어?"라고 묻고, 다쓰오가 고개를 젓자 "그럼 안으로 가자"라며 다쓰오를 일으키려다가 "아직 날씨가 이런데도 땀을 흘리네"라며 자기 손을 보고 말한다. 안에서 다쓰오는 여자가 옷을 벗기도록 내버려두고 마치 옛날 로지 여자들이 그렇게 했듯 남편보다 큰 물건을 단 성적 장난감으로 다뤄지면서, 젊은이는 여자와 어떤 식으로 했을지 생각했다.

젊은이는 다쓰오와 체격이 아주 비슷했다. 광산의 목욕탕에서 여름에 아무렇지 않게 옷을 훌훌 벗었을 때도 나이가 별로 차이 나지 않기 때문인지 가슴에 근육이 붙은 모양새도 비슷하고 허리둘레도 비슷했다. 다쓰오는 살갗이 로지에서도 눈에 띌 만큼 뽀얗고 음모가 진했으나 가슴털은 없었다. 젊은이는 조금 까무잡잡하고 가슴털이 있다. 그러나 다쓰오와 성격은 그다지 다르지 않다. 로지에 태어나면 다쓰오가 되고 로지(코탄)에 태어나면 젊은이로 바뀐다고 서로 생각할 만큼 닮았다. 그래서 다쓰오는 젊은이에게 자신은 여자를 알 때마다 성적 장난감으로 다루어져 기술이 능숙해지는데 너는 어떠냐고 물었고, 젊은이도 진지한 얼굴로 손가락을 하나씩 꼽았다.

여자가 절정에 달한 후 다쓰오가 절정에 달하고, 숨을 헐떡이며 드러누워서 여자의 머리카락을 아까 여자가 자신에게 했던 것처럼 쓰다듬고 있으니 여자가 "자기, 젊은 나이에 그런 놈들이랑 어울리면 안 돼"라고 중얼거린다. 고개를 들자 여자는 다쓰오의 목덜미에 입을 맞추고 입술을 점점 움직여 다쓰오의 입술에 다다른 후 "그 보키로에 모여 있는 인간들은 거기 있고 싶어서라기보다, 다른 곳을 개척하다가 소란 때문에 여기로 흘러들어 와 눌러앉은 거니까"라며, 다쓰오가 몸의 방향을 바꾸어서 베개를 끌어당겨 그 위에 엎드리자 "자" 하고 손을 뻗어 담배를 건넨다.

전쟁 전에는 광산 인부들이 수없이 도망치고 붙잡혔으나 오히려 지금 남아 있는 인부들은 전쟁 후 다른 곳에서 소란에 이끌려 모여든 자들이므로 이렇게 힘든 곳에 있는 것도 자업자득이라고 여자는 말했다. 다쓰오는 웃으면서 자신도 자업자득으로 여기에 있다고 중얼거렸고, 여자가 다리를 다쓰오의 허리에 얹자 다쓰오는 여자를 마주 보며 손을 뻗어 음문에 손을 넣고 "손가락 네 개쯤 들어가나?"라고 말하다가, 문득 로지의 여자들과 침실에서 그런 이야기를 했던 것이 떠올라 그곳이 여자의 집 안쪽에 있는 방임에도 로지 한 귀퉁이인 것만 같은 착각이 들고, 여자의 손안에서 부풀어 단단해진 물건을 음문에 넣기 위해 몸을 돌린다. 밖에서 비가 오는 듯한 소리가 난다. 여자는 다 부질없다는 듯 다쓰오 위에 올라타 몸을 천천히 가라앉히고, 몸속이 뜨겁게 무르익은 과육이 된 듯 목소리를 높이다가 다쓰오가 움직이자 몸을 뒤로 젖힌다.

아침이 되어 보키로의 목욕탕을 쓰기 위해 윗옷을 벗은 채 밖으로 나왔다. 여자의 밥집 지붕 방향으로, 마찬가지로 색싯집이 된 집의 2층에서 한 매춘부가 물을 버리고 있다. 빗소리 같다고 생각했던 것은 그 소리였나 보다고 생각하며 "이봐" 하고 고함치자 매춘부는 빙긋 웃으며 올라오라고 손짓하고, 뒤에서 갑자기 젊은이가 얼굴을 내민다. 순간 다쓰오는 분노에 사로잡혀 올라오라는 말을 못 들은 척 무시하고 보키로 쪽으로 걷기 시작했는데, 젊은이가 재빨리 계단을 뛰어 내려와 마치 다쓰오와 오랜만에 만난 것처럼 "올라와"라고 말하며 목을 끌어안고, 주반 차림으로 따라 내려온 매춘부를 "착한 애야"라며 턱으로 가리키고는 "잠깐 할 말도 있으니까"라고 말한다.

색싯집의 여자들이 쓰는 목욕탕에서 밥집 여자의 내음이 묻은 살갗을 씻어내고 방으로 들어가자, 매춘부에게 막 올라탔던 참이었는지 젊은이가 "그거 봐, 이렇게 이른 시간에는 안 돼"

라고 어색해하며 몸을 일으키고 있었다. 매춘부는 "싫어" 하고 몸을 흔들며 "다른 여자한테 가려고 그러지?" 하고 젊은이의 팔을 당긴다.

"친구가 있는 데서 어떻게 해."

젊은이가 말하자 매춘부는 "몇 명이 있든 상관없어. 둘이서 동시에 한 적도 있는걸. 물건 두 개를 같이 넣었어"라며 다쓰오의 얼굴을 쳐다본다. 매춘부는 한창 달아오르던 도중에 방해를 받아 짜증이 난 듯 다쓰오를 쳐다보고는, 그제야 다쓰오가 얼마나 잘생겼는지 깨달은 것처럼 뚫어져라 들여다보다가 두 눈이 가운데로 모였는데, 그 모습이 우스워서 목욕 후 바지만 입은 채로 양쪽 무릎을 세우고 앉아 시선을 아래로 향하고 웃음을 참고 있으니 매춘부가 "자기, 예쁘장하게 생겼네"라고 말한다.

"있잖아, 이상해. 이 사람 몸에서 희미하게 빛이 나."

매춘부는 무언가에 씐 듯 중얼거렸다. 다쓰오는 매춘부가 또 한 명의 성적 장난감과도 같은 젊은이와 일을 치르려다 멈추는 바람에 정신이 나간 것 같은 소리를 한다고 생각해서 웃으며 고개를 들었는데, 매춘부가 바라보고 있다.

무언가 말을 하려다가 황급히 다른 곳을 쳐다봤다가 다시 다쓰오를 보고는 "자기, 몸이 복숭아색이야. 약하게 빛이 나고 전기 같은 게 나와"라며 젊은이의 손을 끌어다 다쓰오의 살갗에 "이거 봐"라며 갖다 대려다가 얼른 물리고는 소리 내어 웃는다.

"찌릿해."

매춘부는 그렇게 말하고 아직 웃고 있는 다쓰오의 가슴에 젊은이의 손을 올려놓으려다 도중에 도망쳤으나, 젊은이가 반대로 매춘부를 붙잡았기에 손이 그대로 찰싹 달라붙는다.

다쓰오는 두 사람의 손을 뿌리쳤다. 젊은이가 쑥스러운 듯 매춘부에게 복숭앗빛 몸을 가진 다쓰오를 토끼못(이세포나이)에서 처음 봤다고 말했다. 멱을 감는 모습을 보고 벼락의 신(칸나카무이)이 하늘에서 강으로 내려와 강에서 다쓰오가 태어난 것 같다고 생각했다. 와진(샤모)*이라는 것을 알면서도 말을 걸어보니, 아버지가 사라지고 어머니에게 기피당한 사연이 자신과 똑같아서 놀랐다. 로지에는 웃푸 노파(후치)·웃푸노 오바와 똑같은 오류 노파(후치)가 있어서 산파일을 하고 있다. 불의 할머니처럼 여자들이 항상 배에 힘을 주고 불덩이처럼 시뻘건 아이를 낳기에 아궁이에 물을 끓이고 있다. 젊은이는 로지를 찾아갔다. 오류 노파(후치)는 아직 불기운이 뜨거운 재 속에서 뜬숯을 꺼내며 묻지도 않은 말에 대답하듯, 곧 7대에 달하는 부처의 벌도 끝날 것이고 누가 7대째인지는 알 수 없으나 빛나는 요람(신타)을 타고 올 나카모토의 폰야운페, 적이 가죽을 벗겨 죽여도 죽지 않는 나카모토의 폰야운페가 나타나고 자연·신·세계(카무이우타리)가 생겨날 것이라고 이야기했다 하는데, 매춘부가 다시 "희미하게 빛이 나는 것 같아"라며 손을 대려 하자 만지면 빛이 꺼지니 만지면 안 된다고 말하고, 이번에는 둘이서 하게 해달라고 한다.

---

* 和人: 아이누가 아닌 일본인이 스스로를 아이누와 구분해서 부르는 말. 아이누는 와진을 '샤모'라고 부른다.

매춘부가 어이없다는 듯 다쓰오의 얼굴을 쳐다보고, 다쓰오가 일어서려 하자 싫다며 몸부림을 치고, 젊은이가 어깨에 올리는 손을 뿌리친다. 다쓰오가 매춘부 앞에 몸을 숙이고 눈을 들여다보며 하게 해달라고 나지막하게 속삭이자 매춘부는 잠에 빠진 듯 고개를 끄덕인다. 나쁜 짓을 하듯 한 명은 입에, 다른 한 명은 음문에 집어넣고, 젊은이가 밑에 누워 여자를 몸 위에 올리고 허리를 들게 해서 비집고 들어가려 했으나 두 물건이 동시에 들어가지는 못해, 가슴털이 있는 쪽이 좋은지 복숭앗빛으로 빛나고 땀에서 달콤한 냄새가 나는 쪽이 좋은지 확인해보라며 매춘부 위에 번갈아 올라타면서, 두 젊은 폰야운페는 매춘부를 괴롭혔다.

오류노 오바는 두 젊은 사내가 그렇게 해서 자신들이 로지와 로지(코탄)에 각각 태어난 똑같은 사람이라는 사실, 로지가 있는 기슈와 완전히 환경이 다른 그곳에 비슷한 로지(코탄)가 있고 똑같은 숙명을 가지고 태어났다는 사실을 확인했다고 생각했는데, 그렇다면 힘없는 매춘부를 상대로 하기보다 팔에서 피를 내어 서로 마시거나 피로 도장을 찍고 보키로에 눌러앉은 거친 자들을 부추겨 폭동을 일으켜서 도청을 점령하고 신문사를 폭파하고 나라를 세우면 좋겠다고 생각했으나, 두 사람은 모두 몸 어딘가의 끈이 끊어진 듯 매춘부가 피를 흘리며 실신할 때까지 계속 괴롭혔다. 두 사람은 서로의 솜씨를 확인하듯 빙그레 웃었다. 두 사람이 옷을 입고 계단을 내려가려 할 때 눈을 뜬 매춘부는 두 사람이 허공에 떠서 미끄러지듯 걸어가는 모습을 보고 비명을 지를 뻔했다.

다쓰오와 젊은이가 보키로에 얼굴을 내밀고 조선인 최 씨와 신 씨를 밖으로 불러내, 모레 일을 치른다고 모두에게 말하지 않으면 배신한 것으로 간주하고 죽여서 광산 뒤에 내버리겠다고 협박하자 두 사람은 일본어를 알아듣지 못하는 척했는데, 젊은이가 느닷없이 최 씨를 때리자 신 씨가 갑자기 유창한 일본어로 말했다. "다들 당신들은 안 따르겠대. 당신들은 그저 재미로 이러는 거라고."

이번에는 다쓰오가 신 씨의 목을 움켜쥐고 "그게 무슨 소리야?"라고 말하자, 피 섞인 침을 뱉어낸 최 씨가 체념한 듯 도청과 광산에서 돈을 받았다고 말한다.

다쓰오는 실패의 원인은 이해하게 되었으나 울화가 치밀어 아까 매춘부를 가지고 놀듯 최 씨를 실컷 두들겨 팼고, 최 씨가 뒤로 넘어지며 쓰러지자 신 씨가 갑자기 머리로 다쓰오의 얼굴을 들이받는다.

쓰러질 뻔한 다쓰오를 젊은이가 끌어안고, 눈가가 찢어져 왼쪽 눈의 시야가 피에 가려지는 것을 손가락으로 닦아낸 다쓰오는 착각인지 진짜인지는 몰라도 몸이 순간 희미한 빛을 발한다고 느끼며 신 씨를 후려치고, 쓰러지는 신 씨 위에 올라타서 로지의 오두막에서 심심할 때 밧줄을 감은 판자에 대고 자기 나름대로 훈련한, 무조건 힘으로 밀어붙이는 가라테 기술로 정확히 세 번 콧등을 노리고, 신 씨를 부르는 최 씨의 목소리와 "그러다 죽겠어"라고 말리는 젊은이의 목소리를 들으며 손을 휘두른 후 젊은이가 재촉하는 대로 도망쳤다.

두 사람은 마을이 아득히 멀어질 때까지 달렸다. 산과 산 사이의 고개에 다다르자 모퉁이에 신사가 있었다. 요시쓰네 신사라고 쓰인 기둥문에 젊은이가 소변을 보고 물건을 드러낸 채 돌아서서, 빨갛게 됐다며 서로 웃었다. 사람들이 차로 쫓아오게 되면 큰길은 위험하다는 젊은이의 말에 다쓰오는 신사를 통해 산으로 들어갔고, 옛날에 젊은이가 어릴 때 이 산 근처까지 자주 놀러 왔던 것을 기억해내고 이야기해주는 것을 듣다가 가슴이 뜨거워지면서, 문득 자신이 나카모토의 핏줄이며 로지 사람들의 말대로 요절할 숙명임을 확실하게 자각했다. 산속은 고요하고 싹을 틔우기 시작한 풀의 달콤한 향기와 소나무 향이 살갗의 털구멍을 통해 뱃속으로 흘러드는 느낌이었는데, 다쓰오는 자신이 그 공기를 뱃속에 담고 사냥을 하며 살아가려면 태어나서 지금까지 살아온 것만큼의 시간이 더 필요하다고 생각하고, 로지(코탄)에 사는 인간(아이누)으로 완전히 바뀌는 것은 무리라고 생각했다. 젊은이와 자신은 똑같지만, 좁고 작은 와진(샤모)의 도시의 산 구석에 부스럼딱지처럼 생겨난 로지에서 태어난 나카모토의 피는 누구와도 바꿀 수 없다는 사실을 알았다. 젊은이에게는 뭐라고 말해도 반대하리라고 생각해서, 다쓰오는 일단 해가 진 후 광산 마을로 돌아가 적의 동태를 살피며 놈들의 배신을 어떻게 보복할지 생각하겠다고 말하고는 산의 풀 위에 앉았다. 그렇게 밤을 기다렸다.

젊은이는 갑자기 입을 다문 다쓰오가 무슨 생각을 하는지 알지 못해 불안해진 채로 바람 소리에 귀를 기울였다. 문득 다쓰오가 올빼미가 우는 밤에 태어났다는 사실을 떠올리고 올빼미가 로지(코탄)의 수호신이라고 말해주며 로지(코탄)에 살라고 말하려다가,

옛날과 생활이 크게 달라져서 사냥만으로 살아가는 사람은 없고, 일자리가 있는 사람은 도회지에 나가 살고 튼튼한 사람은 광산이나 탄광에 나가 일한다는 사실을 깨달았다. 남아 있는 사람은 여자와 아이뿐이며 그나마도 생활보조금이 없으면 살아갈 수 없다. 젊은이는 입을 다물었다. 젊은이도 그렇지만 다쓰오도 옛날처럼 조와 피를 먹고 나리꽃 구근을 먹고 야생 짐승을 사냥해 고기를 먹으려 해도, 길이 닦이고 숲이 개간된 까닭에 식량을 자급할 환경이 되지 못한다. 젊은이는 한숨을 쉬었다. 웃푸 노파(후치)가 로지(코탄) 여자들은 하나둘 도회지나 번화가로 나간다고 한탄했던 일을 떠올리고, 젊은이는 아비가 사라진 뒤의 어미에 대한 말이라고 생각하며 가슴이 답답해져서 불길한 기운을 몰아내듯 한숨을 쉬었다.

두 사람은 날이 완전히 어두워진 뒤 다시 걷기 시작했고, 광산 마을에 들어선 후 다쓰오가 앞장서서 뒷길을 통해 밥집 뒤에 다다라서 덧문을 계속 두드린 후, 일어나 나오는 여자에게 작은 소리로 문을 열어달라고 하자, 얼마나 됐다고 또 남자를 끌어들였는지 남자 목소리가 난다. 어쩔 수 없이 하룻밤 머무는 것은 포기하고 밥집에서 떠나려 하자 주방 창문이 열리고 여자가 손짓하며 남자를 곧 쫓아낼 테니 한 시간 정도 후에 다시 오라고 한다.

"그게 아니라 상황이 어떤지 물어보려는 거야"라고 말하자 여자는 안다고 말하며, 조선인 신 씨는 다 죽어가고 있지만 아직 죽지는 않았다며 로지(코탄)에 가지 말라고 한다.

젊은이와 한 시간 정도 그늘에 앉아 있다가 남자가 가게 입구로 나와 떠나는 것을 보고 다쓰오가 문을 두드리며 “남자가 잘생기면 언제나 득을 본다니까”라고 말하자 젊은이가 말없이 다리를 걷어찬다. 아파서 끙끙거리는데 여자가 덧문을 열어줘서, 다쓰오가 안으로 들어가 “이 녀석이 질투 때문에 날 발로 찼지 뭐야”라고 우는소리처럼 말하자 젊은이는 “쓸데없는 소리” 하고 진심으로 화가 난 듯 불쑥 내뱉는다. 여자는 신 씨가 위독하다고 말했다.

신 씨가 죽을 수도 있으니 그 후에 기회를 봐서, 두 사람은 어차피 아래쪽 로지(코탄)로 갈 것이므로 그때를 신호로 두 사람이 광산의 처우 개선을 위해 폭동을 일으키자고 모두와 계획했던 수법을 그대로 이용해 로지(코탄)에 쳐들어가서 불을 지르고 다쓰오와 젊은이를 자루에 넣어 때려죽인다. 광산에서 폭동을 일으켜 도청을 점령하러 가거나 신문사를 부수는 것보다 두 사람을 죽인다는 계획이 훨씬 자연스러운 흐름이다. 조선인 광부들은 너도나도 신 씨를 애도하는 마음에 기세가 등등할 것이고 기슈의 거친 자들도 두 사람을 죽여버리면 앞으로 협박당할 일이 없다. 경찰도 그 폭동은 눈감아줄 것이다.

젊은이가 그렇게 말하자 여자는 고개를 저었다. 오히려 로지(코탄)에는 도청 공무원들이 쫙 깔려서 연락을 주고받고 있고, 어쩌면 집(치세)에 불을 지르고 씨를 뿌린 밭을 짓밟는 자들에게 그 로지(코탄) 일대를 댐으로 만들려 하는 전력 회사가 돈을 줄지도 모른다며, 그것이 방금 돌아간 보키로의 애인 생각이라고 말했다.

“우리가 온 걸 알아?” 다쓰오가 묻자 여자는 “알고 말하는 거지. 그이도 폭동이니 소란이니 해서 어제까지 깔보던 놈들에게 갑자기 협박당하고, 여자를 뺏기고 돈을 뺏기는 일이 얼마나 많았는지 모르니까, 온갖 속사정을 다 계산에 넣는 거야. 그리고 항상 강한 쪽에 붙지"라며 웃는다.

"창녀한테 손대면 시끄러워지니까 과부로 만족하는 건가?"

"맞아. 똑똑한 사람이야." 여자는 중얼거린다. 다쓰오가 화난 듯 혀를 차자 여자는 고개를 움츠린다.

"말하자면 우리와 그놈들 중 누가 이기는지 구경하겠다는 심산으로 너한테 이야기한 거구먼. 우리가 여기 왔다는 걸 너한테 듣고 알았으니, 네가 자기 이야기도 우리한테 쉽게 늘어놓을 걸 알았던 거야."

여자는 무슨 소리냐는 듯 젊은이를 쳐다본다. 다쓰오는 다시 혀를 찼다. 여자가 이불 두 채를 더 깔아주었으나 다쓰오와 젊은이는 잠이 오지 않아, 보키로의 애인과 정을 통하고 난 여자가 지쳐 곯아떨어진 모습을 보며 새벽을 기다렸다. 밖에서 새소리가 들려올 때 덧문을 열고 밖에 나가, 둘은 똑같은 생각을 했는지 로지(코탄)를 향해 걷기 시작했다.

젊은이가 도중에 한 번 멈춰 서서 탄원서를 건넸던 여자(우타리)를 만났어야 했다고 중얼거렸으나, 다쓰오가 대꾸하지 않자 문득 미소를 띠며 "결국 폰야운페가 속고 나서야 이야기가 시작된다는 생각을 하고 있었어"라고 말한다.

"와진(샤모)한테?" 다쓰오가 묻자 젊은이는 길가의 돌을 주워 가문비나무 가지를 정확히 맞히고는 "와진(샤모)일 수도 있고 나쁜 자연·신(카무이)일 수도 있는데, 일단 속아. 속고 나서 모든 게 시작되지"라고 말한다. 두 사람은 신요(유카르)의 주인공이 그렇게 걷는다는 듯 마치 공중에 뜬 것처럼 가볍게 빠른 속도로 걸어가고, 강가에 섰을 때 비로소 해가 그 앞 소나무 숲 아래쪽에 닿는다. 밥집 여자의 말대로 로지(코탄)에 도착한 두 사람을 감시하는 자들이 있는지는 알 수 없었으나, 젊은이는 철망을 두른 닭장 속의 닭을 내놓고 집(치세)에 들어가 조금 후 안에서 다쓰오를 부른다.

하루를 기다려도 광산 마을에서 찾아오는 자는 없었다. 광산 마을에 무슨 일이 있는지, 신 씨가 죽었는지 소식도 없고, 로지(코탄) 여기저기에 흩어진 집(치세)들은 아침과 저녁에 약속한 듯 연기를 피워 올리고, 문득 생각난 듯 여자들이 밭을 갈고, 노파(후치)들이 서로의 집(치세)을 오가며 시간을 보냈다. 사흘째가 되었을 때 경찰이 한 명 왔다. 다쓰오와 젊은이는 곧바로 연락을 받고 숨었다.

경찰관은 신 씨가 목숨을 건졌으며 보복하겠다고 날뛰던 동포들도 진정되었기에 광산 사람들끼리의 다툼으로 간주하고 사건으로 처리하지 않겠다고 말했고, 웃푸 노파(후치)와 여자들은 좋아하며 두 사람이 숨어 있던 토끼못(이세포나이) 바위 밭으로 소식을 전하러 왔다. 두 사람은 맥이 빠졌다.

다쓰오는 순간 토끼못(이세포나이)의 물에서 빛 덩어리가 떠오르는 것을 보았다. 젊은이에게 말하려 했으나 웃푸 노파(후치)와 서서 이야기하고 있는 것을 보고 그만두었다. 다쓰오는 신 씨가 살아났다는 소식을 듣고서 점점 더 이치마쓰와 조선인 광부들에게 배신당한 기분이 들고, 물에서 솟아오른 빛 덩어리가 폰야운페가 탄 요람(신타) 같다고 생각하고, 이치마쓰를 손봐주면 그다음 사람들이 자신과 젊은이를 쫓아올 것이라고 생각하며, 젊은이가 웃푸 노파(후치)의 부탁으로 밭이랑을 만드는 동안 혼자 걸어서 광산 마을로 갔다. 보키로에 다다라 그곳에서 나오는 남자에게 이치마쓰를 불러달라고 부탁하자 안에서 기치가 일본도를 휘두르며 나와서 갑자기 "이 겁쟁이 놈들"이라고 고함쳤다.

기껏 광산에서 날뛰어보려고 손을 썼는데 동료를 때려죽이고 젊은이와 함께 숨어 있기나 했다는 말에, 다쓰오가 화가 치밀어 신발도 벗지 않고 들어가서 덤벼들려 하자 기치가 일본도를 칼집에서 뽑아 다쓰오를 베려는 듯 휘두른다. 그때 안에서 신 씨의 동료들이 소리를 듣고 뛰쳐나와 죽이지 말고 일단 붙잡으라고 기치를 밀어내고, 도망치려는 다쓰오에게 달라붙었다. 몸을 옴짝달싹할 수 없었다. 다쓰오는 무언가 잘못됐다고 생각하며 몸부림을 쳤으나 몰매를 맞았고, 정신이 들었을 때는 손이 뒤로 묶인 채 토방에 나뒹굴고 있었다. 누군가가 작은 칼로 찔렀는지 피가 계속 흘러나와 배가 흠뻑 젖어 있다.

눈을 뜨려 했으나 힘이 없어서 뜰 수 없고, 귀 뒤쪽에서 목소리가 나서 무슨 말인지 궁금해 고개를 돌려보았으나 알아들을 수 없다. 남자들이 보키로를 나선 뒤 20분도 지나지 않아 로지(코탄) 여기저기서 불길이 치솟아 한바탕 난리가 났다는 사실을 목소리의 절박함에서 알아차릴 수 있었다. 경찰이 와서 피를 흘리는 다쓰오에게 아직 숨이 붙어 있다며 법석을 떨었다. 드러누운 채 몸속에서 무언가가 부서진 듯 머리에서 소리가 나고, 귓가에서 천둥처럼 울려 퍼지고 있음을 느꼈다. 다쓰오는 그대로 병원으로 옮겨졌다.

오류노 오바는 지금 기억해냈다. 아무 데서도 소식을 듣지 못한 지 3년이 지나고, 어느 날 로지의 요시에라는 처자가 오류노 오바의 집으로 통하는 언덕길을 올라와 나카모토 핏줄의 다쓰오라는 남자를 아느냐고 묻기에, 알고 말고 할 것도 없다고, 나카모토 도미시게의 유일한 자식이자 도미의 뱃속에 생긴 아이라고 말하자, 역에서 만난 다쓰오를 집으로 데려와 함께 산 지 열흘이 되었는데 이상하게도 그 다쓰오는 한조도 모르고 겐도 모른다고 한다. 밖에 나가 겐 숙부를 만나고 오라고 해도 겐 숙부가 누구인지 모르는 눈치이며 "사지 멀쩡하고 빈둥대는 게 최고지"라고 영문을 알 수 없는 소리를 한다. 오류노 오바의 집이라면 놀러 가도 좋지만 다른 곳은 싫다고 하니 여기 데려와도 되느냐고 요시에가 묻기에, 오류노 오바는 "오냐, 되고 말고"라고 대답했다.

"그런데 이 오바도 여자니까 그 남자가 보고 반할지 모르잖느냐. 혹시 그렇게 돼도 질투하지 마라." 그렇게 덧붙이자 요시에가 깔깔 소리 내어 웃는다.

처음에는 오류노 오바도 함께 웃었으나 곧 열 살에서 스무 살 정도밖에 차이 나지 않는데 우습게 본다는 생각에 부아가 나서 "오바는 계집애가 깔깔 웃는 건 별로다"라고 말했다.

잠시 후 요시에의 뒤를 따라 돌계단을 올라온 젊은이를 오류노 오바는 한눈에 알아봤다.

"오바, 잘 지냈어요?" 눈썹이 진하고 눈빛이 날카로운 젊은이가 말한다.

"다쓰오냐?"라고 묻자 "다쓰오예요"라고 완전히 다쓰오처럼 말했다.

오류노 오바는 아직 젊은이가 장난을 치고 있다고 생각해서

"자, 들어와라, 들어와. 이 오바의 진짜 애인이 왔구나. 향냄새 나는 남편 따위는 여기 두고 다쓰오를 따라 홋카이도로 갈까 생각했지"라며 일부러 차를 두 잔만 준비해서 자신과 젊은이 앞에만 놓았다.

그것은 오류노 오바가 가장 잘하는 방식이었다. 오류노 오바는 오해를 불러일으켜놓고 즐기고 있었다.

요시에는 그 이후로 다쓰오와 오류노 오바가 옛날부터 남녀 관계였다는 말을 퍼뜨리고 다니면서 열다섯에 이미 한 사람 몫을 해내는 젊은이나 마찬가지였던 다쓰오가 오류노 오바와 몸을 섞었다고 했지만, 오류노 오바가 한 말도 아니고 다쓰오가 한 말도 아니며 사실은 그저 요시에가 떠들고 다닌 말일 뿐이었음을 로지 사람들은 알고 있었다.

"사실은 말이다, 그이는 항상 다쓰오를 보면 질투한단다. 지금도 둘이 몰래 숨어서 뭘 했냐며 옛날이야기를 꺼내지 뭐냐. 우리 사이를 의심하다니 꼴사납게 말이야."

오류노 오바가 그렇게까지 말해도 요시에가 곁을 떠나려 하지 않는 통에 젊은이에게 진짜 다쓰오의 소식을 물을 수 없어서 하는 수 없이 "다쓰오, 같이 왔던 젊은이 있잖느냐? 어떻게 됐어?"라고 물었다. 젊은이는 "그 녀석한테는 엄청난 일이 일어났어요"라고 말한다. 오류노 오바는 말문이 막히고 소름이 돋은 채로 귀를 기울였다.

그 젊은이는 인간(아이누)의 로지에서 다쓰오가 웃푸노 오바와 이야기하는 동안 인간(아이누)의 자연(카무이)·신이 날개를 펼치고 날아오르는 모습을 보고 자신이 자연(카무이)·신의 피를 이어받은 진정한 인간(아이누모시르) 용사임을 깨달았다.

젊은이는 다쓰오를 남겨두고 홀연히 모습을 감춘 모양새로 적진으로 가서 설득을 시도했다. 진짜 적은 따로 있다. 진정한 인간(아이누모시르) 용사의 역할에 지나치게 충실했던 젊은이는 사악한 적의 잔꾀에 넘어가 포위당하고 칼에 찔렸다. 피가 옷과 몸을 물들였으나 젊은이는 죽지 않고 계속 숨을 쉬었으며, 갑자기 신비로운 일이 일어났다. 젊은이의 몸을 묶었던 밧줄 중 피에 젖은 부분이 붉은 독사가 되어 이리저리 흩어지고, 모두가 보는 가운데 젊은이가 일어서자 작고 붉은 뱀들은 그것이 신호인 양 적이 된 자들을 물어뜯었다. 젊은이는 등에 끈끈한 피로 붙어 있던 날개를 두 번 펄럭여 핏방울을 떨어내고는 세번째에 날아올랐다. 그것이 마지막으로 본 젊은이의 모습이었다.

오류노 오바는 눈물을 흘렸다. "다쓰오는?"이라고 묻자 젊은이는 "나는"이라고 말하고 "나는 그 뒤에 로지(코탄)에 난 불을 끄느라 정신이 없었어요"라며 "나는 그 녀석이랑 사이가 좋았죠, 오바"라고 다쓰오와 똑같은 말투로 이야기한다.

"그 녀석 몫까지 살려고요." 젊은이는 그렇게 말하고 눈에 고인 눈물을 손가락으로 누른다.

젊은이가 돌아가고 나서 오류노 오바는 귓가에 남아 있는 자신이 다쓰오라던 젊은이의 목소리를 떠올리면서, 첫번째 다쓰오가 있으면 두번째 다쓰오가 있는 것도 좋다고 생각하며 아궁이 앞에 계속 앉아 있다가 큰 결심을 한 듯 겐의 집으로 갔다. "다쓰오? 오바 집에서 아기 때 보고 어린아이 때 본 게 다라서 몰라요"라고 시큰둥해하는 겐을 불러내 "늠름한 젊은이가 됐어"라며 요시에의 집으로 갔다.

겐 숙부는 무심하게 "체격은 좋지만 나카모토 집안 사람치고는 추남이네"라고 말한다. 그 말에 발끈한 듯 요시에가 책상다리를 하고 앉아 있던 젊은이를 보며 "이렇게 잘생겼는데 추남이라니요. 나카모토 집안이 뭐 그리 대단하다고"라고 말하자, 겐은 발굽처럼 끝이 둘로 갈라진 왼손을 내밀며 "이런 게 나카모토 말고 다른 집안에 있을 것 같으냐?"라고 말하다가 오류노 오바에게 얻어맞는다.

"자랑할 필요가 뭐 있다고." 오류노 오바는 이렇게 말하고, 어두운 표정으로 앉아 있는 젊은이의 모습에 문득 다쓰오가 겹쳐 보여 "원래 겐은 자랑이나 막말을 곧잘 한다. 태어나는 자는 누구나 부처님이니까 마음에 담아둘 것 없어"라고 부드럽게 타이르듯 말했다.

젊은이는 다쓰오처럼 고개를 끄덕인다. 다쓰오처럼 불안한 마음을 억누르듯 "오바, 나는 이미 모든 걸 보고 왔어요"라고 다쓰오의 목소리로 말한다. 오류노 오바는 다시 눈물을 흘렸다.

기일을 남기지 않은 채 나카모토의 고귀하고도 썩어빠진 피가 부처의 벌을 하나 지워냈는데, 오류노 오바는 천둥이 치던 밤, 올빼미가 울던 밤에 태어난 다쓰오다운 인생이라고 가슴속으로 혼잣말했다.

옮긴이 해설

나카가미 문학의 정점,『천년의 즐거움』

1. 피차별 부락과 '로지'의 탄생

나카가미 겐지의 작품 세계를 이해하기 위해서는 우선 피차별 부락被差別部落에 대해 알아야 한다. 나카가미는 스스로를 "피차별 부락이 문자를 만나 처음으로 태어난 아이"라고 일컬었으며 "이제까지 숨겨져 있던 피차별 부락과 피차별민의 문화 유산을 발굴하는" 일을 생애의 과제로 삼았다.

피차별 부락이란 일본에서 주로 에도 시대(1603~1867)에 천민들이 거주했던 역사가 있는 마을 또는 지역을 가리킨다. 1871년 메이지 정부가 천민 제도를 폐지하면서 천민에 대한 법적인 차별은 사라졌으나 사회적인 차별은 남아 있었기에, 천민들이 살던 땅이 여전히 차별의 대상이 되고 있다는 뜻에서 그곳을 피차별 부락이라고 부르게 되었다. 특히 나카가미의 고향이 속한 간사이關西 지역에서는 피차별 부락이 슬럼과 비슷한 형태였기 때문에 외부인들의 눈에 더 잘 띄었고, 그래서 차별도 더 가시적이었다.

1950년대에서 1970년대에 걸친 고도 경제성장과 인구 이동으로 피차별 부락의 존재는 점점 잊혔다. 그러나 시골 지역을 중심으로, 피차별 부락에 살던 집안 출신이라는 이유로 고용이나 결혼을 거부당하는 사례가 여전히 존재한다. 그 때문에 수많은 피차별 부락민이 자신의 출신을 숨긴 채로 살아왔다.

"피차별 부락이 문자를 만나 처음으로 태어난 아이"

나카가미 겐지는 1946년 와카야마현 신구시의 피차별 부락에서 한 과부의 사생아로 태어났다. 태어났을 당시의 이름은 기노시타 겐지다.

어머니 기노시타 지사토는 사별한 남편이 남긴 자녀 네 명을 키우던 중 겐지의 생부를 만나 겐지를 임신했다. 그러나 임신 중 겐지의 생부에게 다른 여자가 두 명 더 있다는 사실을 알게 되어 헤어지고 혼자서 겐지를 낳았다. 겐지의 어릴 적 성인 기노시타는 생부의 성이 아니라 어머니의 죽은 남편의 성이다. 생부는 나머지 두 여자 중 하나와 결혼해 겐지의 이복동생을 셋 낳았다.

이후 어머니는 아들 하나가 있는 홀아비 나카우에 시치로를 만났다. 어머니는 또 다른 피차별 부락에 있던 나카우에의 집에서 동거를 시작했는데, 이때 아직 어렸던 겐지만 데려갔다. 함께 가지 못한 네 자녀 중 겐지보다 12세 연상이었던 이부형異父兄은, 어머니가 떠난 집에 혼자 남아서 고독하게 생활하며 자신이 버림받았다는 생각에 괴로워했다. 알코올 중독자가 된 이부형은 어머니가 새살림을 차린 집에 여러 번 도끼를 들고 찾아와서 난동을 부렸고, 결국 겐지가 소학교 졸업을 앞두고 있을 때 목을 매어 자살했다. 이부형의 죽음은 겐지에게 큰 트라우마가 되었다.

겐지가 중학교를 졸업하기 직전 어머니와 겐지는 나카우에 시치로의 호적에 정식으로 들어갔다. 이렇게 해서 기노시타 겐지는 나카우에 겐지가 된다.

고등학교 졸업 후 겐지는 대입을 준비한다는 명목으로 도쿄에서 생활한다. 그러나 공부나 일을 하는 대신 집에서 보내주는 돈을 쓰며 재즈 다방 등에 출입한다. 한편으로는 동인 활동을 하며 소설, 에세이, 시를 발표한다. 좌익 활동에도 참여한다.

도쿄로 온 후부터 겐지는 자신의 성을 나카우에中上가 아니라 한자만 같고 독음은 다른 나카가미中上라고 말하고 다녔다. 그리고 1970년 혼인신고를 계기로 정식으로 나카가미 겐지로 개명한다. 결혼 후에는 육체노동을 하며 글쓰기를 병행해 문예지에 여러 작품을 싣는다.

'로지'의 확장과 변모

1976년 나카가미 겐지는 중편소설 『곶』을 발표한다. 그리고 이 소설을 통해 제2차 세계대전 종전 후 출생한 작가로서는 최초로, 신인 순문학 작가에게 수여하는 상 중 최고 권위를 가진 아쿠타가와상을 수상한다. 『곶』은 나카가미의 개인사를 많이 반영한 작품이다. 주인공은 나카가미와 마찬가지로 세 명의 아버지와 자살한 이부형이 있으며 복잡한 가족 관계로 괴로워한다. 나카가미의 첫 장편소설인 『고목탄』도 『곶』의 후속작으로서 비슷한 소재를 다루고 있다. 이 두 작품을 비롯한 여러 초기작에는 나카가미가 자란 피차별 부락과 매우 닮은 '로지'가 배경으로 등장한다. 다만 작품 속의 묘사만 놓고 보면 '로지'는 도시 외곽의 슬럼일 뿐, 피차별 부락이라는 특수한 공간과 직접 연결할 수 있는 단서는 아직 그다지 없었다.

1980년부터 1982년까지 연재한 단편 연작 『구마노집熊野集』에서 나카가미는 '로지'가 피차별 부락임을 명시한다. 이것은 나카가미의 작품 경향에서 하나의 큰 전환점이었다. '로지'는 이제 단순한 빈민가가 아니라 현실 세계의 피차별 부락과 마찬가지로 독특한 역사 및 문화를 가지고 있으며 차별과 편견의 대상인 땅이 된다. 그러나 역설적이게도 이 시기의 '로지'는 오히려 그 전과 비교해볼 때 현실의 피차별 부락과는 멀어진다. 먼 옛날 연꽃이 피던 연못에 저주받은 귀족들이 찾아와서 이룬 마을이라는, 허구성이 강화된 신화적 세계로 다시 태어났기 때문이다. 나카가미의 문체도 마치 설화를 이야기하는 듯한 구술체가 된다. 이러한 경향은 『천년의 즐거움』에서 정점에 달하고, 그 속편인 『기적』까지 이어진다.

그 후의 작품인 『태양의 날개』 『이야기 서울』, 그리고 미완성 유작인 『이족異族』 등에서 나카가미가 그려내는 '로지'는 다시 한번 변모한다. 세계 각지를 돌아다닌 나카가미는 유럽에서 유대인을 격리하던 게토, 뉴욕의 할렘, 서울의 영등포, 마닐라의 스모키 마운틴, 브라질의 빈민가 등 세계의 여러 지역에서 '로지'와 닮은 공간을 발견하고 글에 담는다. '로지'가 보편적이고 세계적인 무대가 된 것이다.

1992년 46세의 이른 나이에 신장암으로 세상을 떠날 때까지 왕성한 집필 활동을 펼친 나카가미는 부당하게 소외된 공간이었던 피차별 부락을 이처럼 '로지'라는 이름으로 수많은 작품 속에 재창조해냈다. 뿐만 아니라 '부락청년문화회'를 조직하는 등 집필 외의 분야에서도 피차별 부락의 문화를 재조명하고 보존하는 활동에 앞장섰다.

나카가미 겐지는 독특한 성장 배경과 관점을 바탕으로 대체 불가능한 작품 세계를 구축해, 일본의 전후戰後 세대를 대표하는 작가 중 한 명이 되었다. 난해한 문체 등으로 일반 독자들에게는 접근 장벽이 다소 높은 작가로 인식되는 경향도 있으나, 『천년의 즐거움』이 2013년에 영화화되는 등 꾸준히 재조명이 이루어지고 있다.

2. 죽음과 성, 불가피한 순환의 내러티브

『천년의 즐거움』은 나카가미 겐지가 1980년에서 1982년에 걸쳐 연재한 단편 여섯 편을 묶은 연작 단편집이다. 와카야마현 신구시의 '로지'에서 태어나 자란 나카모토 집안 젊은이들의 짧은 생애와 그 젊은이들을 지켜보는 나이 든 산파 오류노 오바에 대한 이야기다.

첫째 단편 「한조의 새」는 잘생기고 잠자리 기술이 뛰어나기로 소문난 나카모토 집안 남자들 중에서도 유달리 미남이고 난

봉꾼인 한조의 이야기다. 오류노 오바는 마치 다른 세상에서 온 존재와도 같은 매력을 가진 한조를 보며 그 매력과 성격 때문에 덴구에게 해코지를 당할지도 모른다고 걱정한다. 한조는 '로지' 출신이라는 이유로 깔보이고 자신의 아름다운 용모에 환멸을 느끼면서도 오입질을 멈추지 않는다. 결국 한조는 덴구가 아니라 자신이 관계한 여자의 남자로 인해 파멸을 맞는다.

둘째 단편 「육도의 갈림길」은 한조의 삼촌이지만 나이는 한참 어린 미요시의 이야기다. 미요시는 종전 직후의 혼란 속에서 불량소년들의 대장 역할을 하며 웬만한 어른보다도 돈을 잘 벌었다. 그러나 징집되었던 어른들이 돌아오면서 돈벌이에서 밀려난다. 미요시는 어른들의 도둑질에 끼지만 자기 몫을 받아내지 못하고, 이 세상에 재미있는 일이 아무것도 없다고 느끼며 히로뽕을 한다. 그러던 중 히로뽕 때문인지, 나카모토 핏줄의 천벌 때문인지 눈이 점점 멀기 시작한다. 그 와중에도 미요시는 '로지' 바깥의 유부녀를 애인으로 삼았다가 어두운 충동에 휩쓸려 중죄를 저지른다. 미요시는 범죄를 은폐하고 도망치는 데에는 성공하지만, 나카모토 핏줄의 운명에서 도망치지는 못한다.

셋째 단편 「덴구의 소나무」는 나카모토의 핏줄 중에서도 유별난 데가 있었던 후미히코의 이야기다. 갓 태어났을 때는 온몸에 털이 나 있었고 여섯 살 때는 불가사의한 실종을 당했다가 돌아왔다. 후미히코는 어릴 때부터 날개 달린 괴물인 가라스텐구가 보인다고 말했으며 실종도 가라스텐구의 짓이라고 주장했지만 어른들은 진지하게 들어주지 않았다. 장성한 후미히코는 산속의 공사장에 일하러 갔다가, 무녀 수행에 필요한 돈을 벌기 위해 남자들에게 몸을 내주고 그 대가로 희사를 받는 여자들을 만난다. 후미히코는 그 여자들 중 하나를 로지로 데려와 동거하고, 이대로 남들처럼 사는 것도 좋겠다고 생각한다. 그러나 여자가 후미히코와 마찬가지로 평범하지 않은 사람이었기에 둘은 기이한 방식으로 이별하게 되고, 후미히코는 다시 가라스텐구와 맞닥뜨린다.

넷째 단편 「천인오쇠」는 본명인 야스오 대신 오리엔트 고라는 별명을 쓰는 나카모토 집안 젊은이의 이야기다. 만주를 떠돌다가 패전 후 로지에 다시 나타난 오리엔트 고는 남미에 만주국과 비슷한 신천지를 건설하는 꿈을 꾼다. 그리고 강인한 일본인들을 모아 집단으로 이주하기 위해서 철심회라는 조직을 만든다. 철심회가 세력을 확장하는 과정에서 깡패 조직들과 시비가 붙어 오리엔트 고는 총을 맞고 한동안 누워 지내게 된다. 어느 정도 회복했을 때 자신이 배다른 누나라고 주장하는 여자가 나타나서 사기꾼 같은 언변으로 사람들을 모은다. 원래도 사소한 이익만 바라보고 모여드는 사람이 많았던 철심회는, 이제 날건달과 노인과 여자가 대부분인 정체불명의 모임이 되고 만다. 좌절한 오리엔트 고는 계획을 수정해 죄 없는 사람들을 희생해서 자금을 마련하지만, 막상 남미에는 가지 않고 허송세월한다. 심복이었던 조지는 환멸을 느껴 오리엔트 고를 총으로 쏜다. 두번째 총격에서도 회복한 오리엔트 고는 마침내 혼자서 남미로 가 혁명에 가담하는데, 나카모토 핏줄의 운명은 바로 그곳에서 기다리고 있었다.

「천인오쇠」의 특이한 점은 미시마 유키오를 크게 의식하면서 쓴 단편이라는 것이다. 나카가미는 자신과 똑같은 피가 흐른다고 느껴지는 작가가 이 세상에 두 명 있는데, 하나는 미시마 유키오이고 다른 하나는 김지하라고 말한 적이 있다(다만 이 두 작가는 성향이 매우 다르고 특히 김지하는 미시마를 싫어했다. 나카가미도 그 사실을 알고 있었으며, 이 두 작가는 자신이 마흔 살을 넘기면 내버려야 할 자신의 양면이라고 말했다). 나카가미는 자기 나름의 미시마론論으로서 「천인오쇠」를 쓰고, 의도적으로 미시마 유키오의 마지막 장편소설 『풍요의 바다』 중 마지막 권인 「천인오쇠」와 똑같은 제목을 붙였다. 두 「천인오쇠」는 총명하고 잘생긴 청년이 타락하고 몰락하는 내용이라는 공통점은 있지만 그 외에는 서로 매우 다른 이야기다.

다섯째 단편 「라플라타 기담」은 마찬가지로 남미에 간 신이치로의 이야기다. 신이치로는 부잣집과 권력자의 집을 털어서 '로지' 사람들에게 물건을 나눠주는 일종의 의적이었다. 결혼과 이혼 후로 도둑질을 끊은 신이치로는 나카모토의 피로 인해 한 게이샤에게 눈독을 들이고, 그 게이샤에게 접근하기 위해 '로지'의 전통적 직업인 신발 수선공이 된다. 그 후에는 산일을 하는 인부로 직업을 바꾸었으나 '로지' 사람이라는 이유로 차별 대우를 당할 위기에 처한다. 얼마 뒤 신이치로는 일본의 반대편에 있는 은의 땅 남미로 떠난다. 남미에서 3년을 살며 진기한 구경을 한 후 다시 '로지'로 돌아와 도둑질을 시작한다. 정체를 알 수 없는 여자가 신이치로와 함께 사는데, 신이치로는 그 여자가 은이 널려 있는 반대편 땅, 금전의 중력이 사라진 곳에서 온 여자라고 오류노 오바에게 말한다. 그 후 딱 사흘 동안 로지에는 온갖 보석이 굴러다닌다. 그것이 신이치로의 마지막 도둑질이었다.

마지막 단편 「칸나카무이의 날개」는 오류노 오바가 아니라 오류노 오바의 장례식에 온 '로지' 사람들이 서술자라는 점에서 다른 단편들과 다르다. 사람들은 오류노 오바의 머릿속에 무엇이 들어 있었을지, 기억을 되살리고 상상을 덧붙여서 추측한다. 이 단편의 주인공은 한조의 어린 사촌 다쓰오다. 다쓰오는 홋카이도의 광산으로 일하러 가서 자신과 공통점이 많은 아이누(홋카이도 원주민) 젊은이와 친해진다. '로지'와 아이누 마을인 '코탄'도 공통점이 많다. 두 사람은 광산의 다른 사람들과 함께 폭동을 계획하지만, 폭동 당일에 배신을 당해 경찰에 체포되었다가 석방된다. 다쓰오는 배신자들에게 복수하기 위해 혼자서 광산으로 돌아간다. 얼마 후 '로지'에 아이누 젊은이가 찾아와서 다쓰오와 똑같은 말투를 쓰며 자신을 다쓰오라고 소개한다. 네가 다쓰오라면 아이누 젊은이는 어떻게 되었느냐고 오류노 오바가 묻자, 스스로 아이누 용사라는 사실을 자각하고 적들을 쳐부순 후 날개가 돋아 하늘로 날아올랐다는 대답이 돌아온다.

3. 말해지지 않은 자들의 언어, 신화적 리얼리즘

첫 단편 「한조의 새」부터 '로지'의 다른 이름은 나가야마라고 명시되어 있다. 나가야마는 바로 나카가미가 태어나 자란 피차별 부락의 이름이다. '로지'에 대한 외부의 차별, '로지' 사람들이 전통적으로 종사한 가죽 무두질과 신발 수선 등의 특수한 직업들, '로지'의 고질적인 가난과 무기력에 대한 묘사에서도 피차별 부락의 모습을 엿볼 수 있다.

피차별 부락 특유의 가족 형태와 거기에서 비롯된 호칭도 등장한다. 피차별 부락에서는 가족의 울타리가 느슨했고 부모의 역할이 일반 사회만큼 확고하지 않았다. 자녀를 낳을 수 있을 만큼 성적으로 성숙한 젊은이 중 남자를 '아니', 여자를 '이네'라고 불렀으며, 한 피차별 부락 내의 모든 아니와 이네가 모든 어린아이를 함께 돌보았다. 아니보다 나이가 든 남자는 '오지', 이네보다 나이가 든 여자는 '오바'라고 불렀다. 예를 들어 '오류노 오바'는 이름이 오류인 나이 든 여자를 부르는 호칭이다.

그러나 앞에서 언급한 바와 같이 이 '로지'는 현실의 가난하고 괄시받는 피차별 부락을 있는 그대로 재현한 공간은 아니다. 『천년의 즐거움』은 '로지'에서 나카가미가 상상해낸 가공의 꽃 여름부용이 숨 막히도록 달콤한 향기를 풍기고 황금빛 새가 유리처럼 투명한 소리로 우는 몽환적인 장면으로 시작해, 나카모토 집안의 비범한 피를 물려받은 미남 여섯 명의 삶에 대한 마치 설화와도 같은 이야기로 이어진다. 내용과 분위기뿐만이 아니라, 구술체로 길게 이어지는 문장과 정돈되지 않은 구성도 소설보다는 설화에 더 가까운 느낌을 준다. 이러한 특징들로 인해 『천년의 즐거움』은 일본의 마술적 사실주의 문학을 논할 때 대표적으로 언급되는 작품 중 하나다. 제목부터가 가르시아 마르케스의 『백년의 고독』의 패러디이며, 나카가미는 "마르케스가 백 년이면 나는 천 년이다"라고 농담조로 말했다고 한다(다만 작품 자체는 마르케스보다 윌리엄 포크너의 영향이 훨씬 많이 엿보인다는 것이 중론이다). 근대소설의 종말을 예감했던 나카가미는 근대 이전으로 거슬러 올라가 '이야기'의 요소를 가져옴으로써 근대소설의 정체를 타파하고자 했다.

그 모든 이야기를 들려주는 주체는 오류노 오바다(「칸나카무이의 날개」는 제외). 일반적인 3인칭 시점 소설에서 작가가 서술자의 역할을 하는 것과는 달리, 『천년의 즐거움』은 오류노 오바가(「칸나카무이의 날개」에서는 '로지' 사람들이) 기억하거나 상상해서 말로 풀어놓은 이야기를 작가가 그대로 옮겨놓은 듯한 형식이다. 오류노 오바는 글을 모르는 대신 자신이 보고 들은 모든 것을 기억한다. 보거나 듣지 못한 부분은 상상력으로 채운다. 그리고 시간 순서, 시점, 사실성에 구애되지 않고, 때로는 노래와 같은 리듬마저 섞어서 그 내용을 사설 조로 늘어놓는다. 글을 통한 서사적인 기록과 대비되는 구비문학의 의인화와도 같은 인물이라고 할 수 있다.

이야기꾼이자 이야기의 상징, 산파 오류노 오바

오류노 오바의 모델은 나카가미가 1978년 실제로 만난 피차별 부락의 노인 다바타 류다. 다바타 류는 오류노 오바와 마찬가지로 문맹인 대신 기억력이 비상했고 게보즈(정식으로 승려가 되지 않았으나 장례식 등의 행사에서 승려의 역할을 하는 일반인)를 남편으로 뒀다. 나카가미는 여기에 산파라는 설정을 덧붙여서 오류노 오바라는 허구의 인물을 완성하고, 레이조와 오류노 오바 부부를 통해 수많은 근원적 요소의 대립을 형상화했다. 마치 승려처럼 매일 경을 외고 '로지' 사람들의 장례와 기일을 돌보는 레이조는 '부처의 벌'로 대표되는 종교적 윤리와 주류 사회의 규칙, 문자문화, 죽음과 그에 대한 순응을 상징한다. '로지' 여자들의 아이를 받아내는 오류노 오바는 윤리를 아랑곳하지 않는 본능과 욕망, 주류 사회의 규칙을 따르지 않는 '로지'의 생활, 구술문화, 그리고 "열 명이 원숭이처럼 사냥당해 죽으면, 죽은 자를 생각하며 분하게 여기기만 하는 것이 아니라 그 열 배로 사람을 낳아 늘"리며 죽음을 압도하는 생명력을 상징한다.

'로지'의 가장 오래된 집안 중 하나이자 오류노 오바가 시집을 간 나카모토 집안은 신비와 저주를 동시에 품고 있다. 먼 옛날에 다른 지역에서 흘러든 귀족의 혈통이어서 용모가 빼어나고 귀티가 나지만, 음악과 춤에 빠져 방탕하게 세월을 보낸 자들의 후손인 탓에 삶에 대한 의욕과 끈기가 부족하다. 게다가 마치 조상 중 누군가가 커다란 죄를 지어 가문 전체에 천벌이 내리기라도 한 듯 젊은 남자들이 계속 죽어 나간다. 나카모토 집안 남자들은 여자에게 즐거움을 주는 방법을 잘 알기 때문에 '로지' 안팎의 여자들은 나카모토 집안 남자들에게 사족을 못 쓴다. 그러나 나카모토 집안 남자가 성의 쾌락에 탐닉하기 시작하는 것은 더러운 핏줄의 저주가 눈을 떴다는 신호이기도 하다.

각 단편에서 주인공들의 행적만 순수하게 살펴보면 그저 사회 하층 계급의 젊은이들이 충동적으로 크고 작은 사건을 벌이

다가 요절했을 뿐이다. 기승전결이나 인과관계도 분명하지 않고, 하다못해 소설의 줄거리가 되기에 충분할 만큼 파란만장한 사연도 아니다. 여섯 젊은이의 짧은 삶은 오류노 오바의 입을 거쳐(「칸나카무이의 날개」에서는 '로지' 사람들의 입을 거쳐) 비로소 설화와도 같은 이야기로 다시 태어난다. 오류노 오바의 해석과 상상에 따르면, 젊은이들이 도덕을 의식하거나 뒷일을 생각하지 않고 순간의 욕망을 따라 행동한 이유는 '고귀하고도 더러운 피'를 물려받은 데다 순수하고도 잔혹한 부처의 화신이기 때문이다. 젊은이들이 요절한 것도 무모한 생활 방식 때문이 아니라 태어나기 전부터 예정되어 있던 비극적인 운명 때문이다. 혈통에서 비롯되는 특별함과 한계, 선악에 대한 의식이 희박한 인물들, 욕망에서 비롯되는 즉흥적 행동, 피할 수 없는 죽음 등의 이러한 요소들은 「길가메시 서사시」와 같은 고대 신화마저 연상시킨다. 그리고 젊은이들의 이야기가 고대 신화라면 오류노 오바는 그것을 현대의 현실 세계에 들려주는 무녀이자 이야기꾼이다.

나카가미의 중기 작품을 대표하는 『천년의 즐거움』은 초기와 후기의 작품 경향을 연결하는 다리 역할도 한다. 『곶』을 비롯한 나카가미의 초기 작품들에서 '로지' 특유의 복잡한 가족 관계는 개처럼 붙어먹는다는 비난의 대상이자 자식들을 불행하게 만든 원인이었다. 『천년의 즐거움』에서도 이 가족 관계는 '더러운 피'와 '부처의 벌'을 대물림한다는 부정적인 면을 가지고 있다. 그러나 초기 작품들과는 달리 귀족의 고귀하고 매력적인 혈통이 이어지는 경로이기도 하며, 나아가 '로지' 사람들이 외부의 박해에 굴하지 않고 머릿수를 늘려나가는 방법이기도 하다. 첫째 단편 「한조의 새」의 첫머리부터 등장하는 "나카모토 히코노스케가 한조의 아비, 히코노스케의 아비가 다쓰, 어미가 나미노이며 [……] 다쓰와 나미노는 이 두 아이를 낳은 후 갈라서고 다쓰는 다구치 마사에의 뱃속에 계집아이 하나를 남겼다. 히코노스케는 같이 살던 여자와 한조 하나를 낳은 후 시내에 살던 과부와 함께 다나베로 도망가서 자식을 세 명쯤 만들었다"라는 혼란스러운 계보는 초기작들과 마찬가지로 나카가미의 실제 가족을 연상시키기도 하지만, 결혼 제도로 지켜지는 근대적 부계사회에 대한 안티테제처럼 느껴지기도 하고 다신교 신들의 족보처럼 보이기도 한다. 현실의 페티시화라는 지적도 있으나 나카가미의 개인사가 고대적이고 신화적인 세계로 승화한 측면이 더 크다고 할 수 있다.

한편 뒤의 세 단편 「천인오쇠」「라플라타 기담」「칸나카무이의 날개」는 남미와 아이누 마을에서 '로지'를 발견한다는 점에서 '로지'의 보편성을 다루는 후기 경향의 시작점을 엿볼 수 있다. 「천인오쇠」에서는 남미에 대한 환상과 현실이 대비를 이루지만 「라플라타 기담」에서는 그 경계가 더 불분명해져 몽환적인 분위기가 강조된다. 「칸나카무이의 날개」는 피차별 부락민과 아이누의 현실을 나란히 놓는 동시에, 날개 달린 아이누 용사를 통해 차별받는 사람들의 저항정신과 좌절을 동시에 보여준다. 불평등이라는 사회 문제가 나카가미의 개인사와 마찬가지로 신화적 세계로 승화했다고 할 수 있다.

오류노 오바 또한 하나의 연결고리다. 『천년의 즐거움』과 그 속편 『기적』의 서술자인 오류노 오바는 이 두 작품보다 먼저 출간된 『봉선화』에 이미 조연으로 등장한 바 있다. 『봉선화』는 나카가미의 초기 출세작들과 마찬가지로 그의 실제 가정사에 바탕을 둔 사실주의적 작품이다. 한편 나카가미가 1991년 연재를 시작했다가 완성하지 못하고 죽은 『열풍』에도 오류노 오바가 다시 등장한다. 나카가미는 “전화의 존재는 소설의 줄거리를 방해한다. 보고 싶은 사람을 직접 만나러 가는 것이 이야기이기 때문이다”라고 말할 정도로 현대 사회 속 이야기의 존속에 대해 큰 위기감을 가지고 있었다. 오래전 작품의 인물인 오류노 오바를 『열풍』에 갑자기 다시 데려온 것도 이야기를 되살려내려는 절박한 시도로 해석된다. 바꾸어 말하면 오류노 오바는 나카가미의 작품 세계에서 이야기꾼, 나아가 이야기의 상징이라고도 할 수 있을 것이다. 그리고 나카가미의 초기, 중기, 후기 작품 세계를 관통하는 존재인 오류노 오바가 가장 매혹적인 이야기를 풀어내는 작품은 역시 『천년의 즐거움』이다.

4. 한국을 사랑한 작가

김지하에 대한 언급에서도 알 수 있듯이 나카가미 겐지는 한국에 관심이 많았다. 어릴 때는 재일조선인 아이들과 함께 뛰어놀며 자랐고, 1978년에는 판소리와 탈놀이 등을 취재하러 한국에 찾아왔다가 한국의 문화와 풍토에 매료되었다. 나카가미는 세계 여러 나라를 떠돌며 지냈는데 그중에서도 한국을 자주

방문했고 한국의 문인들과 적극적으로 교류했다. 서울을 무대로 한 소설 『이야기 서울』, 한국의 문화와 풍토를 논한 에세이 『윤무를 추는, 서울』도 발표했다. 자신이 직접 인터뷰한 적도 있는 싱어송라이터 밥 말리의 죽음에 대해 전해 들었을 때도 서울에 있었다. 그가 쓴 소설 속의 남자들처럼 말과 행동이 격정적이고 음악을 사랑했던 나카가미는 그날 서울의 골목을 울면서 달려갔다고 한다. 딸 나카가미 노리는 아버지가 아시아에서 한국만큼 오래 머무른 나라가 없으며, 한국행이 그에게 하나의 분기점이었던 듯하다고 언급했다.

그럼에도 나카가미는 한국에 잘 알려지지 않았다. 작품에 따라 차이는 있으나, 일본인 독자들조차 쉽게 접근하지 못하는 난해한 문체가 그 이유 중 하나일 것이다. 『천년의 즐거움』은 그중에서도 특히 문장이 길고 복잡하다. 한 예로 「천인오쇠」에 "별채에 피곤한 표정의 남자 하나와 여자 둘이 찾아와 있고 뚱뚱한 누나는 [……] 노래하듯 중얼거린다"(192쪽)라는 문장이 있다. 일본어 원문을 기준으로 이 하나의 문장이 무려 440자에 달하며 '누나는'이라는 하나의 주어에 서술어가 열 개 붙어 있다. 나카가미의 작품은 이러한 이유로 읽기 쉽지 않으며 번역하기는 더욱 쉽지 않다. 그러나 독특하고 깊이 있는 작품 세계로 일본의 전후 세대를 대표하는 작가 중 하나가 된 나카가미의 작품들은 번역에 도전할 만한 가치가 충분하다. 좁고 구불구불한 골목과도 같은 문장 속에 숨은, 여름부용의 숨 막히는 향기처럼 신비롭고 매력 있는 나카가미 겐지의 작품들이 앞으로 한국 땅을 더 많이 밟기를 바란다.

작가 연보

1946 일본 와카야마현 신구시에서 사생아로 태어남. 생부의 성 대신 어머니의 죽은 남편의 성을 물려받아 기노시타 겐지가 됨.

1953 어머니와 함께 나카우에 시치로의 집으로 들어감. 신구시립 지호소학교 입학.

1959 이부형 자살.

1962 어머니와 함께 나카우에 시치로의 호적에 올라 나카우에 겐지가 됨. 와카야마현립 신구고등학교에 입학해 문예부에서 활동.

1965 도쿄에 상경. 동인지 『분게이슈토文藝首都』 회원이 됨.

1966 『분게이슈토』에 투고한 『나 18세俺十八歲』가 게재됨. 그 후 활발히 시를 써서 『분게이슈토』 『시가쿠詩學』 『분가쿠카이文學界』 등에 발표.

1967 좌익 운동을 시작해 하네다 투쟁 등에 참여.

1969 『맨 처음 사건一番はじめの出來事』이 『분게이文藝』에 게재되어 처음으로 상업지에 작품을 실음.

1970 야마구치 가스미(훗날 '기와 교'라는 필명의 소설가로 활동)와 결혼. 가스미를 호적에 올리면서 자신의 성을 나카우에中上와 한자는 똑같지만 읽는 법이 다른 나카가미中上

로 바꿈. 결혼을 계기로 육체노동 시작.

1971 장녀 나카가미 노리 탄생.

1973 『19세의 지도十九歲の地圖』가 아쿠타가와상 후보에 오름. 육체노동을 병행하며 작품 활동에 더욱 주력하기 시작함. 차녀 나카가미 나호 탄생.

1975 『비둘기들의 집鳩どもの家』『조토쿠지 투어淨德寺ツアー』가 아쿠타가와상 후보에 오름.

1976 『곶岬』으로 제74회 아쿠타가와상 수상. 종전 후 출생 세대의 첫 수상자가 됨. 소설 『사음蛇淫』을 바탕으로 만들어진 영화 「청춘의 살인자青春の殺人者」 개봉. 『주간 플레이보이』에 실을 소설의 취재를 위해 생애 첫 출국, 홍콩과 마카오 등을 여행.

1977 『고목탄枯木灘』으로 마이니치 출판문화상, 예술선장신인상 수상. 기이반도 전역을 여행하며 쓴 에세이 『기슈—나무의 나라·뿌리의 나라 이야기紀州—木の國·根の國物語』를 『아사히저널』에 연재. 뉴욕 할렘에 머무름.

1978 판소리와 탈춤 등의 민속예술을 취재하기 위해 처음으로 한국을 방문. '부락청년문화회' 조직. 장남 나카가미 료 탄생.

1979 야외극을 위해 쓴 각본 「가나카누치かなかぬち」 초연. 가족과 함께 로스앤젤레스로 이주. 자신의 소설을 바탕으로 만들어진 영화 「붉은 머리 여자赫い髮の女」 「18세, 바다로十八歲、海へ」 「19세의 지도」 개봉.

1980 어머니를 모델로 쓴 소설 『봉선화鳳仙花』 발표. 밥 말리를

인터뷰해 『주간 플레이보이』에 게재.

1981 서울 여의도에 머물며 김지하 등 한국의 문인들과 교류.

1982 연작 소설 『천년의 즐거움千年の愉樂』 발표. 아이오와대학교 국제 작가 프로그램에 객원연구원으로 초빙되어 세계의 문학자들과 대화.

1983 『곶』 『고목탄』의 속편인 대작 『땅의 끝, 지상의 시간地の果て 至上の時』 발표.

1984 『태양의 날개日輪の翼』 발표. 소설 『이야기 서울』과 에세이 『윤무를 추는, 서울』을 위해 서울을 취재 여행. 그 외에 홍콩, 마닐라, 페샤와르, 자카르타, 발리 등 아시아 각지를 취재 여행.

1985 『한국현대단편소설』을 편찬. 자신의 소설을 직접 각본으로 개작한 「히마쓰리火まつり」가 영화화됨.

1986 컬럼비아대학교 객원연구원이 되어 뉴욕에 머무름. 사물놀이 일본 공연의 프로듀싱에 참여.

1988 같은 해 창설된 미시마 유키오상의 심사위원이 됨. 『천년의 즐거움』이 프랑스에서 출판. BBC 등이 참여한 영불 공동제작 TV 다큐멘터리 「변방의 작가들Writers on the Border」에 출연.

1989 『천년의 즐거움』의 속편인 『기적奇蹟』 발표. 지역문화교류 조직인 '구마노대학' 개설.

1990 『태양의 날개』의 속편인 『찬가讚歌』 발표.

1991 자위대의 걸프 전쟁 파견에 항의하며 다른 작가들과 함께 「걸프 전쟁에 반대하는 문학자 성명」 발표.

1992 기존과 다른 작풍의 『경멸輕蔑』 발표. 그 직후 신장암으로 입원, 같은 해 사망.

기획의 말

세계문학과 한국문학 간에 혈맥이 뚫려, 세계-한국문학의 공진화가 개시되기를

21세기 한국에서 '세계문학'을 읽는다는 것은 무엇을 뜻하는가? 자국문학 따로 있고 그 울타리 바깥에 세계문학이 따로 있다는 말인가? 이제 한국문학은 주변문학이 아니며 개별문학만도 아니다. 김윤식 · 김현의 『한국문학사』(1973)가 두 개의 서문을 통해서 "한국문학은 주변문학을 벗어나야 한다"와 "한국문학은 개별문학이다"라는 두 개의 명제를 내세웠을 때, 한국문학은 아직 주변문학이었다. 한데 그 이후에도 여전히 한국문학은 주변문학이었다. 왜냐하면 "한국문학은 이식문학이다"라는 옛 평론가의 망령이 여전히 우리의 의식을 장악하고 있었기 때문이다. 그렇게 생각하고 그렇게 읽고, 써온 것이었다. 그리고 얼마간 그런 생각에 진실이 포함되어 있는 것도 사실이었다. 그러나 천천히, 그것도 아주 천천히, 경제성장이나 한류보다는 훨씬 느리게, 한국문학은 자신의 '자주성'을 세계에 알리며 그 존재를 세계지도의 표면 위에 부조시키고 있었다. 그런 와중에 반대 방향에서 전혀 다른 기운이 일어나 막 세계의 대양에 돛을 띄운 한국문학에 위협적인 격랑을 밀어붙이고 있었다. 20세기 말부터 본격화된 '세계화'의 바람은 이제 경제적 재화뿐만이 아니라 어떤 나라의 문화물도 국가 단위로만 존재할 수 없게 하였던 것이니, 한국문학 역시 세계문학의 한 단위라는 위상을 요구받게 되었던 것이다.

그러니 21세기 한국에서 세계문학을 읽는다는 것은 진정 무엇을 뜻하는가? 무엇보다도 세계문학이라는 개념을 돌이켜 볼 때가 되었다. 그동안 세계문학은 '보편문학'의 지위를 누려왔다. 즉 세계문학은 따라야 할 모범이고 존중해야 할 권위이며 자국문학이 복종해야 할 상급 문학이었다. 그리고 보편문학으로서의 세계문학의 반열에 올라간 작품들은 18세기 이래 강대국의 지위를 누려온 국가의 범위 안에서 설정되기가 일쑤였다. 이렇게 해서 세계 각국의 저마다의 문학은 몇몇 소수의 힘 있는 문학들의 영향 속에서 후자들을 추종하는 자세로 모가지를 드리워왔던 것이다. 이제 세계문학에게 본래의 이름을 돌려줄 때가 되었다. 즉 세계문학은 보편문학이 아니라 세계인 모두가 향유할 수 있도록 전 세계 방방곡곡에서 씌어져서 지구적 규모의 연락망을 통해 배달되는 지구상의 모든 문학이라고 재정의할 때가 되었다. 이러한 재정의에는 오로지 질적 의미의 삭제와 수량적 중성화만 있는 게 아니다. 모든 현상학적 환원에는 그 안에 진정한 가치를 향해 나아가고자 하는 지향성이 움직이고 있다. 20세기 막바지에 불어닥친 세계화 토네이도가 애초에는 신자유주의적 탐욕 속에서 소수의 대국 기업에 의해 주도되었으나 격심한 우여곡절을 겪으며 국가 간 위계질서를 무너뜨리는 평등한 교류로서의 대안-세계화의 청사진을 세계인의 마음속에 심게 하였듯이, 오늘날 모든 자국문학이 세계문학의 단위로 재편되는 추세가 보편문학의 성채도 덩달아 허물게 되어, 지구상의 모든 문학들이 공평의 체 위에서 토닥거리는 게 마땅하다는 인식이 일상화까지는 아니더라도 최소한 정당화되고 잠재적으로 전망되는 여건을 만들어내게 되었던 것이다.

또한 종래 세계문학의 보편문학적 지위는 공간적 한계만을 야기했던 게 아니다. 그 보편문학이 말 그대로 보편성을 확보했다기보다는 실상 협소한 문학적 기준에 근거한 한정된 작품 집합에 머무르기 일쑤였다. 게다가, 문학의 진정한 교류가 마음의 감동에서 움트는 것일진대, 언어의 상이성은 그런 꿈을 자주 흐려왔으니, 조급한 마음은 그런 어둠 사이에 상업성과 말초적 자극성이라는 아편을 주입하여 교류를 인공적으로 촉진시키곤 하였다. 이제 우리는 그런 편법과 왜곡을 막기 위해서, 활짝 개방된 문학적 관점을 도입하여, 지금까지 외면당하거나 이런저런 이유로 파묻혀 있던 숨은 걸작들을 발굴하여 널리 알리고 저마다의 문학을 저마다의 방식으로 감상할 수 있는 음미의 물관을 제공해야 할 것이다. 실로 그런 취지에서 보자면 우리는 한국에 미만한 수많은 세계문학전집 시리즈들이 과거의 세계문학장을 너무나 큰 어둠으로 가려오고 있었다는 것을 절감한다.

이와 같은 인식하에 '대산세계문학총서'의 방향은 다음으로 모인다. 첫째, '대산세계문학총서'의 기준은 작품의 고전적 가치이다. 그러나 설명이 필요하다. 이 고전은 지금까지 고전으로 인정된 것들에 갇히지 않는다. 우리가 생각하는 고전성은 추상적으로는 '높은 문학성'을 가리킬 터이지만, 이 문학성이란 이미 확정된 규칙들에 근거한 문학성(그런 문학성은 실상 존재하지 않거니와)이 아니라, 오로지 저만의 고유한 구조를 통해 조직되는데 희한하게도 독자들의 저마다의 수용 기관과 연결되는 소통로의 접속 단자가 풍요롭고, 그 전류가 진해서, 세계의 가장 많은 인구의 감성을 열고 지성을 드높일 잠재적 역능이 알차게 채워진 작품의 성질을 가리킨다. 이러한 기준은 결국 작품의 문학성이 작품이나 작가에 의해 혹은 독자에 의해 일방적으로 결정되는 것이 아니라, 세 주체의 협력에 의해 형성되며 동시에 그 형성을 통해서 작품을 개방하고 작가의 다음 운동을 북돋거나 작가를 재인식시키며, 독자의 감수성을 일깨워 그의 내부에 읽기로부터 쓰기로의 순환이 유장하도록 자극하는 운동을 낳는다는 점을 환기시키고 또한 그런 작품에 대한 분별을 요구한다.

이 첫번째 기준으로부터 두 가지 기준이 덧붙여 결정된다.

둘째, '대산세계문학총서'는 발굴하고 발견한다. 모르거나 잊힌 것을 발굴하여 문학의 두께를 두텁게 하고, 당대의 유행을 따라가기보다는 또한 단순히 미래를 예측하기보다는 차라리 인류의 미래를 공진화적으로 개방할 수 있는 작품을 발견하여 문학의 영역을 확장할 것을 목표로 한다. 이는 또한 공동선의 실현과 심미안의 집단적 수준의 진화에 맞추어 작품을 선별한다는 것을 뜻한다.

셋째, '대산세계문학총서'가 지구상의 그리고 고금의 모든 문학작품들에게 열려 있다면, 그리고 이 열림이 지금까지의 기술

그대로 그 고유성을 제대로 활성화시키는 방식으로 진행되는 것이라면, 이는 궁극적으로 '가장 지역적인 문학이 가장 세계적인 문학'이라는 이상적 호환성을 추구한다는 것을 가리킨다. 이는 또한 '대산세계문학총서'의 피드백에도 그대로 적용될 것이다. 즉 '대산세계문학총서'의 개개 작품들은 한국의 독자들에게 가장 고유한 방식으로 향유될 터이고, 그럴 때에 그 작품의 세계성이 가장 활발하게 현상되고 작용할 것이다.

이러한 기준들을 열린 자세와 꼼꼼한 태도로 섬세히 원용함으로써 우리는 '대산세계문학총서'가 그 발굴과 발견을 통해 세계문학의 영역을 두텁고 넓게 하는 과정 그 자체로서 한국 독자들의 문학적 안목과 감수성을 신장시키는 데 기여할 것을 기대하며, 재차 그러한 과정이 한국문학의 체내에 수혈되어 한국문학의 도약이 곧바로 세계문학의 진화로 이어지게끔 하기를 희망한다. 이는 우리가 '대산세계문학총서'를 21세기의 한국사회에서 수행하는 근본적인 소이이다. 독자들의 뜨거운 호응을 바라마지않는다.

'대산세계문학총서' 기획위원회

대산세계문학총서

001-002 소설 트리스트럼 샌디(전 2권) 로렌스 스턴 지음 | 홍경숙 옮김

003 시 노래의 책 하인리히 하이네 지음 | 김재혁 옮김

004-005 소설 페리키요 사르니엔토(전 2권)
호세 호아킨 페르난데스 데 리사르디 지음 | 김현철 옮김

006 시 알코올 기욤 아폴리네르 지음 | 이규현 옮김

007 소설 그들의 눈은 신을 보고 있었다 조라 닐 허스턴 지음 | 이시영 옮김

008 소설 행인 나쓰메 소세키 지음 | 유숙자 옮김

009 희곡 타오르는 어둠 속에서/어느 계단의 이야기
안토니오 부에로 바예호 지음 | 김보영 옮김

010-011 소설 오블로모프(전 2권) I. A. 곤차로프 지음 | 최윤락 옮김

012-013 소설 코린나: 이탈리아 이야기(전 2권) 마담 드 스탈 지음 | 권유현 옮김

014 희곡 탬벌레인 대왕/몰타의 유대인/파우스투스 박사
크리스토퍼 말로 지음 | 강석주 옮김

015 소설 러시아 인형 아돌포 비오이 까사레스 지음 | 안영옥 옮김

016 소설 문장 요코미쓰 리이치 지음 | 이양 옮김

017 소설 안톤 라이저 칼 필립 모리츠 지음 | 장희권 옮김

018 시 악의 꽃 샤를 보들레르 지음 | 윤영애 옮김

019 시 로만체로 하인리히 하이네 지음 | 김재혁 옮김

020 소설 사랑과 교육 미겔 데 우나무노 지음 | 남진희 옮김

021-030 소설 서유기(전 10권) 오승은 지음 | 임홍빈 옮김

031 소설 변경 미셸 뷔토르 지음 | 권은미 옮김

032-033 소설 약혼자들(전 2권) 알레산드로 만초니 지음 | 김효정 옮김

034 소설 보헤미아의 숲/숲 속의 오솔길 아달베르트 슈티프터 지음 | 권영경 옮김

035 소설 가르강튀아/팡타그뤼엘 프랑수아 라블레 지음 | 유석호 옮김

036 소설 사탄의 태양 아래 조르주 베르나노스 지음 | 윤진 옮김

037 시 시집 스테판 말라르메 지음 | 황현산 옮김

038 시 도연명 전집 도연명 지음 | 이치수 역주

039 소설 드리나 강의 다리 이보 안드리치 지음 | 김지향 옮김

040 시 한밤의 가수 베이다오 지음 | 배도임 옮김

041 소설 독사를 죽였어야 했는데 야샤르 케말 지음 | 오은경 옮김

042 희곡 볼포네, 또는 여우 벤 존슨 지음 | 임이연 옮김

043 소설 백마의 기사 테오도어 슈토름 지음 | 박경희 옮김

044 소설 경성지련 장아이링 지음 | 김순진 옮김

045 소설 첫번째 향로 장아이링 지음 | 김순진 옮김

046 소설 끄르일로프 우화집 이반 끄르일로프 지음 | 정막래 옮김

047 시 이백 오칠언절구 이백 지음 | 황선재 역주

048 소설 페테르부르크 안드레이 벨르이 지음 | 이현숙 옮김

049 소설 발칸의 전설 요르단 욥코프 지음 | 신윤곤 옮김

050 소설 블라이드데일 로맨스 나사니엘 호손 지음 | 김지원 · 한혜경 옮김

051 희곡 보헤미아의 빛 라몬 델 바예-인클란 지음 | 김선욱 옮김

052 시 서동 시집 요한 볼프강 폰 괴테 지음 | 안문영 외 옮김

053 소설 비밀요원 조지프 콘래드 지음 | 왕은철 옮김

054-055 소설 헤이케 이야기(전 2권) 지은이 미상 | 오찬욱 옮김

056 소설 몽골의 설화 데. 체렌소드놈 편저 | 이안나 옮김

057 소설 암초 이디스 워튼 지음 | 손영미 옮김

058 소설 수전노 알 자히드 지음 | 김정아 옮김

059 소설 거꾸로 조리스-카를 위스망스 지음 | 유진현 옮김

060 소설 페피타 히메네스 후안 발레라 지음 | 박종욱 옮김

061 시 납 제오르제 바코비아 지음 | 김정환 옮김

062 시 끝과 시작 비스와바 쉼보르스카 지음 | 최성은 옮김

063 소설 과학의 나무 피오 바로하 지음 | 조구호 옮김

064 소설 밀회의 집 알랭 로브-그리예 지음 | 임혜숙 옮김

065 소설 붉은 수수밭 모옌 지음 | 심혜영 옮김

066 소설 아서의 섬 엘사 모란테 지음 | 천지은 옮김

067 시 소동파사선 소동파 지음 | 조규백 역주

068 소설 위험한 관계 쇼데를로 드 라클로 지음 | 윤진 옮김

069 소설 거장과 마르가리타 미하일 불가코프 지음 | 김혜란 옮김
070 소설 우게쓰 이야기 우에다 아키나리 지음 | 이한창 옮김
071 소설 별과 사랑 엘레나 포니아토프스카 지음 | 추인숙 옮김
072-073 소설 불의 산(전 2권) 쓰시마 유코 지음 | 이송희 옮김
074 소설 인생의 첫출발 오노레 드 발자크 지음 | 선영아 옮김
075 소설 몰로이 사뮈엘 베케트 지음 | 김경의 옮김
076 시 미오 시드의 노래 지은이 미상 | 정동섭 옮김
077 희곡 셰익스피어 로맨스 희곡 전집 윌리엄 셰익스피어 지음 | 이상섭 옮김
078 희곡 돈 카를로스 프리드리히 폰 실러 지음 | 장상용 옮김
079-080 소설 파멜라(전 2권) 새뮤얼 리처드슨 지음 | 장은명 옮김
081 시 이십억 광년의 고독 다니카와 슌타로 지음 | 김응교 옮김
082 소설 잔지바르 또는 마지막 이유 알프레트 안더쉬 지음 | 강여규 옮김
083 소설 에피 브리스트 테오도르 폰타네 지음 | 김영주 옮김
084 소설 악에 관한 세 편의 대화 블라디미르 솔로비요프 지음 | 박종소 옮김
085-086 소설 새로운 인생(전 2권) 잉고 슐체 지음 | 노선정 옮김
087 소설 그것이 어떻게 빛나는지 토마스 브루시히 지음 | 문항심 옮김
088-089 산문 한유문집—창려문초(전 2권) 한유 지음 | 이주해 옮김
090 시 서곡 윌리엄 워즈워스 지음 | 김숭희 옮김
091 소설 어떤 여자 아리시마 다케오 지음 | 김옥희 옮김
092 시 가윈 경과 녹색기사 지은이 미상 | 이동일 옮김
093 산문 어린 시절 나탈리 사로트 지음 | 권수경 옮김
094 소설 골로블료프가의 사람들 미하일 살티코프 셰드린 지음 | 김원한 옮김
095 소설 결투 알렉산드르 쿠프린 지음 | 이기주 옮김
096 소설 결혼식 전날 생긴 일 네우송 호드리게스 지음 | 오진영 옮김
097 소설 장벽을 뛰어넘는 사람 페터 슈나이더 지음 | 김연신 옮김
098 소설 에두아르트의 귀향 페터 슈나이더 지음 | 김연신 옮김
099 소설 옛날 옛적에 한 나라가 있었지 두샨 코바체비치 지음 | 김상헌 옮김
100 소설 나는 고故 마티아 파스칼이오 루이지 피란델로 지음 | 이윤희 옮김
101 소설 따니아오 호수 이야기 왕정치 지음 | 박정원 옮김
102 시 송사삼백수 주조모 엮음 | 이동향 역주
103 시 문턱 너머 저편 에이드리언 리치 지음 | 한지희 옮김

104 소설 **충효공원** 천잉전 지음 | 주재희 옮김

105 희곡 **유디트/헤롯과 마리암네** 프리드리히 헤벨 지음 | 김영목 옮김

106 시 **이스탄불을 듣는다**
오르한 웰리 카늑 지음 | 술탄 훼라 아크프나르 여 · 이현석 옮김

107 소설 **화산 아래서** 맬컴 라우리 지음 | 권수미 옮김

108-109 소설 **경화연**(전 2권) 이여진 지음 | 문현선 옮김

110 소설 **예피판의 갑문** 안드레이 플라토노프 지음 | 김철균 옮김

111 희곡 **가장 중요한 것** 니콜라이 예브레이노프 지음 | 안지영 옮김

112 소설 **파울리나 1880** 피에르 장 주브 지음 | 윤 진 옮김

113 소설 **위폐범들** 앙드레 지드 지음 | 권은미 옮김

114-115 소설 **업둥이 톰 존스 이야기**(전 2권) 헨리 필딩 지음 | 김일영 옮김

116 소설 **초조한 마음** 슈테판 츠바이크 지음 | 이유정 옮김

117 소설 **악마 같은 여인들** 쥘 바르베 도르비이 지음 | 고봉만 옮김

118 소설 **경본통속소설** 지은이 미상 | 문성재 옮김

119 소설 **번역사** 레일라 아부렐라 지음 | 이윤재 옮김

120 소설 **남과 북** 엘리자베스 개스켈 지음 | 이미경 옮김

121 소설 **대리석 절벽 위에서** 에른스트 윙거 지음 | 노선정 옮김

122 소설 **죽은 자들의 백과전서** 다닐로 키슈 지음 | 조준래 옮김

123 시 **나의 방랑—랭보 시집** 아르튀르 랭보 지음 | 한대균 옮김

124 소설 **슈톨츠** 파울 니종 지음 | 황승환 옮김

125 소설 **휴식의 정원** 바진 지음 | 차현경 옮김

126 소설 **굶주린 길** 벤 오크리 지음 | 장재영 옮김

127-128 소설 **비스와스 씨를 위한 집**(전 2권) V. S. 나이폴 지음 | 손나경 옮김

129 소설 **새하얀 마음** 하비에르 마리아스 지음 | 김상유 옮김

130 산문 **루테치아** 하인리히 하이네 지음 | 김수용 옮김

131 소설 **열병** 르 클레지오 지음 | 임미경 옮김

132 소설 **조선소** 후안 카를로스 오네티 지음 | 조구호 옮김

133-135 소설 **저항의 미학**(전 3권) 페터 바이스 지음 | 탁선미 · 남덕현 · 홍승용 옮김

136 소설 **신생** 시마자키 도손 지음 | 송태욱 옮김

137 소설 **캐스터브리지의 시장** 토머스 하디 지음 | 이윤재 옮김

138 소설 **죄수 마차를 탄 기사** 크레티앵 드 트루아 지음 | 유희수 옮김

139 자서전 2번가에서 에스키아 음파렐레 지음 | 배미영 옮김

140 소설 묵동기담/스미다 강 나가이 가후 지음 | 강윤화 옮김

141 소설 개척자들 제임스 페니모어 쿠퍼 지음 | 장은명 옮김

142 소설 반짝이끼 다케다 다이준 지음 | 박은정 옮김

143 소설 제노의 의식 이탈로 스베보 지음 | 한리나 옮김

144 소설 흥분이란 무엇인가 장웨이 지음 | 임명신 옮김

145 소설 그랜드 호텔 비키 바움 지음 | 박광자 옮김

146 소설 무고한 존재 가브리엘레 단눈치오 지음 | 윤병언 옮김

147 소설 고야, 혹은 인식의 혹독한 길 리온 포이히트방거 지음 | 문광훈 옮김

148 시 두보 오칠언절구 두보 지음 | 강민호 옮김

149 소설 병사 이반 촌킨의 삶과 이상한 모험
블라디미르 보이노비치 지음 | 양장선 옮김

150 시 내가 얼마나 많은 영혼을 가졌는지
페르난두 페소아 지음 | 김한민 옮김

151 소설 파노라마섬 기담/인간 의자 에도가와 란포 지음 | 김단비 옮김

152-153 소설 파우스트 박사(전 2권) 토마스 만 지음 | 김륜옥 옮김

154 시, 희곡 사중주 네 편 T. S. 엘리엇의 장시와 한 편의 희곡
T. S. 엘리엇 지음 | 윤혜준 옮김

155 시 귈뤼스탄의 시 배흐티야르 와합자대 지음 | 오은경 옮김

156 소설 찬란한 길 마거릿 드래블 지음 | 가주연 옮김

157 전집 사랑스러운 푸른 잿빛 밤 볼프강 보르헤르트 지음 | 박규호 옮김

158 소설 포옹가족 고지마 노부오 지음 | 김상은 옮김

159 소설 바보 엔도 슈사쿠 지음 | 김승철 옮김

160 소설 아산 블라디미르 마카닌 지음 | 안지영 옮김

161 소설 신사 배리 린든의 회고록 윌리엄 메이크피스 새커리 지음 | 신윤진 옮김

162 시 천가시 사방득, 왕상 엮음 | 주기평 역해

163 소설 모험적 독일인 짐플리치시무스 그리멜스하우젠 지음 | 김홍진 옮김

164 소설 맹인 악사 블라디미르 코롤렌코 지음 | 오원교 옮김

165-166 소설 전차를 모는 기수들(전 2권) 패트릭 화이트 지음 | 송기철 옮김

167 소설 스너프 빅토르 펠레빈 지음 | 윤서현 옮김

168 소설 순응주의자 알베르토 모라비아 지음 | 정란기 옮김

169 소설 오렌지주를 증류하는 사람들 오라시오 키로가 지음 | 임도울 옮김

170 소설 프라하 여행길의 모차르트/슈투트가르트의 도깨비
에두아르트 뫼리케 지음 | 윤도중 옮김

171 소설 이혼 라오서 지음 | 김의진 옮김

172 소설 가족이 아닌 사람 샤오훙 지음 | 이현정 옮김

173 소설 황사를 벗어나서 캐런 헤스 지음 | 서영승 옮김

174 소설 들짐승들의 투표를 기다리며 아마두 쿠루마 지음 | 이규현 옮김

175 소설 소용돌이 호세 에우스타시오 리베라 지음 | 조구호 옮김

176 소설 사기꾼—그의 변장 놀이 허먼 멜빌 지음 | 손나경 옮김

177 소설 에리옌 항타고드 오손보독 지음 | 한유수 옮김

178 소설 캄캄한 낮, 환한 밤—나와 생활의 비허구 한 단락
옌롄커 지음 | 김태성 옮김

179 소설 타인들의 나라—전쟁, 전쟁, 전쟁 레일라 슬리마니 지음 | 황선진 옮김

180 자서전 자유를 찾은 혀—어느 청춘의 이야기
엘리아스 카네티 지음 | 김진숙 옮김

181 소설 어느 페르시아인의 편지 몽테스키외 지음 | 이자호 옮김

182 소설 오후의 예항/짐승들의 유희 미시마 유키오 지음 | 박영미 옮김

183 소설 왕은 없다 응우옌후이티엡 지음 | 김주영 옮김

184 소설 죽음의 가시 시마오 도시오 지음 | 이종은 옮김

185 소설 세레나데 쥘퓌 리바넬리 지음 | 오진혁 옮김

186 소설 트리스탄 고트프리트 폰 슈트라스부르크 지음 | 차윤석 옮김

187 소설 루친데 프리드리히 슐레겔 지음 | 박상화 옮김

188 시 서 있는 여성의 누드/황홀 캐럴 앤 더피 지음 | 심지아 옮김

189 소설 연기 이반 투르게네프 지음 | 이항재 옮김

190 소설 세 인생 거트루드 스타인 지음 | 이윤재 옮김

191-192 시 당시삼백수(전 2권) 손수 엮음 | 임도현 역해

193 소설 M/T와 숲의 신비한 이야기 오에 겐자부로 지음 | 심수경 옮김

194 소설 여덟 마리 말 그림 선충원 지음 | 강경이 옮김

195 소설 메인 스트리트 싱클레어 루이스 지음 | 이미경 옮김

196 소설 성배 탐색 지은이 미상 | 최애리 옮김

197 소설 천년의 즐거움 나카가미 겐지 지음 | 이정미 옮김